国家社科基金项目"隐喻认知视角下莎剧的修辞研究"（12BYY130）成果

隐喻认知视角下莎剧的
修辞及汉译研究

谢世坚 等著

中国社会科学出版社

图书在版编目（CIP）数据

隐喻认知视角下莎剧的修辞及汉译研究/谢世坚等著. —北京：中国社会科学出版社，2019.12
ISBN 978-7-5203-5807-1

Ⅰ.①隐… Ⅱ.①谢… Ⅲ.①莎士比亚（Shakespeare, William 1564—1616）—戏剧文学—修辞学—研究②莎士比亚（Shakespeare, William 1564—1616）—戏剧文学—文学翻译—研究　Ⅳ.①I561.073②I046

中国版本图书馆 CIP 数据核字（2019）第 290471 号

出 版 人	赵剑英	
责任编辑	顾世宝	
责任校对	周　昊	
责任印制	戴　宽	

出　　版	中国社会科学出版社	
社　　址	北京鼓楼西大街甲 158 号	
邮　　编	100720	
网　　址	http://www.csspw.cn	
发 行 部	010-84083685	
门 市 部	010-84029450	
经　　销	新华书店及其他书店	
印　　刷	北京明恒达印务有限公司	
装　　订	廊坊市广阳区广增装订厂	
版　　次	2019 年 12 月第 1 版	
印　　次	2019 年 12 月第 1 次印刷	
开　　本	710×1000　1/16	
印　　张	20	
字　　数	318 千字	
定　　价	108.00 元	

凡购买中国社会科学出版社图书，如有质量问题请与本社营销中心联系调换
电话：010-84083683
版权所有　侵权必究

本书作者

谢世坚　路艳玲　唐小宁　罗丽丽
黄小应　孙立荣　文雅兰　严少车
戴秀花

缩略语表

Ham	*Hamlet*
Lear	*King Lear*
Mac	*Macbeth*
Oth	*Othello*
RJ	*Romeo and Juliet*
TN	*Twelveth Night*
MV	*The Merchant of Venice*

目　　录

第一章　绪论 ·· (1)
　　第一节　修辞的定义 ·· (3)
　　第二节　英国文艺复兴的修辞 ······························ (5)
　　第三节　修辞五艺及其演变 ································· (7)
　　第四节　英语修辞格的划分 ································· (10)
　　第五节　莎剧修辞研究现状 ································· (13)
　　第六节　隐喻认知研究现状 ································· (14)
　　第七节　本研究的主要内容 ································· (18)

第二章　莎剧中的 Paradox 与 Oxymoron 修辞及其汉译 ······ (20)
　　第一节　引言 ·· (20)
　　第二节　前人相关研究 ·· (21)
　　第三节　Paradox 与 Oxymoron 的异同 ··················· (30)
　　第四节　Paradox 与 Oxymoron 的概念整合 ············· (47)
　　第五节　Paradox 与 Oxymoron 的汉译 ··················· (58)
　　第六节　本章结语 ·· (71)

第三章　莎剧中的通感隐喻及其汉译 ························ (72)
　　第一节　引言 ·· (72)
　　第二节　前人相关研究 ·· (73)
　　第三节　概念整合视角的翻译研究 ························· (87)
　　第四节　概念整合视角下莎剧的通感隐喻及其汉译 ····· (91)
　　第五节　本章结语 ·· (107)

第四章　莎剧中的重言修辞及其汉译 …………………………（108）
 第一节　引言 …………………………………………………（108）
 第二节　前人相关研究 ………………………………………（109）
 第三节　莎剧中的重言修辞 …………………………………（113）
 第四节　莎剧重言的概念整合 ………………………………（117）
 第五节　概念整合视角下的重言翻译策略 …………………（125）
 第六节　本章结语 ……………………………………………（136）

第五章　莎剧中的动物比喻及其汉译 …………………………（138）
 第一节　引言 …………………………………………………（138）
 第二节　前人相关研究 ………………………………………（139）
 第三节　莎剧中的动物比喻 …………………………………（142）
 第四节　动物比喻的认知分析：概念隐喻视角 ……………（150）
 第五节　概念隐喻视角下动物比喻的翻译 …………………（163）
 第六节　本章结语 ……………………………………………（171）

第六章　莎剧中的颜色隐喻及其汉译 …………………………（173）
 第一节　引言 …………………………………………………（173）
 第二节　前人相关研究 ………………………………………（175）
 第三节　莎剧颜色词的分类与语料统计 ……………………（178）
 第四节　颜色隐喻及其语言表现 ……………………………（183）
 第五节　莎剧颜色隐喻的汉译 ………………………………（193）
 第六节　本章结语 ……………………………………………（199）

第七章　莎剧和曹剧"心"的隐喻及其汉译 …………………（202）
 第一节　引言 …………………………………………………（202）
 第二节　前人相关研究 ………………………………………（203）
 第三节　莎剧和曹剧"心"的隐喻及其概念整合 …………（211）
 第四节　概念整合视角下莎剧和曹剧"心"隐喻的翻译 …（231）
 第五节　本章结语 ……………………………………………（243）

第八章　莎剧和曹剧"风""雨"隐喻及其汉译 …………………（245）
　　第一节　引言 ……………………………………………………（245）
　　第二节　前人相关研究 …………………………………………（246）
　　第三节　"风"和"雨"隐喻及其认知 …………………………（251）
　　第四节　概念隐喻视角下"风""雨"隐喻的翻译 ……………（274）
　　第五节　本章结语 ………………………………………………（283）

参考文献 ……………………………………………………………（286）

后　记 ………………………………………………………………（309）

第 一 章

绪 论

  莎士比亚（1564—1616）离开这个世界已有四个世纪。正如跟他同时代的本·琼生所言，"他不只属于一个时代，而是流芳百世"。400年间，从印刷品尚属稀罕之物的莎士比亚时代，到了电子出版物日益普及的今天，这个世界发生了多少翻天覆地的变化！不变的是，莎士比亚的戏剧（包括脱胎于莎剧的影视作品）依然常演不衰，历久弥新；关于莎士比亚的话题说也说不完——无怪乎歌德慨叹"说不完的莎士比亚！"这里仅列一个简单的数据，在互联网上以"莎士比亚"为关键词进行搜索，中文网站百度和谷歌的搜索结果分别为约25000000条[1]和12200000条[2]，而英文网站Google的搜索结果则为约221000000条[3]。莎士比亚在当今世界的文化生活中的地位和影响可见一斑。

  150多年前，中国人第一次听说莎士比亚的名字；之后过了近50年，他的作品才被介绍到中国；而直到五四运动之后的1921年，中国读者才有机会读到第一部莎剧译本（戈宝权1983）。在不到100年的时间里，我

---

[1] http：//www.baidu.com/s? word =% C9% AF% CA% BF% B1% C8% D1% C7&tn = site-hao123 (accessed 14/10/2012)．

[2] http：//www.google.com.hk/search? sourceid = navclient&aq = hts&oq =&hl = zh – CN&ie = UTF – 8&rlz = 1T4AURU_ zh – CNCN501CN504&q =% e8% 8e% 8e% e5% a3% ab% e6% af% 94% e4% ba% 9a (accessed 14/10/2012)．

[3] http：//www.google.com.hk/search? sourceid = navclient&hl = zh – CN&ie = UTF – 8&rlz = 1T4AURU_ zh – CNCN501CN504&q = shakespeare (accessed 14/10/2012)．

国拥有了 6 部汉译莎士比亚全集①，各种单行译本更是不计其数。与此同时，在中国，莎士比亚研究（莎学）在新中国成立后尤其是改革开放以后日渐成为学界的显学。

"要解释莎士比亚作品，进而欣赏其艺术性，就必须深入、细致地研究他的语言……必须努力理解莎士比亚语言的每一方面，因为即便是表面上无关紧要的东西都可能影响我们对莎作的理解。"（Salmon & Burness 1987：136）对普通读者乃至莎学研究人员来说，莎士比亚语言研究的作用是毋庸置疑的。作为莎学的重要组成部分之一，莎士比亚语言研究历来受到西方莎学界的重视，取得了累累硕果。在这方面，中国莎学界要落后一些。我国严格意义上的莎士比亚语言研究始于顾绥昌（1983）对莎士比亚语言特点的综述。此后，学界也出现了一些成果（秦国林 1988；汪义群 1991；张冲 1996）。20 世纪 90 年代以来，利用语言学的最新理论成果研究莎士比亚语言成为国内莎学研究新的增长点，莎士比亚语言研究呈现出专题性、系统化的趋势，在莎剧汉译翻译（陈国华 1997a，1997b，2016）、莎剧的称谓研究（王瑞 2008）、话语标记语研究（谢世坚 2010）、语序研究（段素萍 2013）等方面取得可喜成果。充分证明中国特色的莎士比亚语言研究大有可为。

然而，在莎士比亚语言这块风景独特的宝地，还有许多未知领域等待我们去探索。修辞作为莎士比亚语言研究的重要方面，是一座蕴藏丰富的宝库，值得中国莎学研究者用自己的眼光去探索、发掘。当然，研究莎士比亚修辞可以采用多种角度、方法，如文学的、语言学的、文化社会学的，等等。就语言学角度而言，可以利用各种适切的语言学理论作为视角。本研究将运用认知语言学考察莎剧的修辞语言，作为探索莎士比亚语言的一种新的尝试。

---

① 以朱生豪的 31 个译本为主体、其他译者修订补全、收录 37 个剧本的《莎士比亚全集》（人民文学出版社 1994 年版）；梁实秋独自翻译的《莎士比亚全集》（中国广播电视出版社 2001 年版）；方平主译的《新莎士比亚全集》（河北教育出版社 2000 年版）；译林出版社修订出版的主体仍为朱生豪译本的《莎士比亚全集》（1998）；台湾世界书局出版的由朱生豪翻译、虞尔昌补译的《莎士比亚全集》（1957）；"皇家版"《莎士比亚全集》汉译本。至此，我国的《莎士比亚全集》译本共有 6 部（据《光明日报》2016 年 02 月 26 日）。

第一节 修辞的定义

修辞是一门古老而年轻的学问。我国有着悠久的修辞研究历史，早在先秦典籍中就有关于修辞的论述。《周易》中说"修辞立其诚"；《尚书》中说"辞沿体要，不惟好异"；老子说："信言不美，美言不信"；孔子提倡"辞达"，反对"质胜文"和"文胜质"，认为"文质彬彬，然后君子"。两汉的学者曾经热烈地讨论过《诗经》最基本的修辞手法比、兴、赋。魏晋以后，出现了不少有关修辞学、风格学、文章学的专论和专著，如南朝刘勰的《文心雕龙》、唐朝司空图的《二十四诗品》、清朝章学诚的《文史通义》等，这些著作都比较系统地接触到了大量的修辞问题（王希杰 2004：2）。可见，修辞学在我国有着悠久的传统。但是，科学的修辞著作的诞生，却是"五四"以后的事情。1932 年，陈望道的《修辞学发凡》出版，标志着中国现代修辞学正式建立（易蒲、李金苓 1989：551-3）。

关于"修辞"的定义，各家说法并不一致。先来看词典上的说法。通用的《现代汉语词典》（2002：1416）对修辞的释义是"修饰文字词句，运用各种表现方式，使语言表达得准确、鲜明而生动有力"；百科的《辞海》（2009：292）的释义是"依据题旨情境，运用各种语文材料、各种表现手法，恰当地表现写说者所要表达的内容的一切活动。也指这种修辞活动中的规律，即人们在交际中提高语言表达效果的规律"。专业的《汉语语法修辞词典》（张涤华等 1988：443）对修辞的定义是"为了表达特定的思想内容，适应具体题旨情境而采取的运用语言的方法、技巧或规律"。以上各种词典的定义侧重点各不一样，《现代汉语词典》强调修辞活动及其达到的效果，《辞海》既注意到了修辞活动也强调修辞规律，《汉语语法修辞词典》则只关注修辞规律。

再看看现当代的汉语修辞学家关于修辞的定义。陈望道（1932/2008：2）在其具有里程碑式意义的《修辞学发凡》开篇中说："修辞原是达意传情的手段。主要为着意和情，修辞不过是调整语辞使达意传情能够适切的一种努力。"张弓（1963：1）在其被称为"继陈望道《修辞学发凡》之后我国现代修辞学史上又一里程碑"（宗廷虎 2008：340）的

《现代汉语修辞学》篇首中说："修辞是为了有效地表达意旨，交流思想而适应现实语境，利用民族语言各因素以美化语言。"杨鸿儒（1997：11）则综合各家定义，认为修辞是"提高语言表达艺术效果的方法"，"具体地说就是通过对语言材料的选择、调整、修饰，使语言美化，更好地交流思想，表情达意"。

无论是词典的释义还是学者的定义，都注意到修辞是为了达到某种目的而采取的"手段"或"方法"。当然，这些释义和定义也涉及修辞本身的内容。在这一点上杨鸿儒（1997：11）说得也许更为清楚："所谓'调整'，主要指依据题旨情境的需要，对词语、句式、段落篇章作恰当地选择和安排；所谓'修饰'，主要指恰当地选择一些修辞手段、修辞方法，增强语言表达的艺术效能。调整的目的，要求语言准确、鲜明，没有丝毫的模糊，也没有丝毫的歧义，使人家清楚、明白。修饰的目的，要求语言生动、有力，使人家信服、感动。"这段论述较为全面地道出了修辞活动的内容、方式和目的。

然而，就修辞研究的具体内容而言，以上各家的说法依然显得笼统、模糊。修辞研究的对象说到底就是修辞的手法。陈望道认为修辞规律体系主要由两大分野组成，把修辞手法分为消极修辞与积极修辞两大部分。所谓消极修辞，就是为了表达特定的思想内容，适应具体题旨情境而采取的运用常规语言的方法、技巧或规律（张涤华等1988：429）。具体而言，消极修辞主要是指词语和句式的选择与搭配，词语选择与搭配的目的是使语言表达准确、鲜明、生动、简练；句式选用则要顾及语气贯通，音韵和谐，重点突出，合乎语境（吴德升1999）。所谓积极修辞，就是为了表达特定的思想内容，适应具体题旨情境而采取的运用超常规语言的方法、技巧或规律（同上：208）；各种各样的修辞格是积极修辞的重要内容。

本书把积极修辞确定为研究的主要对象。具体而言，就是运用认知语言学隐喻认知的相关理论，探讨莎剧中的各种修辞格及其汉译。

要研究莎剧的修辞，有必要先了解修辞在英国文艺复兴时期尤其是在莎士比亚时代的地位，这有助于我们了解修辞对莎士比亚创作的影响以及修辞在莎剧中的地位。

第二节 英国文艺复兴的修辞

修辞复兴是欧洲文艺复兴的重要组成部分（刘亚猛 2008：192）。和欧洲大陆一样，修辞在文艺复兴时期的英国有着非常重要的地位。诚然，修辞学在英国文化生活中的重要地位跟英语逐渐发展成为自信的民族语言有着密切的联系。从 1066 年诺曼底征服到 14 世纪末近 300 年间，诺曼底人使用的法语是官方语言和法律用语，文人学者写书、做学问使用拉丁语，英语则作为盎格鲁—撒克逊人的土著语言只在民间通用，可见英语当时在英国文化中的地位极为低下。截至 1399 年，英国议会才第一次出现国王亨利四世用英语发表演说（钱乘旦、许洁明 2002：103）。在 1575 年以前，英国文化界几乎每一个人都认为英语是乡野俗人使用的不标准的粗俗语言；但在 1580 年以后，英国学者都异口同声地争辩说，英语跟其他语言相比毫不逊色，它在表情达意方面甚至优于别的语言（Barber 1976：76）。英语具备了跟其他语言相媲美的各种优势[①]，其原因之一就是在融入古典修辞学的各种修辞手段之后，英语具备了更强的表达力。

受欧洲文艺复兴人文主义思潮的影响，尤其是在意大利人文主义学术思想影响下，从 16 世初开始，修辞成为英国文法学校和大学教育的核心课程。随着修辞和（拉丁）语法在人文主义教育中地位不断提高，这两门学问和逻辑学一起被列为学校的主要课程（即"三艺"，Trivium）。在这个时代，人们接受修辞训练不仅为了提高个人口才，而是将其看作培养个人综合能力，进而谋取更体面职业和更高社会地位的重要途径。托马斯·威尔逊（Thomas Wilson）在其修辞学著作《修辞艺术》（*The Arte of Rhetorique*，1580）中明确指出，既然理性和雄辩是上帝赋予人类的能力，那么，具有高超雄辩能力的人应该"被奉为半神"。其实，这种观点可以追溯到古典修辞学。西塞罗在《论演说家》中说，雄辩的威力巨大，因此只能将其赋予那些"心地正直、智慧高超的人；如果我们让缺

[①] 包括四个方面：一是各种重要著作尤其是文学作品开始用英语撰写，二是英语的词汇量已经足够丰富，三是英语融合吸纳了古典修辞学的修辞手段，四是英语已发展成为一种稳定的语言，有了成熟的语法规范。（Barber 1976：77）

乏这些德行的人拥有雄辩的口才，那我们不是把他们培养成为我们所需要的演说家，而是把武器交到了疯子的手中"（转引自 Keller 2009：16）。在西塞罗看来，修辞使人类社会得以形成、文明得以发展。这一观点成为文艺复兴时期人文主义者的共识和基本信念。对人文主义者来说，雄辩产生智慧，文化的萌发只有通过雄辩的言辞才能实现，修辞是使文化成其为文化的决定性因素，是人类独享的一种特殊天赋。

伊丽莎白时代已普遍形成这样一种观念，即修辞与雄辩的才能是谋职的先决条件。普通人家的子弟在文法学校和大学接受严格的修辞训练，毕业后担任公务员、议员、牧师等重要职位。这反过来提高了修辞在学校教育中的地位。在当时，不懂得语法和修辞知识无异于 21 世纪的人不懂得使用电脑。这就是为什么学校老师不厌其烦地给学生教授修辞知识，直到他们能够自如地运用所学知识分析古典作品，并写出文采斐然的文章。学生们也愿意——至少是愿意忍受——接受严格而且枯燥乏味的修辞训练：每天的学习从上午 6 点持续到下午 7 点，先是老师讲解，然后学生背诵老师所讲内容，撰写作文，最后是考试测验。莎士比亚在《温莎的风流娘们》和《爱的徒劳》（第 5 幕第 1 场）中就提到老师训练学童如何学习修辞和拉丁语法——只不过这种以喜剧方式呈现的情景与现实教学的枯燥严厉就大相径庭了。

从文法学校到大学，学校教学的内容都离不开拉丁语法和修辞知识①，学生要强记拉丁单词和词形变化等语法规则，因为这是理解并掌握辞格使用的基础。除了要辨认、学习课文中的语法和修辞格，学生还要在习作中学会运用所学的修辞知识。可见，修辞既是学生要学习的知识，又是一种技能，是学生在阅读和写作时所必备的。经过一段时间的模仿训练，学生具备一定修辞能力后，老师便教他们撰写难度更高的作文——通常是基于对经典著作的分析和模仿。

修辞在学校教育中的重要地位带来了修辞学的繁荣。亚里士多德、

---

① 伊丽莎白时代英国并无"教育进阶"（educational ladder）的概念，学生在不同阶段学习同样的课程，只是内容上逐步复杂深入。英国当时尚无标准意义上的小学（孩子们接受的是类似于私塾的教育），中学（文法学校）和大学的课程设置，学生都学同样的课程，沿用古罗马帝国的做法，即设立"三学"和"四艺"，三学即语法、逻辑和修辞，四艺即算术、几何、天文和音乐。（见 Dodd，1961：92，103）

西塞罗和昆体良的修辞学著作，以及无名氏的《古罗马修辞术》（*Rhetorica ad Herennium*，约公元前84年），均为学校的通用教材。更重要的是，这一时期修辞学完成了其在英国的本土化进程，其重要标志之一是出版了一批著名的修辞学著作。除了前文提到的威尔逊的《修辞艺术》，按出版时间顺序，还有伦纳德·考克斯（Leonard Cox）的《修辞技巧》（*The Arte or Crafte of Rhethoryke*，1535）、里查德·谢里（Richard Sherry）的《论格局与比喻》（*A Treatise on Schemes and Tropes*，1550），亨利·皮查姆（Henry Peacham）的《雄辩之园》（*The Garden of Eloquence*，1577）、达德利·芬纳的（Dudley Fenner）《修辞艺术》（*Arte of Rhetorique*，1584）、阿伯拉罕·弗朗斯（Abraham Fraunce）的《阿卡迪亚修辞学》（*Arcadian Rhetorike*，1588）和乔治·帕特纳姆（George Puttenham）的《英诗艺术》（*The Arte of English Poesie*，1589），等等。这些著作的出版标志着英国修辞学日渐成熟。此外，还有两位外国学者的修辞学著作在英国有着广泛影响，一位是德国学者左安尼斯·苏森布洛图斯（Joannes Susenbrotus，1484/1485–1542/1543），他撰写的《修辞格简编》（*Epitome troporum ac schematum*，1540）是莎士比亚时代学校里普遍采用的修辞教材；另一位是荷兰人文主义学者德西迪里斯·伊拉斯谟（Desiderius Erasmus，1469–1536），他用拉丁文写的《论言辞和思想的丰裕》（*On Copia of Words and Ideas*，1511）等修辞学著作对英国修辞学界产生了深远的影响。

在这样的文化环境下，修辞对莎士比亚本人及其创作的影响不言而喻。

第三节　修辞五艺及其演变

在上文所列的修辞学著作当中，影响最大的是威尔逊的《修辞艺术》；而且几乎可以肯定，莎士比亚在老家斯特拉福上学时或者在伦敦成名之前读过这本书（Adamson et al. 2001：31）。这本书作为教材于1553年出第一版，前后共印刷8次，至16世纪80年代末才被不断涌现的修辞教材所取代。在威尔逊之前，英国通行的基本上都是用拉丁文撰写的修辞学教材，包括亚里士多德、西塞罗和昆体良的修辞著作。此外，德国学者苏森布洛图斯的《修辞格简编》在英国也很流行。16世纪80年代以后，英国的修辞学教材虽然沿袭古典修辞学的核心内容和组织框架，但所使用的例证均来自英语著作，拉丁语例证慢慢被弃用；而且，此前修辞学的技巧都用于分析拉丁经典著作，此后则被应用于英语诗歌创作上。

威尔逊的修辞学手册尽管用英语撰写，但基本没有摆脱古典修辞学的窠臼。全书的焦点放在演说家而不是诗人的需要上，对修辞学的5个传统分支（或称"修辞五艺"）进行了论述：觅材取材（*Inventio*）、布局谋篇（*Dispositio*）、文体风格（*Elocutio*）、记忆（*Memoria*）和呈现（*Pronuntiatio*）。后出的英国修辞学著作对以上内容作了某种程度的取舍，而且把修辞的落脚点放在诗艺或通用写作上，演说不再是修辞关注的焦点。下面我们对"修辞五艺"的内涵及其演变作一简要介绍。

觅材取材，就是修辞者根据所承担的言说任务，寻觅可讲、该讲、值得讲的素材的过程。对此亚里士多德和西塞罗都作过论述。西塞罗认为，演讲者在这一过程中可以依赖的一是自己的天分，二是修辞学的方法和技艺，三是寻觅合适材料的不懈精神。亚里士多德说，修辞者可以动用的无非是两类材料，或者说两种劝说手段。一是非艺术性手段，如法律条文、证词、合同、誓词、刑讯等，这些都来自修辞艺术之外，修辞者不必生造这些东西，只需在必要时拿来为我所用即可。二是艺术性手段，亚氏将其分为三种诉求，即诉诸理智（*logos*）的理性诉求、诉诸情感（*pathos*）的情感诉求和诉诸人格（*ethos*）的人格诉求，这三种诉求构成修辞艺术的核心部分。说到底，觅材取材就是为了使内容更具说服力，最终实现修辞者的劝说目的。

布局谋篇，就是修辞者在获得充分的材料和论据后，对其进行适当安排，使其构成和谐统一的语篇，从而实现修辞目的。在文艺复兴时期，人们将法庭论辩的组织结构作为各种演说布局谋篇的范本，还将这种结构应用于各种写作。这种结构基本上包括5个部分：一、引言（*introductio*），意在争取法官或听众的好感；二、陈述（*narratio*），就是陈述事实，叙述经过；三、列举证据（*confirmatio*），就是摆出于己有利的证据；四、反驳（*refutatio*），就是驳斥对方的论据；五、结论（*conclusio*），总结论据，打动听众。这种五分法结构最早是昆体良提出的，文艺复兴时期有些修辞学家在第二部分"陈述"之后加上"提纲"（*divisio*）部分（在昆体良的体系中这部分划归"列举证据"），即提纲挈领地介绍立论步骤，提出论点。这种六分法的言说结构对文艺复兴时期的作家有重要影响。

材料安排好后，接下来就要考虑给这些材料穿上衣裳，亦即用适当的言辞表达出来，这就是文体风格。虽然 elocutio 的拉丁语本义是 speaking out，但在文艺复兴时期的修辞学家眼里，elocutio 指文体风格的方方面面，大体上可归结为两个方面：一是文体的风格；二是修辞格。文体风格是修辞五艺的核心，而修辞格又是文体风格的中心内容。因此，对伊丽莎白时代的英国人来说，"文学修辞意味着文体风格，而文体风格则意味着修辞格"（Adamson et al. 2007：5）。当然，文体风格关注的范围要广一些，尤其是强调风格三分法，即把风格分为三类：庄重体（grand or high style）、中和体（middle style）、简朴体（low or plain style）；而修辞格是三类文体风格的基础。修辞格是本书关注的重点，在接下来的章节中还将对此展开详细论述。

经过了觅材取材和布局谋篇的精心安排，确定了文体的风格，演说者接下来要做的就是背诵演说的内容，这就是修辞五艺的第四艺——记忆。在文艺复兴时期，老师会教给学生各种记忆的技巧，帮助他们记住所要表达的内容。

最后一艺就是呈现。演说者要用得体有效且又打动人的方式将演说内容呈现给听众。这不仅包括演讲时所用的口气、语调，还包括使用什么样的手势，以及各种辅助手段，如在法庭辩论进行到某个环节时让委托人可怜的孩子出场（Barber 1976：103）。

西方古典修辞学最初源于各种演讲实践[①]，其特点主要是人文的、口头的、劝说的（顾曰国 1990；从莱庭、徐鲁亚 2007：16）。但到了古罗马帝国后期，随着民主制度的衰亡，各种演讲——尤其是议政演讲和法律演讲——渐渐淡出人们的视野，宣德修辞遂成为修辞教育的核心。至文艺复兴时期，随着修辞与文学的结合日益紧密，其口头性特点也慢慢消失，文体风格传统逐渐取代人文传统。与此同时，修辞五艺中的第四、第五艺——"记忆"和"呈现"——就显得无足轻重了。当然，这不等于演讲被人们彻底遗忘了：在文艺复兴时期的英国，贵族和绅士非常注

[①] 主要包括三类演讲，即议政演讲（deliberative oratory）、法律演讲（forensic oratory）和宣德演讲（epideictic oratory）。（见蓝纯，2010：4）

重培养良好的演讲口才。但即便如此，这个时期英国的修辞学更多的是为诗歌、戏剧等文学创作服务，文体风格由此成为修辞的核心内容。根据巴柏（Barber 1976：103）的考察，弗朗斯的《阿卡迪亚修辞学》只有两部分内容：文体风格和呈现，前者的篇幅为 121 页，而后者只有 29 页；且文体风格所述内容几乎仅限于修辞格。芬纳的《修辞艺术》虽然把修辞分为文体风格和呈现两部分，但内容仅涉及文体风格，同样也只限于修辞格。当然，这并不是说"觅材取材"和"布局谋篇"不再受到重视；事实上，一些修辞学家认为这两部分内容不属于修辞学，而是逻辑学的内容。总之，文体风格越来越被看作是修辞学的主体部分，而修辞学家在谈论文体风格时几乎都是仅关注修辞格，他们撰写的修辞学著作也多是修辞格大全，如皮查姆的《雄辩之园》，全书 152 页就列出了 194 个修辞格（同上：104）。这也是我们将研究聚焦在莎剧的修辞格的重要原因。

第四节　英语修辞格的划分

如上所述，文体风格是英国伊丽莎白时代修辞学的核心部分，而修辞格（figures of rhetoric）又是其中心内容。修辞格在当时的内涵比现在丰富得多。英语辞格通常分为两大类，即 tropes 和 schemes。Trope 一词源于希腊语词 τρόπος，英语意为 turn，即修辞者通过意义的改变——不是表达结构的改变——而达到修辞目的的修辞手段；scheme[①] 则恰好相反，是修辞者通过改变表达结构而达到修辞目的的修辞手段。目前国内学者对 scheme 和 trope 的翻译不尽相同，现把各家译法列表如下：

事实上，以上各家译法都有可取之处，但这些译名都无法将原文的含义完全传达出来，这可能是因为汉语没有与之完全对应的术语。Scheme 和 trope 本身含义丰富，综合地考察各家的译法，也许有助于我们理解二词的内涵。为了行文方便，本书采用谢桂霞的译法。

[①] 源自希腊语词 σχῆμα，英语意为 form, figure，有"形状、格式"之意，因此有学者将 scheme 译为"格局"。

表1-1　　　　　　　　　　scheme 和 trope 的译名

	scheme	trope
从莱庭、徐鲁亚（2007：44）	结构辞格	比喻或词喻辞格
刘亚猛（2008：218）	非转义辞格	转义辞格
蓝纯（2010：282）	形式类修辞格	意义类修辞格
谢桂霞（2010：19）	形变辞格	义变辞格

义变辞格通过改变词语原来的意义，而达到修辞效果，是与词语意义相关的修辞；形变辞格指的是通过偏离词语形式正常的排列顺序，从而达到某种效果的修辞手段，是与词语的排列形式相关的修辞（谢桂霞 2010：19）。义变辞格涉及词义的改变或者词语替换，主要包括暗喻、明喻、换喻、反语、双关、讽喻，等等。形变辞格涉及词序或句子结构的改变，但不涉及词义的改变[①]。有学者（Barber 1976：104）将形变辞格分为语法形变（Grammatical Schemes）和修辞形变（Rhetorical Schemes）两种。语法形变辞格是指对正常词法和句法及通常语言使用的偏离，包括：单词的非常规形式、词性的故意误用、非常规的词语排序、省略，等等；修辞形变辞格不涉及词法或句法的偏离，主要包括各种形式的反复。

文艺复兴时期英国修辞学家对修辞格进行了精细的划分，但各家分法不尽相同，得出的修辞格数量也不一样。当时英国学校里所用的古典修辞教材《古罗马修辞术》要求学生学会65种修辞格，莎士比亚学生时代学校里通用的苏森布洛图斯的《修辞格简编》所列的修辞格达到132种，而皮查姆的《雄辩之园》收录的修辞格则多达近200种。

综合李亚丹和李定坤（2005）、科贝特（Corbett 1999）、凯勒（Keller 2009）、谢桂霞（2010）有关论述，我们把英语修辞格列表划分如下：

---

① 国外学者对辞格划分存在差异，在这一点上的看法尚有分歧，凯勒把形变辞格分为四类：反复（repetition）、句法类（syntax）、意义类（meaning）和双关类（puns），其中的意义类和双关类就涉及意义的改变。（Keller, 2009：36, 60）

表 1-2　　　　　　　　　　英语修辞格分类

Figures of rhetoric 修辞格	Schemes 形变辞格	Schemes of words 词的设计	包括语音交换和在词首、词中或词尾增、减字母或音节两个方面
		Schemes of construction 结构设计	1. Schemes of balance 均衡设计：parallelism（排比）；antithesis（对偶） 2. Schemes of unusual or inverted word order (hyperbaton) 超常词序或词序倒装设计：anastrophe（倒装）；parenthesis（旁逸）；apposition（同位） 3. Schemes of omission（省略设计）：ellipsis（省略）；asyndeton（连词省略）及其对立设计polysyndeton（连词连用） 4. Schemes of repetition（反复设计）：alliteration（头韵）；assonance（谐音）；anaphora（句首反复）；epistrophe（句尾反复）；epanalepsis（同句首尾词语反复）；anadiplosis（顶针）；climax（递进）；antimetabole（回环）；chiasmus（交错配列）；polyptoton（同根词或同词异形反复）
	Tropes 义变辞格	相似类 (similarities)	metaphor（隐喻）；simile（明喻）；zeugma（拈连）；anthimeria（转类）；personification or prosopopoeia（拟人）；irony（反语）；onomatopoeia（拟声/声喻）；paradox（似非而是的隽语）
		替代类 (substitution)	synecdoche（提喻）；metonymy（换喻）；periphrasis（折绕）
		双关类 (pun)	antanaclasis（换义双关）；paronomasia（谐音双关）；syllepsis（一笔双叙）
		层递类 (comparison)	hyperbole（夸张）；litotes（合蓄渲染）
		对比类 (contraries)	rhetorical question (erotema)（设问）；oxymoron（矛盾修辞法）

第五节　莎剧修辞研究现状

　　半个多世纪以来，国内外莎学界在莎剧修辞研究领域取得了一些可喜的成果。在国外，对莎剧修辞的研究，最为全面的要数约瑟夫的《莎士比亚时代的修辞——欧洲文艺复兴时期的文学理论》(*Rhetoric in Shakespeare's Time: Literary Theory of Renaissance Europe*) (1962) 一书。约瑟夫对 100 多个传统辞格重新分类，然后分别在莎剧中找到相应的例子，他的研究证明了莎剧中辞格丰富，同时证明了莎士比亚对古典修辞非常精通。另一位莎剧修辞研究者斯珀金 (Spurgeon 1935) 则关注莎剧中含有意象的比喻类辞格（明喻、隐喻和拟人等），以及这些辞格在探索莎士比亚的性情和思想、创设戏剧主题和塑造人物的作用。伊文斯 (Evans 1966: 16) 认为辞格的使用是莎士比亚给他的观众提供戏剧发展情节和角色性格特征的线索。克雷蒙 (Clemen 1977) 研究了莎士比亚在前、中、晚期的剧作中意象的使用情况，探讨了这些意象的功能。维克斯 (Vickers 1971) 以《理查德三世》为例着重分析了首语重复等形变辞格。近年来，西方学者开始从认知角度研究莎剧的修辞。莱恩 (Lyne 2011) 探讨了莎士比亚修辞语言的认知特性，试图揭示莎士比亚隐喻的思维、解析功能，指出莎士比亚在运用修辞达到这些功能的同时创造了非凡的诗性语言。

　　自 20 世纪 90 年代以来，国内的莎剧修辞研究也取得了丰富的成果。罗志野 (1991) 认为莎士比亚善于使用"词倒用"、排比与重复、矛盾修辞、烘托等修辞手法，认为莎士比亚不仅掌握了修辞理论，更长于实际运用；徐鹏 (2001) 按修辞手段的英语字母次序排列，通过例证讨论和分析了莎士比亚在其作品中所运用的 80 种修辞手段；吾文泉 (2002) 论述了矛盾修辞法及双关语；李群英 (2006) 考察了莎剧《无事生非》中双关语的运用；华泉坤等 (2007) 特别分析了《哈姆雷特》中的明喻和《李尔王》中的象征、意象和悖论手法；孙丙堂 (2009) 从措辞、韵律、修辞手法、偏离等多层面对比了莎士比亚和纳什同以"Spring"为题的诗歌，考证二者是如何借助这些手段进行渲染和烘托主题的；李春江 (2010) 在莎剧修辞艺术中提到了双关、重复和矛盾修辞；谢桂霞

(2010)使用实证的方法,结合"辞格翻译方法模型",描述了12种莎剧《哈姆雷特》汉译本中的辞格的各种翻译方法,探讨影响莎剧译者翻译辞格的因素;谢世坚和刘希(2013)从概念隐喻视角研究探究《李尔王》弄臣的隐喻修辞,等等。

综上所述,莎剧的修辞研究的范围和视角已超越传统修辞学的范畴,呈现出跨学科、多视角融合的趋势。我们认为,利用语言学的最新理论成果研究莎士比亚语言——包括莎剧修辞——已经成为国内莎学研究新的增长点。本书就是运用认知语言学的隐喻认知理论探讨莎剧修辞及其汉译的尝试。

第六节 隐喻认知研究现状

人们对隐喻的研究可谓历史悠久,源远流长。在中国,早在先秦诸子中就有提到"譬喻"的,如荀子(张觉1995:477)、墨子(袁晖等1995:12)、《周礼》(文锦1991:444)等;到南北朝时刘勰开始真正对"喻"进行研究;而真正明确提出"隐喻"这一概念的是南宋的陈骙(陈骙1998:1170);自此隐喻一直被当作一种修辞进行研究。在国外,早在古希腊时期,亚里士多德在《诗学》《修辞学》中多次提及隐喻,在他看来,隐喻就是把属于另一事物的名称用来指某一事物。他认为,隐喻是一种"装饰"和"美化"的语言,是一种"可有可无"的修辞手法(胡艳萍2012:167)。所以在早期的研究中,隐喻一直被当作一种修辞格;而在20世纪六七十年代以后,隐喻研究逐渐突破了单一的修辞格的分类与描写,走上了多学科、多角度研究的发展道路,成为横跨心理学、哲学、文艺学、语言学等学科的多维性研究课题,实现了隐喻从修辞到认知的转向(陈家旭2007:8)。下面我们对国内外隐喻认知的研究进行扼要回顾和梳理。

一 国外隐喻认知研究

国外隐喻认知具有代表性的研究主要有:理查兹(I. A. Richards)和布莱克(M. Black)的隐喻"互动论";莱柯夫和约翰逊的"概念隐喻认知观";福柯尼耶的概念整合理论对隐喻认知的阐述。这些研究主要体现了隐喻作为修辞格向认知研究的过渡以及当代隐喻的认知研究。

理查兹于1936年出版了《修辞哲学》一书，突破传统修辞学将隐喻仅仅作为一种修辞格来研究的局限，提出了人类思想和行为的隐喻性的概念，并对隐喻陈述的结构进行了详尽的分析，提出隐喻研究中著名的"互动论"，实现了隐喻研究从修辞格研究到认知方式研究的过渡，奠定了其在隐喻研究史上无可替代的历史地位（陈家旭2007：14）。理查兹认为：（1）隐喻与思想有关；（2）隐喻无处不在；（3）人类对世界的感受是隐喻的；（4）要区别隐喻的本体和喻源（胡壮麟2004：45）。布莱克在此基础上发展和完善了"互动论"，他在1962年出版的《模式与隐喻》一书中，提出隐喻的意义来自本体（理查兹称为"话题"）和喻体（理查兹称为"载体"）之间的互相作用，互相启示。基于两者之间的相似性，喻体的某些特征或结构被投射到本体上，本体的原有特征被"选择、掩盖或凸显"（Black 1962：230）。理查德与布莱克"互动论"对隐喻的研究，使得隐喻研究从辞格向认知研究过渡，也为莱柯夫等人的研究打下了基础。

莱柯夫的《我们赖以生存的隐喻》（1980）和《女人、火与危险事物》（1987）被视为认知语言学的经典著作。莱柯夫又与约翰逊于1999年合作出版了《体验哲学——基于身体的心智及对西方思想的挑战》一书。至此，较为系统的隐喻认知理论得以形成。莱柯夫与约翰逊（Lakoff & Johnson 1980）强调说，隐喻在日常生活中比比皆是，我们用来思考和行动的常规概念系统本质上是以隐喻为基础的；莱柯夫和特纳（Lakoff & Turner 1989）认为隐喻是人类用来组织其概念系统的不可缺少的认知工具，是通过甲事物来理解乙事物的重要手段；并且认为在人的认知中最有生命力、最有效的并非是那些能明确意识到的东西，而是那些确立已久以至于人们习以为常，不费力气便自动冒出来的无意识的东西；因此，最重要的隐喻是那些通过长期形成的规约而潜移默化地进入日常生活的无意识的隐喻。莱柯夫的概念隐喻理论在备受瞩目的同时，也受到了许多学者的质疑，如墨菲（Murphy 1996，1997），恩斯特罗姆（Engstrom 1999）等。对概念隐喻争议较多的是"恒定原则"问题，以及在历时研究方面的语料静态问题、语言与思维的关系问题等。莱柯夫与约翰逊的隐喻理论虽存有诸多争议，但它的出现无疑推动了语言学家对隐喻认知现象的探索进程。

福柯尼耶 1994 年出版《心理空间》，1997 年出版《思维和语言之间的映射》，2002 年出版《我们的思维方式》；提出了概念整合论（Conceptual Integration Theory）。这一理论认为概念整合是一种极其普遍的认知过程，它在自然语言的意义建构过程中起着至关重要的作用。由于隐喻现象中同样包含着概念合成这种认知过程，该理论可用来分析和阐释隐喻现象（陈家旭 2007：28）。概念整合理论不但把源域和目标域都看作是"合成空间"（实际上是互动的结果）的输入，而且提出一个类属空间的概念，认为这一空间也是互动的输入之一；并且强调隐喻认知中源域空间与目标域空间的相似性对应成分之间的映射。概念合成理论擅长于解释实时的创新的意义建构（李福印 2008：185）。概念整合理论细化了对隐喻意义产生互动过程的描述，进一步揭示了隐喻理解过程中各种因素之间互相作用的方式和结果；但也有学者认为整合理论只能解释部分类型的隐喻，尤其是源域和目标域都比较明显的隐喻（束定芳 2002a：102）。

综上所述，隐喻认知研究经过了从修辞格向认知的转变；从"互动论"到"概念隐喻"再到"概念整合"，这些理论相互联系，却也各成体系，既有优点，也有缺陷，是隐喻认知发展的一个组成部分。为更清晰地展现隐喻认知发展的这一过程，下面以表格形式进行归纳展现：

表 1-3　　　　　　　　具有代表性的国外隐喻研究一览

代表人物	著述	贡献
理查兹 （I. A. Richards） & 布莱克 （Black, M.）	1936《修辞哲学》 1962《模式与隐喻》	隐喻"互动论" （1）拓宽了对隐喻本质理解的视野，把语言中的隐喻看作是思想和行动的派生物 （2）强调了隐喻意义产生的方式和过程，把隐喻意义与语境密切联系起来 （3）把隐喻作为一种述谓现象，使得我们得以从句子层次理解隐喻的特点 （4）使得隐喻研究从修辞格的研究过渡到认知方式的研究

续表

代表人物	著述	贡献
莱考夫（G. Lakoff）与约翰逊（M. Johnson）	1980，合著《我们赖以生存的隐喻》 1987，莱考夫：《女人、火与危险事物》 1999年合著《体验哲学——基于身体的心智及对西方思想的挑战》	（1）为我们从认知的角度开辟新的研究视角，彻底否定了亚里士多德等人的隐喻属修辞范围的"对比论"，认为语言是隐喻性的，抽象概念的理解依赖于隐喻 （2）将隐喻分为：结构隐喻，方位隐喻，本体隐喻；提出"映射论" （3）以"体验哲学"作为哲学基础，提出应从经验主义的认识论出发，将隐喻根植于人类经验中进行研究
福柯尼耶（Fauconnier）	1994《心理空间》 1997《思维和语言之间的映射》 2002《我们的思维方式》	提出了概念整合论，可以用来深入细致地分析隐喻特别是即时隐喻过程中的意义建构与推理机制

二 国内隐喻认知研究

与国外相比，我国的隐喻认知研究稍显落后。20世纪90年代以来，随着我国一些学者对国外隐喻认知理论的介绍和借鉴，隐喻研究也进入认知研究阶段。国内关于隐喻的认知研究主要有赵艳芳（2001）、束定芳（2000）、王寅（2002，2007）、胡壮麟（2004）和蓝纯（2005）；束定芳和胡壮麟（2004）的隐喻研究是其中的代表。

束定芳（2000：28）认为隐喻本质上是一种认知现象，它是人类将其某一领域的经验用来说明或理解另一领域经验的一种认知活动。用于描写人类精神活动的词语几乎毫无例外是借用描述物质活动的词汇，因为人类对客观事物的认知概念直接来源于对客观事物的感知与体验。这也就是隐喻产生的一个认知原因即"思维贫困假说"（束定芳2000：91）。随着人类抽象思维能力的提高，往往要借用隐喻将两个不属于同一范畴的事物进行不同寻常的并列。通过相似联想，人们把属于某一事物的特征（即源域）映射到另一事物（目标域）上，从而加深了对不熟悉事物的理解（束定芳2000：30）。束定芳认为，隐喻可以帮助我们利用已知的事物来理解未知的事物，还可以帮助我们重新理解我们已知的事物。

束定芳对隐喻认知研究的贡献主要是：在整理和吸收西方隐喻理论的基础上，对隐喻的产生原因、本质特征和工作机制以及隐喻的功能等进行了系统的研究。

胡壮麟（2004）指出人类的认知包括两个过程，一是思维过程，即人们对客观世界的认识；二是认识的结果或知识的沉淀。胡壮麟主要从认知的视角探讨了隐喻、语言和认知的关系；隐喻的实质；隐喻和认知；隐喻的理解；隐喻的应用和我国的隐喻研究。其研究的主要特点是跨学科，理论与应用并重。

除了上述具有代表性的理论研究外，我国学者还对诗歌、翻译等领域的隐喻现象进行了研究。如：蓝纯（2005）对英汉诗歌中的隐喻现象进行了深入分析；刘法公（2008）剖析了隐喻汉英翻译中比较典型的翻译缺陷问题；但是从认知视角探讨隐喻翻译的研究成果相对较少，周红民（2004）的隐喻翻译的认知运作机制研究比较有洞见。隐喻翻译的研究不仅成果数量有限，而且研究也有待进一步深入。

第七节　本研究的主要内容

本书由八个章节组成。第一章为本研究的绪论，梳理中外修辞学对修辞的定义，简要介绍英国文艺复兴时期的修辞、修辞五艺及其演变、英语修辞格的划分、莎剧修辞研究及隐喻认知研究的现状，交代本书的主要内容。

第二章到第八章为研究的主体部分。每章都先明确各辞格的定义和分类，对前人相关研究成果进行梳理，从隐喻认知的角度对各辞格和翻译进行探讨，每章末对本章内容进行小结。

第二章研究莎剧中的 paradox 与 oxymoron 修辞。对这两种辞格的异同进行了分析，探讨了它们的概念整合。最后，基于"辞格翻译方法模型"对 paradox 与 oxymoron 修辞的翻译进行深入研究。

第三章考察莎剧中的通感隐喻及其汉译，探寻莎剧通感隐喻的感觉迁移规律；从概念整合角度对通感隐喻进行剖析，探讨概念整合视角下通感隐喻的汉译过程与翻译模式；总结莎剧通感隐喻的汉译策略。

第四章运用概念整合理论对莎剧中的重言修辞进行认知解读，通过

"四空间"意义构建模式来分析和探讨重言意义生成的机制；考察现有主要汉译本对重言修辞的处理，尝试提出莎剧重言翻译的策略。

第五章从概念隐喻视角研究莎剧的动物比喻及其汉译。运用概念隐喻理论对莎剧中的动物比喻进行认知解读，探究其认知机制，挖掘动物比喻修辞背后的概念隐喻，分析动物比喻的认知功能。最后，结合概念隐喻的翻译观，考察莎剧现有代表性汉译本对四大悲剧中动物比喻的翻译方法，总结动物比喻的翻译方法。

第六章从隐喻认知视角研究莎剧中的颜色隐喻及其汉译，主要探讨莎剧中基本颜色词与变体颜色词的隐喻化认知机制及其在修辞中的体现，从隐喻认知的角度考察莎剧现有主要汉译本对颜色隐喻的翻译，并尝试提出汉译策略。

第七、第八章尝试从隐喻认知视角对莎士比亚和曹禺戏剧的修辞进行对比研究。第七章运用概念整合理论，全面考察莎剧和曹剧中"心"的隐喻性修辞，探讨其隐喻意义的生成机制，探寻"心"隐喻性修辞的认知规律。然后，以概念整合翻译观为视角，考察莎剧现有代表性译本对剧本中"心"隐喻性修辞处理的特色与不足，并提出相应的翻译策略。

第八章以概念隐喻为理论框架，先考察莎剧和曹剧中有关"风""雨"比喻辞格的语言特征，对"风""雨"意象属性的跨域映射进行认知对比分析；在此基础上，对莎剧现有主要汉译本和曹剧英译本进行考察，以隐喻翻译视角讨论各译本对"风""雨"隐喻的翻译处理方式，探索可行的翻译策略。

第二章

莎剧中的 Paradox 与 Oxymoron 修辞及其汉译[①]

第一节 引言

国内外学者对莎剧修辞进行了大量研究,成果颇丰。文献检索显示,这些研究多集中于双关、隐喻等常见辞格,对 paradox 与 oxymoron 这两种辞格则鲜有涉及。在英语文学中,使用 paradox 与 oxymoron 最多的,当属莎士比亚。他运用 paradox 与 oxymoron 的技巧,达到了炉火纯青的地步;对这两种辞格的酷爱,也已到了如痴如醉的程度(徐鹏 2001:183),这两种修辞在莎士比亚戏剧中有着举足轻重的作用。

Paradox 与 oxymoron 是两种既有联系又有区别的辞格,paradox 被称为"扩大了的 oxymoron",oxymoron 被称为"缩小了的 paradox"(Wales 1989:332)。就共同点而言,一方面,两种辞格都是将完全对立、自相矛盾的两个部分置于一处,乍看出乎意料,细想却又在情理之中,给人以耳目一新的快感,具有出奇制胜的艺术感染力;另一方面,两种辞格都具有使文本更富有哲理、耐人寻味的修辞功能,深刻地揭示出事物间既矛盾对立又协调统一的联系,清晰地勾勒出人物内心矛盾复杂的思想情感。全面、系统地把握二者的共性与个性,不仅有助于我们作出精准判断,从而深刻地理解莎剧的思想内涵,还有益于我们在阅读和写作中

[①] 本章部分内容已公开发表,分别见:《贵州大学学报》(社会科学版)2016 年第 2 期《莎剧中的 Paradox 修辞及其汉译》;《广西师范大学学报》(哲学社会版)2016 年第 2 期《莎剧中 Paradox 与 Oxymoron 比较研究》(以上均与路艳玲合作)。

灵活自如地运用这两种辞格。有鉴于此，本章将paradox与oxymoron结合起来探究，以《哈姆雷特》《奥赛罗》《麦克白》《李尔王》和《罗密欧与朱丽叶》五部莎士比亚戏剧作为语料，对这两种辞格进行深入探讨，以期弥补莎学界相关研究的缺憾（谢世坚、路艳玲2016b）。

概念整合理论是第二代认知语言学理论的核心，主张从心智空间、概念整合网络、输入空间、类属空间、整合空间、映射、关键关系、压缩、新创结构等全新的角度来阐释隐匿于意义实时构建过程中的整合机制，认为意义的整合过程发生了"化学变化"，强调"整体大于部分之和"。透过概念整合视角研究paradox与oxymoron修辞，既是对该理论解释力的检验，又是对修辞研究路径的拓展。

语言中有大量诸如Your dead uncle is still alive这种自相矛盾的表达，对其进行解释离不开整合原则（王寅2007：310）。英语和汉语中有很多修饰语"不合理搭配"中心词的结构，即修饰语和被修饰语相互矛盾，如"幸福的折磨""贫困的富豪"等，此类语言现象可运用概念整合理论进行解释（王正元2009：123）。可见，paradox与oxymoron可通过概念整合理论得到有效解释。如上所述，paradox与oxymoron的典型特征是表面自相矛盾，实则蕴含哲理，那么，构成这两种修辞的矛盾成分之间如何进行系统映射，经历怎样的过程才能最终产生新创结构和新创意义，即如何获得矛盾表象背后所潜藏的深刻内涵？针对这些问题，我们将对这两种辞格的语义生成机制进行探究，在验证概念整合理论强大解释力的同时，也试图发现其不足，使其在发展中不断完善。

针对paradox与oxymoron的汉译，我们将参照"辞格翻译方法模型"，选取梁实秋、朱生豪、卞之琳、孙大雨、方平五种代表性译本，对各种译本的翻译处理方法进行统计。结合统计数据，对paradox与oxymoron宜采取的翻译方法，及其辞格特征对汉译的影响，五位译者不同的翻译取向及偏好，以及这些因素对两种修辞的汉译是否有影响等问题进行讨论。

第二节　前人相关研究

本节对国内外学者有关paradox与oxymoron的研究进行回顾和梳理。国外研究方面，我们将首先从paradox与oxymoron的词源、定义入手，然后对国外学者的相关研究成果进行综述；国内研究方面，我们将从这两种修辞的归属、修辞研究、汉译研究三个层面进行梳理。

一 国外相关研究

（一）词源、定义

在深入探究 paradox 与 oxymoron 的典型特征及二者异同之前，不妨先看一下它们的词源、定义，以便从根本上对其有所把握。在讨论其汉译名之前，为方便起见，暂且以英文称之。

Paradox 与 oxymoron 从词源上讲，均来自希腊语。Paradox 源于 *paradoxus-us*，意为 contrary to received opinion or expectation，"与常理相悖"；其中的 *para -*，意为 past、beyond，"超出"；*-dox*，意为 opinion，"观点"。该词可理解为表面悖于常理，但只要细心观察和揣摩，就能领会其深刻含义。Oxymoron 源自 *oxumoros* 的中性单数式 *oxumoron*，该词出自 *oxu -*，意为 pointed，"敏锐的"，与 *-moros*（意为 foolish，"愚蠢的"），合起来就是"敏锐的愚蠢"或"聪明的愚笨"（李国南 2001：28）。顾名思义，就是把两个自相矛盾的语词糅合起来，以产生一种特别的意思或理念（谢世坚、路艳玲 2016a，2016b）。

《牛津英语词典》（*OED*）对 paradox 的释义为："一个陈述或命题，表面上自相矛盾、荒谬，有悖于常理，但推敲起来是有根据的，实质上表达了某种真理，常见于文学批评中"（*OED*，paradox 条下，1a）。《牛津英语词典》对 oxymoron 的释义为："一种修辞手法，由自相矛盾或毫不协调的术语组合而成，为了阐释某种真理或有意义的陈述或表达；一种表达，表面或字面意思自相矛盾、荒谬，但包含真理"（*OED*，oxymoron 条下）。

不难发现，paradox 与 oxymoron 均由两个自相矛盾的成分组合而成，这种组合看似荒谬，但都蕴含深层哲理。然而，从词源和定义上并未看出这两种修辞的不同之处，以下我们将在总结前人研究的基础上，探究二者的本质区别（谢世坚、路艳玲 2016a，2016b）。

（二）相关研究

西方修辞学大部分源自希腊文化，拥有悠久的历史。在很长一段历史时期里，修辞同语法、逻辑一同被列入人文初级必修的三门学科，贯

第二章 莎剧中的 Paradox 与 Oxymoron 修辞及其汉译

穿罗马帝国时代,直至文艺复兴时期,修辞都始终保持着强盛的生命力,莎士比亚戏剧是英国文艺复兴时期修辞实践的典型代表,西方的莎剧修辞研究成果层出不穷。

斯珀金(Spurgeon 1935)较为关注莎剧中含有意象的比喻类辞格,如明喻、隐喻等,以及这些辞格在探索莎士比亚的性情和思想,深化主题和塑造人物形象上的作用。她采用统计的方法,用数据证明了莎士比亚与他同时期的剧作家更倾向于使用"运动、娱乐"方面的意象。与斯珀金相似,克雷蒙(Clemen 1977)也研究意象,但研究方法不同,斯珀金更关注意象的内容,克雷蒙则更关心意象的结构及其与语境的联系。伊文斯(Evans 1966)的研究方法更接近克雷蒙,他认为,修辞的使用是莎士比亚给他的观众提供戏剧发展情节和角色性格特征的线索,并以《罗密欧与朱丽叶》为例,分析了 oxymoron 在塑造朱丽叶性格方面所起到的作用。凯勒(Keller 2009)采用定量的研究方法,统计出 43 种修辞在 9 部莎士比亚戏剧中的使用数量和频率,细化到每一幕出现相应辞格的数量,无疑为后人在该领域的研究提供了极具参考价值的数据[①]。

西方最早研究 paradox 的可能是亚里士多德,他在《修辞学》中提到,修辞涉及常识和公论,而 paradox 所表达的既非常识,亦非公论,是蔑视修辞传统基础的一种辞格(范家材 1992:134),可见以亚里士多德为代表的西方古典修辞学界对于 paradox 的使用持否定态度。到了近代,人们对 paradox 的态度有所变化。利奇(Leech 1969:140-143)虽把 paradox 列为"诗歌的荒谬"的表现之一,认为 paradox 是内部意义与所指的相互背离,但又相信它是作者为了表现真实而荒谬的现实世界所必须借用的一种语言形式,也就是说,复杂的、自相矛盾的现实需要用不寻常的、自相矛盾的语言来表现,从正面肯定了 paradox 对现实世界的认识作用。普拉特(Platt 2009:4)则进一步指出,莎士比亚使用 paradox 不仅仅为了应对社会生活中的矛盾现象,而是为了去扩大、挑战甚至去拆解那些有助于建构其剧本中个人的、社会的信仰系统。莎剧中的 paradox 文化揭示了 paradox 往往成为行动和变革的一种工具,而 paradox 语言

[①] 需要说明的是,Keller 在举例说明 oxymoron 时,以 with mirth in funeral and with dirge in marriage(*Hamlet*,1.2.12)为例证,而依照我们的判断标准,此例属于 paradox。

则是莎剧 paradox 文化的外衣，可见 paradox 的力量所在。

国外对 oxymoron 的研究直到 19 世纪后期才受到较多关注，科贝特（Corbett 1971）将 oxymoron 定义为"通常相互矛盾的两个术语结合在一起"，布鲁蒙菲尔德（Blumenfeld 1986：195）将其定义为"可以讲得通的矛盾表达"，并提出 oxymoron 是由两个本不相容的概念（通常是两个词语）共同产生的，它是将两种对立的表达有机地组合在一起。吉布斯（Gibbs 1994：440）用有无标记的矛盾修饰来理解并分析 oxymoron 的构建过程。他和他的同事（Gibbs & Kearney 1994）还通过考察 oxymoron 在文学体裁和诗歌中的使用情况，推进了 oxymoron 的语用研究。威尔逊和基尔（Wilson & Keil 2001：314）认为在 oxymoron 中，两个意义相悖的概念相互融合，你中有我，我中有你。

关于 oxymoron 的分类，主要基于两大标准——表层结构和语义关系，表层结构通常依照词性进行划分；语义关系则分为反义关系和准反义关系（Shen 1987），后来的学者基本上都是在此基础上进行深化。Shen（1987：107）将 oxymoron 分为 direct oxymoron 和 indirect oxymoron 两种类型，又根据范畴化理论，将 indirect oxymoron 细分为非标记型（unmarked oxymoron）、中度（medium oxymoron）和标记型（marked oxymoron）。

二 国内相关研究

在莎士比亚戏剧被介绍到中国的 100 多年历史里，莎剧的翻译和研究成果层出不穷。近年来，随着学界对莎剧修辞的重视程度逐渐提高，该研究领域呈现出多元化、跨学科的发展趋势。除了聚焦于对传统辞格修辞现象的探讨外，还与文学批评、翻译研究等领域相结合。

然而，这些研究多集中于双关、隐喻等常见辞格，针对 paradox 与 oxymoron 这两种特殊修辞的研究并不十分多见。相比于 oxymoron，paradox 的研究成果显得更为匮乏。在少数涉及 paradox 的文献中，该辞格也多以从属辞格或易混淆辞格的身份出现。尽管许多修辞学著作提出将 paradox 与 oxymoron 结合起来研究，并强调系统探究二者异同的重要性，但从目前掌握的资料来看，专门研究这两种修辞的文献有且仅有两篇，即在同一年发表的《Paradox（似非而是的隽语）与 Oxymoron（矛盾修辞）的比较与翻译》（李伟芳 2004）和《悖论与矛盾修饰法》（吴永强

2004)。结合这两篇文献及相关研究成果，下文将从 paradox 与 oxymoron 的归属、修辞及其汉译三个层面进行阐述。

（一）归属问题

关于 paradox 与 oxymoron 的归属问题，长久以来备受关注，各家学者众说纷纭，以下我们对各家观点作一梳理。

1. 关于 paradox

在国内早期修辞学专著《修辞学发凡》（1932/2008：182）一书中，陈望道将 paradox（奇说、妙语）归为积极修辞中词语的辞格，即警策辞中的一种，话面矛盾反常而意思连贯通顺，是警策辞中最为奇特却又最为精彩的一种形式。王希杰（1983：241）将 paradox（相反相成）归为语言的变化美的一种辞格，即故意制造矛盾，把通常相互对立、相互排斥的两个概念或判断巧妙地联系在一起，表达复杂的思想感情或意味深长的哲理。余立三（1985：111）认为，paradox（隽语）与汉语修辞格隽语相同，属于词义上的修辞格。徐鹏（1996：198）将 paradox（似非而是的隽语）归为强调或低调类修辞格，认为它是表面上自相矛盾或荒谬，有悖于逻辑和常理，但实质上具有深刻含义的论述的修辞手段。冯庆华（2002：176）指出，前后两句话或同一句话的前后两个部分采用似非而是的修辞手法就是 paradox（精警）。与王希杰（1983：241）相同，李亚丹、李定坤（2005：521）将 paradox（似非而是的 epigram）归为语言的变化美，把它看作 epigram（警句）的一种，即看似矛盾实不矛盾的 epigram，这类 epigram 是将表面上矛盾对立、不合逻辑的两个概念或判断组合在一起，说明一个哲理或表达一种复杂的思想感情。范家材（1992：134）认为 paradox（似非而是的隽语）同 oxymoron（矛盾修饰法）都属于美学修辞中的双重聚焦（bifocal visions），即把事物一分为二，视为一种本质的对立，从中寻求相反相成的统一。以上述观点不同，黄任（2012：124）称 paradox（反论、悖论）为"翻筋斗的真理"，即乍听似乎荒唐而实际上却有道理的某种说法，并将 paradox 与 oxymoron 一并归为 irony（反语）的变异形式（谢世坚、路艳玲 2016a，2016b）。

可见，各家关于 paradox 的说法不尽一致，但对它的认识从本质上基本相同，即 paradox 表面上自相矛盾，不合逻辑，实际上颇有道理，意味深长。从结构上看，paradox 将意义对立的概念组合在句子中，作为同一句话的前后两个部分，或前后两句话。

2. 关于 oxymoron

与 paradox 相比，oxymoron 更为常见，前人研究成果也更丰富。陈望道（1932/2008：87）将 oxymoron 部分对应汉语辞格"反映"，与"对衬"一同归入"映衬"格。"映衬"的作用是将相反的两件事物彼此相形，使所说的一面分外鲜明，或所说的两面交相映发。范家材（1992：138）认为 oxymoron（矛盾修饰法）是用两种不可调和、甚至截然相反的特征来形容一项事物，在矛盾中寻求真理，以便收到奇警的修辞效果。文军（1992：280）将 oxymoron（矛盾修辞法）和 paradox（隽语）一同归入对照并列类修辞格，并认为 oxymoron 是反义词的一种灵活运用，是将词汇意义相对立、相矛盾的反义词置于一处，深刻地揭示出事物间矛盾统一的联系。李鑫华（2000）将 oxymoron（反义法）归为使用词汇手段的修辞格，认为它是把两个意义截然相反的词放在一起，用两种不可调和的特征形容同一个事物。吾文泉（2002：57）称 oxymoron 为"矛盾修饰法"，矛盾修饰法包括矛盾修辞（oxymoron），反论或似非而是的隽语（paradox）和对照（antithesis）。吕煦（2003：200）指出 oxymoron（矛盾修饰法）将完全对立、相互矛盾的两个概念置于一处，乍看起来似乎荒诞离奇，细加揣摩却尽在情理之中，给人以新鲜奇妙之感，以深入一层的意境，从而产生别开生面、出奇制胜的艺术效果。（谢世坚、路艳玲 2016b）

20 世纪 80 年代以来，oxymoron 受到广泛关注，paradox 也被顺带提及，这一时期出现的相关研究有李定坤（1982）、李安山（1983）、郎勇（1984）、李学术（1990）等。其中，顾明栋（1984：22）将 oxymoron 与 paradox，连同 antithesis、epigram 一起归入"精警"。凌如珊（1988：19）认为 oxymoron、antithesis、paradox 和 irony 均由反义词充当辞格的词汇基础，对应反义词可产生取舍关系、区分关系、相互交替和循环发生、加强语气的修辞作用，这点与文军的说法有些许类似。

关于 paradox 与 oxymoron 的归属问题，根据我们在第一章关于形变辞格（schemes）和义变辞格（tropes）的修辞格分类方法，这两种辞格都是通过两个成分的对照来表达深刻含义，从而达到隽永的修辞效果，均应列入义变辞格。

(二) 两者的区别

至此，paradox 与 oxymoron 的共同特征已然凸显，即表面不合逻辑，实则合乎逻辑蕴含哲理，那么二者的区别何在？为什么说 paradox 是"扩大了的 oxymoron"，oxymoron 是"缩小了的 paradox"（Wales 1989：332）？

文军（1992：287）曾这样解释，oxymoron 是把两个意义相对的词用在一起，一般属于修饰和被修饰的关系，形成矛盾统一；paradox 是把两个意义相反的概念组合在一起，形成似非而是。胡曙中（2004：342）认为 oxymoron 的基本格式是一为修饰语，一为中心词。徐鹏（2001：198）认为 oxymoron 是把意义相悖的词语紧密地置于一处，有直接修饰与被修饰的关系，或说明与被说明的关系；paradox 是把意义相对的概念组合在句子中，不一定存在直接修饰或说明的关系。三位学者一致认为组成 oxymoron 的两个对立成分之间存在修饰与被修饰关系，而 paradox 不受限制，这种说法是否全面，值得商榷。（谢世坚、路艳玲 2016b）

其一，构成 oxymoron 语义对立的两个成分之间存在修饰与被修饰的语法关系，这点毫无疑问，但这并非 oxymoron 唯一的结构模式，英国当代修辞学家 Nash 曾列举过 oxymoron 的常见搭配模式，其中有并列关系这一类（李国南 2001：30），如 delight and dole（详见下文），把明显矛盾的词语并置，以取得隽永或引人注目的效果，故我们认为组成 oxymoron 的两个对立成分间存在修饰与被修饰关系的说法有失偏颇，至少是不全面的。

其二，paradox 被称为扩大了的 oxymoron，oxymoron 被称为缩小了的 paradox（谢世坚、路艳玲 2016b），究其原因，一些学者曾有所涉及，如郎勇（1984：59）把矛盾修辞法依照形式分为两类：意义相对的两字组合在一起为 oxymoron；意义相对的两个概念组合在陈述句中为 paradox。李学术（1990：10—11）将矛盾修辞法按结构分为两类：舒展型为 paradox，浓缩型为 oxymoron，并指出这两种修辞就是把表示相互对立、相互矛盾的概念或事物的两个词语放在一个短语、一个单句或相互对应的两个短语、两个分句中，用其中的一个部分对另一部分进行补充说明，其形式多呈对照型，关系多呈因果式。

简言之，这些说法缘于 paradox 是句子层面的修辞，oxymoron 是短语层面的修辞（李国南 2001：29）。据此，我们对这两种辞作出以下界定：

Paradox 是两个意义对立的概念处在句子中，作为同一句话的前后两个部分［如 I must be cruel only to be kind. (*Ham.*, 3.4.176)］，或分别嵌于前后两句话中［如 I will kill thee, And love thee after. (*Othello*, 5.2.17-18)］，这一组对立概念可以是单词、短语，抑或是句子，即前后两句话相互矛盾［The body is with the King, but the King is not with the body. (*Ham.*, 4.2.25-26)］（详见下文）。

Oxymoron 是两个意义对立的成分紧密连接组成短语，对立成分可直接相连［cold fire, sick health (*Romeo and Juliet*, 1.1.178)］，也可由 and ［lost and won (*Macbeth*, 1.1.4)］、of［Feather of lead (*Romeo and Juliet*, 1.1.178)］等连接而成，短小凝练，意味深长。

值得一提的是，有些 paradox 倘若压缩成短语形式，即可变为 oxymoron，如 I must be cruel only to be kind，可压缩为 cruel kindness（谢世坚、路艳玲 2016b）。反之，若进一步扩展 oxymoron，将自相矛盾的话或充满矛盾的人和事组合起来，形成更大、更为广阔的概念，表达似"非"而可能"是"的效果，就能以 paradox 的面貌出现（党少兵 2000：53）。

（三）修辞研究

Paradox 与 oxymoron 作为特殊修辞，国内学界基本上是将其列入传统辞格进行研究的，自然少不了构成方式、内在联系和修辞作用等方面的研究成果。需要说明的是，鉴于 paradox 研究成果较少，故主要阐述 oxymoron 的相关研究。

首先，从构成方式上看，大多数学者是按照词性进行分类，如薛玉凤（1994：42—43）列举了 oxymoron 的构成方式：形容词+名词、副词+形容词、形容词+形容词、形容词性的现在分词或形容词性的过去分析+名词等 8 种形式，采取类似方法的还有李安山（1983）、文旭（1995）等。郎勇（1984：60—61）认为构成矛盾修辞法的相对概念由以下各种手法表示：句子对句子、主语对谓语、定语对中心词、短语对短语、形容词对形容词等，显然此处包含 paradox 与 oxymoron，与前文提到他对矛盾修辞法的分类保持一致。顾明栋（1984：23—25）归纳出精警（含 oxymoron、paradox、antithesis、epigram）的几种构成方式：偏正结构、动宾结构、主谓结构、并列结构等，其中偏正结构细分为形容词+名词、形容词+形容词+名词等类型。顾明栋（1985a：1）还对比了

simile（明喻）、metaphor（暗喻）与 oxymoron 在构成方式上的差别，simile：本体＋动词＋连词＋喻体；metaphor：本体＋动词＋喻体；oxymoron：喻体＋本体，解释了一些修辞学家把 oxymoron 看作一种特殊比喻的原因。张克溪（1995：88）指出矛盾修辞的语法构成多见平行修饰和偏正修饰两种情况。吴永强（2004：380）指出在 paradox 的使用中，句子结构的关联常见以下几种情况：主句与从句的关联，主语与表语的关联，比较结构的前后关联。

其次，从内在联系看，学者们认为 oxymoron 潜藏于表层结构之下的语义关系有以下几种：转折、并列、因果、方式等关系（彭家玉 1995，康旭平 2003），反义与准反义关系（范家材 1992，束金星 2002），绝对反义关系、相对反义关系和不相容关系（朱跃 1991）；还有学者运用语义成分分析法来探究 oxymoron 的内部语义关系（於宁 1989，李国南 2001）。此外，李淑静（2013：40—41）参照外延内涵传承说中对内涵内容的概括，将矛盾修辞分为四类：属性矛盾类、功能矛盾类、生成矛盾类、时空矛盾类。

最后，针对 oxymoron 的修辞作用，大多数学者进行了相应阐述。朱跃（1991：45—46）认为矛盾修辞法这种特殊的修辞手段能够获得特殊的修辞效果：揭示人物矛盾心理，起到内容与形式的统一；具有鲜明的对比性，增加了文章的表现力；揭示外在表现与内在本质的离异，起到讽刺的效果；使语言简洁，富有深刻的内涵。顾明栋（1984）、李毅（1984）、黄兵（2007）等均从语言、人物、主题等层面阐述了 oxymoron 的修辞功能。

（四）汉译研究

针对 paradox 与 oxymoron 的汉译，现有的研究大多集中于探讨这 2 种辞格的汉译策略。李定坤（1982：22—23）提出翻译矛盾修辞法的 3 种基本方法：移植法、拆译法、融合法。顾明栋（1985b：54—56）归纳出 oxymoron 的 6 种译法：直译法、引申法、融合法、并列译法、修辞译法、意译法，并指明其实只有两大类：直译法和意译法，其余不过是这两种译法的灵活运用，最后得出直译和意译各有优缺点，两者兼用才可能较为理想：浅显易懂的矛盾修辞法宜用直译，晦涩难懂的宜用意译。李伟芳（2004：87）提到，包括 paradox 与 oxymoron 在内的修辞格从翻译的角度来看，均有可译度高低之分，可译度高的修辞句，应尽可能采用直译，而可译度低的修辞句，应用意译进行加工，尽量使原文音、形、意的修辞效果和修辞美得以保留。康梅林（2007：162—163）提出 paradox 的翻译应遵循联系与创造的原则，只要联系对立的思维，再创造性地用恰当的译语语言译出，传达源语的本意总可以八九不离十；oxymoron 的翻译应遵循选择与替换的原则，核心便是忠实于源语的字词，涉及矛盾字词的翻译须把矛盾或不和谐的词语忠实地译出。李季（2010：147）总结了众多学者对矛盾修辞法汉译的探讨，分为两大类：保留辞格和不完全保留辞格（修辞译法），并列出了相应的注意事项。马慈祥（2013：158）也列出了矛盾修辞法的常见翻译策略：归化法、异化法、融合法。

毋庸置疑，前人关于 paradox 与 oxymoron 翻译策略的研究成果，很好地总结了莎剧辞格翻译的特点，为莎剧译者提供了丰富的经验和方法。然而，这些研究基本上都是围绕着直译、意译等传统翻译策略展开的，抑或是以原文为标准，判断某位译者的译文是否在各个方面忠实于原文，诸如此类的研究方法对于汉译研究具有普遍适用性，而对于辞格汉译也许缺乏针对性。鉴于此，我们将参照谢桂霞（2010）"辞格翻译方法模型"探究这两种辞格的汉译。

第三节　Paradox 与 Oxymoron 的异同

本节我们将从异和同两个方面，对 paradox 与 oxymoron 进行更为深入的剖析，着重阐述二者的不同，先从各自的汉译名和构成方式说起。

一　差异

（一）译名

作为较为特殊的修辞格，paradox 与 oxymoron 受到国内修辞学界广泛关注，但其汉译名可谓莫衷一是。我们搜集了 12 位学者在著作中所用的汉译名，如表 2-1 所示，下文将考察这些译名是否完全切合辞格的本质特征。（谢世坚、路艳玲 2016b）

表 2-1　　　　　　　　　　Paradox 与 oxymoron 汉译名

学者	Paradox	Oxymoron
陈望道（1932/2008）	奇说、妙语	反映
倪宝元（1980）	精警	精警
王希杰（1983）	相反相成	相反相成
余立三（1985）	隽语	反映
范家材（1992）	似非而是的隽语	矛盾修饰法
文军（1992）	隽语	矛盾修辞法
胡曙中（2004）	似非而是的隽语	矛盾修辞修饰法
徐鹏（1996）	似非而是的隽语	矛盾形容、逆喻
冯庆华（2002）	精警	—
李鑫华（2000）	—	反义法
李亚丹，李定坤（2005）	似非而是的 epigram	—
黄任（2012）	反论、悖论	矛盾修饰法

谢世坚、路艳玲 2016b。

1. Paradox 的译名

Paradox 在现有的 11 种译法中，2 次被译为"精警"，2 次被译为"隽语"，1 次被译作"奇说、妙语"，这三种译名不无道理。结合 paradox 的修辞功能，该辞格不仅为文学作品添加斐然的文采，而且迫使听众、读者进行超常规的思考，探索深层含义，以至于现今许多家喻户晓的格言、警句和谚语都与早期 paradox 的运用有着千丝万缕的关系，这也是"精警、隽语"魅力的体现。

然而，这三种译名并未突出 paradox 的另一面，即看起来"非"，实际上"是"。由此引出上表中可凸显"似非而是"的 4 个译名，其中 3 个为"似非而是的隽语"，1 个是李亚丹、李定坤（2005：22）的"似非而是的 epigram"，epigram 在该著作中对应的汉语辞格为"精警"，跟"隽语"意义类似，但并未指明。

此外，译为"反论、悖论"着实突出了该辞格的表面形象，文献检索发现，这种译名也在一定程度得到了学界的认可。但该译名同样不能体现 paradox 表面看是反论、悖论，实际上含义深远、余味不尽的本质特征，并且这种译名还会给不熟悉 paradox 的读者造成误解，从这两点看，译成"反论、悖论"恐怕不妥。同样，译为"相反相成"也有一定的问题，这个术语本身是个成语，也常用以指称哲学中的对立统一规律，用它来指称一个辞格，多少有些笼统、含糊，不太适宜。

2. Oxymoron 的译名

如表 2-1 所示，oxymoron 的译名更为多样一些，关于"精警""相反相成"的译名，此处不再赘述。Oxymoron 2 次被译为"反映"，汉语中的"反映"也叫"反衬"，属于"映衬"的一类。"映衬"是利用词或短语的相关（正衬）、相对或反义关系（反衬）构成，表现在短语或句子层面。"反衬"是利用两个事物的相反条件来强调所表达的事物或思想，这一点与 oxymoron 的特征相同，但它属于短语或句子层面的修辞活动，根据上文所述 paradox 与 oxymoron 的区别，oxymoron 仅限于短语层面，显然"反衬"超出了 oxymoron 的范围，故译为"反映"不完全符合。另外，可以突出 oxymoron 本质特征"矛盾"的译名多达 5 个，可见学者们对此特点的重视。其中 2 个译成"矛盾修饰法"，这个译名在国内外语界备受推崇，但上文提到组成 oxymoron 的两个对立成分之间除了修饰与被修饰的关系外，还存在并列等其他关系，因此在译名中强调"修饰"这层关系，显然有点偏颇。而"矛盾修辞修饰法"则显得累赘烦琐，重点不够突出。相比之下，文军的"矛盾修辞法"较为适合，既突出了典型特征"矛盾"，也强调了该术语属于修辞手法，一目了然。

Oxymoron 还被译成了"逆喻"，即将 oxymoron 归入了"比喻"的范畴，从 oxymoron 的定义及典型特征看，并没有任何"比喻"的要素，译成"逆喻"，容易引起混淆。最后一种译名是"反义法"，究其原因，可能是因为在结构上通常认为 oxymoron 是并列两个反义词，针锋相对，形成对照；然而，有学者（范家材 1992：141）从内在的语义结构出发，把 oxymoron 分为两大范畴，一种是反义关系，传统意义上的 oxymoron；另一种是准反义关系，对照因素在语义学上不构成严格的反义关系，如此一来，将 oxymoron 简单译为"反义法"，自然不合适。

综上所述，我们认为 paradox 宜译为"似非而是的隽语"，即看起来"非"，实际上"是"的一种隽语，将该修辞的两个本质特征结合起来，应该是较为合适的译名。Oxymoron 宜译为"矛盾修辞法"，即看似"自相矛盾"的一种修辞手法。（谢世坚、路艳玲 2016a，2016b）

(二) 结构

讨论了 paradox 与 oxymoron 汉译名的不同,再来看二者在构成方式上的差异。为了行文上的简洁、清晰,我们从语法结构层面对这两种辞格进行划分。Paradox 分为单词相对、短语相对和句子相对3种形式;oxymoron 分为名词+名词、名词+of+名词、动词+动词、形容词+形容词、形容词+名词、动词+副词6种类型。

表2-2是《哈姆雷特》《奥赛罗》《麦克白》《李尔王》《罗密欧与朱丽叶》中 paradox 与 oxymoron 出现频次的统计。我们将结合这些语料,分别对这两种辞格的结构进行分析。需要说明的是,莎士比亚语言丰富多彩,很多情况下,一段台词中会出现多种辞格,我们在统计时,凡出现1次修辞的地方,均以1例辞格计算。例如在 With an auspicious and a dropping eye, With mirth in funeral and with dirge in marriage, In equal scale weighing delight and dole 这段话中,同时出现 paradox(With mirth in funeral and with dirge in marriage)和 oxymoron(an auspicious and a dropping eye; delight and dole),我们将把该处记为1例 paradox、2例 oxymoron。

表2-2　　5部剧本中 Paradox 与 Oxymoron 的频次统计

	Paradox	Oxymoron
《哈姆雷特》	18	7
《奥赛罗》	18	8
《麦克白》	16	4
《李尔王》	14	7
《罗密欧与朱丽叶》	21	34
共计	87	60

如表2-2所示,paradox 与 oxymoron 在各剧本中的使用,虽不及其他辞格,如隐喻、双关、反复等那样频繁,但同样是莎士比亚精心安排的,其中有些后来演变成了经典的熟语。下面将结合语料对这两种修辞在构成方式上的相异之处进行分析。

1. Paradox 的结构

Paradox 是将两个意义对立的概念置于句子中,作为同一句话的前后两个部分，或分别嵌于前后两句话中，这一组对立概念可分为单词相对、短语相对和句子相对三种形式。

（1）单词相对

单词相对，是指构成 paradox 的两个对立成分以单词形式出现。根据词性的不同，又分为名词相对、动词相对、形容词相对、副词相对、混合词性相对 5 种情况。（谢世坚、路艳玲 2016a，2016b）单词相对在《哈姆雷特》中共 14 例，占该剧 paradox 总数的 77.8%；《奥赛罗》中 11 例，占 61.1%；《麦克白》中 16 例，《李尔王》中 14 例，均占该修辞总数的 100%；《罗密欧与朱丽叶》中 15 例，占 71.4%。以下依次举例分析。

①名词相对

(1) ...See you now

Your bait of falsehood take this carp of truth,

And thus do we of wisdom and of reach,

With windlasses and with assays of bias,

By indirections find directions out.

(*Ham.*, 2.1.59 – 65) ①

从内在的语义结构看，falsehood（谎言，谬误）和 truth（事实，真理）两个名词是严格的反义关系；indirections（间接，迂回）和 directions（方向，指南），词根相同，in - 前缀表示否定，但从词义上讲并非严格反义，算作准反义关系。从字面意义看，用谎言钓取事实，通过间接手段达到直接目标，普罗纽斯的此番话语道理何在？结合上下文，普罗纽斯派仆人到国外打探儿子莱阿替斯的境况，为了获取事实，他嘱咐仆人通过在旁人面前捏造一些有损儿子的谎话，来换取旁人对儿子客观真实的评价，可谓用心良苦。此处 2 例 paradox 的运用，不仅凸显了普罗纽斯圆滑世故的人物形象，还以隽语的形式表达出了深邃的思想，所谓"编

---

① 版本说明：本研究中所列之语料均出自阿登版莎士比亚（THE ARDEN SHAKESPEARE）《哈姆雷特》《奥赛罗》《麦克白》《李尔王》《罗密欧与朱丽叶》（中国人民大学出版社 2008 年版）。Paradox 辞格以下划线标出，oxymoron 辞格以波浪线标出。

造一个谎话,找到一个事实"(Thompson & Taylor 2008:232)。

②动词相对

(2) ... Once more, once more:
Be thus when thou art dead and I will kill thee
And love thee after. Once more, and that's the last:
So sweet was ne'er so fatal.

(*Oth.* 5.2.17-19)

Kill(杀)和 love(爱)两个动词,虽然语义上未构成严格反义,但所要表达的情感基调是完全相反的,先杀了你,再爱你,奥赛罗如此深爱着黛丝德蒙娜,为何还要杀死她?紧接着,两个意义对立的形容词 sweet(甜蜜的)和 fatal(致命的)放在一起,吻是甜蜜的,可为何又是致命的?从剧情可知,奥赛罗听了伊阿古的谗言,确信妻子失节有罪,便失去理智,怀着爱恨交加的复杂心情,将酣睡中的爱妻吻醒而后处死,此处两次使用 paradox,看似有悖于逻辑和常理,但实质上更能反映出奥赛罗既爱又恨的矛盾心情。

③形容词相对

(3) ... So again goodnight.
I must be cruel only to be kind.
This bad begins and worse remains behind.

(*Ham.* 3.4.175-177)

Cruel(残忍的)和 kind(仁慈的)两个形容词严格反义,必须残忍才能做到仁慈,这种说法显然与常理相悖。结合语境,哈姆雷特试图用利剑一样的话刺痛母后的心,这样对待自己的母亲无疑是残忍的,但他的目的是警醒母亲,使其认识到叔父弑兄的罪恶,体会到父亲灵魂的煎熬,因而又是仁慈的,是出于好意,此处 paradox 的表达手法,生动体现人物复杂情感,也使事态的荒谬性和严重性更加引人注目。

④副词相对

(4) My words fly up, my thoughts remain below.
Words without thoughts never to heaven go.

(*Ham.* 3.3.97–98)

Up（向上）和 below（向下）是一对意义相反的副词，放在句子中乍看悖于常理，一个人的话语理应同思想保持一致，而这里却一个在上，一个在下。此例的情节是哈姆雷特的叔父、现今的国王试图通过忏悔以求减轻罪恶，但祈求的话语已说尽，罪恶的思想和灵魂始终无法同话语达成一致，凸显了国王的伪善和不可饶恕；同时也反讽了哈姆雷特的犹豫不决，他以为国王正在忏悔而没有动手，可国王当时并未真正忏悔，哈姆雷特因此错失了替父报仇的良机。由此不难看出，这种说法看似无法理解，其实富含哲理。

⑤混合词性相对

(5) I am not sorry neither, I'd have thee live;
For in my sense'tis happiness to die.

(*Oth.* 5.2.286–287)

名词 happiness（幸福）和动词 die（死）虽然词义并非严格反义，但所传达的感情一喜一悲完全相反，死是一桩幸福的事，这显然违背常理。此情此景是奥赛罗得知自己错杀了爱妻，而罪魁祸首伊阿古却没能被自己刺死。面对犯下的弥天大错和无法挽回的爱人，奥赛罗认为只有死才能停止内心的无限悲痛和懊悔，死无疑是幸福的，而伊阿古不配得到这种幸福。此例中意义相对的部分虽然词性不同，但并不妨碍其表现和传达丰富的深层含义。

(2) 短语相对

短语相对，是指构成 paradox 的两个对立成分以短语形式出现，在《哈姆雷特》《奥赛罗》和《罗密欧与朱丽叶》中均出现 2 例，《麦克白》和《李尔王》中未出现，可见较之于单词相对，短语相对的 paradox 使用频率稍低。

第二章　莎剧中的 Paradox 与 Oxymoron 修辞及其汉译 / 37

(6) O serpent heart, hid with a flowering face.
Did ever dragon keep so fair a cave?
Beautiful tyrant, fiend angelical,
Dove-feather'd raven, wolvish-ravening lamb!
Despised substance of divinest show!
Just opposite to what thou justly seem'st!
A damned saint, an honourable villain!

(*RJ*. 3.2.73 – 79)

Serpent heart（蛇一样的心）和 flowering face（花一样的面庞），这两个短语所描述的概念完全相反，放在一起相互矛盾，花一样的面庞里怎么会藏着蛇一样的心？接着莎士比亚一连运用 7 例同样荒谬至极的 oxymoron，与之交相辉映，其中 6 例形容词 + 名词形式，beautiful tyrant（美丽的暴君），fiend angelical（天使般的魔鬼），dove-feather'd raven（披着白鸽羽毛的乌鸦），wolvish-ravening lamb（豺狼一样残忍的羔羊），以及 damned saint（万恶的圣人）和 honourable villain（庄严的奸徒），分别组成了 3 个对照格（antithesis），结构工整，气势磅礴，中间穿插着 1 例名词 + of + 名词形式的 oxymoron，即 Despised substance of divinest show（圣洁的外表包覆着丑恶的实质），使其中复杂的矛盾冲突更加尖锐，不可调和。

　　此情此景是朱丽叶得知心爱的表哥提伯尔特被自己的丈夫罗密欧所杀，先是对罗密欧充满了怨恨，而后感情奔涌，又对丈夫依恋不舍。她回想起几个小时前的罗密欧，风度翩翩，温文尔雅，含情脉脉，但现在却成了杀死表哥的凶手，她一时难以接受，心情矛盾至极，说出了如此激愤的话，爱恋与愤怒交错杂糅，敬仰与诅咒齐发，此处 paradox 与 oxymoron 的搭配使用，将朱丽叶的复杂心理展现得淋漓尽致。

　　(3) 句子相对

　　句子相对可细分为前后两个句子相对，以及同一句子中前后两个相同成分由 not 连接，即 "×非×"的矛盾表达两种情况。（谢世坚、路艳玲 2016b）这两种情况在《哈姆雷特》中各出现 1 例，《奥赛罗》中前后两个句子相对3例,"×非×"2例,《麦克白》和《李尔王》中均未出现,《罗密欧与朱丽叶》中前后两个句子相对3例,"×非×"1例。

(7) The body is with the King, but the King is not with the body.
(*Ham.* 4.2.25 – 26)

由 but 连接的两个句子彼此对立,尸体跟国王在一起,但国王却不和尸体在一起,显然不符合常理。结合情节,哈姆雷特杀死普隆涅斯后,把他的尸体藏了起来,当罗森克兰兹问哈姆雷特把尸体藏在哪里时,哈姆雷特作了这样的回答。关于该句含意,阿登版注释(Thompson & Taylor 2008:360)列了几种权威的解释,一种是尸体被藏在宫殿里,国王住在宫殿里,所以尸体和国王在一起,但国王和尸体没在同一个房间,所以说国王和尸体不在一起;另一种说国王和尸体不在一起,是因为哈姆雷特认为国王还没死,自己尚未复仇。无论何种解释,都有几分道理,都能表达出荒谬背后其实富含哲理,这也正是 paradox 的魅力所在。

(8) My lord is not my lord, nor should I know him
Were he in favour as in humour altered.
(*Oth.* 3.4.125 – 126)

此例为"×非×"的典型例证,其荒谬性跃然纸上。黛丝德蒙娜口中的 my lord 肯定就是奥赛罗,可这里却说奥赛罗不是奥赛罗,显然无法解释。据情节,凯西奥受伊阿古的唆使再次恳求黛丝德蒙娜在奥赛罗面前为自己求情,以求宽恕,早日官复原职,但当时奥赛罗对黛丝德蒙娜已经充满了猜忌,并拿手帕试探她,与二人刚刚私订终身之时已截然不同,当初那个温柔体贴、百依百顺的奥赛罗已不复存在,面对这样的巨大转变,黛丝德蒙娜说出如此浑噩不清的话语也就顺理成章了。

总体而言,paradox 在于揭示两件不同事物、两个不同概念的矛盾统一性,或一件事物、一个概念的正反两个方面,其字面上的矛盾反常却正好道出了其含义的深刻、意味的隽永;三种结构中的短语相对和句子相对，还可造成一种结构上的"变换美""均衡美"和音韵上的"和谐美"，这也充分说明了该辞格为何常被用作警句、格言、谚语（李学术1990：12）。

2. Oxymoron 的结构

Oxymoron 是将两个意义对立的成分紧密连接组成短语，这组对立成分可直接相连，如形容词＋名词、动词＋副词；也可由 and、of 等连接而成，如名词＋名词、名词＋of＋名词、动词＋动词、形容词＋形容词。（谢世坚、路艳玲 2016b）

5 部莎剧中 oxymoron 的使用情况如下：《哈姆雷特》和《李尔王》中均 7 例，《奥赛罗》中 8 例，《麦克白》中 4 例，《罗密欧与朱丽叶》中 34 例。需要注意的是，形容词＋名词形式的 oxymoron 在《哈姆雷特》中占该修辞总数的 42.9%，《奥赛罗》中占 62.5%，《麦克白》中占 25%，《李尔王》中占 57.1%，尤其是《罗密欧与朱丽叶》，这种形式的 oxymoron 所占比例高达 76.5%，其受欢迎程度由此可见一斑。

（1）名词＋名词

(9) Who steals my purse steals trash - 'tis something - nothing,
'Twas mine, 'tis his, and has been slave to thousands -
But he that filches from me my good name
Robs me of that which not enriches him
And makes me poor indeed.

(*Oth.* 3.3.160 – 164)

"重要的人或事"（something）和"无关紧要之事"（nothing）用连字符连接，与前句中"钱包"（purse）和"废物"（trash）交相辉映，既贵重又无足轻重，既是财物又是垃圾，究竟何物才能达到如此境界？这段话是伊阿古向奥赛罗表忠心时所说，他自诩视钱财如粪土，虚无的东西丢了也无妨，而名誉没了才是真正的赤贫。然而，伊阿古的本质恰恰相反，此例 oxymoron 所包含的矛盾冲突将伊阿古心口不一、虚伪奸诈的人物形象刻画得惟妙惟肖。

(2) 名词 + of + 名词

(10) ... Divinity of hell!
When devils will the blackest sins put on
They do suggest at first with heavenly shows
As I do now.

(*Oth.* 2.3.345-348)

名词 divinity（神）+ of + 名词 hell（地狱），相当于 the theology of hell（地狱之神学），或 god of hell（地狱之上帝）（Honigmann 2007：202），前后两个名词意义相对，前面是上帝、神明，后面是地狱、魔鬼，二者截然相反，但伊阿古却将其放在了一起。结合上下文可知，伊阿古教唆凯西奥去找黛丝德蒙娜，请她在奥赛罗面前为自己求情，伊阿古将自己这一行为算作神圣的恶行，神圣在于他给凯西奥所提的建议光明正大，也符合凯西奥自己的心意；魔鬼般的罪恶表现在他这样做是为了让奥赛罗亲眼看到凯西奥和黛丝德蒙娜在一起，从而使其钻入设下的圈套。最为精简、凝练的 oxymoron，只用三个单词渗透出如此深层的含义，其无穷魅力由此显现。

(3) 动词 + 动词

(11) When the burlyburly's done,
When the battle's lost and won.

(*Mac.* 1.1.3-4)

两个动词 lost（失败）和 won（战胜）由 and 连接共同修饰 battle（战争），常理上难以讲通，胜败乃兵家常事，非胜即败，非败则胜，此处既战败又胜利，败军高奏凯歌回，令人满头雾水。这句话出自《麦克白》开篇三个女巫之口，她们正在谋划同到荒原恭候麦克白，以便将邪恶的毒计灌输于他。在她们看来，现实中的战争胜利凯旋无可厚非，但心理上的战争失败了，同样是败军，预示着麦克白将无法抵御诱惑，最终输给了自己的内心。一败一胜，开篇就通过 oxymoron 的巧妙使用，渲染了全剧悲凉的基调。

（4）形容词+形容词

(12) So foul and fair a day I have not seen.

(*Mac.* 1.3.38)

此例与例（11）背景相同，麦克白即将受到三个女巫邪恶的唆使，此处两个意义对立的形容词 foul（丑、阴郁）和 fair（美、光明）由 and 连接共同修饰 a day（一天），既阴郁又光明的一天，若指天气变幻莫测，不难理解，但此处更指的是气氛、氛围，便不太符合逻辑。结合剧情，麦克白所说的光明，自然是指战争胜利所带来的喜悦和满足感，而阴郁的一面，为下文三个女巫的到来渲染了气氛，他仿佛预感到阴沉、黑暗的事情即将发生，如此一来，麦克白未曾经历过这般怪异的一天便不难解释了。

除上例中形容词+形容词共同修饰名词外，还有一种形容词+形容词单独存在的情况，如 fortunate unhappy（幸运的不幸），drowsy and vivacious（又昏昏欲睡又活泼生动），与形容词+形容词+名词的形式具有相同的修辞效果。此外，就语法结构而言，形容词+形容词+名词形式，与接下来要看的形容词+名词形式基本相同，都是"形容词（+形容词）+名词"，但又有不同，源于组成这两种形式 oxymoron 的对立成分有所差别，形容词+形容词+名词形式是两个形容词构成矛盾，属于并列关系，而形容词+名词形式是形容词和所修饰的名词构成矛盾，属于修饰与被修饰关系。

（5）形容词+名词

上文已提到一例［即例（6）］，下面再举一例：

(13) Why then, O brawling love, O loving hate,
O anything of nothing first create!
O heavy lightness, serious vanity,
Misshapen chaos of well-seeming forms!
Feather of lead, bright smoke, cold fire, sick health,
Still-waking sleep that is not what it is!

This love feel I that feel no love in this.

(*RJ*. 1.1.174-180)

短短 7 句诗行，包含 11 例 oxymoron，令人目不暇接，其中有 3 例名词 + of + 名词形式，anything of nothing（无中生有的一切）、misshapen chaos of well-seeming forms（整齐的混乱）和 feather of lead（铅铸的羽毛），其余均为形容词 + 名词形式。在语言片断中，连续使用两个以上的 oxymoron 称为 sustained oxymoron（持续矛盾修辞法）（文军 1992：281），此处显然属于这种用法，它可以加强语势，起到概括、强调的作用，能给人留下深刻印象。

结合剧情，罗密欧起初对罗瑟琳一片痴心，满怀热情，却遭到了冷酷的回绝，罗密欧感到痛不欲生，万念俱灰，这段话便是他失恋后心理活动的生动写照，其中 brawling love 和 loving hate 是 2 个 oxymoron 构成 1 个 antithesis，从两个相反的角度揭示了罗密欧极其复杂的心理矛盾和感情冲突。

(6) 动词 + 副词

(14) She hath forsworn to love, and in that vow
Do I live dead, that live to tell it now.

(*RJ*. 1.1.221-222)

此例背景同例（13），罗密欧对罗瑟琳甚是迷恋，但罗瑟琳立誓终身守贞不嫁，罗密欧为无法获得爱情感到困惑和苦恼，随即说出 live dead 这样自相矛盾的话，live（活），表示动作、行为，或"活着"的状态，dead（如死一般），置于动词 live 之后，起到修饰、限定的作用，活着也就等于死去一般，看似荒唐可笑，但充分体现了罗密欧当时的痛苦不堪。（谢世坚、路艳玲 2016b）此种形式的 oxymoron，还有如 love harmfully（伤害地爱着）、die merrily（幸福地死去）等。

综合来看 oxymoron 的 6 种类型，两个语义对立的成分之间多数情况下属于修饰与被修饰的语法关系，名词 + of + 名词，前面的名词修饰后面的名词；形容词 + 名词，相当于汉语中的偏正结构，重心在名词；动词+副词，重心在动词，副词充当修饰语的成分。余下的三种类型，名词+名词，动词+动词，形容词+形容词，两个意义相对的成分之间并不存在修饰关系，而是彼此交错融合，你中有我，我中有你，属于并列关系。

二 共性

判断一种修辞属于 paradox 还是 oxymoron，主要看它是处于句子层面还是短语层面，还可以观察其结构形式。上文介绍了二者的差异，本节将从语义关系和修辞功能两个方面考察其相同之处。

（一）语义关系

Paradox 与 oxymoron 由两个互相矛盾的成分组合而成，要准确理解其深刻含义，须弄清其内在的语义关系，以下从因果关系和方式关系（顾明栋 1985：2），主从关系和交融关系（吕煦 2003）四个方面进行探析。（谢世坚、路艳玲 2016b）

（1）因果关系

（15）<u>Happy, in that we are not ever happy.</u>
On Fortune's cap we are not the very button.

(*Ham.* 2.2.223–224)

因果关系，顾名思义，在两个对立成分中，一个成分是导致另一个成分所产生结果的原因，此例中 in that 一语中的，表示"因为、由于"；ever 意为 always（总是、一直）（Thompson & Taylor 2008：220）。整体来看，幸福，因为我们不总是幸福，也就是说，幸福的原因是不过分追求幸福，故此处 happy 和 not happy 之间存在因果关系。

2. 方式关系

（16）<u>Poor and content is rich</u>, and rich enough,
But riches fineless is as poor as winter
To him that ever fears he shall be poor.

(*Oth.* 3.3.174–178)

方式关系，就是一个成分是另一个成分所表达内容的方式，例中 poor（贫穷）和 rich（富有）交替出现，贫穷便是富有，富有又像贫穷，这两个概念相互排斥，又相反相成，诠释了一种普遍的价值观，知足常乐，珍惜拥有，若患得患失，即便拥有无穷的财富亦无异于赤贫，显然，贫穷但知足的心态是获得财富、心理富有的一种方式，故此为方式关系。

3. 主从关系

(17) Come, go with me apart; I will withdrew
To furnish me with some swift means of death
For the fair devil.

(*Oth.* 3.3.479 – 481)

主从关系，是指对立成分中一个成分对另一个成分起着描述、阐释、补充、修饰、限定的作用，意义的重心在被修饰词，修饰词处于从属的地位。此处 fair devil "美丽的魔鬼"，是奥赛罗认定黛丝德蒙娜对自己不忠后对她的称呼，爱妻虽美若天仙，但如若不忠，容貌再美，内心也是丑陋的，奥赛罗无法接受这一事实，要么美丽，要么魔鬼，二者结合起来简直无法想象，无奈奥赛罗只好以死了结他心中的困惑和绝望。（谢世坚、路艳玲 2016b）显然，意义的重心在 devil，fair 为从属方。此外，诸如形容词 + 名词、动词 + 副词等存在修饰与被修饰关系的 oxymoron，其内在语义多为主从关系。

4. 交融关系

除了修饰与被修饰外，构成 oxymoron 的对立成分间还存在并列的情况，像名词 + 名词、动词 + 动词、形容词 + 形容词，如 delight and dole (*Ham.*, 1.2.13)，欢乐中夹杂着悲伤，悲伤中渗透着欢乐，悲喜结合，彼此交融，难分你我，难辨主从，使矛盾的对立面取得完美的一致和统一，故将这种 oxymoron 的内在语义关系概括为交融关系，这种关系在 paradox 中同样存在。

(18) For me, with sorrow I embrace my fortune.

(*Ham.* 5.2.372)

Sorrow（悲哀）和 fortune（幸运）语义并非完全对立，但所表达的情感基调截然相反，怀着悲伤的心情接受幸运，此番情形并不多见。结合剧情，福丁勃拉斯的悲伤在于看到如此惊心动魄的屠杀场面，感到无限叹惋；幸运在于当时国中无主，而他拥有继承王位的权利，所以说是充满悲哀地准备接受幸运。显而易见，悲哀中充满了幸运的因素，幸运中又怀着些许悲伤，两种心情彼此交融，相互渗透，因此归为交融关系。

总之，paradox 与 oxymoron 的深层语义结构复杂多样，以上仅是我们的粗略分类，实际上各类关系之间仍存在着微妙的联系。如 I must be cruel only to be kind (*Ham.* 3.4.176)，通过残忍的方式达到仁慈的效果，可算作方式关系；同时也可归为因果关系，如此残忍是因为善良、仁慈，两种说法均可解释 cruel 和 kind 两个矛盾成分之间的内在联系，因此，在考察这两种修辞时，应细心揣摩，透过现象看本质，才能确切地领略其独特的修辞魅力。

（二）修辞功能

Paradox 与 oxymoron 都是字面矛盾反常，荒谬离奇，但道理深刻，意味隽永。下文将着重分析这两种修辞手法在修辞功能上的共通之处。

1. 强化表达

从 paradox 与 oxymoron 的用词及结构来看，二者都是将自相矛盾的两个部分并列一处，字面意义和隐含意义相得益彰，耐人寻味，语势得到了加强；选词新颖鲜明、形象生动，加深了我们对所描述人或事物的印象，产生了独特的艺术感染力。较之于 paradox，oxymoron 更为凝练、精辟，言简意赅，但 paradox 更容易演变为警句、格言，有的会广为流传。

2. 人物刻画

除了在语义和结构上标新立异外，这两种修辞在人物形象刻画方面也起到关键作用，下面援引一例 paradox 进行说明。

(19) … By the world,
I think my wife be honest, and think she is not,
I think that thou art just, and think thou art not.

(*Oth.* 3.3.386–388)

这是两个结构规整的 paradox，都是后一部分否定了前一部分的内容，奥赛罗为何说出如此自相矛盾的话？结合剧情，奥赛罗受到伊阿古的蛊惑，怀疑爱妻对自己不忠，但他内心又深爱着妻子，希望妻子是贞洁的，但又觉得伊阿古是诚实的，那么妻子就是不贞洁的；如果相信伊阿古是不诚实的，那么妻子可能就是贞洁的，矛盾纠缠在一起，此情此景深刻地揭示出奥赛罗左右为难、痛苦不堪的矛盾心理，也将他优柔寡断、轻信谗言的人物形象刻画得淋漓尽致，这还要归功于 paradox 的巧妙运用。

正是通过似非而是、似是而非、自相矛盾的表达手法，圆滑奸诈的普隆涅斯，伪善残酷的国王，优柔寡断的哈姆雷特，口是心非的伊阿古，以及内心矛盾的奥赛罗等鲜活的人物形象才得以生动地展现在我们面前，进而深化戏剧的主题。

3. 深化主题

（20） What piece of work is a man
— how noble in reason; how infinite in faculties, in form and moving; how express and admirable in action; how like an angel in apprehension; how like a god; the beauty of the world; the paragon of animals. And yet to me what is this quintessence of dust?

(*Ham.* 2.2.269 – 274)

这是名词 quintessence（精华，典范）+ of + 名词 dust（尘土，尘埃）形式的 oxymoron，意为尘土的精华，尘土通常蕴含庸俗、肮脏、卑微之意，此处与截然对立的精华、精粹相结合，令人难以理清头绪。根据炼金术（Thompson & Taylor 2008：257），精华指的是浓缩、精练，是一种从尘土元素中提炼出来的物质，即"第五元素"，是精华的所在，据说所有天体都是由第五元素构成的。此处 oxymoron 的精妙运用，除了揭示该宗教旨意外，更多的是传达哈姆雷特的深层主题。当哈姆雷特发现昔日好友如今奉国王王后的命令来监视他的一举一动时，不由地感叹人类的复杂，人性的居心叵测、表里不一，将这种普世价值传达得酣畅淋漓，发人深省。

总体而言，paradox 与 oxymoron 的修辞功能基本类似，在强化戏剧语言，刻画人物形象，以及传达深刻主题方面具有举足轻重的作用。

以上我们追溯了 paradox 与 oxymoron 的词源、定义，回顾了前人的研究，阐明了它们的归属及本质区别。接着从异、同两个方面进行辨析，通过观察汉译名和构成方式讨论两者的相异之处，然后从两种修辞的语义关系和修辞功能考察其相同之处。鉴于各种汉译名的优劣，我们认为 paradox 宜译为"似非而是的隽语"，oxymoron 宜译为"矛盾修辞法"；我们还系统地剖析了这两种修辞的结构形式，paradox 可分为单词相对、短语相对和句子相对三种形式，oxymoron 可分为名词+名词、名词+of+名词、动词+动词、形容词+形容词、形容词+名词、动词+副词 6 种类型。构成 paradox 与 oxymoron 的对立成分间存在类似的语义关系，即因果、方式、主从和交融关系，并均具有强化语言、刻画人物和深化主题的修辞功能。（谢世坚、路艳玲 2016b）

第四节　Paradox 与 Oxymoron 的概念整合

Paradox 与 oxymoron 在文体学中被列入"语义变异"的范畴，即语义搭配异常，指的是语义在逻辑上的不合理（邵志洪 2013：249）。具体说来，这两种修辞均偏离常规，把意义相反或有巨大反差的概念巧妙地搭配在一起，在形式上呈现出表层信息与逻辑规律离异的情况。这就要求我们在理解其深刻内涵时，充分发挥人的思维联想能力，充分调动已有的知识，联系语境，透过其表层信息的矛盾来寻找并体会字里行间的言外之意，而这也正是 paradox 与 oxymoron 的魅力所在，正如陈观亚（1999：107）所说，矛盾修辞法犹如两种化学元素相复合产生出一种新的物质，颇似红色加蓝色变成紫色。一对反义词的组合，其表达的意义并不是一对矛盾概念的简单相加，而是经过反应过程形成新的"化合物"（於宁 1989：43）。这与概念整合理论的核心观点不谋而合，意义的整合过程相当于"化学变化"，在这一过程中将产生"新物质"或"新概念"，可见，运用概念整合理论探究 paradox 与 oxymoron 的语义生成机制再合适不过。以下我们先从该理论的认知机制及整合网络类型说起。

一 概念整合与整合类型

福柯尼耶和特纳（2002）在"心智空间"的基础上进一步提出了概念整合理论。心智空间是人们在交谈和思考的过程中，为了达到局部理解与行动的目的，而临时通过框架和认知模型建构的小概念包。概念整合理论至少涉及四个心智空间：输入空间 I_1、输入空间 I_2、类属空间与整合空间。

I_1 和 I_2 有各自的语义结构元素，数目也各不相同，但两个空间都有某些相同的结构元素。这些相同的元素通过关键关系连接，形成两个输入空间的跨空间映射，关键关系主要表现为时间、空间、表征、变化、角色与价值、类推、非类推、部分与整体、因果关系等。类属空间向两个输入空间映射，整合反映出输入空间共有的组织与结构，构成类属空间仅有的结构元素，同时向整合空间输入。然而，输入整合空间的元素，既有两个输入空间的共有元素，也有一些二者并不共有的元素。这些元素通过组合、完善与精致三个彼此关联的心智认知活动的相互作用，形成了整合空间自己的各种结构元素。也就是说，这些元素在整合空间内进行整合，具有新的结构形式并产生新的结构元素，从而形成新的概念。新概念具有自己的结构，即新创结构，并包含新创意义。正因为有不断的认知思维和心理运演在此展开，整个认知模型才展示出一个充满动态的认知运作过程。四个心智空间通过一系列映射运作彼此连接，构成一个概念整合网络，如图 2-1 所示。

福柯尼耶和特纳（2002：119）将概念整合网络分为四类：简单型、镜像型、单域型、双域型。

在简单型整合网络中，一个输入空间包含特定的组织框架及角色，另一输入空间包含无框架组织的价值元素，彼此间不存在冲突，跨空间映射将角色和价值进行匹配（李福印 2008：176）。在镜像型整合网络中，所有心智空间共享同一组织框架，该组织框架为心智空间中的相关因素提供一系列的组织关系。由于两个输入空间的组织框架相同，故彼此间不存在冲突，但具体到组织框架层面以下，冲突元素将会显现。在单域型整合网络中，两个输入空间有各自不同的组织框架，但只有一个输入空间的组织框架被投射进入整合空间，并经过扩展形成整合空间的组织

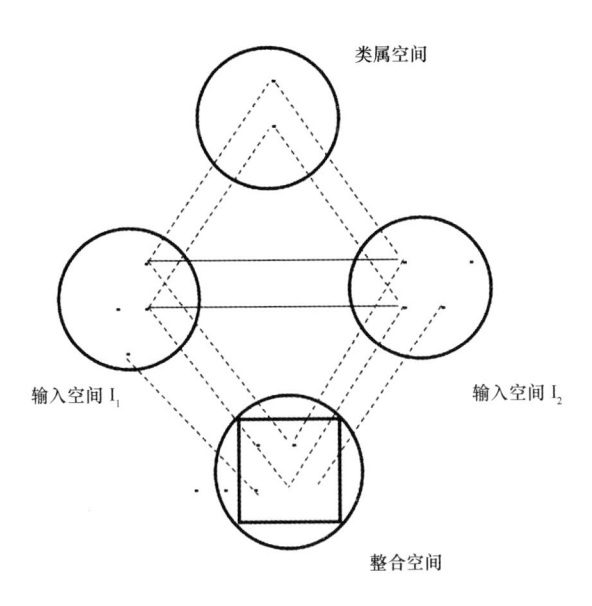

图 2-1　概念整合网络（Fauconnier & Turner 2002: 46）

框架。由于两个输入空间包含不同的组织框架，故彼此间存在非常明显的冲突。在双域型整合网络中，两个输入空间有各自不同的（通常彼此冲突）组织框架，但两个组织框架均被部分投射进入整合空间，共同构成整合空间的组织框架。两个输入空间的组织框架截然不同，彼此间的冲突更为强烈，经过一系列映射所构成的整合空间，创造性更强，更为显著。

如上所述，简单型整合网络的两个输入空间之间不存在冲突，乍看并不像真正的整合网络，但其中确实存在着组织框架和价值元素之间的跨域映射，整合内容在语义上也是有真值的，如 Paul is the father of Sally。然而，paradox 与 oxymoron 的复杂程度远已超越了该类型整合网络的解释范围，诸如背景知识、文化常识等均有所涉及，很难找到完全契合的相关语料，因此我们将重点对其余三种整合网络进行探究。

二　Paradox 与 Oxymoron 的概念整合

下面将从概念整合视角对 paradox 与 oxymoron 的语义生成机制进行阐释。

（一）镜像型整合网络

(21) ... Therefore our sometimes sister, now our Queen,
Th' imperial jointress to this warlike state,
Have we, as' twere with a <u>defeated joy</u>,
With an <u>auspicious and a dropping eye</u>,
With mirth in funeral and with dirge in marriage,
In equal scale weighing <u>delight and dole</u>,
Taken to my wife.

(*Ham.* 1.2.8 – 14)

这段话包含 3 例 oxymoron，构成了 sustained oxymoron（文军 1992：281），其中 defeated joy 乍看让人感觉不太舒服，defeated 同义于 frustrated（灰心丧气的），和 joy（欢喜）意义全然对立，令人不知所云；紧接着 auspicious（吉利的，幸运的）和 dropping（泪眼汪汪的）意义相对，一只眼睛含笑，一只眼睛流泪，更加匪夷所思；再有 delight（欢乐）和 dole（悲伤）意义截然相反，与前面两处交相辉映，悲喜交加，难分轻重，并形成头韵，增强了诗体的节奏感，读起来朗朗上口。此外，1 例 paradox（with mirth in funeral and with dirge in marriage）与 sustained oxymoron 交错运用，使这段话成为该剧的一大亮点，醒人耳目，令人玩味，使当时荒谬至极、混乱不堪的情景得到进一步渲染。

这里选取该例中的 paradox，即 with mirth in funeral and with dirge in marriage，解读其概念整合网络。由 and 连接的 with 短语分别形成两个输入空间，一个婚礼空间，一个葬礼空间，享有共同的仪式框架，即一项相对隆重的仪式，并包含人物、奏乐、氛围、情绪等元素。此时由婚礼和葬礼情景中的不同实体填充相应角色槽孔，婚礼空间对应新人、笙乐、幸福、笑容，葬礼空间则为逝者、挽歌、悲痛、哭泣。通过身份、表征等关键关系连通产生跨空间映射，并投射进入整合空间。在整合空间内，经组合环节将输入空间的共有元素进行组合，产生新的关系，并将婚礼空间中的弑兄篡位与葬礼空间中的含冤而死两种元素组合投射输入整合空间；随后，融合和完善语境因素，结合剧情，国王弑兄篡夺王位不久，已故兄长尸骨未寒,便当众宣布与长嫂结婚,并举行婚礼,他虚情假意地号召众人一边缅怀老国王,一边追捧新国王,既可以在葬礼上演奏婚礼的笙乐,也可以在婚礼上奏响葬礼的挽歌;最后经精致加工,获得新创结构及新创意义,使国王伪善、残酷和奸诈的形象更为凸显。该整合网络中,婚礼空间和葬礼空间享有共同的组织框架,并指导构建整合空间的组织框架,属于镜像型整合网络,其图式呈现如图2-2所示。

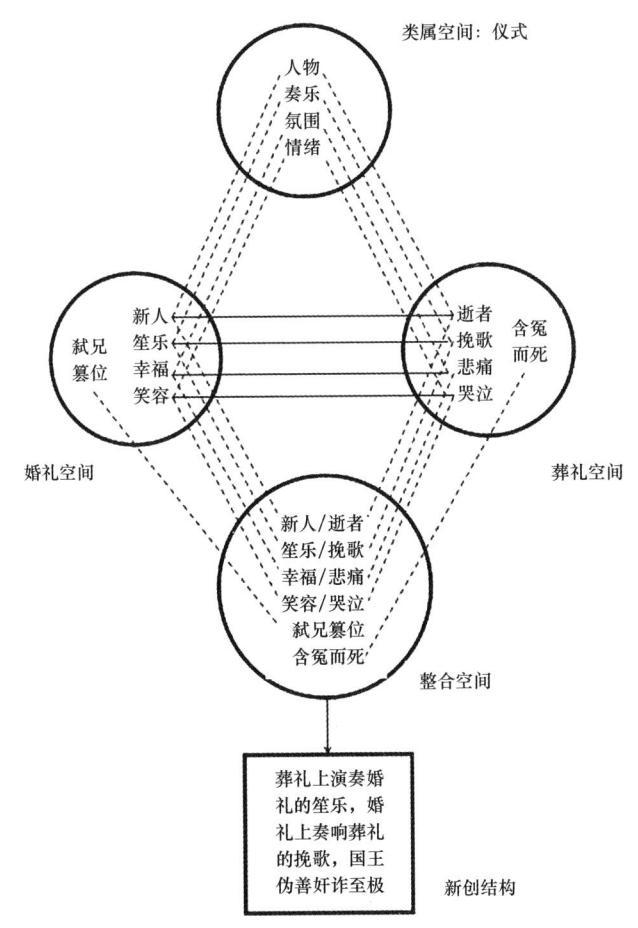

图2-2 镜像型整合网络

(二) 单域型整合网络

(22) Then murder's out of tune, and sweet revenge

Grows harsh.

(*Oth.* 5.2.113 – 114)

(23) Why, anything;
An <u>honourable murderer</u>, if you will,
For nought I did in hate, but all in honour.

(*Oth.* 5.2.290 – 292)

以上 2 例属于同一类型整合网络，下面选取 honourable murderer 进行阐述。通常情况下，honourable（可敬的，正直的）都是与英雄好汉、敢作敢为的形象联系在一起的，与之相反 murderer（凶手，谋杀犯）往往是凶神恶煞、穷凶极恶的，但这里"正直的凶手"从何而来？

根据常识，构成谋杀案的元素包括谋杀犯、被害者、案发时间、地点、原因等元素，主人公奥赛罗的谋杀行为也不例外，由此构建两个具有不同组织框架的输入空间，一个是一般谋杀空间，另一个是奥赛罗谋杀空间。通过身份、时间、地点等关键关系连通产生跨空间映射，相应角色槽孔由特定情景中的不同实体进行填充，谋杀犯是奥赛罗，被害者是黛丝德蒙娜，时间是晚上，地点是卧室，起因是尊严。类属空间向两个输入空间映射，整合反映出输入空间共有的组织结构，即一起谋杀案。两个输入空间部分投射进入整合空间后，经组合环节将投射物组合在一起，并产生新的关系，其中包括一般输入空间中的目击者和奥赛罗输入空间中的奸计元素；随后融合和完善背景框架知识，根据上下文，奥赛罗正直无私，精忠报国，视荣誉、尊严为生命，不幸中了伊阿古的毒计，用战场杀敌的巨手误杀了忠诚的爱妻，谋杀行为的起因是尊严，其动机在奥赛罗看来无疑是正直的；最后经精致加工，获得新创结构及新创意义，奥赛罗虽犯下谋杀贞洁爱妻的弥天大错，但仍不枉其正直的称号。不难发现，在该整合网络中，仅奥赛罗谋杀空间的组织框架投射进入整合空间，并构建其组织框架，该组织框架可谓奥赛罗谋杀空间组织框架的延伸，属于典型的单域型整合网络，其整合网络如图 2-3 所示。

第二章 莎剧中的 Paradox 与 Oxymoron 修辞及其汉译 / 53

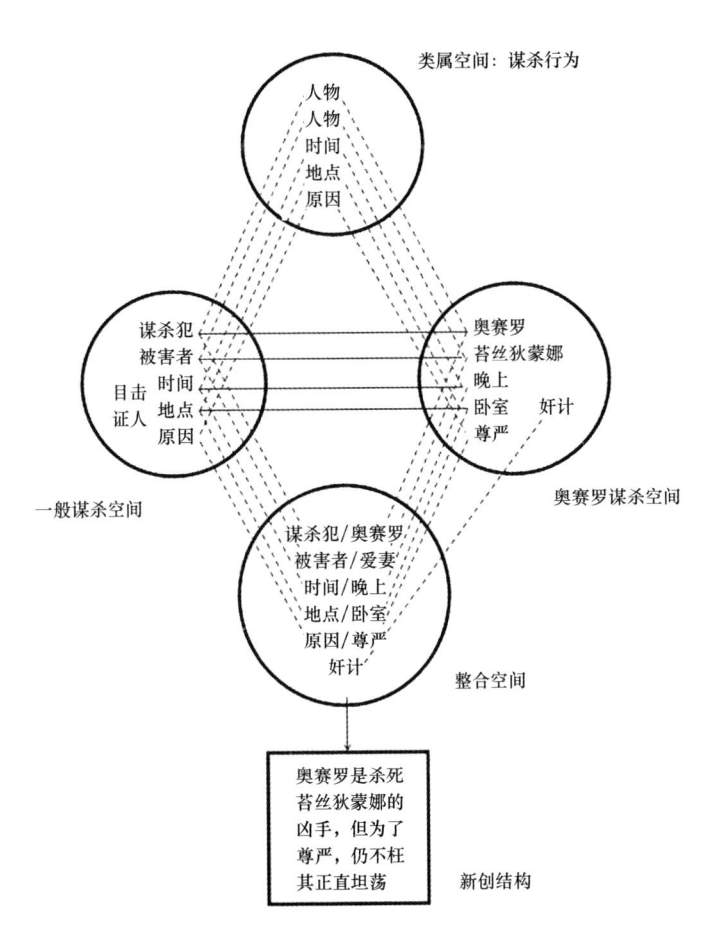

图 2-3 单域型整合网络

(三) 双域型整合网络

(24) ... Once more, once more:
Be thus when thou art dead and I will kill thee
And love thee after. Once more, and that's the last:
So sweet was ne'er so fatal. I must weep,
But they are cruel tears. This sorrow's heavenly,
It strikes where it doth love.

(*Oth.* 5.2.17-22)

(25) ... So again goodnight.
I must be cruel only to be kind.
This bad begins and worse remains behind.

(*Ham.* 3.4.175–177)

以上 3 例 paradox 与 1 例 oxymoron 类型相同，下面选取 It strikes where it doth love 进行分析。strike（打击，惩罚）构成打击空间，包含恨、痛楚、折磨等元素，love（热爱、珍爱）形成爱的空间，包含爱、甜蜜、享受等元素，两个输入空间具有不同的组织框架，通过关键关系连通产生跨空间映射。类属空间向两个输入空间映射，整合反映出输入空间共有的组织结构，即一个富含感情的行为框架，包含两种行为共有的感情基调、滋味、感受等元素。两个输入空间部分投射进入整合空间后，经组合环节将投射物进行组合，产生新的关系，相应槽孔由特定情景中的不同实体进行填充，恨与爱、痛楚与甜蜜、折磨与享受，并将打击空间的犯错元素输入整合空间；随后融合和完善文化、背景框架知识，该句正是奥赛罗对黛丝德蒙娜又爱又恨的尽情体现，奥赛罗杀死的人正是自己最深爱的人。此外，还可通过特定文化背景知识进行完善，奥赛罗的这句话与《圣经》中的一句箴言（《箴言》第 3 章第 12 行）形成对照："上帝喜爱谁，就会惩罚谁"（For whom the Lord loveth, him he chasteneth）。最后经精致加工，获得新创结构及新创意义，爱之深恨之切，最爱的人一旦犯错，对自己的伤害最深，不堪忍受。奥赛罗听信谗言，猜疑爱妻背叛，受到了极大的伤害，也做出了最为极端的蠢事，以死惩罚了最深爱的人。在该整合网络中，两个输入空间具有不同的组织框架，并均被部分投射进入整合空间，共同构建了整合空间的组织框架，属于双域型整合网络，如图 2-4 所示。

至此，莎剧中 paradox 与 oxymoron 的概念整合得到了有效阐释，这两种特殊修辞的语义生成机制也似乎得到了透彻的解读。然而，正因为该理论的适用性过于广泛，几乎成为放之四海而皆准的语言解读规律（Grady 2000），凡是由两个词以上组合而成的语言，解读时都会牵涉概念整合，因此往往以同一类认知机制来解读不同的概念整合内容。若对 paradox 与 oxymoron 的认知解读止于上文，似乎也难逃千篇一律的嫌疑。王文

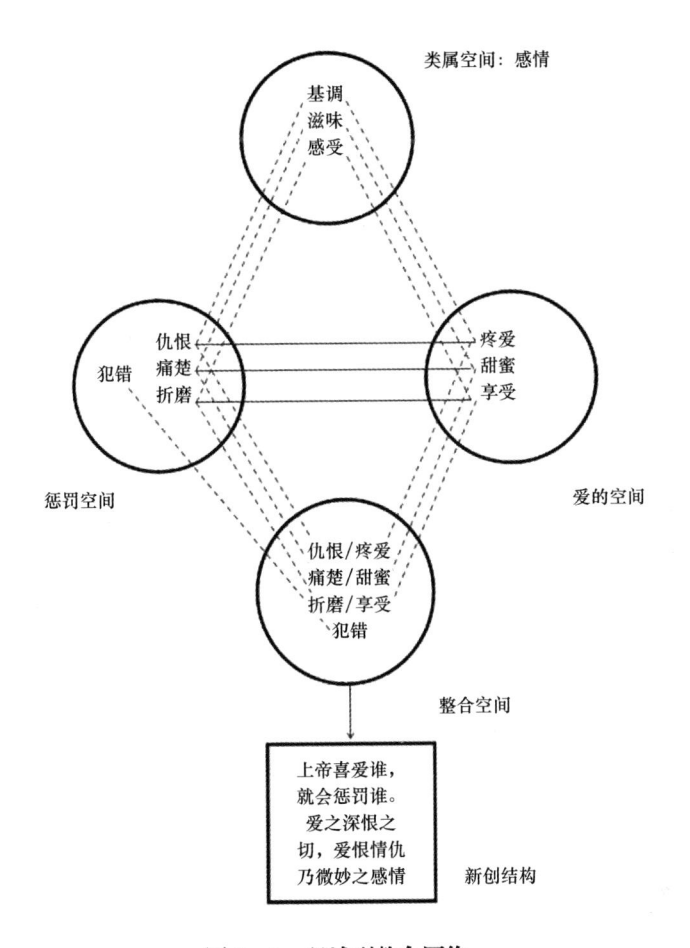

```
                              类属空间：感情
              ┌──────────┐
              │ 基调、    │
              │ 滋味、    │
              │ 感受      │
              └──────────┘

   ┌──────────┐              ┌──────────┐
   │ 仇恨 ←───┼──────────────┼→ 疼爱    │
   │ 痛楚 ←───┼──────────────┼→ 甜蜜    │
   │ 折磨 ←───┼──────────────┼→ 享受    │
   └──────────┘              └──────────┘
   犯错                               爱的空间

   惩罚空间
              ┌──────────┐
              │ 仇恨/疼爱 │
              │ 痛楚/甜蜜 │
              │ 折磨/享受 │
              │ 犯错      │
              └──────────┘
                              整合空间

              ┌──────────┐
              │ 上帝喜爱谁，│
              │ 就会惩罚谁。│
              │ 爱之深恨之 │
              │ 切，爱恨情仇│
              │ 乃微妙之感情│
              └──────────┘    新创结构
```

图 2-4　双域型整合网络

斌、毛智慧（2010：xxix）曾提到，像"善游者溺，善骑者堕"那样的矛盾修辞法的认知解读机制，并非概念整合理论这样一个笼统的"四空间"模型所能囊括或蔽之的，必然涉及特定的认知工作机制。我们对这一观点表示认同，本着进一步挖掘 paradox 与 oxymoron 的概念整合特殊运作机制的目的，下文将进行深入探究。

三　整合空间内的特殊运作机制

根据福柯尼耶和特纳（1997：150-151）的观点，整合空间通过组合、完善、精致三个彼此关联的心智认知活动的相互作用产生新创结构，新创结构包含新创意义。组合是三个过程中最简单的，它将输入空间的投射物组合在一起，并产生新的关系，这种关系是输入空间以前并不存在的。值得注意的是，在上文所阐释的镜像型和双域型这两种整合网络的整合空间内，经组合环节将输入空间的投射物组合在一起时，会发现诸如幸福与悲痛、笑容与哭泣、恨与爱、痛楚与甜蜜此类的概念是彼此冲突的，并不能直接产生新的关系。正如钱钟书强调"冤亲词"（oxymoron）重在和解，而非矛盾（曾艳兵2008：91），此处的矛盾如何消解才能使接下来的认知活动得以顺利进行？其独特的认知工作机制又是怎样的？

两个语义相悖的概念A和概念B，均是由输入空间I_1和输入空间I_2通过关键关系进行匹配并映射入整合空间的，二者相互排斥，虽被组合在一起，但并不能产生新的关系。我们认为，此时发挥关键作用的正是认知主体本身。一方面，认知主体试图将两个语义冲突的词语进行概念连贯缺省性期望值的对接（王文斌2010：11），所谓概念连贯缺省性期望值，指解读者往往会根据日常语言交际的常理对概念与概念之间的连接贯通特性具有预设性期望，即解读者对语言中概念与概念之间的连接具有常规性的期待（王文斌2010：12），进而才会对概念A和概念B进行对接；另一方面，认知主体具有辩证思维，在辩证思维中，矛盾就是事物内部诸要素之间相互依赖又相互排斥的关系，解读者在对接并组合相斥概念的同时，也会看到其统一性，对立统一规律是辩证思维的核心，paradox与oxymoron正是从对立中寻找统一在语言表达上的具体体现，认知主体借助自己的辩证思维，概念A和概念B组合在一起，并产生统一的关系。

完善，是借助语境信息、背景图式知识、认知和文化模式，在整合空间中使被激活的模式不断完善，也就是说，当部分表征投射到整合空间时，可能会激活附加的概念结构图示；或者当整合空间中的结构与人的长期记忆中的信息相匹配时，一些隐性信息就会自动地被激活（房红梅、严世清2004：10）。关于语境因素，何兆熊（1989：25）曾进行过归纳，分为语言知识和语言外知识，语言知识包括对语言上下文的理解；语言外知识包含百科全书式的知识，即常识，以及特定的文化背景知识等内容，上文均有涉及。语境因素对于整合空间内的完善环节起到不可或缺的作用，促使其他认知活动得以顺利进行。精致是指整合空间内的结构可以被精致加工，这种精致加工是一种连续整合，根据自身的新创逻辑，连续整合包括整合空间内的认知行为。paradox 与 oxymoron 概念整合网络的整合空间内部特殊运作机制如图 2-5 所示。

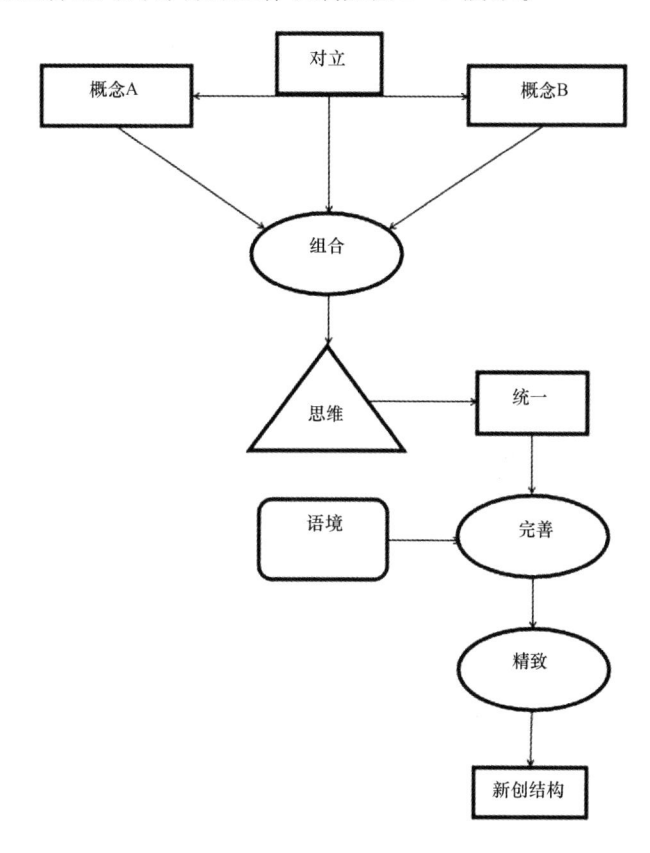

图 2-5 整合空间内部特殊运作机制

基于上述讨论，paradox 与 oxymoron 的深层语义生成机制通过概念整合理论的阐释，变得较为清晰；这两种特殊修辞在整合空间内的特殊运作过程，也得到了阐释和图示。在关于这一独特认知工作机制的讨论中，一方面强调了认知主体的自主性、自为性和能动性在组合环节的重要性，既对立又统一的辩证思维是驾驭整个运作机制的灵魂，paradox 与 oxymoron 的矛盾最终是否得到认知消解，关键在于其两个语义背向的词语能否顺利合成一个统一体；另一方面关注语境因素在完善环节所起到的重要作用，同一事物在不同的时空出现，往往具有不同的意蕴，语境因素的输入有益于解读者更为确切地把握语义，从而促进精致环节的顺利进行，以及新创结构的产生。总之，从概念整合角度探究 paradox 与 oxymoron 的意义构建，深度挖掘这两种辞格在整合空间内的独特运作机制，不但验证了该理论的解释力，拓展了修辞研究的路径，五彩斑斓的莎剧修辞也得到了较为清晰的解读。

第五节　Paradox 与 Oxymoron 的汉译

上节从概念整合视角阐释了 paradox 与 oxymoron 的语义生成机制，下面我们将焦点转向这两种辞格的汉译。本节把《哈姆雷特》《奥赛罗》《麦克白》《李尔王》《罗密欧与朱丽叶》5 部剧本中出现的 147 例 paradox（87 例）和 oxymoron（60 例）的汉译作为研究对象，参照"辞格翻译方法模型"（谢桂霞 2010），选取梁实秋、朱生豪、卞之琳、孙大雨、方平这五种代表性译本，对这两种辞格在不同译本中的翻译方法进行统计。在此基础上，尝试探索 paradox 与 oxymoron 宜采取的翻译方法，及其修辞特点对汉译的影响，试图发现译者各自的翻译特点及偏好，以及这些因素对这两种辞格的汉译是否产生作用。（谢世坚、路艳玲 2016a）

一　辞格翻译方法模型概述

谢桂霞（2010：38）认为，在辞格翻译过程中，要较为完整地翻译原文辞格，不但要考虑翻译原文辞格不同形式构成的"修辞格式"，也要注意其"修辞内容"，这样才能在译文中重现辞格原本的面貌。基于此，她归纳出了"辞格翻译方法模型"，如表 2－3 所示。

从表 2－3 可知，针对是否保留辞格的 4 种处理方式分别为：A 类，在译文中保留原文辞格的"修辞格式"；B 类，改变原文辞格的"修辞格式"；C 类，译文中没有辞格；D 类，省略辞格。在"修辞内容"的处理方面也有 4 种：1 类，保留原文辞格的指示意义；2 类，用与原文意义相近或联想意义相同的内容代替；3 类，用解释的方式来表达原文词语的意思；4 类，译文意义与原文辞格的意义毫无关系。

表 2-3　　　　辞格翻译方法及代码（谢桂霞 2010：47）

修辞格式	翻译方法及代码	修辞内容			
		1. 指示意义 (denotative meaning)	2. 联想意义 (associative meaning)	3. 释义意义 (paraphrasing)	4. 其他词语 (other words)
	A. 同一辞格	A1	A2	A3	A4
	B. 不同辞格	B1	B2	B3	B4
	C. 没有辞格	C1	C2	C3	C4
	D. 省略辞格	D			
	F. 其他方法	F			

就首先考虑修辞格式还是修辞内容而言，谢桂霞（2010：48）提出了"辞格特点优先考虑"的原则，并构建了辞格翻译判断思考流程，如表 2-4 所示，按照从左至右的顺序，来对具体辞格的翻译方法判断过程进行指导。

表 2-4　　　　辞格翻译判断思考流程（谢桂霞 2010：48）

译文是否有辞格？	有辞格。译文辞格是否与原文相同？	与原文相。译文辞格内容是否与原文相同？	指示意义相同—A1
			联想意义相同—A2
			释义意义相同—A3
			内容不同—A4
		与原文不同。译文辞格内容是否与原文相同？	指示意义相同—B1
			联想意义相同—B2
			释义意义相同—B3
			内容不同—B4
	没辞格。译文内容是否与原文相同？		指示意义相同—C1
			联想意义相同—C2
			释义意义相同—C3
			内容不同—C4
	没辞格，没内容		省译—D
	其他		其他方法—F

下文将参照上述辞格翻译方法模型及判断思考流程，对 5 部莎剧中出现的 147 例 paradox 与 oxymoron 在 5 个汉译本中的不同翻译方法进行统计。

二 Paradox 与 Oxymoron 的翻译方法

（一）统计方法

下面将对剧本中 paradox 与 oxymoron 的有关情况进行统计，如表 2-5 所示，分别记录该辞格在剧中的行号、角色名称、原文及 5 位译者的译文，并标记这些译者翻译该处辞格的方法代码。（谢世坚、路艳玲 2016a）需要说明的是，在统计时，若同一辞格先后出现两次，且译者对其处理方式不同，便记为 2 例。如《罗密欧与朱丽叶》中的 Dry up your tears, and stick your rosemary On this *fair corse*（4.5.80-81）和 Every one prepare To follow this *fair corse* unto her grave.（4.5.92-93），两处同为 fair corse，但译者对其处理方式显然不同，较为明显的是方平的译法，前一处译为"把鲜花插满在她头上"，后一处译为"送这位美丽的少女的遗体落葬去"，可见前后差别之大，我们将该处 oxymoron 记为 2 例。此外，鉴于卞之琳仅翻译"四大悲剧"，故本节涉及《罗密欧与朱丽叶》之处，仅统计梁实秋、朱生豪、孙大雨和方平的译本。

表 2-5　　《麦克白》剧中 Paradox 辞格翻译方法统计

排序	剧中行数及角色名称	原文	译文	梁实秋	朱生豪	卞之琳	孙大雨	方平
1	1.1.12 All (Witch)	Fair is foul,	梁：清白即是黑暗， 朱：美即丑恶 卞：美即是丑， 孙：明朗是腌臢嗽， 方：祸即是福，	A3	A1	A1	A2	A3
2	1.1.12 All (Witch)	foul is fair:	梁：黑暗即是清白； 朱：丑即美 卞：丑即是美： 孙：腌臢是明朗； 方：福即是祸；	A3	A1	A1	A2	A3
……	……	……	……					

注：在该类型统计表中，统一以译者姓氏代表该译者。

谢世坚、路艳玲 2016a。

同理，oxymoron 辞格也用相同方法统计，两种辞格共计 10 个表格。基于统计结果，再从各译者使用数量、修辞格式、修辞内容等方面对数据进行综合研究。

(二) 统计结果

在翻译莎剧中的 paradox 与 oxymoron 辞格时，不同译者所采取的翻译方法不尽相同。基于上述方法，我们一并考察这两种辞格的翻译情况，把各位译者单独进行统计（统计结果见下表），以期从整体上把握这两种辞格的汉译。在表 2-6 中，中间栏"各译者使用数量统计"，按照从左至右的顺序，数量依次减少，若出现数量相同的情况，依照原始顺序（梁、朱、孙、方）排列；（谢世坚、路艳玲 2016a）右侧两列数据分别为各译者使用该翻译方法的总数和平均数，鉴于这两项数据的排序是基于 5 部剧本中共计 147 例 paradox 与 oxymoron，而卞之琳译本仅有 4 部，故此统计结果不包含卞译，其相关情况将在后文再作阐述。

表 2-6　　各译者 Paradox 与 oxymoron 辞格翻译方法统计

辞格 翻译方法	各译者使用数量统计				总数 (588)	平均数 (147)
A1	孙	梁	朱	方	201	50.3
	66	58	45	32		
A2	方	孙	朱	梁	134	33.5
	36	35	32	31		
A3	方	孙	朱	梁	54	13.5
	21	12	11	10		
A4	方	朱	梁	孙	6	1.5
	4	2	0	0		
B1	梁	朱	孙	方	23	5.8
	8	6	5	4		
B2	方	梁	朱	孙	6	1.5
	4	2	0	0		
B3	朱	梁	孙	方	1	0.3
	1	0	0	0		
B4	方	梁	朱	孙	1	0.3
	1	0	0	0		
C1	梁	朱	孙	方	25	6.3
	8	6	6	5		
C2	朱	孙	梁	方	59	14.8
	21	14	13	11		

续表

辞格 翻译方法	各译者使用数量统计				总数 (588)	平均数 (147)
C3	方 22	朱 21	梁 12	孙 6	61	15.3
C4	方 6	梁 5	孙 3	朱 1	15	3.8
D	朱 1	方 1	梁 0	孙 0	2	0.5
F	梁 0	朱 0	孙 0	方 0	0	0

注：表中，以译者姓氏代表该译者。"平均数""总数"字样下方括号内数据分别表示 paradox 与 oxymoron 共计 147 例，由 4 位译者翻译，合计 588 种翻译结果，特此标明，以便与统计结果比较。非整数均保留小数点后一位，以下表格亦然。

谢世坚、路艳玲 2016a。

从表 2-6 中可以看出，总体上使用次数最多的翻译方法是 A1 类（既保留原文的"修辞格式"，又保留"修辞内容"的翻译方法）。在 147 例 paradox 与 oxymoron 汉译中，4 位译者使用该方法的平均次数多达 50.3 次，占总数的 34.2%。其次是 A2 类（保留"修辞格式"，但在"修辞内容"方面采用联想意义的翻译方法），4 位译者使用该方法的平均次数为 33.5 次，占总数的 22.8%。（谢世坚、路艳玲 2016a）第三多的是 C3 类（既不保留"修辞格式"，"修辞内容"方面也采用释义的翻译方法），4 位译者平均使用 15.3 次，占总数的 10.4%。

总体上使用次数最少的三种辞格翻译方法是 B3（即改变"修辞格式"，"修辞内容"采用释义方法）、B4（既改变"修辞格式"，"修辞内容"也与原文完全不同）和 F（其他），朱生豪、方平分别使用 1 次 B3 和 B4 方法，而 F 类，4 位译者从未使用。

以同样方法分别统计 87 例 paradox 和 60 例 oxymoron，发现翻译 paradox 使用最多的 4 种方法依次为 A1、A2、A3、C3 类，翻译 oxymoron 使用最多的 4 种方法依次为 A1、A2、C2、C3 类，可见 A1、A2 类方法在翻译 paradox 与 oxymoron 时使用最为频繁。

三 Paradox 和 Oxymoron 特点与汉译

上文展示了依照"辞格翻译方法模型"对莎剧中 paradox 与 oxymoron

汉译的统计结果。下面我们将从修辞格式和修辞内容两个层面讨论现有译本是如何处理这两种辞格的。

(一) 修辞格式的汉译

修辞格式，就是辞格在形式上的特点，从 paradox 与 oxymoron 的形式上看，均由一对反义成分组合而成，表面自相矛盾，实则蕴含哲理，本质区别在于 paradox 处于句子层面，oxymoron 处于短语层面。在表 2-6 的基础上，这里将 A、B、C、D 四种在修辞格式上的处理方式提取出来，单独统计 paradox 与 oxymoron，结果如表 2-7 所示。

表 2-7　**Paradox 与 Oxymoron "修辞格式" 翻译方法对比表**

修辞格式	Paradox 总数（348）	比例	Oxymoron 总数（240）	比例
A 类	243	69.8%	152	63.3%
B 类	12	3.4%	19	7.9%
C 类	92	26.4%	68	28.3%
D 类	1	0.3%	1	0.4%

注：表中，"总数"字样后括号内数据分别表示 87 例 paradox，由 4 位译者翻译，合计 348 种翻译结果；60 例 oxymoron，由 4 位译者翻译，共计 240 种翻译结果，特此标明，以便比较，下表亦然。

从表 2-7 可以看出，4 种方式在处理 paradox 与 oxymoron 方面的使用次数由多至少顺序一致，依次为 A 类、C 类、B 类、D 类。其中，A 类方法使用最多，占总数的比例分别高达 69.8% 和 63.3%；其次为 C 类 (26.4% 和 28.3%)，虽与 B 类 (3.4% 和 7.9%) 和 D 类 (0.3% 和 0.4%) 相比，仍占一定比例，但整体而言，译者还是偏向于保留这两种修辞的格式。针对这一现象，以下用一例 paradox 加以说明。(谢世坚、路艳玲 2016a)

(26) And the noble and true-hearted Kent banished, <u>his offence honesty</u>!

(*Lear.* 1.2.116–117)

梁译：诚实高贵的坎特竟被放逐！他的罪状，诚实！——A1

朱译：忠心的肯特又放逐了！他的罪名是正直！——A1

卞译：赤胆忠心的肯特竟被放逐了！他的罪名呀，就是诚实！——A1

孙译：还是那性情高贵心地真实的铿德给流放了出去！他的罪过只是诚实！——A1

方译：那忠心耿耿的坎特遭了流放！他的罪名：正直！——A1

此例是一组名词相对的 paradox。传统意义上，honesty（诚实，正直）代表一个人真诚忠心，品行端正，而 offence（犯罪，过错）常与恶劣行径联系在一起，此处优良的品质却成了罪过，正负能量的结合令人费解。从上下文可知，小女儿考狄利娅是李尔最为疼爱的掌上明珠，但由于她不愿像姐姐们一样夸大其词，谄媚虚伪，取悦父王以继承更多的财产，而选择了如实表达对父王的爱，不料触怒了一时糊涂的李尔，被剥夺了应得的财产，日后将一无所有。作为旁观者的肯特深知王上的决定是荒唐的，于是伸张正义，激浊扬清，结果被怒发冲冠的李尔放逐了。如此看来，肯特的"罪名"是诚实正直这一说法耐人寻味。

从翻译方法上看，5 位译者均使用了 A1 类，即同时保留 paradox 的修辞格式和修辞内容。单从修辞格式上看，构成此例的两个名词 offence 和 honesty，词义简明易懂，互为反义，乍看荒谬至极，细想意味深长，句式结构简单，容易辨认，且在英汉两种语言中意义互通，因此译者自然而然地选择了保留修辞的格式。

(二) 修辞内容的汉译

修辞内容指的是构成辞格成分的词语所包含的内容，即词汇的指示意义。在辞格汉译过程中，有些辞格的指示意义可以完整地在译文中重现，而有些词语则不然，译者只能借助与指示意义相近的联想意义来代替，当这两种途径都行不通时，译者便选用释义的方法。结合 paradox 与 oxymoron，其构成成分间一般存在反义或准反义关系，一正一反，自相矛盾，但稍加思考便豁然开朗，针对这种形式的修辞内容，译者通常如何处理，经统计得出以下结果。

表 2-8　　Paradox 与 Oxymoron "修辞内容" 翻译方法对比

修辞内容	Paradox		Oxymoron	
	总数（348）	比例	总数（240）	比例
1 类	135	38.8%	114	47.5%
2 类	123	35.3%	76	31.7%
3 类	77	22.1%	39	16.3%
4 类	12	3.4%	10	4.2%

由表 2-8 可以看出，4 种方式在处理 paradox 与 oxymoron 方面的使用次数由多至少顺序也是相同的，依次为 1 类、2 类、3 类、4 类。与表 2-7 结果稍有不同的是，使用次数最多的 1 类和 2 类之间比例并不悬殊，如保留 paradox 辞格指示意义的 1 类和选用联想意义的 2 类方法所占比例分别为 38.8% 和 35.3%，不相上下，对此我们下面借助语料进行阐释。

(27) Father'd he is, and yet he VS fatherless.

(*Mac.* 4.2.30)

梁译：他虽然有父亲，而是一个没父亲的孩子了。——A1
朱译：他虽然有父亲，却和没有父亲一样。——B1
卞译：他是有父亲的，可是他没父亲了。——A1
孙译：他有父亲，可是他没有了父亲。——A1
方译：说他有父亲，可父亲又在哪里呢？——C2

此话出自麦克德夫夫人之口，句中的 he 指的是麦克德夫的儿子，他是有父亲的，又是没父亲的，到底有没有父亲，让人摸不着头脑，麦克德夫夫人何出此言？结合剧情可知，麦克白为保住王位，向女巫求示，女巫提醒他留心麦克德夫，麦克白还未及下手，麦克德夫便已逃亡英格兰。麦克德夫夫人不明真相，不知道丈夫前去英格兰的真正目的是恳请先王邓肯长子马尔康回国，以推翻暴君政权，拯救苍生，而埋怨麦克德夫的逃亡是抛妻弃子，全然发疯，造成他们的儿子本来有父亲，但父亲不要他了，又没了父亲，由此便不难理解麦克德夫夫人看似不着边际的话语了。

构成此例 paradox 的是两个形容词 father'd（有父亲的）和 fatherless（没有父亲的），它们的指示意义清晰明了，互为反义，分置于前后两个简单句当中，易于辨认，通俗易懂，并在英、汉语言中意义相同，不会给译者造成翻译上的困难和障碍，这也是 5 位译者中有 4 位都选用了 1 类方法的原因，既保留了原文辞格的内容，也再现了该修辞所带来的生动效果。

从以上讨论中可以看出，paradox 与 oxymoron 辞格本身的特点决定了 A1 类处理方式的频繁使用。这两种辞格均由一组相互对立的成分组合而成，paradox 是句子层面的辞格，oxymoron 为短语层面，修辞格式明显，易于辨认，同时修辞内容（所包含的意义）具有普遍性，大多数情况下词义并不复杂，容易理解，在英、汉两种语言中产生相同或相似的联想，便于译者同时保留该辞格的格式和内容。

四　译者特点与 Paradox 和 oxymoron 汉译

上文集中讨论了 paradox 与 oxymoron 辞格特点对其汉译起到的决定性作用，作为"带着镣铐跳舞"的译者，他们各自的翻译取向、所用体裁等因素在翻译中发挥着多大的作用呢？研究表明，早期散文体译本考虑到中国读者的需求，对原文辞格的处理方式多元化，呈现出以散文体翻译无韵诗的情况，而后期诗体译本则非常注重保留莎剧无韵体诗的特点，坚持尽量以诗译诗，等行翻译，对原文辞格尽可能地保留，尽量重现莎剧的审美价值。此外，从译者生态视角来看，翻译不仅仅是翻译家的个人事业，也不仅仅是译者个人的孤立行动，而是由译者自身、社会及家庭环境、文化氛围，以及译文读者、观众接受等因素共同作用的结果（路艳玲、谢世坚 2015：95）。针对 paradox 与 oxymoron 的汉译，是否也会受到诸多因素的影响？是否有一定的规律可循？下面将分别从散文体和诗体两大体裁展开探究。基于翻译方法统计表，对梁实秋、朱生豪、孙大雨、卞之琳和方平五位译者在翻译 5 部剧本中 paradox 与 oxymoron 时所使用的翻译方法进行了统计，列表如下。

表2-9　　各译者paradox与oxymoron辞格翻译方法统计

梁实秋				朱生豪				孙大雨				卞之琳				方平			
P		O		P		O		P		O		P		O		P		O	
A1	33	A1	25	A1	24	A1	21	A1	33	A1	33	A1	30	A1	10	A2	22	A2	13
A2	18	A2	13	A2	21	A2	11	A2	27	A2	8	A2	20	C3	4	A1	19	A1	14
C3	9	C2	6	C2	11	C2	10	A3	8	C2	6	C2	7	A2	3	A3	16	C3	10
A3	7	B1	4	C3	11	C3	10	C2	8	A3	4	A3	4	C1	3	C3	12	A3	5
C2	7	A3	3	A3	9	B1	4	C1	5	B1	4	C3	2	C2	3	C2	6	C2	5
C1	6	C3	3	C1	4	A3	2	C3	4	C3	2	B1	1	B1	1	A4	4	C4	4
B1	4	C4	3	A4	2	C1	2	B1	1	C4	2	B2	1	B2	1	C1	3	B1	3
C4	2	C1	2	B1	1	A4	2	C4	1	C1	1	C1	1	C4	1	B2	2	C1	2
B2	1	B2	1	B3	1	B2	0	A4	0	A4	0	A4	0	A3	0	C4	2	C1	2
A4	0	A4	0	C4	1	B3	0	B2	0	B2	0	B3	0	A4	0	B1	1	B4	1
B3	0	B3	0	D	1	B4	0	B3	0	B3	0	B4	0	B3	0	B3	0	D	1
B4	0	B4	0	B2	0	D	0	B4	0	B4	0	C4	0	B4	0	B4	0	A4	0
D	0	D	0	B4	0	F	0	D	0	D	0	D	0	D	0	D	0	B3	0
F	0	F	0	F	0	F	0	F	0	F	0	F	0	F	0	F	0	F	0

注：在该表中，P代表paradox，O代表oxymoron。数据均按照自上而下，从多到少的顺序排列。

上表显示，由上至下，第一行（上方阴影处），即各位译者使用次数最多的翻译方法中，A1类占该方法总数的80%；第二行中A2类占70%，第三行中C2类占50%；再从下往上看，下方阴影覆盖区域的使用次数均为0，其中F类从未被使用，B3、B4类分别使用1次，A4、D类分别使用2次。综观这些数据，可以看出以下两个特点：其一，5位译者均倾向于保留原文的修辞格式和修辞内容，即便无法完整地呈现词语的指示意义，也会退而求其次，借助与指示意义相近的联想意义替代，就仅译出四大悲剧的卞之琳来看，在处理paradox的过程中，仅A1类（30）和A2类（20）就占了总数（66）的75.8%。其二，各位译者对F类和D类的使用尤其谨慎，使用B类方法至多算是对无法使用A类的一种补偿，即使无法满足原文的修辞格式，也会尽可能地保留其修辞内容，4类方法就更不可取了。下文我们从散文体和诗体两种体裁展开，细致探究5位译者的汉译特点及其对 paradox 与 oxymoron 汉译的影响。

（一）散文体译本

在莎剧汉译早期，为了向中国读者推介莎剧，译者更多地看重传达莎剧的内容和情节，而非格律等形式上的东西，语言上也不受原文诗体形式的限制，追求一目了然、通俗易懂的阅读效果，采用白话散文体进行翻译，朱生豪和梁实秋便是这一时期的典型代表（孟宪强 1994：459—463）。其中，朱生豪提倡在最大可能的范围内保持原作神韵，迫不得已时才可求其次，即便如此，也必须选用易于理解的字句，忠实传达原文的意旨、意趣，不赞成一字一句对照式翻译（吴洁敏、朱宏达 1990：264）。因此，散文体译者更倾向于用叙述的方式，采用解释性的语言来翻译，从而让更多的读者读懂莎剧，让莎士比亚成为中国普通读者的莎士比亚。

然而，以上研究发现，梁实秋和朱生豪在翻译 paradox 与 oxymoron 时，并未太多受到他们整体翻译策略的影响，而是最大限度地保留原文辞格，此处引用一个 paradox 连用的例子加以说明。

(28) Fairest Cordelia, that art <u>most rich being poor</u>,
Most <u>choice forsaken</u> and <u>most loved despised</u>.

(*Lear.* 1.1.253-254)

梁译：最美丽的柯苔莉亚啊，失去了财产，方显得你最富有。举目无亲，才知道你的高洁，遭了冷落，你越发叫人爱慕！——A1；A2；A2

朱译：最美丽的考狄利娅！你因为贫穷，所以是最富有的；你因为被遗弃，所以是最可宝贵的；你因为遭人轻视，所以最蒙我的怜爱。——A1；A2；A1

此例的语境是，李尔的三女儿考狄利娅被剥夺了财产继承权之后，面对身无分文的考狄利娅，曾向她求婚的勃艮第伯爵绝情地弃她而去，而真心真意爱着她的法兰西王对其怜爱之情更为深重，说出此番话语，此言与《圣经》中描述耶稣基督的一句话（《新约》第 6 章第 10 行）不谋而合："一无所有，但拥有一切"（as having nothing, and yet possessing all things），看似无法理解，实则入情入理。

来看各家翻译，梁实秋使用了一次 A1、两次 A2，朱生豪使用了两次 A1、一次 A2，均保留了此例 paradox 的修辞格式，三组相互对立的成分分别构成三个简单句，句式统一，对照强烈；修辞内容上，尽可能地保留了"贫穷""富有""遭人轻视"等原文的指示意义，也呈现出如"高洁""冷落"等与原文相近的联想意义。可见在处理 paradox 辞格方面，散文体译者一改传统观念上化繁为简的风格，几近完整地重现了原文辞格。

（二）诗体译本

后期的诗体译本更为看重原文的形象和格律，强调表现原文字里行间的意趣，卞之琳、孙大雨和方平的译本便是已被公认的诗歌译本（李伟民 2004：49）。其中卞之琳主张全面求信，神形兼备，形上要以"顿"代步，韵上要依照原诗，亦步亦趋，在追求等行的基础上移植原文格律，尽可能地传出原文的意味（卞之琳 1988：5）。因此，诗体译者更倾向于保留原文的辞格，这一点也与上文研究结果相一致，但三位诗体译者的特点是不是也相差不大呢？下面我们借一例 oxymoron 加以探明。

(27) You are much more attasked for want of wisdom
Than praised for harmful mildness.

(*Lear.* 1.4.342–343)

卞译：你就是易遭人非议，怪你糊涂；难叫人称赞你害人的温情。——A1

孙译：只怪你没有智谋深算，却不得称赞你那遗害种祸的温柔。——A1

方译：人家只会骂你好一个糊涂虫；不会说：虽然不中用，人倒是好的。——C3

此例中 harmful（有害的，致伤的）修饰 mildness（温柔，和善），有害的温柔，根据阿登版的解释（Foakes 2008：52），会造成伤害的宽大仁慈之举，常理难以讲通。结合上下文，李尔的大女儿高纳里尔在短短十几天内就要将父王的100名骑士削减一半，李尔得知后大发雷霆，高纳里尔的丈夫奥本尼目睹此般情形，试图劝阻妻子，但高纳里尔却认为丈夫的仁慈终将酿成大祸，她认为任由父王为所欲为，不仅会助长他的嚣张气焰，甚至会危及自己的身家性命，因此这种为恶劣行径狡辩开脱的说法便讲得通了。

从译者所使用的翻译方法上看，卞之琳和孙大雨分别译为"害人的温情"与"遗害种祸的温柔"，均保留了原文辞格的形式和内容，同时传达了oxymoron对高纳里尔奸诈卑劣形象的刻画效果。值得一提的是方平的译法，"虽然不中用，人倒是好的"，不仅舍弃了修辞格式，还用直白的话语把原文大意表达了出来。可见，方平并未坚持诗体译者倾向于保留原文辞格的做法，而是另辟蹊径。当然，仅此一例不能说明全部，以偏概全，结合上述研究，表2-9显示，与其余三位译者相比，方平分别于A2、A3、A4、B2、B4、C3、C4类翻译方法的选择上居于首位，而在A1、B1、C1、C2类方法上居于末位，说明方平对1类方法并不热衷；再看A类方法，虽然方平使用93次，高于朱生豪（90），但低于梁实秋（99），更低于孙大雨（113）。总体来看，较之其他译者，方平并不倾向于保留原文辞格。

通过统计和分析，发现莎剧中paradox与oxymoron的汉译有以下几个特征。第一，5位译者对翻译方法的使用情况相对均衡，整体倾向基本相同，即便是方平的译本稍显特别，但也是基于同其他4位译者相比之下，总体上还是趋于一致的。第二，修辞格式大于修辞内容。paradox与oxymoron辞格特点鲜明，一对反义成分前后对照，表面无理，实质有理，所用的词语常见且易懂，句式或短语结构简单，易于辨认，且在英汉两种语言中并存互通，所带来的修辞效果也相同；然而，在修辞内容的处理上，选择指示意义抑或是联想意义，甚至是释义，终究服务于原文辞格想要表达的内容，故而在对这两种辞格汉译的影响上，修辞格式远远大于修辞内容。第三，辞格特点大于译者特点。针对这两种辞格的汉译，散文体或诗体体裁对其影响远不如其他辞格那么明显，尽管卞之琳等诗体译者延续了此类译者翻译策略的整体特点，倾向于保留原文辞格，但更大程度上，是由于paradox与oxymoron辞格本身的特点，而非译者，这也充分说明了译者在翻译方法的选择上，首先取决于辞格本身，也即其辞格形式的复杂程度和内容的熟悉程度等内部因素，其次才是翻译目的、体裁、译者取向等外部因素。（谢世坚、路艳玲 2016a）

第六节　本章结语

莎士比亚戏剧经久不衰，原因之一就在于他在戏剧中恰到好处地运用了丰富多彩的修辞语言，paradox 与 oxymoron 便是强有力的证明，在充分发挥修辞功能的同时，对丰富剧本内涵也起到了关键作用，蕴含着莎士比亚的独具匠心。

通过解读《哈姆雷特》《奥赛罗》《麦克白》《李尔王》《罗密欧与朱丽叶》中的 paradox 与 oxymoron 语料，从异、同两方面对其进行辨析，呈现出它们在构成方式上的不同，在语义关系和修辞功能上的相同，提高了对这两种修辞的辨识度，有助于我们从深层次感悟其无穷的修辞魅力和艺术感染力。

通过概念整合角度的阐释，paradox 与 oxymoron 的深层语义生成机制变得较为清晰，丰富的莎剧语料也借助不同类型的整合网络得到了具体呈现；同时，深度挖掘这两种修辞在整合空间内的独特运作机制，着重强调认知主体既对立又统一的辩证思维在组合环节所起到的关键作用，突出语境因素的输入对于完善环节的不可或缺，有助于认知主体更为确切地把握语义，从而促使精致环节的顺利进行，以及新创结构的产生。

针对 paradox 与 oxymoron 的汉译，我们选取 5 种代表性汉译本（梁实秋、朱生豪、卞之琳、孙大雨、方平），将 5 部剧本中出现的 147 例语料的汉译作为研究对象，参照"辞格翻译方法模型"进行统计，列出了各种翻译方法的统计表。在此基础上，依照各译者使用数量、修辞格式、修辞内容等方面对数据进行组合研究，发现单就 paradox 与 oxymoron 的汉译而言，修辞格式对其产生的作用大于修辞内容，辞格的特点所产生的影响大于译者的特点。

本章着重探究了莎剧中 paradox 与 oxymoron 修辞及其汉译，以及概念整合理论对这两种修辞手法的解释力，相信对莎剧语言研究尤其是莎剧修辞研究具有积极意义，也希望为相关研究带来一定的启示。

第 三 章

莎剧中的通感隐喻及其汉译①

第一节　引言

卞之琳（2007：287）曾谈道，19世纪以来，《哈姆雷特》《奥瑟罗》《李尔王》以及《麦克白》是公认的莎士比亚"四大悲剧"，尽管有人尝试撇开《麦克白》，终不能否定其为莎士比亚悲剧的中心作品乃至全部作品的中心或转折点，其中《哈姆雷特》意义最丰富，《奥瑟罗》结构最严谨，《李尔王》气魄最宏伟，《麦克白》动作最迅疾，它们用独到的艺术处理给狭隘而单薄的现成故事赋予了广泛的社会内容和哲学意义，体现了人文主义的光芒。莎士比亚戏剧的人文主义光辉，自然少不了语言艺术的烘托，剧中丰富的修辞是莎士比亚高超的语言造诣的体现，而通感修辞更是其中的重要方面。通感不仅是一种修辞手法，还涉及多个学术领域如语言学、心理学、生理学等，近年来，随着认知语言学的发展，学者们发现通感不仅是一种语言现象，更是人类的认知和思维方式，是一种隐喻②。

本章我们将考察莎士比亚四大悲剧中的通感隐喻，探讨莎剧中通感隐喻的感觉迁移规律；从概念整合角度对通感隐喻及其汉译进行剖析，探讨概念整合视角下通感隐喻的汉译过程与翻译模式，为莎剧通感隐喻的汉译总结翻译策略和翻译启示。

---

　　① 本章部分内容已公开发表，见《河南科技大学学报》2015年第3期《莎剧中的通感修辞及其汉译研究》（与罗丽丽合作）。

　　② 关于通感与隐喻的密切联系，前人已多有论述。基于此，本书在行文中对通感和通感隐喻不作区分。

第二节 前人相关研究

通感又称移觉、联觉,自钱钟书著名论文《通感》发表以来,成为人们熟知的一种修辞手法。但通感不仅是一种修辞手法,它还涉及多个学术领域,可以从语言学、认知心理学、生理学、修辞学以及哲学等不同角度来观察分析(褚孝泉 1997:87)。以下将从通感定义、国内外通感研究历史与现状以及莎剧通感研究等方面对前人相关研究进行梳理。

一 通感研究

近年来,随着隐喻学和修辞学研究的不断发展,有关通感的研究也如雨后春笋。学者们逐渐意识到,通感研究是一项跨学科、跨语言、跨文化的研究。国内外通感研究在研究内容、研究规模以及学术界彼此交流的程度上存在着许多差异,其中西方学者注重通感的生理学、心理经历与通感的语义演变规律的研究;而国内则侧重于通感的生理学、心理学共性、语言呈现规律、修辞特点等方面的研究(王彩丽 2009:124)。以下我们将从通感的定义出发,从语义学视角考察国外通感研究;从修辞学、语义学、认知语言学三方面对国内通感研究进行梳理,以期系统把握中外通感研究的历史与现状。

(一)关于定义

"Synaesthesia"(通感)一词在西方为人所熟知已有 300 年的历史(王彩丽 2009:124)。它源自希腊语,其中"syn-"即"一起""熔合";"-aesthesia"即"感觉",词义为"together perception"(一起或同时感觉),即适宜于五大感官之一的某种刺激引起其他感官的反应(李国南 2001:127)。《牛津英语词典》(*OED*,2009:467)从心理学、文学和语言学三方面给出了 synaesthesia(通感)的定义:(1)心理学:因受其他感觉刺激而产生的精神感觉效果,例如彩色的听觉;(2)文学:是一种隐喻,指形容一种感觉效果的词语被用来描述其他感觉效果;(3)语言学:a. 同一个词表达几种感觉效果;b. 词义上一种感觉体验向另一种感觉体验的迁移。《韦氏第三版新国际英语大词典》(*Webster's Third New International Dictionary of English Language*,1993:2320)将通感解释为感觉的相伴相随；尤指当一种感觉（如听觉）被激活时，另一种主观感觉或感觉的形象（如颜色）也被激活。《简明牛津文学术语词典》（*The Concise Oxford Dictionary of Literary Terms*, 2001: 254）将通感定义为不同感觉效果的整合或混合，在此过程中，一种类型的感觉被认为更适合另一种感官的描述。此种描述手法由法国象征主义发展而来，但在早期的英国诗歌中也频繁出现，尤其是济慈的作品。综上所述，通感是一个涉及多个学术领域如心理学、文学、语言学等领域的术语，其本质是几种感觉共存的心理现象，是隐喻的一种，指形容一种感觉效果的词语被用来描述其他感觉效果。

据考察，汉语中通感最早见于《诗经》（王宇弘 2011: 11）。《辞海》（1987: 64）对通感的阐释如下：通感，也叫"移觉"。修辞手法之一。人们日常生活中视觉、听觉、触觉、嗅觉、味觉等各种感觉往往可以有彼此交错相通的心理经验，于是，在写说上当表现属于甲感觉范围的事物印象时，就超越它的范围而描写成领会到的乙感官范围的印象，以造成新奇、精警的表达效果。《中国文学大辞典·下册》（2000: 1899）将通感定义为：本是一种心理现象。指人的感觉的相互作用或转移，由一种感觉引起另一种感觉，或一种感觉的作用借助另一种感觉而得到加强，如有些声音会使人产生"甜美"的感觉，有些色彩会引起人的"冷或暖"的感觉。在文艺创作中，作家艺术家将通感作为一种表现手法，以突破对事物的一般的经验感受，从而增强作品的表现力和感染力。《文学百科大辞典》（1991: 12）将通感定义为一种特殊形式的联想，指文学艺术创作和欣赏中各种感觉器官间的互相沟通。在通感中，颜色似乎会有温度，声音似乎会有形象，冷暖似乎会有重量。这种视觉、听觉、嗅觉、味觉的互相交通就是通感，又叫感觉挪移。由此可见，汉语中，通感（移觉）是修辞手法的一种，本质是几种感觉相互沟通的心理现象，指用一种感官的感受来描写另一种感官的感受，可以造成新颖独特的表达效果。

此外，学者们也提出了各自对通感的定义。褚孝泉（1997: 87）认为，通感是这样一种修辞，是指表达某一类感觉特征的修饰语直接修饰另一类感觉的对象，如"闹香""寒翠"等。汪少华（2002）指出，移觉是一种常见的修辞手法。它是指我们在思考或交际时用属于乙感官范畴的事物印象去表达属于甲感官范畴的事物印象，以期达到新奇、精警的表达效果。徐鹏（2001：338）认为，通感是用形象的词语，把一种感官的感觉转移到另一种感官上。李亚丹和李定坤（2005：221）认为，通感是在叙事状物时凭借人们各种感觉的相通互补，用生动形象的语言，将一种感官的感受移到另一种感官上，将听觉、视觉、嗅觉、味觉和触觉等相互沟通起来，以增强语言的形象性和感染力。

（二）国外通感研究

西方诗歌中，通感的运用既古老又普遍，亚里士多德（Aristotle）在《心灵论》（De Anima）中曾提到通感，古希腊诗人和戏剧家也创作了大量的通感词句，16至17世纪欧洲的"奇崛诗派"爱用五官感觉交换的杂拌比喻，19世纪前期浪漫主义诗人也经常采用此种手法，通感更几乎成为象征派诗歌的风格标志。（刘守兰2007：58）通感研究方面，西方学者注重从语义学方面研究通感，这方面的代表人物有史蒂芬·乌尔曼（Stephen Ullmann）、约瑟夫·威廉斯（Joseph M. Williams）、肖恩·戴（Sean A. Day）。

早在20世纪20年代，英国语义学家乌尔曼就对19世纪的诗人、作家作品中的通感用例作过深入的调查、统计及分析研究，他发现在这么多来自不同地域，操不同语言及具有不同气质、性格、爱好、风格的诗人、作家当中，通感手法的操作存在着一定的共同内在规律。（转引自李国南2001：140）在近13年时间里，他从拜伦、济慈、朗费罗等12位西方诗人和作家的作品中挑选了2009例通感实例，以研究通感中感觉迁移的规律。首先，乌尔曼将温觉从触觉中分离出来，将五官的感觉按简单到复杂的顺序依次进行排列：触觉、温觉、味觉、嗅觉、听觉、视觉。然后，对12位诗人和作家作品中的通感实例按照源域和目标域的不同进行分类和统计，济慈诗歌中的通感实例统计如表3-1所示。

如表3-1所示，乌尔曼将源域（source）和目标域（target）分别细分为触觉（touch）、温觉（heat）、味觉（taste）、嗅觉（scent）、听觉（sound）以及视觉（sight），虚线的左边为向下的感觉迁移（downward transfers），右边为向上的感觉迁移（upward transfers），向下的感觉迁移指感觉的迁移方向为由高级至低级，由复杂至简单；向上的感觉迁移指感觉的迁移方向为由低级至高级，由简单至复杂。济慈诗歌中，向上的感觉迁移的数量明显多于向下的感觉迁移。由此，乌尔曼总结了感觉迁移的三种规律：

表 3-1　　济慈诗歌中的感觉迁移（转引自王宇弘 2011：20）

		目标域						
		触觉	温觉	味觉	嗅觉	听觉	视觉	Total
源域	触觉	—	1	—	2	39	14	56
	温觉	2	—	—	1	5	11	19
	味觉	1	1	—	1	17	16	36
	嗅觉	2	—	1	—	2	5	10
	听觉	—	—	—	—	—	12	12
	视觉	6	2	1	—	31	—	40
	Total	11	4	2	4	94	58	173

第一，等级分布。数值上的证据充分表明通感中感觉迁移的总体趋势：感觉迁移由低级感官至高级感官、由简单感觉至复杂感觉不断增加；反之，则相反。

第二，主要源域。这与前一条规律一脉相承，触觉为感觉中的最低层次，是感觉迁移的主要源域。虽然它只是 6 种源域之一，但是在所考察的 12 位诗人的作品中尤为突出。

第三，主要目标域。从一开始，听觉域便明显超过视觉域，成为主要的目标域，尽管视觉域本应在感觉迁移中占有优越的位置，因为所有向视觉的迁移都是向上的感觉迁移，但向听觉的迁移也能通过源域为视觉的向下的感觉迁移进一步加强。

除此之外，乌尔曼对这些诗人或作家作品中的通感按照向上的感觉迁移和向下的感觉迁移进行了分类统计。

如表 3-2 所示，2009 个通感实例中，向上的感觉迁移为 1665 例，向下的感觉迁移为 344 例，向上的感觉迁移，也就是从低级向高级、从简单向复杂的感觉迁移占绝大多数。除此之外，每一位诗人或作家作品中的通感实例中，向上的感觉迁移都大大超过了向下的感觉迁移。这说明，通感中感觉迁移的总体规律是从低级向高级、从简单向复杂。再者，触觉是主要的源域，这与它是感觉的最低层次相符；但听觉却是主要的目标域，这与视觉是感觉的最高层次不符。乌尔曼对此也给出了一些解释：出现这个偏差的原因不难解释。表示视觉的词语比表示听觉的词语要丰富，同时包含视觉的明喻和意象也更繁多。这两个最高级的感觉域间，听觉比光、形状或颜色更需要外部支持；因此有了更频繁地利用外部元素描述听觉的现象。

表3-2 作家作品中的向上及向下的感觉迁移（转引自王宇弘2011：23）

	向上的感觉迁移	向下的感觉迁移	总计
拜伦	175	33	208
济慈	126	47	173
莫里斯	279	23	302
王尔德	337	77	414
"颓废派"	335	75	410
朗费罗	78	26	104
勒贡特·德·李勒	143	22	165
戈蒂叶	192	41	233
总计	1665	344	2009

美国芝加哥大学语言学教授约瑟夫·威廉斯（Joseph M. Williams, 1976：461）认为，在涉及感觉体验的英语形容词中，存在持续的语义变化，这些语义变化具有规律性、持续性及兼容性。据此，他运用历时的研究方法探索英语感觉词语跨感觉范畴迁移的规律。他的研究涉及范围涵盖100多个英语形容词，其中包括外来词和本族词，从首次使用到至今沿用（基于《牛津英语词典》和《中古英语词典》）。在此过程中，他对英语感觉词进行分类，将视觉词语分为空间范畴（高低等）和色泽范畴（明暗等），由此感觉可分为触觉、味觉、嗅觉、听觉、空间范畴的视觉（visually perceived dimension）以及色泽范畴的视觉（visually perceived color）。在此基础上，威廉斯对英语感觉词语进行分类和分析，以观察英语感觉词语跨范畴迁移的规律。

如图3-1所示，威廉斯总结了英语感觉形容词迁移的两条规律（Williams 1976：464）。

```
                                              → color
    touch  →  taste  →  smell  →  dimension  ↕
                                              → sound
```

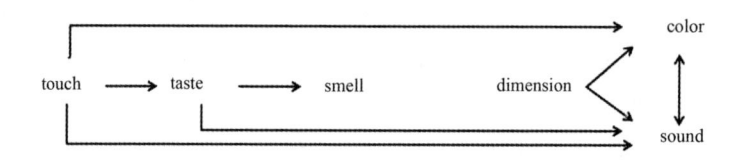

图 3-1　英语感觉词语的迁移规律（引自 Williams 1976：463）

第一，6 种感觉迁移的方向。图中的箭头分别表示各感觉迁移的方向，其中包括：（1）假如表示触觉的词发生迁移，它会向味觉（例如 sharp tastes，辛辣味）、视觉中的色泽范畴（例如 dull colors，暗色）、听觉（例如 soft music，轻音乐）迁移，不会向视觉中的空间范畴或者嗅觉迁移。（2）表示味觉的词不会逆向迁移至触觉，也不会迁移至空间范畴或色泽范畴，只会迁移至嗅觉（例如 sour smells，酸臭味）或听觉（例如 dulcet music，悦耳的音乐）。（3）英语中没有基本的表示嗅觉的词语。（4）表示空间范畴的词语会向视觉（例如 flat color，颜色单一）或听觉（例如 deep sound，低沉的声音）迁移。（5）表示色泽的词语只会向听觉范畴迁移（例如 bright sounds，响亮）。（6）表示声音的词语只会向色泽范畴迁移（例如 quiet colors，素色）。第二，感觉的迁移都是单向的，假如表示某种感觉的词语发生的迁移与上述规律不符，新的意义也会消失在"现代标准英语"中。

基于乌尔曼和威廉斯的通感研究，肖恩·戴（Day 1996：58）对比分析英语和德语中的通感隐喻，提出新的感觉等级分布，这进一步推进了通感研究。首先，肖恩·戴（1996：59）将温觉从触觉中分离出来，认为 6 种感觉由高级到低级、复杂到简单依次为：听觉→视觉→嗅觉→温觉→味觉→触觉。其次，他收集了大量的文本数据，英文数据分别来源于乔叟（Chaucer）的《坎特伯雷故事集》（*Canterbury Tales*）、莎士比亚的作品、19 世纪小说家如梅尔维尔（Melville）等人的作品以及当代著名小说家如迈克尔·克莱顿（Michael Crichton）等人的作品；德语语料来源于托马斯·曼（Thomas Mann）的《布登布鲁克家族》。他发现，英语和德语中感觉等级分布差别不大，英语为：听觉→视觉→嗅觉→温觉→味觉→触觉；德语为听觉→嗅觉→视觉→温觉→味觉→触觉，只是视觉和嗅觉的位置发生了变化。英语中，听觉为目标域的通感隐喻在最常出现的 5 种通感隐喻中占 4 种，带触觉感的听觉（tactile sounds）出现的频次最高，占所有通感隐喻的 42.6%，几乎是第二种最常出现的通感隐喻的 4 倍，因此，听觉超过其他感觉，成为主要的目标域，触觉为主要的源域（Day 1996：66）。同时，味觉是通感隐喻中最不常见的感觉，比温觉或触觉出现的频次都低。德语中，触觉向听觉迁移的通感隐喻（hearing→touch）出现的频次最高，为 66.1%，比英语中同类的通感隐喻所占比例更多，听觉为主要的目标域，触觉为主要的源域。肖恩·戴（1996：69）认为，德语数据再次证明了英语通感隐喻中感觉等级分布体系，以及源域为触觉、目标域为听觉的通感隐喻所占比重之大。这说明，至少对于德语而言（在印欧语系中也可能占很大比重），英语或德语中通感隐喻的等级分布模式是跨语言的。这种普遍趋势出现的原因也许是生理上的或文化上的，或两者兼而有之。但是，这种趋势的构建一方面有助于瓦解通感隐喻的构建和等级分布完全是随机的理论；另一方面可以为文化和生理输入的调查奠定基础。

综上所述，通感中的感觉迁移的总体趋势为：由低级感官迁移至高级感官、由简单感觉迁移至复杂感觉，其中主要源域为触觉，主要目标域为听觉。这种规律具有普遍性，不但存在于英语中，而且适用于其他语言；不仅存在于文学语言中，也适用于日常生活中的语言。

（三）国内通感研究

通感在汉语中是一种很古老的修辞现象，先秦以来几千年的诗文中屡见不鲜，然而通感研究却始于 1962 年钱钟书发表的一篇专题文章。（郭焰坤 1999）之后的几十年里，国内有关通感的研究经历了从修辞学到语义学，再到认知语言学的转变和发展，以下我们从这三方面梳理国内通感研究的成果。

1. 通感的修辞学研究

事实上，通感早在 1921 年已经进入修辞学家的视野，其时，陈望道在《国民日报》副刊《觉悟》上发表了《文学小辞典》，其中有"官能底交错"一条。然而，陈望道在《修辞学发凡》（1932/2008）里却没有把通感列为独立的辞格，而是列入比喻的范围（转引自陈光磊 2001：89—90）。由此可见，陈望道并非没有关注过通感这一修辞现象，只是他并不认为通感可以作为一个独立的辞格。通感修辞研究的热潮始于钱钟书，《通感》一文首先掀起了一场通感辞格资质问题的探讨。一些学者不同意将通感列为一种独立的辞格。秦旭卿（1983）认为，通感是修辞格的心理基础，如果让通感在修辞格中占一个席位，它就会实行霸权主义，兼并许多其他辞格。秦旭卿（1993）还提出，通感可以说是一种特殊形式的比喻，是各种感觉互相打通之后的比喻。然而，另外一些学者则认为通感具有成为独立辞格的资质。段会杰（1987）认为，"感觉变换"或感觉转移是一种自发的心理活动，而描写感觉转移的语言表达方式则是移觉修辞格，把感觉转移视为比喻等修辞格的共同心理基础是不科学的，更不能以此否定移觉修辞格。时至今日，人们已经广泛认为通感（移觉）是一个涉及生理学、心理学、修辞学、认知语言学等多领域的术语，通感不但是心理学中的一种心理现象，同时也可以作为修辞学中一种独立的修辞格，它具有一般修辞格的基本特点，也有自己的特色，如用一种感官的感觉去描绘另一种感官的感觉，此种修辞格可以通过语言形式呈现出事物的立体美、丰富语言表达、给读者传递新颖独特的心理感受。

与此同时，学者们也探讨了通感的分类，这种研究有其学术上的背景：我国的修辞学研究曾长期以辞格为中心，并且特别热衷于辞格的分类（陈庆汉 2002）。学界对通感的分类方法主要有以下四种：兼格现象、联想方式、语言表达、感觉挪移。

一是根据兼格现象分类。王明端（1992）认为，兼格现象是修辞格的客观存在，也是通感的特点，如抓住其主要特点进行分类，则可以加深我们对通感的认识和理解，他将通感分为四种类型：比喻型通感、比拟型通感、移就型通感、拈连型通感。但这种分类方法似乎有待商榷，因为他似乎忽视了通感的本质是将一种感官的感觉挪移到另一种感官的感觉，这与移就辞格是有本质区别的。而且，与其他辞格结合使用也并不是通感独有的特色。

二是根据联想方式分类。陈庆汉（2001）认为，通感辞格的形成离不开联想，根据联想的不同类别，他将朱自清早期散文中的通感辞格分为相似联想式通感、相关联想式通感和主观移情式通感三类，并详细地论述了前两种类型。此种分类方式基于通感产生的联想方式，具有一定的概括性；但仅仅局限于朱自清的散文作品中的通感修辞，结论没有普遍性。郭焰坤（1998）运用历时研究的方式，探讨通感修辞在中国文学史上从古至今的演变，总结出四种类型的通感：产生于先秦两汉的直接相似联想式通感、产生于晋代的相关联想式通感、产生于宋代的间接相似联想式通感以及现当代产生的主观移情式通感。此种分类方式基于中国文学的历时研究，具有一定说服力和普遍性；但仍存在一些缺陷。

三是根据语言表达形式进行分类。周方和（1990）将常见的通感从语言表达方法上分为四类：修饰型、判断型、动作型、比喻型。此种分类方式较好地从语言形式上对通感进行解读，但比喻型的分类更应属于兼格类的分类方式，归入此类似有不妥。

四是根据感觉挪移对通感进行分类。秦先美（1998）据此将通感分为五种类型：视觉移植、听觉移植、味觉移植、嗅觉移植、触觉移植。此种分类方式从通感的感觉挪移出发，较为客观和全面地对通感进行分类，但也存在一些不足：首先，忽略了通感中感觉迁移的方向；其次，分类中没有包括多种感觉并存的通感。吕煦（2004：179）将通感分为单项和多项，此种分类方式似乎太过于笼统。

与此同时，关于通感产生的心理基础，不少学者进行了广泛的讨论。张寿康、杨绍长（1980）认为，一种感觉与另一种感觉之间在心理反映上的相似点，是感觉转移的条件，符合这一条件亦即运用移觉修辞方式的原则，如违反这一原则，就不存在感觉转移的条件，即成为令人不解的错误的移觉。袁晖（1985）认为，通感修辞仅仅有某种感觉是不够的，它主要来自联想，通感修辞中最常用的是类似联想，其次是接近联想和对比联想。岳东生（1994）认为，通感具有心理基础，不同的感觉是在不同的感觉分析器的外围部分接受外界事物的刺激，经过传入神经通知大脑皮层下的中枢神经而形成的，而各种中枢神经又相互影响，彼此打通，建立暂时的神经联系，不同的感觉因此互相沟通。李国南（2001：132）认为，心理学里的联觉现象为通感语言现象提供了广泛的心理基础。吴礼权（2001：268）认为，通感是被大脑皮层内部的横向联系决定的，是大脑皮层各区域间相互作用，同时兴奋的结果。这些观点分别从不同的侧面分析了通感修辞的心理基础，但都不全面。通感修辞的产生基于不同感觉在心理反映上的相似点，是由各中枢神经相互打通建立的暂时的神经联系。

综上所述,我国通感修辞的研究始于陈望道的"官能底交错",发展于钱钟书《通感》一文。首先,经历了辞格资格之争,成为被人们普遍接受的一种独立辞格,因为它既具有一般辞格的基本特点,也有自己的特色,如用一种感官的感觉去描绘另一种感官的感觉,可以通过语言形式呈现出事物的立体美、丰富语言表达、给读者传递新颖独特的心理感受。其次,很多学者从不同的侧面如兼格现象、联想方式、语言表达、感觉挪移等对通感进行分类,各分类方式对通感修辞具有一定的概括力,但也存在一定的不足,如模糊、不全面等。最后,通感修辞产生的心理基础也受到了学者们的广泛讨论,通感的产生基于不同感觉在心理反映上的相似点,是由各中枢神经相互打通建立的暂时的神经联系。

2. 通感的语义学研究

通感现象不但引起了修辞学界的广泛讨论,也备受语义学界关注,主要集中在通感词语的语义演变规律、通感意象的语言呈现策略两方面。首先,国内许多学者不但将通感词语的语义演变规律介绍到中国,还对此进行了深入研究。於宁(1992)引进威廉斯的通感词语义演变规律,并探讨该规律是否适用于汉语。他从《辞海》等权威汉语词典中选出发生过感觉迁移的形容词单音节词60个、双音节词90个进行分析,发现汉语感觉形容词大体遵循威廉斯的通感迁移规律,但也存在两个特性:一是汉语中的空间形容词不仅向色泽和听觉范畴迁移,也经常迁移至味觉、嗅觉范畴;二是汉语中的复合词可以表现各种繁复的通感关系。赵艳芳(2000:44—45)基于於宁的感觉分类方式,将空间范畴和色泽范畴从视觉中分离出来,并将感觉迁移规律表示如下图。

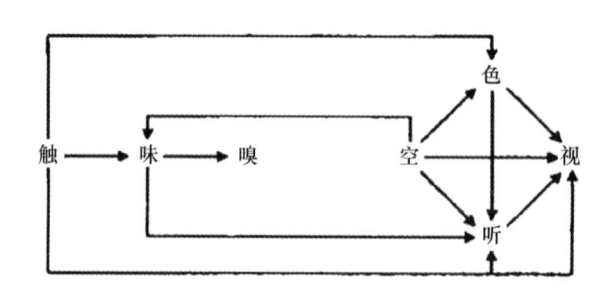

图3-2 英汉感觉词的迁移规律(引自赵艳芳,2000:45)

如图 3-2 所示，空间、色泽范畴与视觉范畴相互独立；触觉、空间、色泽范畴是最基本、低级的感觉；视觉是最复杂的感觉。

在威廉斯和於宁的研究基础上，徐莲（2004）以汉日词典中发生通感式词义引申的例子为考察对象，研究发现汉语通感词中符合威氏规律的为 67.78%，日语为 60.82%，低于英语的适用率，此外，徐氏发现了四个特点：其一，汉日语空间范畴不但可以向色泽、听觉范畴迁移，也可以迁移至味觉范畴；其二，将视觉范畴细分为空间、色泽范畴以及主要表现为面部表情的第三视觉，其中触觉向第三视觉迁移的现象在各种语言中都非常多；其三，听觉范畴和色泽范畴可以相互转移；其四，各语言中，嗅觉、味觉经常向第三视觉迁移。因此，徐莲将感觉迁移规律进行了如下修正：

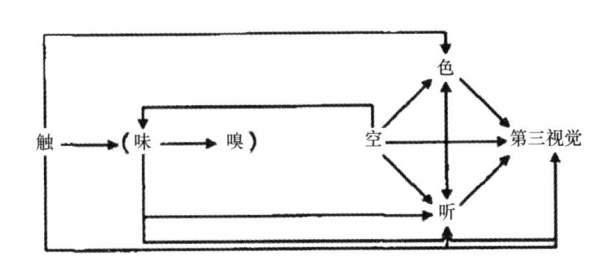

图 3-3　汉日感觉词的迁移规律（引自徐莲，2004）

如图 3-3 所示，修正后的规律在汉、日语中的适用率更高。三位学者中，於宁将感觉迁移规律的研究从英语扩展到汉语，并发现该规律大体适用于汉语，但汉语也有本身的特性，即空间范畴可以逆向迁移至味觉、嗅觉范畴，该研究具有一定的说服力，但也存在一些缺陷，如他仅仅将视觉分为空间、色泽范畴，但是像面部表情这一类既非空间范畴又非色泽范畴的视觉却无法解释。赵艳芳完善了感觉的分类方式，将空间、色泽范畴以及视觉进行区分，并对感觉的迁移进行了修改，但该研究缺乏大量实例加以证明。相比之下，徐莲的研究较为完善，首先增加了汉语的语料，并将研究进一步扩展至日语；其次发现威氏的规律在汉、日语中的适用率远不及英语高，并发现汉、日语感觉迁移的一些特性；最后将视觉分为空间、色泽以及主要表示面部表情的第三视觉，并在此基础上对迁移规律进行修改，提高了该规律在汉、日语中的适用率。但是该研究仍存在一些不足，如完善后的规律在汉语中的适用率为92.22%，日语为87.63%，还有一些感觉迁移现象无法解释。

除了通感词语的语义演变规律之外，语义学视角下的通感研究还包括通感意象的语言呈现策略。万明华（1996）认为，通感意象是具有通感效果的意象，是审美主体五官沟通的结果，在语言策略上是显象词之间超常的语义组合。他以中国现代诗为语料考察通感意象的语言呈现策略，研究发现：第一，两个或两个以上的不同感觉的自足型显象词通过语法手段组合改变核心意象的词义，如用表示相似关系的词语连接，形成表语对主语的反修辞逻辑关系；用动词连接不同感觉的主语和宾语。第二，用附着型显象词修饰自足型显象词，如利用定语、谓语进行限制。雷淑娟（2002）认为，通感意象是为了创造审美效应而利用各感官的沟通以及语言呈现策略而形成的意象。雷氏总结的语言策略与万氏大致相同，但语料不仅包括中国现代诗，也包括古代诗。两位学者都对形成通感意象的语法手段进行了总结，但也存在一些不足：一是语料有限，仅仅以中国诗歌为考察对象，没有对其他文学体裁或者日常语言进行探讨，同时也未进行跨语言的对比研究，因此得出的结论可能不具普遍性；二是列举的部分通感实例有待商榷。通感描写是以一种感官的感受去描述另一种感官的感受，但一些学者的研究中却存在一些比较模糊的实例，如万明华认为，"溅湿了忧愁"中蕴含了通感，溅湿属于触觉，忧愁为情意觉，然而五官感受中并没有情意觉这一感觉，因此将这一类描写归于移就更为妥帖。

综上所述，语义学视角的通感研究主要集中于通感词语的语义演变规律、通感意象的语言呈现策略两方面。首先，国内学者引进国外通感词语义演变规律，并在此基础上对汉语和日语通感进行探讨，发现英语中的感觉词语义演变规律总体上适用于汉、日语，但也有一些问题。此外，学者们对通感意象的语言呈现策略也进行研究，发现通感意象是具有通感效果的意象，是审美主体五官沟通的结果，在语言策略上是显象词之间超常的语义组合。但这些研究还有一定的局限性，如语料有限、部分通感实例有待商榷等。

3. 通感的认知研究

20世纪下半叶，随着认知语言学的发展，通感研究由语义学转向认知语言学，主要体现为运用概念隐喻和概念整合理论解释通感现象。许多学者认为通感不仅是一种语言现象，更是人类的认知和思维方式，并结合概念隐喻理论对其进行深入剖析。汪少华、徐健（2002）认为，通感是一种特殊的隐喻，体现为感官特征之间的映射过程，意义建构中感官特征由低级感官形式映射至高级感官形式，概念则由可及性较强的概念映射至可及性较弱的概念。王志红（2005）以莱柯夫的理想化认知模式来考察通感，认为通感是将已有的感官经验组织成相关的意象图式，在受到新信息刺激时将该意象图式投射到其他经验，而产生感觉的互通；同时，通感也是一种隐喻性表达，是不同感官范畴的认知域之间的映射，包含基本认知域、从基本认知域到复杂认知域两个层次，遵循从低到高的规律。彭懿、白解红（2008）认为通感隐喻是天赋和体验而成的基础的概念隐喻，分析过程中要同时关注各感官之间的联系和相对差异，此外，地域、文化和认知反作用等也会导致通感隐喻在语言中的差异。王宇弘（2008）研究发现，通感中的不同感觉具有某种相似的跨感官特征，在映射过程中不变，该特征的心理表征就是意象图式，他运用强度图式和节奏图式分析通感隐喻的发生机制。这些研究从概念隐喻的视角对通感现象进行探讨，认为通感不仅是一种修辞手段，也是一种特殊的隐喻及认知方式，体现为感官特征之间的映射，由低级感官形式映射至高级感官形式，同时受地域、文化等因素的影响。这为通感研究开辟了新天地，但却未深入探讨通感隐喻的产生机制与映射过程。

为了探究通感隐喻的产生机制与映射过程，许多学者开始从概念整合的视角对通感隐喻进行细致分析，并取得一定成果。伍敬芳、赵湘波（2006）对比分析概念隐喻和概念整合理论对通感的阐释，运用概念整合的四个心理空间对通感进行分析，认为同类空间（generic space）包含通感中的不同感觉给人带来的相同的主观心理感受，而合成空间（blended space）承接两个输入空间的相关命题，产生新创结构（emergent structure），再通过读者调动百科知识及推理实现意义的理解，这主要用于解释实时通感的意义建构。王晶芝、朱淑华（2013）统计分析雪莱诗歌中的通感隐喻，发现其主要的源域是视觉，主要的目标域是听觉，主要的表现形式包括以听觉为目标域、以视觉为目标域、从味觉到嗅觉的通感隐喻三类。苑晓鹤（2013）认为，通感隐喻基于生理、心理及神经体验，其意义构建是动态的概念整合，各感官之间的映射是从较低级的感官映射到较高级的感官，符合认知经济原则。由此可见，概念整合视角下，通感隐喻的生成机制与映射过程涉及几个心理空间，其中输入空间分别来自通感隐喻中的不同感觉，同类空间储存不同感觉激发的相同的主观心理感受，合成空间承接输入空间的相关命题以产生新创结构，读者通过调动百科知识及推理来理解其中的意义，各感官之间的映射符合认知经济原则。

综上所述，认知语言学下的通感研究主要体现为运用概念隐喻和概念整合理论解释通感现象。许多学者从概念隐喻的视角对通感现象进行探讨，认为通感是一种特殊的隐喻与认知方式，体现为感官特征之间的映射，由低级感官形式映射至高级感官形式，同时受地域、文化等因素的影响。这为通感研究开辟了新天地，但却未能深入探讨通感隐喻的产生机制与映射过程。因此，许多学者开始从概念整合的视角对通感隐喻进行细致分析，发现通感隐喻的映射过程涉及几个心理空间，其中输入空间来自通感隐喻中的不同感觉，同类空间储存不同感觉激发的相同的主观心理感受，合成空间承接输入空间的相关命题以产生新创结构，各感官之间的映射符合认知经济原则。

二　莎剧通感研究

莎士比亚是精通语言雕琢的巨匠，灵活多变的修辞手法在其戏剧语言中俯拾皆是，通感更是莎翁运用自如的一种修辞手法。然而，莎剧中频繁出现的通感修辞手法并未引起国内外莎学专家的足够重视。

西方莎学界有关通感修辞的研究非常有限，如上文所述，肖恩·戴在对比分析英语和德语中的感觉等级分布规律时，曾以莎士比亚作品中的通感隐喻为部分语料，但他在论述过程中并未详细探讨这些通感隐喻。而国内莎学界也很少关注莎剧的通感，虽然许多修辞学家如李国南、李亚丹、李定坤等在介绍通感修辞的时候，经常以莎剧中的经典通感修辞为例证，但有关莎剧通感修辞的系统研究却凤毛麟角。丹斯（1986）通过举例说明，莎士比亚在《李尔王》中把心理学中的统觉作为通感运用到其中，不仅引人入胜，更让人耳目一新。罗志野（1991）研究莎剧中"词倒用"的修辞手法时，提到莎士比亚逐渐从"词倒用"过渡到通感修辞，运用各种感觉相互代替，并强调这不仅仅是一般的通感，而是心理学中的现象，是客观现实。费小平（1995）举例分析《哈姆雷特》中的通感修辞，认为通感是一种奇特的比喻，使语言形象生动、富有感染力。徐鹏（2001）认为，通感是用形象的词语把一种感官的感觉转移到另一种感官，使语言更具有表现力，同时解析两部喜剧中的通感修辞，发现莎剧中通感修辞经常与其他修辞并用。谢世坚、罗丽丽（2015）以《哈姆雷特》和《李尔王》为语料，分析莎剧中的通感修辞及其汉译，认为莎士比亚善用形象的词语将不同感官的感觉进行迁移，莎剧中的通感修辞可以丰富语言表达、有助于塑造丰满的人物形象、深化戏剧主题，在翻译通感修辞时，应忠实于原文，保留辞格的特点。

综上所述，尽管前人对莎剧的通感修辞作了一定研究，但通感并未像比喻、拟人等修辞一样引起国内外莎学专家的重视，现有研究仅限于零星地介绍莎剧中的通感修辞的功能，认为莎士比亚运用各种感觉相互代替，可以使语言形象生动、富有感染力，同时有助于塑造丰满的人物形象，这些研究并未系统地对莎剧中的通感修辞及其翻译进行整理分析。然而，随着通感研究的不断深入，人们逐渐认识到通感不仅是一种修辞手法，更是一种特殊的隐喻、认知方式。因此，从认知语言学的角度探讨莎剧通感隐喻及其汉译，可以推动莎剧通感修辞的研究向前发展。结合认知语言学的前沿理论对莎剧中频繁出现的通感隐喻及其汉译进行考察，不但符合国内外通感研究的发展趋势，更为莎剧的汉译研究开辟了一条新路。

第三节　概念整合视角的翻译研究

基于莱柯夫的概念隐喻理论，福柯尼耶（Fauconnier）1985 年在其著作《心理空间：自然语言语义构建面面观》（*Mental Spaces：Aspects of the Construction of the Meaning in Natural Languages*）中提出心理空间理论，并在此基础上发展出了概念整合理论，这两种理论都是意义构建的重要理论，在认知语言学研究中发挥了重要作用（李福印 2008：168）。概念整合理论弥补了概念隐喻理论在阐释意义构建方面的不足，引起了学者们的广泛兴趣，并被应用到不同的领域如翻译学、文学等进行研究，取得一定成果。因此，以概念整合理论为视角，考察莎士比亚四大悲剧中的通感隐喻及其汉译，可以解释莎剧通感隐喻的呈现规律、翻译模式、翻译多样化的原因等问题。

随着认知语言学的兴起和发展，国内外的专家学者开始将翻译与认知语言学相结合，其中不乏将概念整合理论应用于翻译研究者。以下将简要回顾这一领域的研究成果，寻求具有代表性的概念整合视角的翻译模式以期构建概念整合视角下通感隐喻的翻译模式。

一 概念整合理论下的翻译

曼德尔布利特（Mandelblit）从概念整合视角考察翻译过程，认为翻译中包括两个独立的整合过程：源语句子是源语作者概念整合的产物，译者翻译时先要将源语的概念结构进行语境解构，再投射到译语，进行概念结构重组和整合，最后将两个概念结构系统进行映射和整合，产生译本（转引自尹富林 2007）。王斌（2001）也提出类似的观点，认为译文是源语文化文本的思想内容与译语文化表现形式在第三个概念域内的整合，其中源语文本及其文化认知图式为一个输入空间，译语表达形式及其文化认知图式为另一个输入空间，两个输入空间共享的文化认知图式存储在类属空间，在类属空间的制约下，两个输入空间共同投射到第三空间或合成空间产生新创结构，产生译文文本。在此基础上，王斌提出翻译的动态模式：BTT = (ST + TS)/GS，其中 ST（source text）代表原文文本及其文化认知心理图式，TS（target schemata）代表译语语言及其文化心理图式，GS（generic space）代表 ST 和 TS 共享的心理图式，BTT（blend text of translation）代表译文文本，此公式意为译文文本是原文文本及其文化认知心理图式与译语语言形式及其文化心理图式在共享心理图式制约下通过投射整合而成的交织文本。此后，王斌（2004）对该模式进行了补充和完善，他认为翻译是由源语到译语的双向概念整合。其中解读原文的过程是个解构过程，原文本提供语符系统，激活读者的概念结构，从而形成源语文化的交际模式（communicative mode in a culture），再基于此提取交际事件意象图式（schemata of communicated event），这是对原文的解读过程，该过程是概念整合的逆向过程，其目的是揭示作者的创作意图，但同时受到译者自身的经验背景的影响。在获得交际事件意象图式后，译者便寻找适宜的译语文化交际模式，并将其与译语语符系统整合，以形成译文文本。以下是曼德尔布利特提出的翻译过程的概念整合模型。

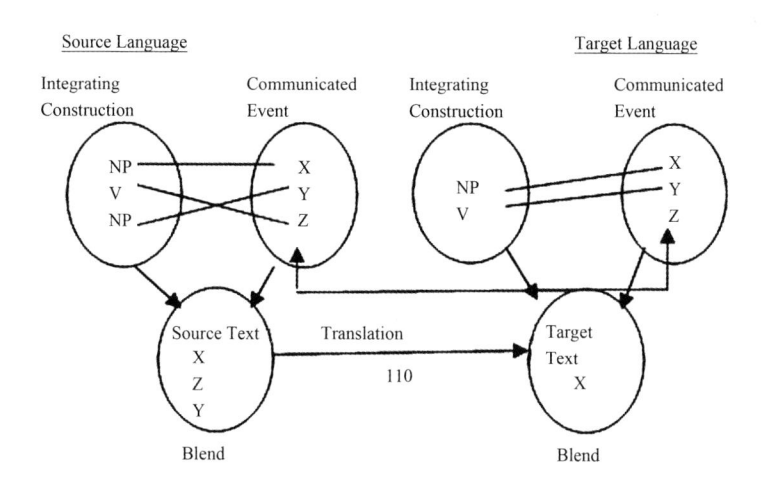

图 3-4　概念整合视角下的翻译模式
（引自王斌，2004：161）

如图 3-4 所示，翻译包含一个概念整合的逆向过程和一个整合过程，即源语（source language）中原文整合的逆向过程和译语（target language）中的整合过程。原文整合的逆向过程是将译文分解为整合结构（integrating construction）和交际事件（communicated event），该过程是译者对原文的理解过程，整合结构指原文的语言形式，交际事件指原文文本及其文化认知心理图式。译语中的整合过程是将该语言中的整合结构与原文交际事件进行整合，即将译语语言形式及其文化认知图式与原文文本及其文化认知图式进行整合。该模式打破了传统的翻译隐喻观，揭示了翻译是一个动态的概念整合过程，推动了翻译理论的发展，引起了广泛关注，但该模式仍存在一些缺陷，如缺少了类属空间。

除此之外，还有不少学者将概念整合理论引入翻译领域。董桂荣（2005）认为翻译过程实质上是译者将形式与意义进行整合，输入空间 1

为原文文本，其中包括译者解读原文，分析作者的创作背景、性格特征及与原文相关的信息，输入空间 2 为译者空间，其中包括译者的知识结构、文化涵养、生活经历、社会体验、审美能力及审美倾向等，类属空间为译者和原作共享的意义和思想感情框架，因为译者翻译会受到原作很多因素的制约，合成空间中译者经过认知操作最终产生新创结构、产生译文。孙亚（2008：133—141）在心理空间的认知联系和概念整合模式的基础上考察翻译过程，认为翻译中的对等也包括认知联系与概念层次的对等，在翻译的整合模式中，原文空间与译者空间有选择地投射到译文空间，而且不同的投射会产生不同的翻译效果。卜玉坤、杨忠（2011）认为翻译认知过程与概念整合过程相似，并在此基础上提出隐喻认知对等翻译的概念整合理论模型，其中包括四个空间模块：源语及相关因素空间组、目的语及相关因素空间组、译者空间、译文空间，由输入组构成输入空间，源语空间包含一个输入组，由英语语义、语音、语形、语法、文化等相关输入元素组成，目的语空间也包含一个输入组，由汉语语义、语音、语形、语法、文化等相关输入元素组成，译者空间即类属空间，存储源语和目的语共有的抽象结构和组织，翻译过程中译者运用大脑中的内存信息和认知模式对输入空间 1 中的输入组进行理解，并与目的语空间输入组产生映射，最终产生不同程度的认知对等翻译。

综上所述，概念整合视角下的翻译研究，摒弃了传统翻译观中的对等原则，将翻译过程视为一个动态的概念整合过程，其中既包括原文文本及其认知图式的制约，也包括译者的能动性，即译者在自身知识结构、文化涵养、生活经历等方面的制约下选择译语语言形式。基于此，国内外许多学者提出了不同的翻译的概念整合模式，其中王斌的模式引起了学界的广泛关注，因此，我们将基于王斌的概念整合视角的翻译模式，结合通感隐喻汉译自身的特点，提出概念整合理论下通感隐喻的翻译模式，探究通感隐喻的汉译过程。

二 概念整合理论下通感隐喻的翻译模式

通常情况下，概念整合的翻译模式包括两个整合过程，但由于通感是一种特殊的隐喻，其概念的形成是不同感觉相互映射并整合的结果，其本身也是一种概念整合。因此，通感隐喻的翻译模式应包括三个整合过程。

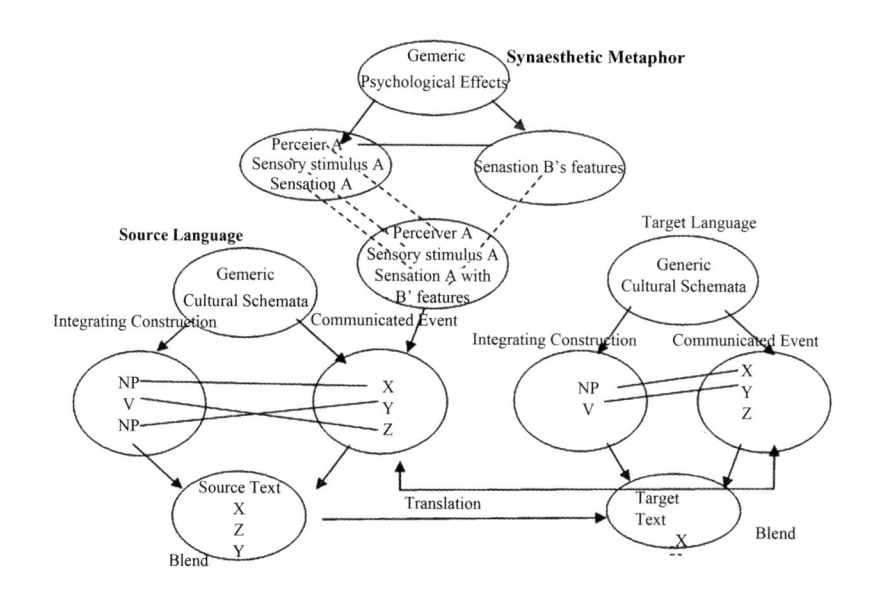

图 3 - 5　概念整合理论下通感隐喻的翻译模式

如图 3 - 5 所示，概念整合视角下通感隐喻的翻译模式共包括一个概念整合的逆向过程以及两个概念整合过程：第一，解读原文的过程是个解构过程，原文本提供语符系统，激活读者的概念结构，从而形成源语文化的交际模式，再基于此提取交际事件意象图式，该过程是概念整合的一个逆向过程；第二，原文交际事件中包括通感隐喻，因此对原文交际事件的解读中包含对通感隐喻的解读，该解读过程即概念整合的过程；第三，在获得交际事件意象图式后，译者寻找适宜的译语文化交际模式，并将其与译语语符系统整合，形成译文文本。下文我们将运用此翻译模式对莎剧中通感隐喻的汉译进行解读，考察通感隐喻汉译的过程，探讨影响翻译的因素，为莎剧通感隐喻的汉译提出策略。

第四节　概念整合视角下莎剧的通感隐喻及其汉译

概念整合视角下通感隐喻的翻译模式将认知语言学的前沿理论引入翻译研究领域，为通感隐喻的翻译研究注入了新鲜血液。这一翻译模式需要大量语料进行充分验证，将莎士比亚四大悲剧及其汉译纳入考察范围,旨在将前沿理论与经典名著相结合,一方面尝试发展完善理论;另一方面力图传承经典的魅力,也为莎剧修辞研究寻找出路。

一 莎剧通感隐喻分类

本研究对莎剧通感隐喻的分类主要基于徐莲(2004)的感觉迁移规律,将视觉分为空间感觉、色觉以及主要表现为人类表情的第三视觉,在此基础上把五官的感觉分为触觉、味觉、嗅觉、空间感觉、色觉、第三视觉以及听觉。同时,结合莎士比亚四大悲剧中通感隐喻的分布情况,以感觉迁移的源域为分类标准,将四大悲剧中的通感隐喻分为五大类:源域为触觉的通感隐喻、源域为味觉的通感隐喻、源域为空间感觉的通感隐喻、源域为色觉的通感隐喻以及源域为听觉的通感隐喻。根据我们的统计,莎士比亚四大悲剧中的通感隐喻出现频次如下:

表3-3　　　　　　莎士比亚四大悲剧中通感隐喻的数量统计

目标域 源域	触觉	味觉	嗅觉	空间感觉	色觉	第三视觉	听觉	合计
触觉	—	1	0	0	1	13	16	31
味觉	0	—	2	0	0	7	7	16
嗅觉	0	0	—	0	0	0	0	0
空间感觉	0	0	0	—	0	0	4	4
色觉	1	0	0	0	—	0	1	2
第三视觉	0	0	0	0	0	—	0	0
听觉	4	0	0	0	0	7	—	11
合计	5	1	2	0	1	27	28	64

如表3-3所示,四部悲剧中通感隐喻的总数为64例,基本情况如下:其一,源域范围内,源域为触觉的通感31例,触觉是主要的源域;其二,目标域范围内,目标域为听觉的通感28例,听觉是主要的目标域;其三,感觉迁移方向与徐莲的感觉迁移方向大体一致,嗅觉不向其他感觉发生迁移;其四,莎剧中通感隐喻的感觉迁移也存在一些特点,如色觉、听觉也会向触觉迁移,色觉也会向听觉迁移,但这些感觉迁移

数量并不多。下文我们将选取典型实例，从概念整合视角考察四大悲剧中通感隐喻的构建模式及汉译模式。

二 莎剧通感隐喻的概念整合

莎剧中的通感隐喻主要源域为触觉，主要目标域为听觉，以下将挑选各类通感隐喻中的典型实例，分析通感隐喻的概念整合过程。

（一）源域为触觉的通感

源域为触觉的通感隐喻总计31例，其中目标域为味觉的1例、目标域为色觉的1例、目标域为第三视觉的13例、目标域为听觉的16例。以下挑选源域为触觉、目标域为第三视觉的通感实例，分析该类通感隐喻的建构过程。

(1) And let his knights have <u>colder looks</u> among you,
What grows of it no matter; advise your fellows so.

(*Lear.* 1.3.23 – 24)

这里的通感隐喻"colder looks"，其中源域为触觉感受"colder"，目标域为第三视觉即人类面部表情"looks"，这一通感隐喻的概念整合过程如图3-6所示。

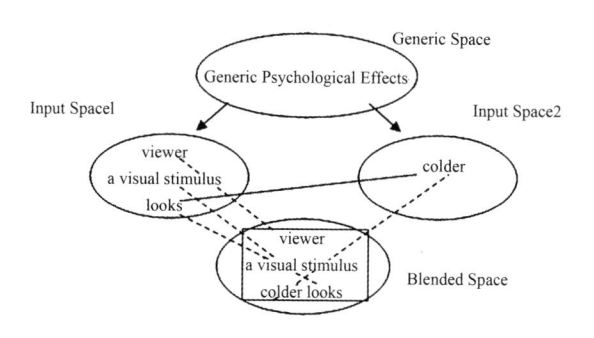

图3-6 通感隐喻"colder looks"的建构网络

如图3-6所示，通感隐喻"colder looks"的建构网络包括两个输入空间：输入空间1包括观察者、视觉刺激以及人的面部表情之一的"目光"（looks），输入空间2为"更冷"的触觉感受（colder），它们受到类属空间即共享心理感受的投射并相互映射。最终输入空间1将观察者、视觉刺激以及"目光"（looks）即组织框架投射到整合空间，输入空间2将"更冷"（colder）的触觉感受投射到整合空间，整合之后产生新创结构"colder looks"，整合过程受到文化背景知识的影响，不断完善、精细化。这就是源域为触觉、目标域为第三视觉的通感隐喻的构建过程。

（2）Haply for I am black
And have not those <u>soft parts of conversation</u>
That chamberers have, or for I am declined
Into the vale of years — yet that's not much —
She's gone, I am abused, and my belief
Must be to loathe her.

(*Oth.* 3.3.267–269)

根据上文的论述，在通感隐喻"conversation is soft"的解构过程中，译者将其分解两种不同感觉的输入空间：输入空间1包括听者、听觉刺激以及可以被听觉感官感受到的谈话（conversation），输入空间2为"柔软"的触觉感受（soft），它们受到类属空间即共享心理感受的投射并相互映射。最终输入空间1将听者、听觉刺激以及谈话投射到整合空间，输入空间2将"柔软"的触觉感受投射到整合空间，两者整合之后产生新创结构"conversation is soft"，即交际事件，整合过程受到译者文化背景知识的影响，不断完善、精细化。这就是交际事件中源域为触觉、目标域为听觉的通感隐喻的整合过程。

（二）源域为味觉的通感

源域为味觉的通感隐喻总计16例，其中目标域为嗅觉的2例、目标域为第三视觉的7例、目标域为听觉的7例。以下将选取莎剧中源域为味觉、目标域为听觉的通感实例，分析该类通感隐喻的建构过程。

(3) And I, of ladies most deject and wretched,
That <u>sucked the honey of his musicked vows</u>,
Now see what noble and most sovereign reason
Like sweet bells jangled out of time and harsh-
That unmatched form and stature of blown youth
Blasted with ecstasy.

(*Ham.* 3.1.156 – 159)

通感隐喻 "sucked the honey of his musicked vows"，其中源域为可以凭借味觉感官感受的 "honey"、目标域为听觉刺激 "musicked vows"，其构建网络包括两个输入空间：输入空间 1 包括听者、听觉刺激以及听觉感受 "音乐般的誓言"（musicked vow），输入空间 2 为味觉刺激 "蜂蜜"（honey），它们受到类属空间即共享心理感受的投射并相互映射。最终输入空间 1 将听者、听觉刺激以及 "音乐般的誓言" 即组织框架投射到整合空间，输入空间 2 将味觉刺激 "蜂蜜" 进行投射，两者经过整合产生新创结构 "listening to musicked vow is sucking honey"，该过程受文化背景知识的影响，不断完善、精细化。这就是源域为味觉、目标域为听觉的通感隐喻的建构过程。

(4) O thou weed
Who art so lovely fair and <u>smell'st so sweet</u>
That the sense aches at thee, would thou hadst ne'er been born!

(*Oth.* 4.2.68 – 70)

根据上文的论述，通感隐喻 "smell is sweet" 的解构过程中，译者将其分解为两种不同感觉的输入空间：输入空间 1 由嗅觉主体、嗅觉刺激以及嗅觉感受气味（smell）组成，输入空间 2 为味觉感受 "甘甜的"（sweet），它们受到共享心理感受的投射并相互映射。最终输入空间 1 将嗅觉主体、嗅觉刺激及气味投射到整合空间，输入空间 2 将味觉感受

"甘甜的"投射到整合空间,通过整合产生新创结构"smell is sweet",即交际事件,该过程受译者文化背景知识的影响,不断完善、精细化。这就是源域为味觉、目标域为嗅觉的通感隐喻的解构过程。

(三)源域为空间感觉的通感

源域为空间感觉、目标域为听觉的通感隐喻共4例,其中《李尔王》2例、《奥瑟罗》1例、《麦克白》1例。以下将结合《奥瑟罗》中的典型实例,分析该类通感隐喻的建构过程。

(5) Yes. 'Tis Emilia. — [to Emilia.] By and by. — She's Dead.
'Tis like she comes to speak of Cassio's death,
The noise was high.

(Oth. 5.2.90 – 92)

通感隐喻"The noise was high",其中源域"high"属于视觉感受中的空间范畴,目标域属于听觉刺激"noise",其构建网络包括两个输入空间:输入空间1包括听者、听觉刺激以及听觉感受"噪音"(noise),输入空间2为视觉中的空间感觉"高"(high),它们受到类属空间即共享心理感受的投射并相互映射。最终输入空间1将听者、听觉刺激以及听觉感受"noise"即组织框架投射到整合空间,输入空间2将空间感觉"high"进行投射,两者经过整合产生新创结构"The noise was high",在文化背景知识的影响下不断完善、精细化。这就是源域为空间感觉、目标域为听觉的通感隐喻的建构过程。

(四)源域为色觉的通感

源域为色觉的通感隐喻总计2例,其中目标域为触觉的1例、目标域为听觉的1例。以下将挑选莎剧中源域为色觉、目标域为听觉的通感实例,分析该类通感隐喻的建构过程。

(6) If there come truth from them
(As upon thee, Macbeth, their speeches shine),
Why, by the verities on thee made good,

May they not be my oracles as well,

And set me up in hope?

(*Mac.* 3.1.6 – 10)

如上所示,原文中包含源域为色觉、目标域为听觉的通感隐喻"their speeches shine",其中源域"shine"(发光、照耀)属于视觉感受中的色泽范畴,"their speeches"可以刺激听觉感官,其构建网络包括输入空间:输入空间 1 由听者、听觉刺激以及能够被听觉感官感受的"话语"(speeches)组成,输入空间 2 由视觉中的色觉刺激"发光"(shine)构成,它们受到类属空间即共享心理感受的投射并相互映射。最终输入空间 1 将听者、听觉刺激及"话语"(speeches)即组织框架投射到整合空间,输入空间 2 将色觉刺激"发光"(shine)进行投射,两者整合产生新创结构"speeches shine",受文化背景知识的影响,不断完善、精细化。这就是源域为色觉、目标域为听觉的通感隐喻的建构过程。

(7) Thou art a lady;

If only to go warm were gorgeous,

Why, nature needs not what thou gorgeous wear'st,

Which scarcely keeps thee warm.

(*Lear.* 2.2.456 – 459)

通感隐喻"warmth is gorgeous"的解构过程中,译者首先将其分解为两种不同感觉的输入空间:输入空间 1 包括接触者、触觉刺激以及温觉感受"温暖"(warmth),输入空间 2 为视觉中的色觉刺激"华丽的"(gorgeous),它们受到类属空间即共享心理感受的投射并相互映射。最终输入空间 1 将接触者、触觉刺激以及"温暖"(warmth)即组织框架投射到整合空间,输入空间 2 将"华丽的"(gorgeous)进行投射,两者经过整合产生新创结构"warmth is gorgeous",即交际事件,该过程受译者文化背景知识的影响,不断完善、精细化。这就是源域为色觉、目标域为触觉的通感隐喻的解构过程。

（五）源域为听觉的通感

源域为听觉的通感隐喻总计 11 例，其中目标域为触觉的 4 例、目标域为第三视觉的 7 例。以下将挑选莎剧中源域为听觉、目标域为第三视觉的通感实例，分析该类通感隐喻的建构过程。

（8） A man may see how this world goes
with no eyes. <u>Look with thine ears</u>. See how yon justice
rails upon yon simple thief.

(*Lear.* 4.6.146－148)

通感隐喻"look with thine ears"，其中源域"thine ears"属于听觉感官，目标域"look"（看、瞧）属于人类的面部表情即第三视觉范畴，其构建网络包括两个输入空间：输入空间 1 包括观察者、视觉刺激以及面目表情之一的"看、瞧"（look），输入空间 2 为听觉感官"耳朵"（thine ears），它们受到类属空间即共享心理感受的投射并相互映射。最终输入空间 1 将观察者、视觉刺激以及"看、瞧"（look）即组织框架投射到整合空间，输入空间 2 将听觉感官"耳朵"（thine ears）进行投射，整合之后产生新创结构"look with thine ears"，在文化背景的影响下不断完善、精细化。这就是源域为听觉、目标域为第三视觉的通感隐喻的建构过程。

（9） Since I was man
Such sheers of fire, such bursts of horrid thunder,
Such <u>groans of roaring wind and rain</u> I never
Remember to have heard.

(*Lear.* 3.2.45－48)

通感隐喻"wind and rain are roaring and groaning"的解构过程中，译者首先将其分解为两种不同感觉的输入空间：输入空间 1 包括接触者、触觉刺激以及能被触觉感官感受的"风"（wind），输入空间 2 包括听觉感受"咆哮和呻吟"（roaring and groaning），它们受到类属空间即共享心理感受的投射并相互映射。最终输入空间 1 将接触者、触觉刺激以及

"风"(wind)即组织框架投射到整合空间,输入空间2将听觉感受"咆哮和呻吟"(roaring and groaning)进行投射,整合之后产生新创结构"wind and rain are roaring and groaning",即交际事件,该过程受译者文化背景知识的影响,不断完善、精细化。这就是源域为听觉、目标域为触觉的通感隐喻的解构过程。

综上所述,莎剧通感隐喻的源域和目标域分属不同的感觉范畴,这两种不同的感觉范畴分别组成概念整合网络中的两个输入空间,它们受到类属空间即共享心理感受的投射并相互映射,其中一个输入空间将组织框架投射到整合空间,另一个输入空间将其感觉范畴中的元素进行投射,经过整合生成新创结构,并在文化背景知识的影响下不断完善、精细化。下面我们将在此基础上,进一步探讨莎剧通感隐喻的汉译过程。

三 概念整合视角下的通感隐喻汉译

前文提到,概念整合视角下通感隐喻的翻译模式共包括一个概念整合的逆向过程以及两个概念整合过程。上节已经讨论了通感隐喻的概念整合过程,以下将以此为基础,探讨莎剧通感隐喻的汉译过程,并探讨影响翻译的因素,为莎剧通感隐喻的汉译提出一些翻译策略。篇幅所限,以下将从莎剧每一类通感隐喻中选取典型实例,对梁实秋、朱生豪、孙大雨、卞之琳以及方平等现有主要汉译本进行对比分析。

(一)源域为触觉的通感

基于以上对莎剧通感隐喻概念整合网络的分析,以下将主要探讨通感隐喻翻译模式中的整合的逆向过程及另一个整合过程:

(1) And let his knights have colder looks among you,
What grows of it no matter; advise your fellows so.

(*Lear.* 1.3.23–24)

朱译:让他的骑士们也受到你们的冷眼;无论发生什么事情,你们都不用管;你去这样通知你手下的人吧。

梁译:对于他的侍卫们,你们全都要更以冷眼相加;闹出事来,不要紧;就这样告诉你的伙伴……

孙译:给他的武士们更多看些你们的冷淡;

结果怎么样，不要紧；去知照管事们。
卞译：让他的骑士们<u>更多看你们的冷眼</u>；
出了事，不要紧；就这样通知管事们。
方译：让他的骑士们<u>多看些你们的冷面孔</u>；
会招来什么后果，你们不用管。
就把这话关照你的手下人吧。

首先，译者对原文进行解读，该过程是一个解构过程即整合的逆向过程。

如图3-7所示，译者在"colder looks"的解读过程中，将其分解为整合结构（NP）和交际事件（colder looks），它们都受到共享文化图式的制约。此后，译者开始进行翻译的整合过程。

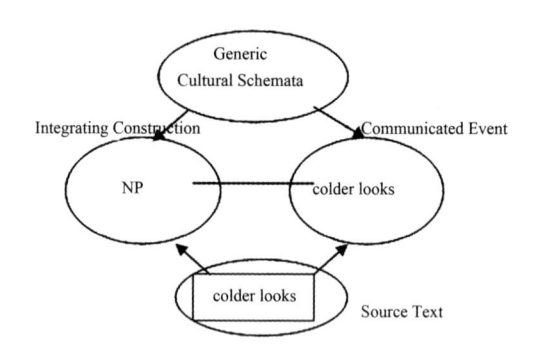

图3-7　"colder looks"的解构过程

如图3-8所示，在"colder looks"的翻译过程中，交际事件空间由交际事件"colder looks"及其文化心理图式构成，5位译者对于"colder looks"各有不同理解，其中梁译、朱译、卞译将"冷眼"投射到译文空间中，孙译则把"colder looks"的部分含义"冷淡"选择性地投射到译文空间，方译也把部分含义"冷"投射到译文空间。这里的语境是，高纳里尔开始嫌弃、虐待父亲，她交代自己的管家不要给国王的骑士好脸色看，要让他们受尽冷眼，此处突出体现了高纳里尔的自私、不孝、冷酷和狠毒，也预示了李尔的悲惨命运和结局，原文的这些情景氛围也投射到译文空间。此外，交际事件空间在共享文化图式的制约下与整合结构空间互相映射。整合结构空间由译语语言形式与其文化心理图式组成，

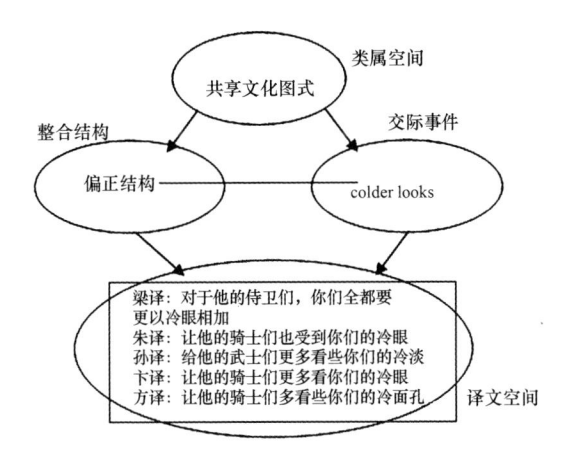

第三章 莎剧中的通感隐喻及其汉译 / 101

图 3-8 "colder looks" 的翻译整合过程

其中各位译者都将汉语中与交际事件相对应的偏正结构投射到译文空间。同时，梁译将汉语中与"colder"的比较级相对应的程度副词"更"、孙译与卞译将"更多"、方译将"多"投射到译文空间，朱译在此没有进行投射。几位译者本身的知识结构、社会经历以及对原文的感悟和鉴赏也部分投射到译文空间。最后，各位译者根据自己的长期记忆与对原文的鉴赏，并根据自己的理解在译文空间中完善、精细化这些输入信息，最终生成译文，其中梁译将"colder looks"译为"更以冷眼相加"，朱译为"冷眼"，没有将比较意味译出，孙译根据自己的理解将原文精细化为"更多看你们的冷淡"，卞译译为"更多看你们的冷眼"，方译在精细化过程中将其译为"多看些你们的冷面孔"。

（二）源域为味觉的通感

(2) And I, of ladies most deject and wretched,
That sucked the honey of his musicked vows,
Now see what noble and most sovereign reason
Like sweet bells jangled out of time and harsh-
That unmatched form and stature of blown youth
Blasted with ecstasy.

(*Ham.* 3.1.156-159)

朱译：我是一切妇女中间最伤心而不幸的，<u>我曾经从他音乐一般的盟誓中吮吸芬芳的甘蜜</u>，现在却眼看着他的高贵无上的理智，像一串美妙的银铃失去了谐和的音调，无比的青春美貌，在疯狂中凋谢！

梁译：我是最苦命的一个女子，<u>曾吸取他的音乐般誓言中的蜜</u>……

孙译：而我，女娘中最伤心、悲惨的姐妹，
<u>从他信誓的音乐里吮吸过蜜露</u>……

卞译：我呢，妇女中最伤心、悲惨的女子，
<u>从他盟誓的音乐里吸取过甜蜜</u>……

方译：天下的女人，要数我最命苦、最伤心了——
<u>从他那音乐般的盟誓，我吸取过甜蜜</u>……

首先，译者对原文进行解读，在"sucked the honey of his musicked vows"的解读过程中，将其分解为整合结构（V + NP）和交际事件（listening to musicked vow is sucking honey），它们都受到共享文化图式的制约。然后，译者开始进行翻译整合过程，在通感隐喻"sucked the honey of his musicked vows"的翻译过程中，交际事件空间由交际事件"listening to musicked vow is sucking honey"及其文化心理图式构成，5位译者基于自己的理解将其进行投射，都将"suck honey of musicked vow"投射到译文空间。这是奥菲莉娅的一段独白，当时她对哈姆雷特装疯卖傻信以为真，内心十分矛盾，既怀念哈姆雷特的许诺，又对其疯癫痴傻扼腕叹息、伤心欲绝，奥菲莉娅的矛盾心境也被投射到译文空间。此外，交际事件空间在共享文化图式的制约下与整合结构空间互相映射。整合结构空间由译语语言形式与其文化心理图式组成，其中梁译将汉语中的动宾结构投射到译文空间，朱译、孙译、卞译将介词结构与动宾结构进行投射，方译将介词结构与主谓结构进行投射。最后，各位译者根据理解在译文空间组合、完善、精细化输入信息，生成译文：梁译将"suck honey of musicked vow"与汉语中的动宾结构整合，最终在奥菲莉娅矛盾心境及自身条件的基础上，将原文精细化为"曾吸取他的音乐般誓言中的蜜"，朱译将交际事件与介词结构、动宾结构整合，同等条件下将其精细化为

"曾经从他音乐一般的盟誓中吮吸芬芳的甘蜜",孙译将其精细化为"从他信誓的音乐里吮吸过蜜露",卞译将其精细化为"从他盟誓的音乐里吸取过甜蜜",方译将交际事件与介词结构、主谓结构相整合,将原文精细化为"从他那音乐般的盟誓,我吸取过甜蜜"。

(三) 源域为空间感觉的通感

(3) Yes. 'Tis Emilia. — [to Emilia.] By and by. — She's Dead.
'Tis like she comes to speak of Cassio's death,
The noise was high.

(*Oth.* 5.2.90–92)

朱译:是的,这是爱米利娅。——等一等。——她死了。她多半要来说起凯西奥的死。外面已经听得见嘈杂的声音。

梁译:是了;是伊米利亚:我就来。她是死了。她来大概是报告卡希欧的死;声音是很高。

孙译:好的;这是
爱米利亚:等一下。她死了。大概是
她来报信凯昔欧已经死:这声音
轰闹得很。

卞译:唔,是爱米利亚。——等一等。——她死了。——
她该是跑来报告凯西奥的死讯。
是这里出声音。

方译:是的,那是爱米莉亚——等一等——她死了。
她该是要来对我说:卡西奥死了。
(走向门口,又回到床边)
声音在这里呢。

首先,译者对原文进行解读,在原文"The noise was high"的解读过程中,将其分解为整合结构(NP+V)和交际事件(The noise was high),它们都受到共享文化图式的制约。此后,译者开始进行翻译的整合过程,在通感隐喻"The noise was high"的翻译过程中,交际事件空间由交际事件"The noise was high"及其文化心理图式构成,5位译者根据自己对交际事件的不同理解进行投射:其中梁译将"The noise was high"完整投射到译文空间,其他4位译者仅将"noise"进行投射。这段话出自奥赛罗之口,当时他刚杀害妻子便听见有声音在叫他,心情非常复杂,既听信流言憎恨妻子,又因为杀害她而深感恐惧、心虚,原文中奥赛罗这种复杂的心情也被投射到译文空间。此外,交际事件空间在共享文化图式的制约下与整合结构空间互相映射。整合结构空间由译语语言形式与其文化心理图式组成,其中梁译、孙译、方译将汉语中的主谓结构投射到译文空间,朱译将动宾关系进行投射,卞译将介词结构与动宾关系进行投射。最终各位译者根据自己的理解在译文空间中组合、完善、精细化这些信息,生成译文:其中梁译将"The noise was high"与汉语中的主谓结构整合,将译文精细化为"声音是很高";朱译将"noise"与动宾关系整合,将其完善、精细化为"外面已经听得见嘈杂的声音";孙译将"noise"与主谓结构进行整合,将其完善、精细化为"这声音轰闹得很";卞译将"noise"与介词结构、动宾结构整合,将其完善、精细化为"是这里出声音";方译将"noise"与主谓结构整合,将其完善、精细化为"声音在这里呢"。

(四)源域为色觉的通感

(4) If there come truth from them
(As upon thee, Macbeth, their speeches shine),
Why, by the verities on thee made good,
May they not be my oracles as well,
And set me up in hope?

(*Mac.* 3.1.6–10)

朱译:要是她们的话里也有真理,就像对于你所显示的那样,那么,既然她们所说的话已经在你麦克白身上应验,难道不也会成为对我的启示,使我对未来发生希望吗?

梁译:如其她们的话里是有真理,——就像是关于你,马克白,她们所说的话那样灵验。……

孙译:假使她们的说话讲得真——

如同关于你，麦克白斯，她们的言语
都灵验无比……
卞译：倘若她们说得有道理
(像在你麦克白斯身上有灵验那样)
方译：要是她们的嘴里也突出真话——
就像对于你麦克白斯说得很灵……

首先，译者对原文进行解读，在"their speeches shine"的解读过程中，将其分解为整合结构（NP+V）和交际事件（speeches shine），它们都受到共享文化图式的制约。此后，译者开始进行翻译的整合过程，在原文"their speeches shine"的翻译过程中，交际事件空间由交际事件"speeches shine"及其文化心理图式组成，5位译者基于各自的理解对交际事件进行投射，其中5位译者都将"话语"（speeches）投射到译文空间，没有将"发光"（shine）进行投射。这段话是班柯感叹女巫的预言在麦克白身上应验，这为戏剧营造了神秘氛围，也为后来班柯遇害埋下伏笔，原文的神秘氛围也被投射到译文空间。此外，交际事件空间在共享文化图式的制约下与整合结构空间互相映射。整合结构空间由译语语言形式与其文化心理图式组成，其中梁译、孙译将汉语中的主谓结构投射到译文空间，朱译将介词结构、主谓结构进行投射，卞译、方译将介词结构、动宾结构进行投射。最后，他们根据自己的理解在译文空间中组合、完善、精细化这些输入信息，生成译文，其中，梁译将"话语"（speeches）与汉语中的主谓结构整合，最终在共享文化图式、原文神秘氛围以及自身文化修养的基础上，将原文精细化为"她们所说的话那样灵验"；朱译将"话语"（speeches）与介词、主谓结构整合，精细化为"她们所说的话已经在你麦克白身上应验"；孙译将"话语"（speeches）与主谓结构整合，精细化为"她们的言语都灵验无比"；卞译、孙译将"话语"（speeches）与介词、动宾结构整合，分别精细化为"像在你麦克白斯身上有灵验那样""就像对于你麦克白斯说得很灵"。

（五）源域为听觉的通感

(5) A man may see how this world goes

with no eyes. <u>Look with thine ears.</u> See how yon justice rails upon yon simple thief.

(*Lear.* 4.6.146–148)

朱译：一个人就是没有眼睛，也可以看见这世界的丑恶。<u>用你的耳朵瞧着吧</u>：你没看见那法官怎样痛骂那个卑贱的偷儿吗？

梁译：一个人没有眼也能知道这世界是怎个样子。<u>用你的耳朵看</u>……

孙译：一个人没有眼睛也看得出这世界是怎么回事。<u>用你的耳朵去瞧</u>……

卞译：一个人没有了眼睛就看得见这个世界的面目。<u>用耳朵看吧</u>……

方译：一个人没有眼睛也认得出这个世界是怎么一回事。<u>用你的耳朵去瞧瞧吧</u>。

首先，译者对原文进行解读，译者在"Look with thine ears"的解读过程中，将其分解为整合结构（V）和交际事件（look with thine ears），它们都受到共享文化图式的制约。此后，译者开始进行翻译的整合过程，在原文翻译过程中，交际事件空间由交际事件"look with thine ears"及其文化心理图式构成，5 位译者根据自己对交际事件的理解进行投射，都将其完整地投射到译文空间。这是李尔的一段话，看似疯言疯语，实际上却体现了他的悲痛与悔悟，他后悔当初自己有眼无珠、听信花言巧语，把王国分给两个不孝女，如今却落得被遗弃的下场，原文中李尔悔悟的心情也被投射到译文空间。此外，交际事件空间在共享文化图式的制约下与整合结构空间互相映射。整合结构空间由译语语言形式与其文化心理图式组成，其中 5 位译者都将汉语中的介词结构与动词投射到译文空间。同时，各位译者对原文的领悟、本身的文化修养、生活经历也部分投射到译文空间。最后，他们根据理解在译文中组合、完善、精细化这些输入信息，并生成译文。

第五节　本章结语

基于前人关于感觉迁移规律的研究，我们将莎士比亚四大悲剧中的通感隐喻分为五大类：源域为触觉的通感隐喻、源域为味觉的通感隐喻、源域为空间感觉的通感隐喻、源域为色觉的通感隐喻以及源域为听觉的通感隐喻，并在此基础上对其中的通感隐喻进行统计分析，四部悲剧中通感隐喻的总数为63例，总体上与前人得出的感觉迁移规律基本一致：源域范围内，源域为触觉的通感30例，触觉成为主要的源域；目标域范围内，目标域为听觉的通感31例，听觉成为主要的目标域；感觉迁移方向与前人总结的感觉迁移方向大体一致，嗅觉不向其他感觉发生迁移；此外，莎剧中通感隐喻的感觉迁移也存在一些特点，如色觉、听觉也会向触觉挪移，色觉也会向听觉迁移，但这些感觉迁移为数不多。

我们选取四大悲剧中典型的通感隐喻实例，并结合概念整合理论下通感隐喻的翻译模式，考察朱生豪等5位译者对通感隐喻的翻译过程，认为译者首先对原文进行解读，将其分解为整合结构和交际事件，受共享文化图式的制约；交际事件空间中还存在对通感隐喻的解构过程；解读完成后，译者开始进行翻译整合，将交际事件空间和整合结构空间的成分选择性地投射至译文空间，根据各自的理解组合、完善、精细化这些输入信息，得出不同译文。其中，译者因为具有不同的知识结构、文化涵养、人生阅历及审美能力，所以对原文的解读不尽相同。此外，在翻译整合过程中，译者会构建两个输入空间，即交际事件空间和整合结构空间，不同译者对这两个空间进行不同的选择性投射，会在译文空间中生成不同的译文。

第 四 章

莎剧中的重言修辞及其汉译[①]

第一节 引言

根据赖特（Wright 1981）的统计，莎剧中重言辞格总量超过300个，仅《哈姆雷特》就有66个，是其他任何一部莎剧的两倍以上。不难看出，重言修辞在莎剧中占据重要地位，这与莎翁探讨人类情感与思想深处存在的问题十分契合，对表现哈姆雷特、奥赛罗等悲剧人物性格的复杂性和多样性有着重要作用。深入研究莎士比亚重言，能够帮助我们更好地理解和欣赏莎士比亚的悲剧语言。然而，国内学界迄今对重言研究甚少，一些修辞学论著甚至都没有论及。值得注意的是，国内学界对莎剧重言（hendiadys）修辞格的研究尚付之阙如。本研究系统探究莎剧中的重言，希望可以丰富莎剧的修辞研究，并引起学界对重言辞格的重视。

本章运用概念整合理论，对莎剧中的重言进行认知分析，通过"四空间"意义构建模式来分析重言的意义生成。对《哈姆雷特》《奥赛罗》《李尔王》和《麦克白》四大悲剧中的重言修辞进行认知解读，重点分析和探讨重言修辞的意义生成机制。在此基础上，探讨朱生豪、梁实秋、孙大雨和卞之琳的翻译对原文重言修辞的处理，尝试提出莎剧重言的两大翻译策略：半对应投射法（原文空间投射法和译文空间投射法）和无对应投射整合法。希望以此丰富我国莎剧的辞格翻译研究。国内对重言

[①] 本章部分内容已公开发表，见《长春大学学报》2015年第9期《莎剧中的重言修辞及其汉译》（与黄小应合作）。

的翻译研究基本上是浅尝辄止，缺少深入的探讨。本研究结合概念整合理论来探讨莎剧重言的翻译策略，具有一定的开拓性。

第二节　前人相关研究

一　国外相关研究

根据《牛津英语词典》（*OED*）的释义，重言是由连词连接两个词语以表达一个复杂概念的修辞手段。比如，用and连接两个名词，而不是一个形容词加上一个名词。国外较早研究重言的是鲍兹姆（Poutsma 1917），他详细论述了英语重言的定义、用法和语义逻辑关系。他认为，重言在形式上是用and连接两个并列成分，表达的是非并列的语法功能。（…an illogical substitution of the copulative construction with and for other grammatical constructions）。他指出重言具有双重性，通过并列结构来表达副词关系（adverbial relation）和形名词关系（adnominal relation）。瓦斯顿（Waston 1986）认为重言有三种主要功能：其一，扩充现有词汇（the extension of the existing vocabulary）；其二，唤起词汇对（to evoke a word-pair）；其三，产生押韵效果（to produce assonance and rhyme）。凯勒（Keller 2009：274）认为重言是语法上不对等的两词的结合，但两词之间的语义关系并不明显。Chrzanowski（2011）在其博士学位论文中系统地阐释了希伯来文版《圣经》中的动词类重言，这对探讨英语中的重言有借鉴意义。

国外学界对莎剧中重言有一定的研究，主要如下：赖特（1981）描述了重言的起源、莎翁和重言的渊源、莎翁使用重言的特点，以及重言辞格和剧中人物的关系。他指出，莎翁通过重言揭露了剧中人物的多重性格，揭示了悲剧的深刻主题：焦虑、困惑、不安、人性的虚伪。他在附录中还提供了丰富的语料，为研究莎剧重言的宝贵资料。凯勒（Keller 2009：152）指出，重言在《哈姆雷特》中被频繁使用，由此成为该剧修辞的关注点。他也指出要充分理解这一辞格是件困难的事，因为它所表达的复杂概念超出语法语境所提供的信息。此外，凯勒通过语料分析，绘制了重言在9部莎剧中的使用情况图。切斯尼（Chesney 2009）认为对莎士比亚重言的深入研究不仅能够帮助我们理解和欣赏《哈姆雷特》，而且有助于我们认识和欣赏悲剧语言。同时，他认为重言的形义分离是为了制造歧义。在他看来，重言的意义大于两部分之和。马洪（Mahon 2009）提到莎翁双胞胎儿子哈姆尼特（Hamnet）夭折对莎翁戏剧创作，尤其是对《哈姆雷特》创作的影响。他指出，莎翁将失子之痛融入到了悲剧的创作之中。"二子失一子"的切肤之痛体现在剧中人物的关系中，也体现在遣词造句中，在这种情况下，重言便是剧作家自然而然的选择。重言的实质是"二合一"（one through two），这与莎翁内心的诉求相契合，即他希望自己的爱子能死而复生，希望失去的儿子能在存活的儿子中得到永生。马洪的这一见解颇为独到，为我们理解莎翁为何如此钟爱重言修辞提供了独特的视角。

二　国内相关研究

国内有关重言的著述并不多，具体到莎剧重言研究的则更少。根据陆谷孙的《英汉大词典》（1989），重言（或称"二词一意"）是用 and 连接两个独立的词以代替一独立词加上其修饰词的惯用组合。文军（1983）认为，重言是反复修辞格（repetition）的一种，并指出"这种辞格在诸多的英国文豪的笔下得到了广泛的应用。如莎翁的《辛白林》（Cymbeline）中就有 The heaviness and guilt within my bossom"。文军首先分析了重言修辞的常见形式，然后将重言修辞分为三种结构，分别是：凝固结构、综合结构、合成结构，并用例证加以分析。他在文末指出，"由于'重言法'以并列结构之貌或表达固定意义，或表示成双配对的整体、或表述修饰与被修饰关系，故而新颖别致、耐人寻味，可以增加语调等修辞意味。"徐鹏（2001：123—124）提出，重言是用 and 连接两个独立的词，以代替一个独立的词加上其修饰词的惯常组合的修辞手段。他列举了三例重言，着重分析了其修辞效果：使得语言更加生动；满足诗行音步节奏需要；给人深入一层的意境。此外，在国内知名英语修辞学著作（冯翠华 1995；李亚丹等 2005；胡曙中 2007）中，重言无缘占一席之地。

期刊文献中散见一些研究重言的文章，但数量有限。卢炳群（1997：67）认为重言两词一意，延时以加强视听效果。同时他还将英语重言和汉语的复叠修辞格进行了比较，指出"虽然汉语叠字和英语重言这两种修辞格有着相仿的名称，相似的形式，但其实质很不同"。此外，卢氏提出，翻译英语重言时不能简单采用直译。李诗平（2000）从语法修辞的角度对重言辞格的起源、构成、语义关系及翻译技巧进行分析，他将重言分为三类：名词性重言、形容词性重言和动词性重言。李氏指出，由 and 连接两个形容词所构成的重言辞格，有时在语义上只是起一种增强语势的作用。陈红（2001）对 hendiadys 的译名（"重名法""重言"）进行了探讨，指出这种修辞手段应译为"重言"更为准确。赵振春（2005）阐释重言辞格并讨论重言英译中的方法，在理解与翻译过程中对修辞进行解码。然而其主要分析的是重言的定义和分类，只用一例来探讨重言的翻译，也没有就此提出相关的翻译策略。袁晓宁（2006）探讨翻译中常涉及的几种英语修辞格，指出在翻译中由于译者缺乏英语修辞知识而出现的一些问题。袁氏特别指出，在翻译中应注意熟悉重言辞格的表达方式，稍有不慎，就会犯理解上的错误。同样地，袁氏也没涉及重言的翻译策略。

综上所述，重言是一种重要的英语修辞格，国内学界迄今对之研究甚少，一些英语修辞学论著中甚至不提及重言辞格。此外，在相关的著作和论文中重言的例证陈旧，如将以下例子——"to look with eyes and envy"（with envious eyes），"nice and warm"（nicely warm），"the logic and simplicity"（the simple logic）——反复利用，缺乏新意。此外，国内对重言的翻译研究都是浅尝辄止，缺少深入的探讨。相关学者只是在重言的解码中提了个醒，而对于如何解码，具体的翻译策略如何却无涉及。尤其要指出的是，国内学界对莎剧重言修辞的研究尚付之阙如。

三 概念整合视角的修辞及其翻译研究

"整合"强调"整体大于部分之和"。合二为一是人的心智概念整合的基本思维方式和认知形式，概念整合理论有着很强的解释力，近几年在国内的修辞研究、翻译研究中得到了较好的应用。

将概念整合理论运用于修辞研究是近些年的研究热点，不过主要集中在以下几种修辞格：移就（汪立荣 2005，罗玲 2009）、仿拟（鲁晓娜、杨真洪 2011）、双关语（姚俊 2004，唐斌 2007）、通感（蒋红艳、周启强 2007）和转喻（魏在江 2007）。也有将该理论应用于莎剧修辞研究的，如李菁菁（2013）运用概念整合理论研究莎士比亚戏剧的双关语，但此类研究数量极为有限。刘翼斌（2010）在其博士学位论文中以认知为视角，运用认知语言学的原型范畴观和概念整合理论，对《哈姆雷特》原文、梁实秋和朱生豪两个汉译本中的概念隐喻进行了定量考察和定性对比分析。概念整合理论在修辞研究中得到了一定程度的运用，但范围有限。概念整合理论强调"整体大于部分之和"，这与重言的重要特征"重言的意义大于两部分之和"密切契合，因此，运用概念整合理论来研究重言具有可行性，对分析重言的意义生成有着极强的解释力。

近年来，翻译研究的范式有向认知语言学转向的趋势。一些翻译家认为翻译作为一种跨文化、跨语言的交际行为，也与人们心理和语言认知有关，因而开始注重翻译过程方面的研究，而不再局限于文学、文化和语言等静态层面的对比研究。翻译是一种特殊的语言行为与过程，不仅仅如翻译转换理论所述那般只是从源语到目标语的转换，也是一种复杂的认知行为，需要译者复杂的认知。

国内外研究者从概念整合的角度对翻译进行了新的尝试。曼德尔布利特（1997）认为翻译是一个双向整合的过程：解读（解构或者解包）和再生成（或重新整合）。从概念整合上看，译文是原文符号激活译者认知框架中的概念，经译者心智空间认知加工而形成的，引导译文读者理解的认知框架（王正元 2009：157）。中国学者也从概念整合角度对翻译进行了研究，汪立荣（2005）也指出译文文本与原文文本认知框架应具有范畴域的一致性、顺应性，翻译的任务实际上就是找出能够激活源语相同或相似的认知框架的语言表达式。与国外不同的是中国学者还从四个心智空间出发，细致深入地探索出概念整合和翻译相结合的结构，如孙亚（2001：13）认为合成空间理论完全可以用来解释翻译过程，原文本空间和译者空间为两个输入空间，译文是两个输入空间中概念整合的效果，即合成空间。王斌（2001：20）也认为翻译不能看作隐喻的范畴，而是被纳入概念整合网络，原文文本及其文化认知图式作为一个输入空间（input 1），译语表达形式及其文化认知图式作为另一个输入空间（input 2），它们共同投射至第三空间：交织空间（blending space）。在同类空间（generic space）制约下形成自己的新创结构（emergent structure），产生新的表达形式（译文文本）。无论是译作的呈现形式，还是翻译过程本身都不可能仅仅是两个认知域（ST，TT）之间的活动，因为虽然译文是由译语文化及其文字所承载的，但译文的思想内容却来自源语文化文本，而且原文不可能自动径直扑向译文文本，它需要一个繁杂的加工过程，即译者在原文和译文认知框架制约下的主观选择过程。因此，译文只能是源语文化文本的思想内容与译语文化表现形式在第三个概念域内的整合。尹富林（2007）讨论了概念整合模式下翻译的主体间性问题，他认为，译者在翻译时，首先是将其概念结构捷星语境解构，再投射到译语中，然后在译语中进行概念结构的重构和整合，最后将两个概念结构系统进行映射和整合，形成新的文本（译本）。朱音尔（2013）以概念整合理论为框架，探讨英译汉翻译过程中如何追求地道的译文，指出译者在翻译时先对原文进行拆解，拆解得到作者想表达的概念结构、源语表达形式、作者个人风格等要素，然后将它们与译者空间的要素匹配，两个空间的共同点投射到同类空间，并全部进入交织空间形成基本译文。

第三节　莎剧中的重言修辞

本节首先介绍重言的定义和一般分类，在此基础上，我们将莎剧中的重言进行分类，然后从概念整合角度对每一类别的重言进行认知分析，以此探讨莎剧中重言的意义生成机制。

一　定义和分类

凯勒（Keller 2009：274）认为：构成重言的两个词在语法上是不协调的组合，或两词间没有直接、明显的语义联系。重言法有别于一般的并列结构表达，它不是一味地语言堆砌，它不是过头的对称结构，它不是简单的或复杂的平行结构（如一笔双叙[①]、轭式搭配[②]），它所表达的

[①] Syllepsis（一笔双叙）是用一个词（如动词、形容词、介词等）同时与两个或更多的词相搭配，在与一个词搭配时用一种词义，而在与另一个词搭配时则用另一种词义的修辞手段。（徐鹏，2001：325）

[②] Zeugma（轭式搭配）是用一个词与句中两个或更多的词相搭配，其中只有一个搭配是合乎逻辑的，或在与这些词搭配时用不同的词义的修辞手段。如 Mr, Pickwick took his hat and his leave（匹克威克先生拿起帽子，告辞离去）。（徐鹏，2001：351）

远非部分之和,而是两部分整合后的产物。切斯尼(Chesney 2009:139-140)指出重言的形义分离是为了制造歧义;重言有一个重要特征,那就是:重言的意义大于两部分之和。

在国内英语修辞学界的研究(冯翠华1995;李亚丹等2005;胡曙中2007)中,重言无缘占一席之地。只有散见于一些著作中的零星论述:陆谷孙《英汉大词典》(1989)把重言(hendiadys)称为"重言法""二词一意",即"用 and 连接两个独立的词以代替一个独立词加上其修饰词的惯用组合,如用 to look with eyes and envy 代替 with envious eyes,用 nice and warm 代替 nicely warm"。文军(1983:203)认为,重言从形式上看,由连词连接的两个词是并列关系,而意义上却是偏正关系或主从关系,两个词合起来表述一个单一的完整的概念。徐鹏(2001:122)认为,重言是用 and 连接两个独立的词,以代替一个独立的词加上其修饰词的惯常组合的修辞手段。运用重言,可以使语言凝练生动,言简意赅,给人以深入一层的意境。

综上所述,重言有以下特点:其一,重言有明显的形式标志,即用连词连接前后两部分,这个连词通常是 and。其二,重言的意义大于两部分之和。重言在形式上是并列结构,但在意义上却不是简单的并列;换言之,重言是以并列之貌表达一个单一、复杂、完整的概念。重言的关键在于"二词一意",而"合二为一"则是人的心智概念整合的基本思维方式和认知方式。下文我们将从概念整合角度对重言进行系统考察,先观察其形式,再探讨其意义的整合机制。

鲍兹姆(Poustma 1917)将重言分为两大类:超常规地运用并列结构来表达副词关系;超常规地运用并列结构来表达形名词关系(The copulative construction illogically used instead of an adverbial construction. The copulative construction illogically used instead of an adnominal construction)。Chrzanowski(2011)将重言分为名词类重言(nominal hendiadys)和动词类重言(verbal hendiadys)两大类。多数学者(Wright 1981;文军1985;赵振春2005)则将重言分为三类:其一,名词 + and + 名词,该结构中的两个名词不是平行关系,而是从属关系,即一个名词修饰另一个名词,也就是说其中的一个名词在语义上相当于另一个名词的定语,往往是后一个名词修饰前一个名词,如 death and honor = honorable death,cups and gold = golden cups；其二，形容词 + and + 形容词，前一个形容词近似于其相应的副词或 very，表示"很、挺、非常"等意思，失去了其字面意思，仅仅起强调作用，如 nice and warm = nicely warm；其三，动词 + and + 动词，常用于此类重言的动词有 come、go、try、stay、look、be sure、mind 等，这种重言通常相当于一个动词不定式，and 后面的动词作前一个动词的状语，表目的。

二 莎剧重言的分类

根据赖特（Wright 1981）的统计，三类重言在莎剧中的使用情况如下：名词 + and + 名词为78%，形容词 + and + 形容词为19%，动词 + and + 动词为3%。

参考前人分类方法，我们按形式与语义的关系将重言分为"名词 + and + 名词"和"形容词 + and + 形容词"两类①，详见表4-1。

表4-1　　　　　　　莎剧中重言修辞分类表

重言分类	形式与语义关系	例子
名词 + and + 名词	名词 + and + 名词 = 形容词 + 名词	The *expectancy and rose* of the fair sate (*Ham.* 3.1.151)② To be the same in thine own act and valour (*Mac.* 1.7.40)
	名词 + and + 名词 = 名词 + 介词短语	Hath seen a grievous *wrack and sufferance* (*Oth.* 2.1.23)

---

① 莎剧中的动词类重言数量极少，限于篇幅，本研究不将其列入研究对象。
② 版本说明：本研究所用语料均出自阿登版莎士比亚（THE ARDEN SHAKESPEARE）的《哈姆雷特》《奥赛罗》《麦克白》《李尔王》（中国人民大学出版社）；各例中的重言修辞用下划线标出。限于篇幅，例证仅列出重言所在句（行）的译文。

续表

重言分类	形式与语义关系	例子
形容词+and+形容词	形容词+and+形容词=副词+形容词	These are but *wild and whirling* words, my lord (*Ham.* 1.5.133) I begin to find an idle and fond bondage (*Lear.* 1.2.49)
	两个形容词存在因果关系	Hath oped his *ponderous and marble* jaws (*Ham.* 1.4.50)

三 莎剧重言的属性

莱恩（Lyne 2011）认为，在莎剧中，人物在重要关头使用的修辞就像一个解决问题的过程，其目的是试图弄清难以理解的复杂事物，而这正是一种认知过程。（转引谢世坚 2013：162）西方修辞学界通常把修辞格分为两类，即"义变辞格"（tropes）和"形变辞格"（schemes）；前一类更倾向于具有特别的认知蕴含，后一类则没有（同上）。那么，重言修辞究竟是属于义变辞格还是形变辞格呢？国内外学者也就此进行了探讨。

在文艺复兴时期，由于特殊的句法结构，重言被列入形变辞格之列（Wright 1981：184）。但赖特对重言进行了深入研究后，发现重言具有义变辞格的特征。它虽看上去是简单的并列结构，实则表达了丰富的内涵义和引申义。切斯尼（2009）对赖特的观点表示赞同，并直接将重言视为义变辞格。

我们再来看，约瑟夫把"义变"辞格归为八大类，即："相似与不同"（similarities and dissimilarities）、"类和属"（genus and species）、"因果"（cause and effect）、"整体和部分"（whole and part）、"主体和属性"（subject and adjuncts）、"词源和词形变化"（notation and conjugates）、"对比"（comparison）和"相反矛盾"（contraries and contradictories）等（转引谢桂霞 2011：21）。

前文我们提到，重言中并列的两个成分或存主从关系，或存因果关系，分别对应于 Joseph 上述分类中的"主体和属性"和"因果"，因此，重言当划归义变辞格一类。

概言之，从形式上看，重言属形变辞格，具有均衡美[①]；而实质上，重言属义变辞格，具有侧重美。归根到底，重言不仅是一种修辞手段，也是一种认知手段。

第四节 莎剧重言的概念整合

辞格是一种符号现象，它是由语言形式和辞格意义构成的统一体。（李晗蕾 2004：67）然而，重言模糊了其两个组成部分的语义关系，语法结构上的并列并不是语义上的并列，从而使其语义表达扑朔迷离，其结构（实词 A + and + 实词 B）实则是一种假并列结构（pseudo-coordination）。凯勒（Keller 2009：152）也指出要充分理解重言是件困难的事，因为它所表达的复杂概念超出语法语境所提供的信息。福柯尼耶（1994）认为只有研究语义的构建过程才能真正了解语言在生成和运用中的认知过程。因此，本节将从概念整合角度探讨莎剧中的重言，挖掘其背后的意义构建模式，以把握重言的形式与意义之间的关系，从而更好地理解和赏析莎剧语言特色、戏剧人物的性格特点以及戏剧主题，而这也是做好莎剧重言翻译不可或缺的一步。

下面按照前文分类，分别对各类重言进行认知分析。

一 "名词 + and + 名词"的重言

"名词 + and + 名词"是莎剧中最常见的一种重言修辞形式，它丰富了莎剧语言表达。有些甚至已经演变为习语，如 sound and fury, slings and arrows 和 lean and hungry，也许不少人已经忘记这些都是出自莎剧中的重言。"名词 + and + 名词"式重言还可细分为两种形式："名词 + and + 名词 = 形容词 + 名词"和"名词 + and + 名词 = 名词 + 介词短语"。下文将运用概念整合理论对这两种形式进行语义分析，探讨相关的语义生成机制。

[①] 李定坤（1994，2005）则将辞格和审美联系起来，用语言的各种美学概念来分类，有"声色美""联系美""均衡美""侧重美""变化美"和"含蓄美"几大类。

（一）名词 + and + 名词 = 形容词 + 名词

重言修辞的这一形式是指并列的两个名词之间存在修饰关系，其中一个名词可以转化为形容词对另一个名词的性质、特点进行更为生动、深刻的阐释。如"Who dares receive it other, /As we shall make our griefs and clamour roar /Upon his death?"（*Mac.* 1.7.78 – 79）其中，"griefs and clamour"就是"名词 + and + 名词"式重言，它表达的是"clamourous griefs"。下面再举两例，并作分析：

(1) OTHELLO … I'll not expostulate with her, lest her body and beauty unprovide my mind again.

(*Oth.* 4.1.202 – 203)

此例重言 body and beauty 的概念整合过程可以作如下描述：首先确定两个输入空间：输入空间 1 "body"和输入空间 2 "beauty"。两个输入空间具有各自不同的组织框架，而两个组织框架均部分投射到合成空间。这两个输入空间共同映射到类属空间的是：辅音 b 开头的单词（头韵）、抽象或具象的物质存在。输入空间 1 的元素是：the material frame of man, corpse (dead body), the main portion。输入空间 2 的元素是：a beautiful person or thing, esp. a beautiful woman。这两个输入空间共同激活了"英雄难过美人关"的认知框架，结合语境，奥赛罗说这番话时杀妻之意已决，输入空间的特征部分映射到合成空间中，通过组合和精制，新创结构生成"lest her beautiful body disarm my mind again"，两个并列名词间实为主从关系，中心词是"body"，因此，两个输入空间共同生成了一个整体概念，意义也便生成。奥赛罗是怕抵制不住爱妻赤裸裸的"肉体美"的诱惑。"我不想跟她多费口舌，生怕她的肉体美又害我手软。"（卞之琳译）

(2) OPHELIA …
The courtier's, soldier's, scholar's, eye, tongue, sword,
Th'expectation and rose of the fair state,
The glass of fashion and the mould of form.

(*Ham.* 3.1.150 – 3.1.152)

这里的重言 expectation and rose，我们确定其两个输入空间分别为输入空间 1 "expectation" 和输入空间 2 "rose"；和上例一样，这也是双域型整合。输入空间 1 激活的组织框架是抽象的，该空间的元素有：the action of waiting，forecasting something to happen，expectancy，the object of expectancy。输入空间 2 激活的组织框架是具体的，该空间的元素有：the fragrant flower；expressing favorable circumstances，ease，success，etc.；a peerless person；a light crimson color。两个输入空间共同映射到类属空间的是 beautiful and promising things。两个空间进行有选择性地跨域映射，在合成空间中组合了一个完整概念 "favorable expectancy"，激活了 "rosy expectation"（玫瑰般的期许）的认知框架，在完善的基础上，我们结合剧情发展，精细化为 "Hamlet will become the next king"。由此，我们得知 "expectation and rose" 这个重言结构中 rose 起修饰语作用，其中心词是 expectation。"rose-like expectation or hope"（如花的期许或希望），奥菲莉娅用此意指哈姆雷特是王位的继承人。

（二）"名词 + and + 名词" = 名词 + 介词短语

要理解这一形式的重言修辞，关键在于掌握 "and" 的语法功能，"and" 在这里实为介词的弱化表达，它可以替代一些常见的介词，如 of、with、during，其中最常见的还是替代 of。如 "For so run the conditions, leave those remnants / Of <u>fool and feather</u> that they got in France / ··· or pack to their old playfellows."（*Mac.* 1.3.25）其中的 fool and feather 相当于 the feather of a fool，即 the feather worn by fools on their caps and worn by certain fops in England；又如 In night, and on the <u>court and guard</u> of safety？（*Oth.* 2.3.212）这里的 on the court and guard of safety 意为 on the courtyard and (during) the guard duty meant to protect our general safety。下面我们再用两个例子对这一形式的重言进行认知分析。

（3）POLONIUS ⋯

But, sir, such wanton, wild and usual slips

As are companions noted and most known

To youth and liberty.

(*Ham.* 2.1.22-24)

第二幕第一场发生在普罗纽斯的家中,围绕普罗纽斯和仆人雷纳尔陀、奥菲莉娅之间的对话展开,普罗纽斯喜欢卖弄文采的形象在这里展露无遗。他不相信莱阿替斯在外的品行,特命仆人雷纳尔陀去侦察儿子的行为。这里普罗纽斯使用的 youth and liberty 重言的概念整合可以解释如下。首先我们明确两个输入空间:输入空间 1 "youth"和输入空间 2 "liberty"。输入空间 1 "youth"激活的是"年轻"的框架,该空间的元素有:youngness, the time when one is young, youthful wantonness, young man。输入空间 2 激活的是"自由"的框架,该空间的元素有:release from captivity, bondage, freedom, faculty or power to do as one likes without restraint, unrestrained action/conduct。这两个输入空间映射到类属空间的东西是"freedom, wantonness"。输入空间 1 中的"young man"和输入空间 2 中的"unrestrained action"映射到合成空间,实现了双域型整合,组合成"the unrestrained action of young man",人们可以充分发挥对"纨绔子弟"这一框架的想象,语义在动态的心智空间中由此建立起来。如此一来,"youth and liberty"的语义关系便清晰了,liberty 是 youth 的属性之一,它表达的是"the liberty of youth",即纨绔子弟的放浪行为,就如下文普罗纽斯提到的"drinking, fencing, swearing/ quarrelling, drabbing"(喝酒、比剑、赌咒、吵架、搞女人)。

(4) POLONIUS …
    And thus do we of wisdom and of reach,
    With windlasses and with assays of bias,
    By indirections find directions out:
    So, by my former lecture and advice

    Shall you my son.

(*Ham.* 2.1.61-65)

所引例句同样出于普罗纽斯之口,他以身言教,向雷纳尔陀展示如何以迂回战术、旁敲侧击之法套出莱阿替斯的真实情况。在重言 lecture and advice 的概念整合中,输入空间 1 "lecture" 的元素有:the action of reading, perusal; a discourse; the instruction。输入空间 2 "advice" 的元素有:opinion, judgment, consultation。从中,我们可知,这两个输入空间具有相同的组织框架。两个输入空间映射到类属空间的是 "instruction, consultation"。类属空间的共有图示结构将两个输入空间之间的跨空间映现映射到合成空间,这是概念合成的第一步。输入空间 1 的 "discourse, instruction" 和输入空间 2 的 "consultation, opinion" 映射到合成空间,完成了镜像型整合,组合和完善成一个新的、完整的概念 "the opinion of the discourse"。从而,"my former lecture and advice" 的语义关系在动态的心理空间中明确开来,即 "the advice of my former lecture" (你也可以照我前面所讲的做法——卞之琳译)。从中,普罗纽斯卖弄辞藻夸夸其谈的形象跃然纸上。

二 "形容词 + and + 形容词" 的重言

重言修辞的另一大类型是 "形容词 + and + 形容词",该类重言同样可以细分为两种形式:"形容词 + and + 形容词 = 副词 + 形容词" 和 "因果关系的形容词 + and + 形容词"。对于重言的这种形式关键要理解两个形容词之间的关系,明确意义表达重点。下文将运用概念整合理论对这两种形式进行语义分析,探讨重言的语义生成机制。

(一)"形容词 + and + 形容词" = 副词 + 形容词

在这种形式中,并列的两个形容词中的一个可以成为另一个的限定词或修饰语(qualifier or intensifier),起着强调副词的作用。比如,Bright and pleasant was the sky. (= pleasantly bright, i. e. the brightness of the sky was pleasant.)

(5) HARATIO   These are but wild and whirling words, my lord.

(*Ham.* 1.5.132)

第一幕第五场一开场鬼魂就向哈姆雷特控诉当朝国王克罗迪斯的种

种罪行，哈姆雷特听后悲愤不已，激发了复仇的决心。他痛恨自己的母后，"O most pernicious woman"（啊，恶毒不过的女人！）；他痛恨他的叔父，"O villain, villain, smiling damned villain"（啊，笑嘻嘻、万恶不赦的恶汉！）当鬼魂下场后，哈姆雷特已陷入无比的悲愤、仇恨和矛盾中，以至于他在和霍拉旭对话时，有些神志不清，让霍拉旭不知所云。所以霍拉旭说了这么一句话，"These are but wild and whirling words, my lord"。重言 wild and whirling 的概念整合如下：输入空间 1 "wild" 和输入空间 2 "whirling" 有着不同的组织框架。输入空间 1 "wild" 激活的是"疯狂"的框架，其元素有：not tame, not domesticated; not cultivated; desert, desolate; savage, rude; reckless; extremely irritated。输入空间 2 "whirling" 激活的是"飞转"的框架，其元素有：turning（rapidly）round, revolving swiftly。两个输入空间共同映射到类属空间的是：以辅音 w 开头的单词，程度形容词。输入空间 1 "wild" 的 "extremely" 和输入空间 2 "whirling" 的 "revolving" 映射到合成空间中，经过组合和完善，形成一个完整的概念 "revolving extremely"，完成了双域型概念整合，激活了"轮子快速运转"的框架，结合语境，这是形容人的语言的，进而扩展为 "extremely chaotic and disordered"（极度混乱的、语无伦次的）。由此分析，可确定 "wild and whirling words" 的语义即 "wildly whirling words"，wild 在这里起强化副词的作用，用于加强后面一个形容词的语气和语势。"These are but wild and whirling words, my lord."——"殿下说话怎么竟语无伦次呀？"（卞之琳译）

  (6) MACBETH Stars, hide your fires!
Let not light see my black and deep desires;
The eye wink at the hand; yet let that be,
Which the eye fears, when it is done, to see.

(*Mac.* 1.4.51-54)

《麦克白》第一幕第四场国王邓肯处死了柯多，麦克白成为柯多领主（Thane of Cawdor），女巫在麦克白身上的预言之一实现了。麦克白开始思忖：接下来成为"苏格兰国王"的预言是否成真？班柯的子孙也会成为国王？当他听到国王宣布立其长子玛尔柯姆为王储时，麦克白心里不断萌生谋杀的妄想，可是他又对自己萌发的恶念感到万分惊恐。这里的重言表达式 black and deep desires 充分展现了麦克白内心的矛盾。在这个重言的概念整合中，输入空间 1 "black" 和输入空间 2 "deep" 有着各自的组织框架。输入空间 1 "black" 激活的是 "黑色" 框架，其元素有：a color；absence of light，dark；gloomy；dirty；foul；malignant。输入空间 2 "deep" 激活的是 "深度" 框架，其元素有：deep waters；hard to fathom；profound；the opposite of faint and thin；deeply，excessively。两个输入空间的类属空间为：dark，deep。在此基础上，两个输入空间进行选择性的映射，输入空间 1 的 "gloomy，foul" 和输入空间 2 的 "deeply，excessively" 在合成空间进行组合，形成一个完整的概念 "deeply or excessively foul" 来形容欲望，合成空间的组织框架同时包括 "black" 和 "deep" 的部分结构。"black and deep" 中 "deep" 修饰 "black"，起强调副词的作用，合而为一 "deeply black"。原文可译为 "不要让光亮照见我极幽黑的欲望"。

（二）因果关系的 "形容词 + and + 形容词"

福柯尼耶（2002）将空间之间的不可缺少的连通关系归纳为因果关系，时空关系，身份关系，部分与整体关系，特征、范畴、意图关系。重言修辞并列的成分有时存在逻辑上的因果关系，这一层语义关系隐藏在表面的并列形式之下，若不细加推敲，极有可能辜负莎翁的一番良苦用心。具体的例子分析如下：

(7) HAMLET　　　　　　⋯why the sepulchre
　　　　　Wherein we saw thee quietly interred
　　　　　Hath oped his *ponderous and marble* jaws
　　　　　To cast thee up again⋯

(*Ham.* 1.4.49–51)

这是鬼魂第二次登场，哈姆雷特与鬼魂第一次正面接触。哈姆雷特向鬼魂询问为什么要挣破寿衣从坟墓中出来。重言表达式 ponderous and marble jaws 中的两个输入空间，分别为输入空间 1 "ponderous" 和输入空间 2 "marble"。两个输入空间具有不同的组织框架，属于双域型整合。输入空间 1 "ponderous" 是抽象的"沉重"，其元素有：heavy，weighty；massive；serious；grave。输入空间 2 "marble" 是具体的沉重"大理石"，其元素有：stone；a marble tombstone；something hard，cold。两个输入空间映射到类属空间的是 heavy weight。两个输入空间的部分特征选择性地映射到合成空间，即输入空间 1 "ponderous" 的 "weighty, grave" 和输入空间 2 "marble" 的 "a marble tombstone" 在合成空间中，进行组合和完善，形成新创结构 "the jaws are weighty because they are like the marble tombstone"，"ponderous and marble jaws" 的意义在动态的心智活动中生成，ponderous（沉重）和 marble（大理石）在逻辑上有因果关系，marble 是对 ponderous 的进一步解释和说明。原文可译为：为什么坟墓/明明让我们看了你安葬在里面的，/重新张开它沉重的大理石巨颚/又把你吐出来了。

(8) GHOST …
The natural gates and alleys of the body
And with a sudden vigour it doth possess
And curd like eager dropping into milk
The thin and wholesome blood.

(*Ham.* 1.5.67-70)

这是鬼魂向哈姆雷特详细地揭露克罗迪斯的犯罪行径。"The thin and wholesome blood" 的意义为何，读者绞尽脑汁仍觉云里雾里。这是一例重言修辞，我们不妨利用"四空间"意义构建模式来分析一番。值得注意的是，输入空间 1 "thin" 激活的组织框架并不是单一的。它首先激活的是"瘦弱"这一框架，另外还有"流畅"这一框架。因而，输入空间 1 也同时具备这两个框架的元素：of little thickness；slender；spare；not full；of a liquid：fluid, not dense；of sound：weak and feeble。输入空间 2 "wholesome" 激活的框架是"健康"，其元素有：mentally or morally healthful, beneficial；conducive to health。两个输入空间的类属空间是 sound and healthy conditions。类属空间的共有图示结构将两个输入空间之间的跨空间映现映射到合成空间。然后，根据语境，两个输入空间各自的组织框架进行有选择性地映射。"thin and wholesome"后搭配的是"blood"，输入空间1"thin"的映射特征选定为"of a liquid: fluid"，"thin"在这里是"流畅的"意思。而输入空间2"wholesome"的映射特征也可选定为"healthful"，二者在合成空间中进行组合和完善，进而生成新创结构：the blood is healthful because it is fluid。由此即可看出"thin and wholesome"的语义逻辑关系：前者修饰后者，两者间存在一种因果关系。"The thin and wholesome blood"译为"鲜活流畅的血液"。

综上所述，我们利用概念整合理论对莎剧中的重言修辞的意义生成进行了详细分析。通过"四空间"意义构建模式，我们得以透过重言的并列之貌去捕捉背后深层的语义关系，从而掌握重言修辞表达的意义。同时我们也可发现，重言基本上属于双域型整合网络，并列的成分往往具有不同的组织框架，在整合过程中，均部分投射到合成空间中，进而形成新创结构。由此可见，概念整合理论有着极强的解释力，它为莎剧修辞研究开辟了一个新的视角，对于当代的莎剧修辞研究有着重要的现实意义。

第五节　概念整合视角下的重言翻译策略

翻译可以被纳入概念整合网络，原文文本及其文化认知图式作为一个输入空间（input 1），译语表达形式及其文化认知图式作为另一个输入空间（input 2），它们共同投射至第三空间：交织空间（blending space）。在同类空间（generic space）制约下形成自己的新创结构（emergent structure），产生新的表达形式（译文文本）（王斌2001：20）。我们在前文运用概念整合理论对莎剧重言进行了认知分析，在此基础上，本节将继续运用概念整合理论来探讨莎剧重言的翻译策略。

一　译本选择

本研究选取朱生豪、梁实秋、孙大雨、卞之琳四位翻译家的译本，比较分析各译本的重言翻译。有学者将中国莎剧介绍与翻译划分为"最初阶段""散文为主阶段"和"诗体翻译阶段"等三个阶段（方平1995：

169—170）。朱生豪译本、梁实秋译本是国内公认的散文体译本，孙大雨译本、卞之琳译本是国内公认的诗体译本，这四大译本都具有明显的代表性。

朱生豪精通中国古典诗词，又酷爱英国诗歌，翻译莎剧时是一位天分极高的青年诗人。他在翻译中所追求的是莎翁的"神韵"和"意趣"，而反对"逐字逐句对照式之硬译"，用通常的说法，他采用的方法偏向于"意译"。梁实秋翻译莎剧的宗旨在于"引起读者对原文的兴趣"，他认为"需要存真"，所以，他采用的方法可以说是偏向于"直译"。他还采用译文加注的方法，因为中西文化的差异使很多中国读者对莎剧中的典故或习语不甚了解。因此，在保留特有文化意象的同时，他采用对这些特殊语言单位进行注释的方法。孙大雨以"音组"的形式，尝试移植原文的抑扬五步格的诗体形式。在此基础上，卞之琳在处理"素体诗"时，按汉语规律，每行五"顿"（或称"拍"或音组）合"音步"。剧词诗体部分一律等行翻译，甚至尽可能作为对行安排，以保持原文跨行与行中大顿的效果（卞之琳1988：5）。

二 莎剧重言翻译的现状

莎剧中的重言修辞突破常规，挑战人们的习惯思维，构成了一定的认知障碍，容易使人们在理解和翻译时造成错误。人们常说译者有双重任务：一是要有一双慧眼能在原作中发现变异之处，而这就需要他对那种语言的常规很熟悉；二是要有本领能在自己的译文里再现这些变异所造成的效果，而这就需要他对自己语言的各种表达方式有充分的掌握（赵振春2005）。重言表达基本上是形义分离，构成了语义认知的障碍，我们要有慧眼去辨别重言的形式与意义，分析其形义之间的关系。一个合格的译者应做好理解和表达这两方面的工作。一方面，译者应充分透彻地分析和理解源语中的修辞手法；另一方面，译者应善于在译文中对源语中的修辞手法充分表达，并采取一定的措施尽量弥补语义损失和文化损失，以保持原作的思想和风格。我们通过观察发现，现有汉译本很多时候只是再现了重言表面上的并列结构，而忽略了其背后的逻辑关系，没有准确地传达出重言的意义重点，这在一定程度上给译入语读者造成了认知障碍，读者也就无法真正体会莎剧的语言魅力。例如：

(9) LAERTES　A violet in the youth of primy nature,
Forward, nor permanent, sweet, not lasting,
The perfume and suppliance of a minute,
No more.

(*Ham.* 1.3.3 – 1.3.10)

朱译：……一朵初春的紫罗兰，早熟而易凋零，芳香而不持久，一分钟的芬芳和求爱。

梁译：……开的早，可是不能长，气味香，可是不能久，色香只可供一刹那的玩赏，如此而已。

孙译：……
早开花，早谢，很香甜，可不能经久，
只供片刻间玩赏的一缕花香

卞译：……
开得早，谢得快，甜甜的，可不能持久，
只供一刹那赏乐的一阵花香

Perfume and suppliance 是"名词 + and + 名词"的重言形式。Thompson & Taylor（2007：189 – 190）认为，莎翁用易逝的花香（perfume）代表春天短暂易逝的愉悦，并引用了 Jenkins 对 suppliance 的注解，即"娱乐"［something which fills up (a vacancy); pastime］。此例重言中并列的两个实词背后隐藏着一种复杂的、互为依存的关系。Perfume and suppliance 表达了时间的双重性，但其表达的重点应为 perfume。我们来看各家的翻译，朱生豪把 suppliance 译成"求爱"，看来是望文生义了，他把 suppliance 理解为一般情况下的含义，即"恳求，祈求"，而忽略了这里的语境（suppliance 在此应译成"消遣、娱乐"才恰当）；而且，朱译只是再现了原文的并列结构而忽视了原文的表达重点。Perfume and suppliance 表面是并列关系，其实两者间存在修饰和被修饰的关系。孙译"只供片刻间玩赏的一缕花香"和卞译"只供一刹那赏乐的一阵花香"都是较好的翻译。（谢世坚、黄小应 2015）

(10) GHOST　The natural gates and alleys of the body
And with a sudden vigour it doth possess
And curd like eager dropping into milk
The <u>thin and wholesome</u> blood.

(*Ham.* 1.5.67 – 1.5.70)

朱译：……像酸液滴进牛乳般地把淡薄而健全的血液凝结起来。

梁译：……新鲜的清血猛然间就像牛乳里滴了醋酸一般的凝冻起来；

孙译：……
把我的稀薄而健全的血液
凝敛冻结起来。

卞译：……
一下子把全身鲜活流畅的血液
都凝结起来。

前文已对重言结构 thin and wholesome 进行了详细的认知分析，两者间存在一种因果关系，即 "thin because wholesome or vice versa"。如果忽略了这层语义关系，直接将其译为"淡薄而健全的"（朱译）、"稀薄而健全的"（孙译），实在不妥，读者绞尽脑汁而不得其义。虽然译者似乎很忠实地再现了原文重言的并列结构，但对其意义的理解却出现了偏差，没有传达该修辞所要表达的意义重点。Thin 常见的意义为：稀薄的、瘦小的。但用于这里都似乎解释不通。查阅 OED 发现 thin 另有一义：of a liquid or a pasty substance; fluid。这样一来，我们就明确了 thin 在剧中所表达的是"流畅的"之义。朱译和孙译都望文生义了。比较而言，梁译"新鲜的清血"较为准确顺畅，而卞译"鲜活流畅的血液"则属佳译了。

由此可见，一些现有的代表性汉译本对重言修辞没有给予足够重视，理解有偏差，导致译文不准确，甚至出现误译的情况。要想准确恰当地翻译重言修辞，必须深入分析并列成分的语义，正确把握重言并列成分间的语义逻辑关系，切忌望文生义、硬译、乱译。那么，莎剧重言可行的翻译策略有哪些呢？下文将结合概念整理理论对此进行回答。

三 莎剧重言的翻译策略

重言是一种义变辞格，彻特斯曼（Chesterman）在《翻译模因论》（*Memes of Translation*，1997）一书中谈到义变辞格翻译时，提出了该类辞格翻译的四种情况，分别为：（1）原文辞格 X 在译文中依然是辞格 X；（2）原文辞格 X 在译文中为辞格 Y 代替；（3）原文辞格 X 在译文中没有出现；（4）原文中没有出现辞格的地方，在译文出现辞格。这对探讨莎剧重言的翻译策略有一定的借鉴意义，不过本研究将继续沿用概念整合理论来探讨莎剧重言的翻译策略。孙亚（2001：13）认为合成空间理论完全可以用来解释翻译过程，原文本空间和译者空间为两个输入空间，译文是两个输入空间中概念整合的效果，即合成空间。合成结果有四种，即直接投射对应物（a-a′；b-b′）、将原文空间中的 c 投射进译文空间、将译者空间的 d 投射进译文空间、将 c 和 d 同时投射进译文空间，如图 4-1 所示。

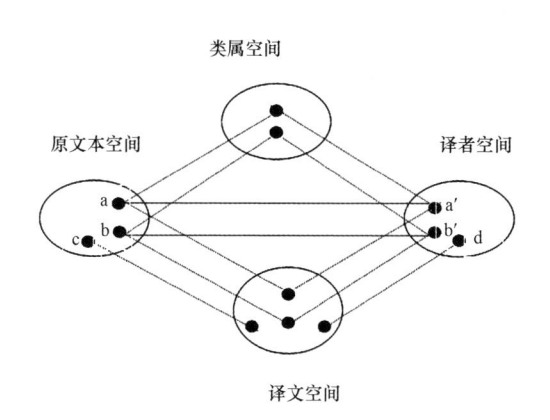

图 4-1 概念整合翻译示意（引自孙亚 2001：13）

将概念整合理论运用到莎剧重言翻译中，具体为莎剧原文文本及其文化认知作为输入空间 1，汉语的表达形式与文化认知为输入空间 2，译文则为两个输入空间进行整合的结果。结合莎剧重言的特点、概念整合投射方式、整合认知过程以及前人关于整合翻译的观点，本研究总结出莎剧重言修辞的两种翻译策略：半对应投射法（原文投射和译语投射）、无对应整合投射法。

（一）半对应投射法

重言是英语中特有的辞格，在汉语中找不到完全对应的辞格，因此原文本空间的重言在译者空间中找不到直接对应物（counterparts），无法形成完全对应投射，这个时候译者可以采用半对应投射法。半对应投射法又可进一步分为原文空间投射法和译者空间投射法。

1. 原文空间投射法

原文空间投射法，可以保留原文本空间里的形式，将原文空间的重言的表达形式直接投射进译文空间，这样"不仅可以充分地传达原作的异国风味，而且可以引进源语的表达方式形式，丰富我们祖国的语言"。（孙致礼 2001）目的语读者会从字里行间去体会其认知联想。随着目的语读者多次接触这种语言形式，诸如此类的表达方式和认知联想会在他们心中概念化。通常情况下，在莎剧译文中保留辞格不仅仅是保留原文语言特点，同时也是为译文读者提供了解剧中人物、情节和主题的线索（孙亚 2001：13，谢桂霞 2010：53）。以下我们举例说明。

(11) HAMLET I do repent, but heaven hath pleased it so
To punish me with this, and this with me,
That I must be their scourge and minister.

(*Ham*. 3.4.171 – 173)

朱译：我很后悔自己一时鲁莽把他杀死；可是这是上天的意思，要借着他的死惩罚我，同时借着我的手惩罚他，使我成为代天行刑的凶器和使者。

梁译：……我只好做上天的仆人和刽子手。

孙译：……
我得当上天的神鞭与行刑使者。

卞译：……
我当了执行天意的工具和使者。

哈姆雷特安排"戏中戏"刺探克罗迪斯的隐情，随着剧情不断发展，克罗迪斯越发坐立不安，哈姆雷特也更加确定其叔父就是自己的杀父仇人。于是，他开始装疯卖傻，进行他的复仇大计。这段话是哈姆雷特把躲在帷幔后偷听他和母后对话的普罗纽斯刺死后所说。That I must be their scourge and minister. 哈姆雷特认为自己就是上帝正义的化身，要除尽世间的假丑恶。原文空间中的 scourge and minister 是"名词 + and + 名词"式重言，scourge 起修饰作用，相当于 scourging minister，这在译者空间中是找不到直接对应物的。然而，四位译者都遵照了原文的表达形式，在译语中再现了重言的并列形式："行刑的凶器和使者""上天的仆人和刽子手""上天的神鞭与行刑使者""执行天意的工具和使者"。译语读者不仅能在字里行间感受出哈姆雷特的英雄主义，同时也会激发兴趣去接近原文，感受原汁原味的莎剧语言。

(12) KING　The sun no sooner shall the mountains touch
But we will ship him hence, and this vile deed
We must with all our majesty and skill
Both countenance and excuse.

(*Ham.* 4.1.29 – 32)

朱译：太阳一到了山上，我就赶紧让他登船出发。对于这一件罪恶的行为，我只有尽量利用我的威权和手腕，替我掩饰过去。

梁译：……我必得用尽我的权威和手腕，加以回护疏解。

孙译：……
我们得使尽一切威严与手腕，
来维护宽恕掉。

卞译：……
我得用尽我的威力和手腕，
出来圆个场。

哈姆雷特将普罗纽斯错杀，其母后认为他已神志不清，像海、像风一样疯了（Mad as the sea and wind when both contend, 4.1.7）。当克罗迪斯从葛忒露德口中得知哈姆雷特的情形时，大呼"His liberty is full of threats to all"（4.1.14），所以他急切地想把哈姆雷特送往国外，不得耽搁片刻，以上引文正传达出了他内心的这份急切。majesty and skill 是"名词 + and + 名词"式重言，majesty 起形容词作用，修饰 skill，相当于 majestic skill，其突出的是 skill。原文空间中的并列结构传达出语义重点的这一元素在译语空间中是缺失的，然而，四位译者保留了原文的表达形式，分别译为"威权和手腕""权威和手腕""威严与手腕""威力和手腕"，应该说是得当的，这样的并列结构引发了译文读者和原文读者同样的联想和认知，即克罗迪斯将不择手段把哈姆雷特送往国外，为自己解除后患。

2. 译文空间投射法

译文空间投射法，译者可能抛开原文本空间事物的语言形式，而意在将语言形式触发的认识联想用目的语表述出来。"有必要借用汉语中意义相同或相近、且具有自己文化色彩的表达法对原文加以归化。"（华先发 2000：71）这时译者考虑的是将源语所反映的心理现实或源语使用者对世界感知的结果介绍给目的语读者，语言结构的语义特点常常反映人们对世界的感性认识。

冯庆华（2006：318）认为汉语中的"拆词镶嵌"与英语的重言有些许关系。"拆词镶嵌"，是指在特定的语境中，为了把话说得舒缓些或郑重些，故意把多音节的词或固定短语拆开，插入特定的词语，使之错杂成文的一种修辞方式。被拆开的词语可以是名词、动词、形容词，镶入的可以是数词（如"十拿九稳"）、虚词（如"冤哉枉也"），也可说是两个词语交错镶嵌（如"山重水复"）。曹雪芹就经常利用拆词镶嵌的手法，如"递茶递水""拿东拿西"，将双音节词拆开，然后镶嵌进有关的单音节词，所构成的新词有延音加力的作用，使被镶嵌的词增加音节，以引起读者或听者的注意，收到良好的修辞效果。因此，在翻译莎剧重言时，可尝试用译语空间的"拆词镶嵌"来替代原文空间的重言，也可用译语空间其他的元素（四字格等）来替代重言以再现原文的表达效果。

(13) QUEEN

　　… If it will please you

　　To show us so much gentry and good will

　　As to expend your time with us awhile

For the supply and profit of our hope,
Your visitation shall receive such thanks
As fits a king's remembrance.

(*Ham.* 2.2.21–26)

朱译：……你们要是不嫌怠慢，答应在我这儿小作勾留，帮助我们实现我们的希望，那么你们的盛情雅意，一定会受到丹麦王室隆重的礼谢的。

梁译：……如蒙高谊肯在宫里和我们盘桓几天，助成我们的愿望，那么两位这一番惠临，实在可感，必有合于国王身份的酬谢答报两位。

孙译：……你们若高兴
对我们表示这么多礼让和善意，
答允和我们一起稍花些时日，
为资助以及裨益于我们的希望，
你们的莅临定将有不愧为君主。

卞译：……如不嫌怠慢，
慨然对我们表一番盛情雅意，
答应在我们这儿小作勾留，
支持和推进我们殷切的希望，
身为国王的定作相称的酬谢。

这是葛忒露德对罗森克兰兹和纪尔顿斯丹所说的礼貌之辞，其中就有两处重言，分别是 gentry and good will, supply and profit，而这里我们只探讨前者的译法。莎翁将 gentry courtesy 分开表述为 gentry and good will，有延音加力的作用，表明了葛忒露德遣词的用心。同时，也实现了诗行韵律的需要，抑扬五步格读来抑扬顿挫。来看朱生豪和卞之琳的翻译，他们将 gentry and good will 译为"盛情雅意"，这是运用"拆词镶嵌"的方法，将"盛"和"雅"镶嵌在"情意"之间，同样达到了延音加力的作用。"慨然/对我们/表一番/盛情/雅意"（卞译），译文错落有致，读来也朗朗上口。由此可见，用具有目的语特色的"拆词镶嵌"来替代原文中的重言是可行的。

(14) HORATIO

These are but *wild and whirling* words, my lord.

(*Ham.* 1.5.131)

朱译：殿下，您这些话好像有些<u>疯疯癫癫</u>似的。
梁译：这不过是些<u>不着边际</u>的遁词，殿下。
孙译：这些都是些<u>神思紊乱</u>的躁切话，殿下。
卞译：殿下说话怎么竟<u>语无伦次</u>呀？

从上文对 wild and whirling words 的认知分析可知，wild 在这里起强化副词的作用，用于加强后面一个形容词的语气和语势。这句话中除了重言修辞外，还运用了头韵，由三个 w 开头，连带抒发了霍拉旭的不解。在处理这句话的翻译时，四位译者都采用了汉语中的四字格，"疯疯癫癫""不着边际""神思紊乱""语无伦次"来替代原文的重言，译句自然流畅，实现了音韵上的节奏美和形式上的整齐美，容易激起汉语读者的共鸣，起到移情效果。由此看来，用译者空间的"四字格"投射到译文空间，以此来解决原文空间"重言"无直接对应物的问题是可行的。

（二）无对应整合投射法

无对应整合投射法，需考虑译文既要保留原文的语言形式，又要传递语言形式所触发的认知联想，所以只好把原文空间的语言形式 c 投射进译者空间，又把所触发的认知联系用目的语 d 表述，合成的结果是 c + d，但并非完全是简单的相加，更多的是借助认知模式完善（completion）和精细化（elaboration），结果 c 多则 d 少，反之亦然。这类似于传统翻译法中的直译加意译或解释，类似于双域型网络。例如，把"new brooms sweep clean"译为"新官上任三把火"，这是完善原文空间和译者空间投射部分的组合，既能体现原文本中的语言形式投射"新官——new brooms"，又能部分体现可触发原认知联想的译者空间语言形式的投射"扫得干净——工作干得好——上任三把火"。以下我们以例证说明。

(15) HORATIO

Did slay this Fortinbras, who by a sealed compact

Well ratified by <u>law and heraldry</u>

Did forfeit with his life all these his lands

Which he stood seized of to the conqueror.

(*Ham.* 1.1.85-88)

朱译：把福丁布拉斯杀死了；按照双方根据<u>法律和骑士精神</u>所订立的协定，福丁布拉斯要是战败了，除了他自己的生命外，必须把他所有的一切土地拨归胜利的一方。

梁译：把俘廷布拉斯杀死；事前他曾按照<u>战法</u>①，订下一纸契约……

孙译：便斩了福丁勃拉思，凭合同文书，

<u>跟法律，也跟纹章院规条</u>很符合……

卞译：杀死了福丁布拉斯；事先有协定，

双方批准，还郑重宣布过<u>公约</u>……

这是霍拉旭回应卫兵玛赛勒斯的话。他说这样日夜戒备是为了防止小福丁布拉斯来丹麦夺回他父亲失去的土地。这就牵涉了老哈姆雷特和老福丁布拉斯之前签订的合约，也就是霍拉旭所说的"law and heraldry"。"law and heraldry"是"名词+and+名词"式重言，heraldry 起形容词作用，修饰 law，等同于 heraldric law。梁实秋将其意译为"战法"，并对其作了注释，在注释中指出原文运用的重言，并说明不直译为"民法和战法"的原因。这样一来，汉语读者同时能掌握重言的表达形式，也能体会其传达的神韵。此外，孙大雨将"law and heraldry"进行拆分，译为两个独立的、并列的短语"跟法律，也跟纹章院规条"，这在一定程度上，保留了原文的表达形式，基本传达了原文的意思。由此看来，<u>无对应投射整合法</u>更具灵活性，译者可充分发挥创造性，让译文有了更多的可能性，也体现了莎剧语言的表现力。

本节我们通过对比朱生豪、梁实秋、孙大雨、卞之琳的重言翻译，并运用概念整合理论进行分析，尝试性提出莎剧重言的两种翻译策略：

---

① "战法"原文 law and heraldry 应视为一种"重言法"（hendiadys），作 heraldric law 解。如解作"民法与战法"二物，嫌赘。

半对应投射法（原文空间投射法和译语空间投射）、无对应整合投射法。谢桂霞（2010）指出，辞格本身的格式和内容特点、译者所选择的文类（散文体或诗体）、译者的翻译目的（阅读文本或表演文本）、翻译取向（归化或异化）以及他们个人的偏好等各种因素都对辞格翻译产生影响。因此，本研究所提出的翻译策略适用于不同情况下的莎剧重言翻译。原文空间投射法，可以保留原文本空间里的形式，将原文空间的重言的表达形式直接投射进译文空间。译文空间投射法，译者可能抛开原文本空间事物的语言形式，而意在将语言形式触发的认识联想用目的语表述出来。在翻译莎剧重言时，可尝试用译语空间的"拆词镶嵌"来替代原文空间的重言，也可用译语空间其他的元素（四字格等）来替代重言以再现原文的表达效果。无对应整合投射法，需考虑译文既要传递语言形式，又要传递语言形式所触发的认知联想，所以只好把原文本空间的语言形式 c 投射进译者空间，又把所触发的认知联系用目的语 d 表述，合成的结果是 c+d。无对应投射整合法更具灵活性，译者可充分发挥创造性，让译文有了更多的可能性，体现莎剧语言丰富多彩的表现力。

第六节　本章结语

重言是一种由违反语言常规用法而形成的修辞格。一般说来，平行结构表现平行的概念；并列结构表现并列的意义，主从结构则往往表现的语义有主有次。如果用并列结构来表示主次含义，则是对常规的一种偏离，使得平行结构具有标记特征。重言修辞是莎翁探讨死亡、淫乱、贪婪、腐败等悲剧主题的重要语言手段，是揭示悲剧人物复杂性格的有力工具，是莎剧修辞的重要方面。

本章我们界定了莎剧重言的定义、属性和分类，将莎剧重言分为两大类："名词+and+名词"重言、"形容词+and+形容词"重言，进而细分为四个小类：（1）名词+and+名词=形容词+名词；（2）名词+and+名词=介词+名词短语；（3）形容词+and+形容词=副词+形容词；（4）形容词+and+形容词=两个形容词之间互存因果关系。

运用概念整合理论来探讨莎剧中的重言，挖掘其背后的意义构建模式，深入地理解莎翁悲剧语言、人物性格及戏剧主题，为做好莎剧重言翻译打下基础。最后，将概念整合理论运用到莎剧重言翻译中，总结出莎士比亚四大悲剧中重言修辞的两种翻译策略，即半对应投射法（原文投射和译语投射）、无对应整合投射法。

从概念整合理论来探讨莎剧重言及其汉译，摆脱了传统修辞学层面的重言研究和传统视角的重言翻译研究，是一次全新的尝试，期望为莎剧修辞及其汉译研究开辟一条新路。

第 五 章

莎剧中的动物比喻及其汉译[①]

第一节 引言

  莎剧中个性鲜明的人物形象、丰富多彩的戏剧主题、独具一格的修辞语言历来是莎剧研究的重要内容，而数以百计的意象也是莎学研究者关注的焦点。动物是莎士比亚所使用的重要意象之一，数量位居莎剧文本中的意象之首。（仇蓓玲 2006）通过比喻辞格，动物词汇在莎剧中起到了营造戏剧气氛、传达人物情感、阐明事理的重要作用。与此同时，莎剧中的动物比喻也成为剧中人物的隐喻认知工具，戏剧中难以描绘的人物情感、复杂的事理借助动物比喻得以清晰呈现。

  本章以莎士比亚四大悲剧中的动物比喻为基本语料，结合动物比喻的语言形式特点对动物比喻进行系统的分析和分类，同时以认知语言学的概念隐喻理论为切入点，对莎剧中的动物比喻进行认知解读，探究其认知机制，挖掘动物比喻修辞背后的概念隐喻，分析动物比喻的认知功能。最后，结合概念隐喻的翻译观，考察莎剧现有代表性汉译本（朱生豪、梁实秋、卞之琳、方平以及孙大雨）对四大悲剧中动物比喻的翻译方法，总结出动物比喻的翻译方法。需要指出的是，我们在考察现有汉译本对动物比喻的翻译时，着重结合概念隐喻的翻译观念对各位译者的译法进行描述和分析，进而总结和概括动物比喻的翻译方法。

  [①] 本章部分内容已公开发表，见《贵州大学学报》（社会科学版）2015 年第 3 期《概念隐喻理论视角下莎剧的动物比喻研究》（与孙立荣合作）。

第二节 前人相关研究

一 国外相关研究

有关莎剧中的动物研究,国外的学者们多倾向于从意象的角度考虑动物在莎剧中的作用,同时将动物意象与其他意象结合在一起,从文学角度探究莎剧中的意象使用情况。该方面的研究成果极为丰硕,相关的书籍和期刊论文不胜枚举。就代表性成果而言,斯珀金(1935)系统地考察了莎翁在戏剧中所使用的意象,并对这些意象进行了分类。他认为莎剧中的意象体现了莎翁个人的性格特点、脾气秉性以及其极富想象力的思想,借助意象可以窥见莎翁的个人经历以及莎翁对剧中人物的态度。斯珀金还探究了意象在莎剧戏剧中所起的作用,认为这些意象奠定了戏剧的感情基调。海尔曼(Heilman 1948,1956)在其两本研究著作中将莎剧中的意象与戏剧的主题和结构结合起来,但其研究夸大了意象在戏剧主题和戏剧结构上的作用,忽略了情节设计、人物构造等方面对戏剧的重要影响。查尼(Charney 1961)的研究则侧重于戏剧中的意象研究,探讨了在人们解读莎剧时意象所起到的作用,考察了意象与戏剧事件之间的相互作用,描述了意象如何融入莎剧的舞台动作中。这些研究为后人开展相关研究奠定了基础。克雷蒙(1977)在前人研究的基础上,从一个新的角度探究了莎剧中的意象。他系统地研究了莎士比亚37部戏剧中的主要意象,将意象的戏剧功能与莎剧中的场景、人物、情节及戏剧发展结合起来,追溯了莎剧中意象使用的变化和发展情况。他指出,在莎翁早期作品中,意象对于戏剧情节而言,几乎是可以分离出来的元素。然而随着莎翁戏剧创作艺术的渐趋成熟,意象与戏剧情节之间变得越来越紧密交织,有机地融为了一体。

还有一些以莎剧中的动物为专题的研究成果。约德(Yoder 1947)围绕着莎剧中人物塑造这一中心,考察了动物类比在塑造人物性格时所起的作用;哈定(Harting 1965)探究莎翁笔下形形色色的鸟类意象,详细分析了莎剧中各种鸟类的典故渊源;托马斯(Thomas 2002)则通过研究莎翁笔下的动物意象,揭示了早期现代英语戏剧中的社会和自然景象。这些研究虽然影响远没有斯珀金及克雷蒙等人那样深远,但却是莎剧动物意象研究中不可忽视的成果。

此外，麦克罗斯基（Mccloskey 1962）以莎剧《李尔王》中的动物意象为对象，探析了戏剧中动物意象在情感表达上的作用；温特斯多夫（Wentersdorf 1983）探究《哈姆雷特》中与"性厌恶"（sex nausea）有关的动物意象，结合《哈姆雷特》的戏剧情节以及哈姆雷特本人的性格特点阐述了在该剧中动物意象的具体应用及其所蕴含的深意。朱莉（Julie 1997）从电影改编角度，分析了《李尔王》中的动物意象的跨文化翻译问题。值得一提的是，该文通过深入分析《李尔王》中被女儿抛弃、在暴风雨中与自然对抗的李尔的话语，探究了李尔言语中使用的动物意象背后所透露出的情感。从刚开始对大女儿和二女儿亲情回报的过高期望到最后的疯狂、绝望，李尔的情感变化通过他所使用的动物意象传递出来，朱莉最后归纳出该剧的动物隐喻：人即野兽（the-man-becoming-beast imagery pattern）。桑农（Shannon 2009）则考察了莎剧中动物词汇的使用现象，指出人们的动物概念对人性看法有着不可忽视的影响，莎翁通过动物词汇来揭示人类生活中不断丧失的标准和日益增加的专制。

随着认知语言学的发展和其影响力的不断扩大，国外学者开始从认知语言学的角度探究莎剧中的修辞语言。弗里曼（Freeman 1993）运用认知隐喻理论分析《李尔王》的戏剧语言，探究儿女亲情及家庭关系的隐喻投射；提莎里（Tissari 2006）发现莎剧中由"爱"构建的隐喻多与常规隐喻重叠。张伯伦（Chamberlain 1995）运用隐喻认知理论系统地阐释了莎剧中的多项隐喻，研究范围从某一主题的隐喻扩大到语句语篇中的隐喻表达。

这些研究成果对本研究具有重要的参考价值。

二 国内相关研究

国内关于动物词汇的研究数量众多，成果丰富，内容涵盖动物词汇的寓意、翻译策略及隐喻映射。陆长缨（1992）从英汉对比的角度探讨了动物名词在两种语言中联想意义的比较；喻云根、张积模（1992）提出了动物词汇在英汉互译时的翻译策略；李君文、杨晓军（2000）从时间和空间系统论述了14种常见动物形象在东西方文化中的内涵差异，揭示了文化与翻译之间的种种关系和内在规律；廖光蓉（2000）从文化动物词的总数、各类动物词中文化动物词的数量、多义文化动物词的数量、文化意义类型及其文化成因等方面对英汉文化动物词的意义进行了对比和分析；苏筱玲（2008）则从隐喻认知的视角下分析了英汉动物词汇的隐喻认知及语域投射。此外，张光明（2010）和崔显军（2012）探究了英语、汉语中动物意象的寓意差别和构成比喻的主要手段。

总体来说，在动物词汇的汉译方面，国内的研究虽然提出了翻译策略，但诸多研究得出的动物寓意的汉译策略却大同小异。有关英、汉语动物寓意的研究在语料的选择方面过于泛化，研究结果只是在继承前人研究成果的基础上增添少许动物词汇的新增寓意，基于文学作品中动物寓意的系统研究尚未见到。

文献检索表明，结合莎剧语料研究动物意象的研究有罗益民（1999），华泉坤、田朝绪（2001），于胜民（2003）。这三篇文章从戏剧功能的角度分析了莎剧中的动物意象，评析了动物意象的运用，研究了人与动物关系的神话原型，但缺乏对语言修辞的关注和相关理论的探讨。

此外，仇蓓玲（2006）关于莎士比亚戏剧文本中意象的汉译研究是国内少数关于莎剧意象汉译研究的代表。仇蓓玲系统地分析了莎剧中意象的来源、特征以及影响汉译的因素，在归纳莎剧现有译本的意象汉译策略的基础上，从翻译主体论和翻译接受论的角度，指出在莎剧意象汉译过程中的翻译主体的审美接入和莎剧艺术美的变迁。

国内莎学界对莎剧修辞同样也有较多关注，唐韧（2008）运用概念隐喻及意象图式分析《李尔王》中的"自然"与"身体"概念。在莎剧修辞翻译方面，谢桂霞（2010）系统地探究了《哈姆雷特》中所有修辞格，并对辞格的翻译方法进行分类描述，同时分析了影响辞格翻译的因素，为文学翻译研究提供了新视角；刘翼斌（2010）对《哈姆雷特》中"悲"主题及其各次主题下的概念隐喻进行了认知分析，并探讨梁实秋与朱生豪的译本在再现原剧悲剧主题等方面的特色与得失。这一研究为莎剧及其翻译提出了一个新的研究角度，但也有一定的局限性。其研究语料仅使用《哈姆雷特》一个剧本，因而其结论似不能涵盖莎剧修辞的整体性和系统性研究。向心怡（2012）运用隐喻认知理论分析了莎剧性语言的翻译过程，尝试性地提出了映射对等翻译和偏移等效翻译两大翻译策略，是国内为数不多的从认知语言学角度探究莎剧修辞翻译的研究成果。

概括来说，国外关于莎剧意象的研究使读者充分了解了文学角度下意象在莎剧中的重要戏剧作用和其背后蕴含的内容，同时也充分意识到动物意象是莎剧中意象的一个极其重要的部分。国内关于动物寓意的研究以及动物词汇的汉译则为我们探究动物比喻以及汉译提供了一定的启示。不可否认的是，国内外莎学界虽然对动物意象、动物词汇的研究给予了很多关注，但少有研究者从前沿理论视角系统探究动物比喻的修辞及其汉译。

我们在考察、统计莎剧相关语料时发现，莎士比亚四大悲剧运用了比喻修辞的动物词汇高达 62 种，且构成比喻修辞的语言表达形式和词汇手段极其丰富。无论是从动物词汇研究角度还是修辞研究角度，莎剧中的动物比喻无疑应该是莎学研究者需要关注的方面。

第三节 莎剧中的动物比喻

基于前人研究，我们将动物比喻界定如下：动物比喻是指以动物词汇构成的比喻辞格，用以描述人或事物等各个方面的特征，如人的性格、表情、动作以及事物的属性或发生方式等。

本研究选取莎士比亚四大悲剧，即《哈姆雷特》《麦克白》《李尔王》和《奥赛罗》作为研究莎剧中动物比喻的文本，莎剧版本为中国人民大学出版社引进的阿登版莎士比亚作品解读丛书（The Arden Shakespeare）。与莎士比亚的其他剧本相比，四大悲剧中的动物词汇数量较多，且动物词汇的戏剧效果最为突出。仇蓓玲（2006）指出，莎剧文本中共含有动物、植物、颜色、自然、神宗、习语以及其他类意象，在这些意象中，动物意象的数量居榜首。我们在进行语料收集时，对莎士比亚四大悲剧中的动物词汇数量进行了统计，结果如表 5-1 所示。

表 5-1　　　　　　　莎士比亚四大悲剧中的动物意象统计

动物类别与频次		具体动物
神话传说或虚拟的动物：3个		1 龙（dragon）2 怪物（monster）3 地狱狗（hellhound）
哺乳动物：28个	宠物类	1 狗（dog）2 猫（cat）3 老雄猫（gib）
	家畜类	1 山羊（goat）2 驴（asses）3 马（horse）4 羊羔（lamb）5 奶牛（cow）6 公羊（ram）7 母羊（ewe）8 猪（swine）
	野生类	1 野兽（brute）2 狼（wolf）3 老鼠（rat）4 野猪（hog）5 狐狸（fox）6 狮子（lion）7 豪猪（porcupine/ porpentine）8 老虎（tiger）9 猴子（monkey）10 熊（bear）11 野兔（hare）12 蝙蝠（bat）13 臭鼬（*fitchew*①/polecat）14 野兽（beast）15 猎狗（hound）16 野猫（wildcat）17 人猿（ape）
鸟类：20个	家禽类	1 鹅（goose）2 母鸡（hen/dam）3 鸡雏儿（chicken）4 鸽子（pigeon）
	野禽类	1 麻雀（sparrow）2 杜鹃（cuckoo）3 鸢（kite）4 秃鹫（vulture）5 翠鸟（*halcyon*）6 塘鹅（pelican）7 渡鸦（raven）8 乌鸦（crow）9 山鸠（woodcock）10 孔雀（*pajock*）11 老鹰（eagle/hawk/ haggard）12 鸟（bird）13 天鹅（swan）14 凤头麦鸡（lapwing）15. 白鹭（**handsaw**）16 鸟类的一种（wagtail）
昆虫类：5个		1 苍蝇（fly）2 甲虫（beetle）3 幼虫（worm）4 水苍蝇（water fly）5 飞蛾（moth）
爬行类：4个		1 蛇（serpent/snake/adder/asp/viper）2 鳄鱼（crocodile）3 蝎子（scorpion）4 蚂蚁（ant）
两栖类：2个		1 蟾蜍（toad）2 青蛙（paddpck）
水生类：5个		1 鲤鱼（carp）2 螃蟹（crab）3 鳕鱼（cod）4 三文鱼（salmon）5 鱼（fish）
总计：67个		

---

① 表中以斜体呈现的 fitchew、halcyon 和 pajock 在四大悲剧中均是代表动物的名词，但此三词在当今英语中已不再是动物词汇。根据阿登版的注解以及牛津大词典的释义，这三个词所表示的动物在当今英语中分别为 polecat、peacock 以及 kingfisher；以粗体形式出现的 handsaw 在当今英语中也不再表示动物，依据牛津词典中的词条，在莎士比亚时代，该词汇表示的是鹰的一种，此处暂按朱生豪的翻译，取"白鹭"之义。

如表5-1所示,在四大悲剧中共有动物意象67个,其中用于比喻修辞的动物词汇高达62种,涉及的比喻词句数量丰富,为本研究提供了充足的语料。正如有学者指出,"研究莎剧悲剧中的意象,有助于我们从一个有机的角度欣赏戏剧"(Clemen 1977:104)。

动物是莎剧中最重要的意象之一,仅就四大悲剧和四大喜剧文本而言,"来源于动物类的意象数目居榜首,共计165例,占意象总数的32%"(仇蓓玲2006:50)。虽然莎士比亚在每一部戏剧中都运用了大量的动物意象,但随着剧情和戏剧情感基调的变化,每一部戏剧中的动物意象也各具特色。据我们统计,莎士比亚四大悲剧中所使用的动物意象高达67个。在戏剧中,这些动物意象往往通过比喻修辞的形式体现,能够推进戏剧情节发展、增强戏剧气氛和效果。这里以《李尔王》中的1个动物比喻为例,在第4幕第2场,当奥尔巴尼(Albany)得知了李尔大女儿和二女儿的丑恶嘴脸时,不禁发出感慨:"Humanity must perforce prey on itself, like monsters of the deep"(*Lear*, 4.2.50-51)。以"monster"作比,不仅深刻揭露了李尔两个女儿的残忍,更表露出说话者对这种行为的憎恶。虽然与喜剧相比,悲剧中的动物意象较少[①],但悲剧中的意象的戏剧效果更为突出,"意象的预示功能在悲剧中更为重要,它预示即将发生的事情,转移观众的注意,构造故事气氛,从而使戏剧自身的效果得到完美体现"(Clemen 1977:89),"研究莎士比亚悲剧中的意象,有助于我们从一个有机的角度欣赏戏剧"(同上:104)。莎剧中"每个意象,每个隐喻都在戏剧中形成了复杂的链接。因此,为了欣赏意象的功能,就必须研究隐喻与意象之间的这种关系"(同上:7)。另外,虽然四大悲剧中的动物意象少于四大喜剧,但几乎悲剧中的所有动物意象都与比喻修辞紧密结合,这些戏剧中动物比喻的词句多达上百例,研究语料十分充足。为了突出研究重点,我们主要关注动物比喻,侧重考察以动物词汇为喻体的比喻修辞,并从认知语言学的角度进行分析。动物意象在莎剧中具有重要作用,对其进行深入研究有助于我们更好地理解戏剧语言的深刻内涵,进而把握戏剧的主题。

---

① 四大悲剧和四大喜剧文本中的动物意象共计165个,四大悲剧中的动物意象为67个。

一 修辞视角的动物比喻分类

莎剧中的动物词汇丰富多彩，修辞变化繁多，内涵深刻。按照汉语修辞学对比喻修辞的分类（王希杰 2004：382），比喻分为明喻、暗喻以及借喻三种；莎剧动物词汇所涉及的比喻修辞格亦涵盖这三种修辞形式。英语修辞学把比喻（figures of comparison）分为明喻（simile）和隐喻（metaphor），无"借喻"一说。鉴于借喻只出现喻体，不出现本体和喻词，许多学者将汉语中的借喻修辞归为转喻（王寅 2007：425）。为了论述上的便利，我们这里对动物比喻辞格的分类采用的是汉语修辞学中分类方法。

（一）明喻

陈望道（1932/2008：74）认为，明喻是分明用另外事物来比拟文中事物的譬喻。正文和譬喻两个成分不但分明并揭，而且分明有别；在这两个成分之间，常有"好像""如同""仿佛""一样"或"犹""若""如""似"之类的譬喻语辞缩合它们。在王希杰（2004：382）看来，"明喻，就是说清楚这是在打比方"。明喻的本体和喻体之间，常常用"像""好像""如""如同""好比""似的""一样""一般""犹如""像……似的""像……一样"等词语来联结。可见，明喻是本体、喻体及喻词均需出现的一种比喻形式，是用其他事物来比喻说话者意图描述的事物的一种修辞，常用"像""如""好比"等词作喻词。英语的simile与汉语的明喻基本相同，其基本格式也是"甲（本体）像（喻词）乙（喻体）"。（谢世坚、孙立荣 2015）

在莎剧中，以动物为喻体的明喻，其构成形式主要有以下四种：

1. "Somebody does something like/as animals"，此种形式的明喻本体通常为人，通过明喻的修辞方式，将人做事的方式比作动物做事的方式，如上文提到的《李尔王》中，奥尔巴尼以动物自相残杀喻指人类的残忍和无情（*Lear.* 4.2.50–51）。

2. "Something does as animals"，如《奥赛罗》中，奥赛罗在得知自己送给妻子的手绢落在凯西奥手中时，气愤难耐，这件事就像乌鸦一样，总是盘旋、萦绕在他的脑海：it comes o'er my monory/As doth the raven o'er the infectious house（*Oth.* 4.1.19–22）。

3. "Animals + people",动物名词作定语,修饰与人有关的名词,如人的身体部位、人的性格等,例如:Where gott'st thou that goose look?(*Mac.* 5.3.12)。

4. "Animals-ish/-ly/-like + somebody/something",由动物名词派生、以-ish、-ly、-like 为词缀,构成相应的形容词做定语,意为"……般的",如"her tongue most serpent-like"(*Lear.* 2.2.349 – 350),又如"goatish disposition"(*Lear.* 1.2.127)和"beastly knave"(*Lear.* 2.2.66)。

(二)暗喻

汉语中,暗喻又被称为隐喻,是比喻的一种形式。其基本格式为"甲(本体)是(喻词)乙(喻体)",因而与明喻相比,本体和喻体之间的关系更为密切。暗喻常用"是""作为""变成""等于""当作"等作为喻词。"英语 metaphor,一般译作'隐喻'或'暗喻',但是它所包含的内容却比汉语隐喻更广泛,具有汉语隐喻、借喻和拟物等三种辞格的特点。"(李亚丹、李定坤 2005:134)本研究把暗喻[①]和借喻作为比喻中的两类修辞格分别讨论。在莎剧中,以动物为喻体的暗喻主要用来形容人或事物的属性。依据喻词的不同,其语言构成形式分为以下 5 种,我们分别举例说明。

1. 以 be 为喻词。

(1) GLOUCESTER　He cannot be such a monster.

(*Lear.* 1.2.94)

2. 以动词为喻词,相当于汉语比喻中的"成为""证明是""变成"等喻词。

(2) 3 SERNVENT　　　　　　　　If she live long
And in the end meet the old course of death
Women will all turn monsters.

(*Lear.* 3.7.109 – 111)

[①] 为了避免与概念隐喻相混淆,本研究将修辞格中的"隐喻"称为"暗喻"。

3. 以动词词组为喻词。

（3）OTHELLO　　　　　　　　Exchange me for a goat
When I shall turn the business of my soul
To such exsufflicate and blown surmises,
Matching thy inference.

(*Oth.* 3.3.183 – 186)

4. 借助虚拟句构成借喻。

（4）OTHELLO
Villain, be sure thou prove my love a whore,
Be sure of it, give me the ocular proof,
Or by the worth of man's eternal soul
Thou hadst been better have been born a dog
Than answer my waked wrath.

(*Oth.* 3.3.362 – 366)

5. 省略式。此类暗喻省略了本体和喻词，只保留了作为喻体的动物，其形式如同借喻，但喻体在比喻句中充当的是称谓语，依据上下文推断，其完整形式应为"somebody be + animals"。例如：

（5）LEAR [to Goneril]　　　Detested kite, thou liest.
My train are men of choice and rarest parts
That all particulars of duty know,
And in the most exact regard support
The worships of their name.

(*Lear.* 1.4.254 – 258)

(三) 借喻

"借喻,是本体不出现,用喻体直接代替本体的比喻"（王希杰 2004：384）。换言之,"比隐喻更进一层的,便是借喻"（陈望道 1932/2008：80）。在借喻修辞中,没有本体和喻词,仅有喻体。在莎剧中,以动物为喻体的借喻修辞,相比明喻和暗喻而言,语言构成形式比较单一,仅以单个动物名词作为喻体。有时,动物名词前会冠以形容词或人称代词加以修饰。如"Come not between the dragon and his wrath!"（Lear. 1.1.122–123）,又如下例：

(6) IAGO   You are but now cast in his mood, a punishment more in policy than in malice, even so as one would beat his offenceless dog to affright an imperious lion.

(Oth. 2.3.268–271)

二 词类角度的动物比喻分类

王寅（2007）在对隐喻进行分类时,归纳了多种分类方法。其中,从词类角度出发,他将隐喻分为名词性隐喻、动词性隐喻、形容词性隐喻、副词性隐喻和介词性隐喻五种。借鉴王寅的分类方法,同时考虑到莎剧中动物比喻的词类特点,我们将莎剧中动物比喻分为名词性比喻、动词性比喻、形容词性比喻三种。

(一) 名词性比喻

由动物名词构成的比喻,动物名词在比喻句中做喻体。从辞格范围划分,名词性动物比喻既包括动物明喻,也包括动物名词做喻体的暗喻和借喻。

(7) LEAR   Peace, Kent, Come not between the dragon and his wrath!

(Lear. 1.1.122–123)

(8) GLOUCESTER　　　He cannot be such a monster.

(Lear. 1.2.94)

(9) ALBANY ⋯ Humanity must perforce prey on itself,
Like monsters of the deep.

(Lear. 4.2.50-51)

(二) 动词性比喻

动词性比喻是指由动物名词活用为动词,集喻体和喻词于一身。例如:

(10) FRANCE　　　　　　Sure her offence
Must be of such unnatural degree
That monsters it, or your fore-vouched affection
Fall into taunt, which to believe of her
Must be a faith that reason without miracle
Should never plant in me.

(Lear. 1.1.219-224)

(三) 形容词性比喻

形容词性的动物比喻分为三种情况:

一是由动物名词派生的形容词修饰普通名词,二者一起充当比喻的喻体,如"monstrous fellow"(Lear. 2.2.24)、"goatish disposition"(Lear 1.2.127)、"cowish terror"(Lear 4.2.12)、"swinish sleep"(Mac. 1.7.69)、"wolvish visage"(Lear 1.4.300)、"beastly knave"(Lear 2.2.66)等。

二是由动物名词构成的复合形容词修饰比喻句中的喻体或做比喻句中的表语。例如:

(11) KENT
A sovereign shame so elbows him. His own unkindness

>That stripped her from his benediction, turned her
>To foreign casualties, gave her dear rights
>To his dog-hearted daughters …
>
>(Lear. 4.3.43 – 46)

又如"lion-mettled"(*Mac.* 4.1.90)、"bear-like"(*Mac.* 5.7.2)、pigeon-livered(*Ham.* 2.2.512)以及"serpent-like"(*Lear.* 2.2.350)也属于这类动物比喻。

三是动物名词修饰比喻句中的喻体，起到形容词的作用，如"goose look"(*Mac.* 5.3.12)、"halcyon beaks"(*Lear.* 2.2.76)、"pelican daughters"(*Lear.* 3.4.74)等。

第四节 动物比喻的认知分析：概念隐喻视角

"隐喻不仅是语言使用中的修辞手段，也是我们对世界进行概念化的有力认知工具"（崔显军2012：298）。莎士比亚灵活运用动物意象，通过明喻、暗喻、借喻等修辞手段，将戏剧中的人或事物比作动物，让读者通过一个个生动而具体的意象深刻理解戏剧丰富的人物性格特色和事物蕴涵。在英语修辞学中的隐喻包含了汉语中暗喻和借喻两种修辞（李亚丹、李定坤2005：134），暗喻和借喻的区别在于是否有喻词，两者的基本工作机制是相同的，借助概念隐喻的认知语言学理论，不仅可以分析莎剧中以动物为喻体的暗喻，也可以对以动物为喻体的借喻进行解释。"隐喻是一个词替代另一个词来表达同一意义的语言手段，两者属于一种对比关系，因此，隐喻与明喻本质上是一致的"（转引自束定芳2000：2）。王寅（2007：412）指出，"从表现形式角度可将隐喻分为：显性隐喻和隐性隐喻。显性隐喻中须有诸如：like、as、as if、as though 等一类的喻词，一般被称作明喻（Simile）"。束定芳（2000：51）也指出，隐喻中的"显性隐喻，即一般人们所说的明喻"。可见，明喻和隐喻的工作原理存在一致性，即本体和喻体之间都是通过相似性连接在一起的，区别就在于隐喻中本体和喻体的相似性大于明喻中本体和喻体的相似性。但这并不影响我们借助概念隐喻理论来分析明喻的工作机制。换个角度来说，在思维层面上，莎士比亚用动物意象对人物和事物进行隐喻性的思考，这些隐喻思维最终化为戏剧中以动物意象为喻体的比喻词句，具体地体现为明喻、暗喻和借喻的修辞格。

通过考察莎剧中的动物比喻，从概念隐喻的角度对其加以分析，我们看到，莎剧中的动物比喻不仅具有普遍性、认知性、系统性等特点，同时这些动物比喻是根植于人们的身体经验的。从源域（动物）到目标域（本体），隐喻映射通过人的思维和认知得以建立，形成结构性隐喻和本体性隐喻，体现人们对日常生活中事物和经验的理解。

根据我们的统计，莎士比亚四大悲剧中动物比喻共122例[①]，包括动物种类62种，《李尔王》中的动物比喻数量居首位。我们运用概念隐喻理论对这些动物比喻语料进行梳理和分析，发现这些动物比喻可以分为结构性隐喻和本体性隐喻两种。下文将按结构性隐喻和本体性隐喻对动物比喻修辞依次进行分析，挖掘其背后的认知机制，进而得出隐藏在这些辞格背后的概念隐喻。

一 结构性隐喻

结构性隐喻是指"隐喻中始源概念域的结构可系统地转移到目标概念域中去，使得后者可按照前者的结构来系统地加以理解"（王寅2007：409）。这里以《李尔王》中的动物比喻为例。剧中李尔大女儿和二女儿的心狠手辣、毫无人性是整个悲剧的重点之一，莎翁可谓匠心独运地挑选了多个动物词汇对她们进行刻画。例如：

(1) 3 SERVANT　　　　　If she live long
And in the end meet the old course of death,
<u>Women will all</u> <u>turn monsters.</u>

　　　　　　　　　　　　　　　(*Lear*. 3.7.99 – 101)

(2) LEAR　　　　　I have another daughter,
Who I am sure hear this of thee with her nails

[①] 其中，《李尔王》42例，《奥赛罗》39例，《哈姆雷特》25例，《麦克白》16例。

She'll flay thy wolvish visage.

(*Lear.* 1.4.297 – 300)

(3) LEAR
Death, traitor! Nothing could have subdued nature
To such a lowness but his unkind daughters.
Is it the fashion that discarded fathers
Should have thus little mercy on their flesh?
Judicious punishment, 'twas this flesh begot
Those pelican daughters.

(*Lear.* 3.4.69 – 74)

(4) LEAR   Never, Regan:
She hath abated me, struck me with her tongue
Most serpent-like, upon the very heart.

(*Lear.* 2.2.348 – 350)

(5) KENT
A sovereign shame so elbows him. His own unkindness
That stripped her from his benediction, turned her
To foreign casualties, gave her dear rights
To his dog-hearted daughters …

(*Lear.* 4.3.43 – 46)

(6) ALBANY
Wisdom and goodness to the vile seem vile;
Filths savour but themselves. What have you done?
Tigers, not daughters, what have you performed?

(*Lear.* 4.2.39 – 41)

(7) FOOL For you know, nuncle,

The hedge-sparrow fed the cuckoo so long
That it's had it head bit off by it young.
So out went the candle and we were left darkling.

(*Lear.* 1.4.205-208)

(8) FOOL　　<u>A fox</u> when one has caught her,
And such a daughter,
Should sure to the slaughter …

(*Lear.* 1.4.310-313)

(9) LEAR　　［to Goneril］　　<u>Detested kite</u>, thou liest.
My train are men of choice and rarest parts
That all particulars of duty know,
And in the most exact regard support
The worships of their name.

(*Lear.* 1.4.254-258)

(10) FOOL　　<u>May not an ass know when the cart draws the horse</u>?
Whoop, Jug, I love thee.

(*Lear.* 1.4.215-216)

从以上这组例子中我们可以看到，本体为李尔的大女儿和二女儿时，相对应的喻体可以为恶魔（monster）、狼（wolf）、塘鹅（pelican）、蛇（serpent）、狗（dog）、虎（tiger）、杜鹃（cuckoo）、狐狸（fox）、老鹰（kite）以及驴（ass）等。要透过句子表面意思去理解这些动物背后的含义，需要运用隐喻认知理论对其进行深层分析。在例（1）中，格罗斯特因背着李尔两个女儿将李尔送到了多佛避难，惨遭里根挖眼。将里根与 monster 这一动物名词相提并论，我们就不难将恶魔的残酷、凶狠、毫无人性等特征映射到里根身上。在例（2）中，以词组 wolvish visage 来刻画李尔大女儿高纳里尔邪恶、凶狠的嘴脸。饿狼在面对食物或遭到进攻时，会露出凶狠的目光，会残酷拼杀。高纳里尔在骗取父亲丰厚的馈赠后，却不念父女之情，将自己的老父亲视为会危及自己财产、破坏自己幸福的敌人，以凶恶的行为回馈父爱①。在这里，本体（目标域）与喻体（源域）之间在本性上的相似性，使得喻体中的特征系统地转移到本体上，使得人们可以按照狼的特性来理解高纳里尔的残酷。同样，例（4）中，李尔将大女儿的舌头比喻成毒蛇之舌，将毒蛇的恶毒的特征转移到高纳里尔身上，不仅写出了李尔惨遭大女儿虐待之后的悲痛，更深刻揭露了其女的丑恶嘴脸。而在例（3）中，李尔和其两个女儿分别被比喻成了塘鹅和塘鹅的幼崽。李尔像塘鹅一样，用自己鲜血般的父爱含辛茹苦地将女儿喂养长大。在这个比喻中，李尔的父爱被比作塘鹅的鲜血，两者的相似性在于对于子女无私的亲情。而李尔的大女儿和二女儿在吞食了父亲的鲜血后，却残忍地将李尔踢来踢去，其行为丝毫不亚于不懂感恩的塘鹅之崽。在例（7）中，李尔和两个女儿分别被喻成"篱雀"和"布谷鸟"，弄臣通过对篱雀和布谷鸟关系的描述，即长大后的布谷鸟忘恩负义、吃掉含辛茹苦养大自己的篱雀这一事实，有力地谴责了李尔两个女儿这种违逆天理的行为；同时，篱雀和布谷鸟的关系也映射出了李尔和他两个女儿的关系：李尔视两个女儿如掌上明珠，倾尽毕生所有供给她们，而这两个女儿却不念父亲的亲情，如同布谷鸟残忍咬掉对其有养育之恩的篱雀的头一样，将自己的父亲残酷地赶出他昔日的家。

"隐喻意义是喻体和本体互动的结果，喻体的特征通过映射转移到本体上，但并不意味着喻体所有的特征都会映射过去，本体的本质特征决定着喻体哪些特征可以转移"（束定芳 2000：80）。例（5）中的动物词狗有"忠诚""可靠""勇敢""聪明"等褒义，作为贬义词来讲，狗则表示"狡猾""忘恩负义"（张光明 2010：160－162），例（6）中的动物词狮子有"威武""强大""残暴"之意。然而，结合语境，显然在这两个例子中，狗的"忠诚"和狮子的"威武"都无法映射到本体上。相反，狗的"忘恩负义"和狮子的"残暴"的特征被选择出来，并映射到本体上。李尔大女儿和二女儿凶恶的特征决定着喻体"狗"和"狮子"的哪些特征可以转移。正如钱锺书先生所说："以彼喻此，两者部分相似，非全体浑同"（钱锺书 1979：41）。

---

① 关于塘鹅以自己的鲜血养育幼崽的典故，见 Foakes（2008：276）。

此外，李尔的两个女儿还分别被喻成其他的动物。在例（8）中，弄臣表面上疯疯癫癫的话语，实际上是将李尔的两个女儿比作了狐狸，狡猾又不通人情。在例（9）中，愤怒的李尔将自己的女儿称为万恶的老鹰，喻体 Kite（老鹰）包含的"掠夺""欺骗"等特征映射到本体上，揭露了李尔大女儿当初以甜言蜜语将李尔的财产欺骗到手、转而残酷地剥夺李尔仅剩的一点王权的丑恶嘴脸。在例（10）中，莎翁用一个超出常理的现象影射了李尔与其大女儿和二女儿之间关系的转变：从来都是马拉车，现在却成了车拉马。从前高高在上、坐在统治者宝座上的李尔，现在却沦落到受人指使的地步。这种违背常理的情景形象而生动地刻画了李尔与两个女儿之间矛盾的加剧，揭露了两个女儿贪婪、凶恶、违背人伦的性格特征。

综合上述讨论，我们可以得出结论，无论本体（即李尔的大女儿和二女儿）是被比作恶魔、狼、塘鹅之仔还是蛇、狗、虎、杜鹃、狐狸、老鹰，喻体中被选择的特征都是基于本体"邪恶""违背人伦""凶狠"等特征。通过分析这一组动物比喻的认知机制，我们可以得出这些动物比喻背后的概念隐喻，即"人是动物"（PEOPLE ARE ANIMALS）。

除了《李尔王》以外，《哈姆雷特》《奥赛罗》《麦克白》中同样存在着大量的、以结构性隐喻方式进行映射的动物比喻。这些动物比喻的本体都有类性特征，如《哈姆雷特》中的弑兄篡位的克罗迪斯，《麦克白》中贪图权利、谋杀国王夺取皇权的麦克白，《奥赛罗》中搬弄是非、阴险邪恶的伊阿古以及《李尔王》中惨无人性的高纳里尔和里根。为了突出这些人物阴险、狡诈的性格特征，莎士比亚选择了寓意相同或相近的动物刻画这些丑恶的嘴脸，如 serpent（*Ham.* 1.5.39）、viper（*Oth.* 5.2.282）、monster（*Lear.* 4.2.64）、scorpions（*Mac.* 3.2.36）等。

另外，在刻画剧中愚笨、痴傻的人物时，莎士比亚往往选用 ass（*Ham.* 2.2.571；*Oth.* 1.1.46；*Lear.* 1.4.154）、goose（*Mac.* 5.3.12；*Lear.* 2.2.81）、fly（*Oth.* 2.1.169）、woodcock（*Ham.* 1.3.112）等含有愚蠢寓意的动物词汇。而在刻画剧中人的好色本性时，则选用 goat（*Oth.* 3.3.183；*Lear.* 4.3.46）、monkey（*Oth.* 3.3.406）、wolf[①]（*Oth.*

---

① 阿登版《奥赛罗》中的 long notes（3.3.406-407）部分指出，wolf 含有"好色"之意。

3.3.407）等动物词汇。通过分析这些结构性隐喻的动物特征，我们可以看出，这些动物比喻背后的概念隐喻亦为"人是动物"（PEOPLE ARE ANIMALS）。（谢世坚、孙立荣 2015）具体的映射过程如图 5-1 所示。

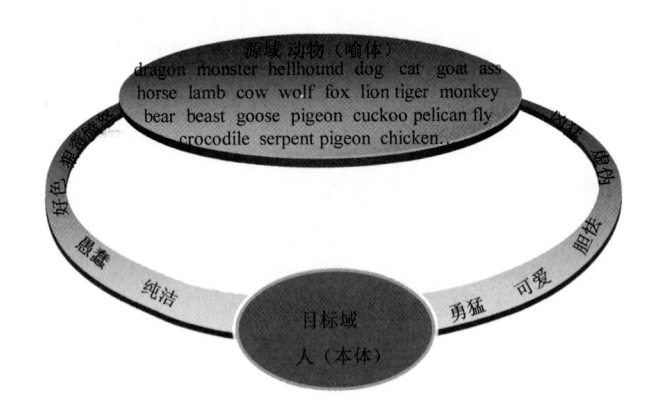

图 5-1　概念隐喻 PEOPLE ARE ANIMALS 的动物比喻隐射

在这个映射图中，作为源域的动物，本身包含多种寓意，但基于目标域（人）的特征以及认知主体对于语境的理解，喻体中只有"愤怒""狠毒""好色""愚蠢""纯洁""勇猛""可爱""胆怯""虚伪""凶猛"等特征被"作为本体和喻体之间所具有的或创造出来的相似性关系"（王寅 2007：423）即喻底（Ground）被选择出来，再以相同的结构映射到目标域中，此时语句便产生了隐喻义，本体相对应的属性因而得到生动刻画和深刻理解。

二　本体性隐喻

本体性隐喻是指用关于事物的概念或概念结构来认识和理解我们的经验。本体性隐喻又可以分为三类，其中实体和物质隐喻则是把经验视作实体或物质，通过后者来理解前者，就可对经验作出相应的物质性描写（王寅 2007：410）。莱柯夫和约翰逊（1980）认为，我们关于实体和物质的经验为我们将抽象的概念表达理解为"离散性的实体"（discrete entities）提供了物质基础。这就意味着我们可以通过更为具体的、有形的、离散的实体对比较抽象和模糊的经验如事件、行为、心理活动等进

第五章 莎剧中的动物比喻及其汉译 / 157

行推理和分析,以便更好地理解。

相对于结构性隐喻而言,莎剧动物比喻的本体性隐喻数量相对较少。以下我们举几个有代表性的例子加以分析。

(1) HAMLET They clepe us drunkards and with swinish phrase
Soil our addition, and indeed it takes
From our achievements, …

(*Ham.* 1.4.19-21)

(2) OTHELLO Think, my lord! By heaven, thou echo'st me
As if there were some monster in thy thought
Too hideous to be shown.

(*Oth.* 3.3.109-111)

(3) IAGO O beware, my lord, of jealousy!
It is the green-eyed monster, which doth mock
The meat it feeds on.

(*Oth.* 3.3.167-169)

(4) CASSIO This is the monkey's own giving out. She is persuade I will marry her, out of her own love and flattery, not out of my promise.

(*Oth.* 4.1.128-130)

(5) MACB. There's comfort yet; they are assailable:
Then be thou jocund. Ere the bat hath flown
His cloister'd flight; ere to black Hecate's summons
The shard-born beetle, with his drowsy hums,
Hath rung Night's yawning peal, there shall be done
A deed of dreadful note.

(*Mac.* 3.2.39-44)

(6) LADY MACB.　　　　　　　　You must leave this.
MACB. O! full of scorpions is my mind, dear wife!
Thou know'st that Banquo, and his Fleance, lives.

(*Mac.* 3.2.35-37)

在例（1）中，本体为话语，喻体则为 swine，喻体与本体之间在结构上构成了偏正短语的结构，但我们不难理解句子背后真正的含义。人类的语言既有赞美的功能，也有贬损的作用。结合该比喻所在的语境，我们可以推断，称人为醉汉的话语肯定不是赞美之词。此外，在英语文化里，swine 常以"贪食""迟钝""懒惰""肮脏""讨厌"等特征著称（张光明 2010：156）。通过对本体与喻体自身特征的分析，结合语境，我们不难看出，在例（1）的认知语境下，当本体"phrase"与喻体"swine"并置在一起时，喻体"懒惰""肮脏""讨厌"的特征被选择出来映射到本体上，而"贪食""迟钝"的特点因与本体自身的特征不相符合而被排除，进而我们将"swinish phrase"理解为"下流、肮脏的言辞"。同样，在例（4）中，我们根据上下文可以推断，代词"this"是指剧中比恩卡的话，而凯西奥将其比作"monkey's own giving out"，认为那只是句玩笑。"monkey"本身因"淘气""捣蛋"的特征而被赋予"胡闹""耍弄"等义。显而易见，当我们把源域"monkey"的特征转移到目标域"words"上时，很容易推断出，"the monkey's own giving out"喻指"胡言乱语"等玩笑之词。无论是"phrase"还是"words"，都是指人类的言语，言语则是人类经验和经历得以具化的载体。在这两个例子中，本体"phrase"和"words"则被看成了两个能与"swine"和"monkey"并置的实体，构成了本体性隐喻中的实体和物质隐喻（Entity and Substance Metaphors），即把人的经验视作实体或物质，通过后者来理解前者，其背后的概念隐喻是"事物是动物"（THINGS ARE ANIMALS）。由此可见，"隐喻的运用就是以认知主体和语境为基础，以此喻彼，引彼喻此，其理解过程主要是在矛盾中找到统一，化异为同，同中得义；这里的'同'是指本喻体之间、适应语境的'相似性'"（王寅 2007：406）。

在例（2）和例（6）中，"thought"和"mind"作为目标域（本体），"monster"和"scorpions"则为喻体。根据原文的字面意思理解，"if there were some monster in thy thought"是指思想里有魔怪，而"full of scorpions is my mind"则是指脑子里爬满了毒蝎。表面上看，这两句话根本不符合语法逻辑，似乎是胡言乱语；但如果我们运用隐喻认知的理论对其加以深层分析，句子的含义便显露出来。在日常生活中，"there were"和"be full of"这两个句型是用来修饰、指称容器的，指一个容器里"存在"或"充满"了某种物质。以"there were"和"be full of"来形容"thought"和"mind"，很显然本体被视为一种容器，有边界、能进、能出。在人的思想这个容器里，装的是人的某种想法、观念，而绝非"monster"和"scorpions"这样两种可怕、恶毒的动物。显然，例（2）和例（6）的表达存在着矛盾之处，但是人的观念存在善恶之分，丑恶的思想操控着人类的行为，会使人做出邪恶的事情，使自己沦为怪兽。因此，我们可以推断，在这两个例子中，"monster"和"scorpions"是指人心中的某种恶念或邪恶之事。在例（2）中，对于伊阿古无端的捏造，奥赛罗却信以为真，而这样的情景对奥赛罗而言，无异于自己将面对着一个恶魔。在例（6）中，虽然麦克白如愿以偿登上了国王宝座，但是一想到班柯和弗里恩斯，他的内心就仿佛被毒蝎啃噬一般，惶恐不安，担心班柯父子迟早会将自己送上断头台。故在例（2）和例（6）中，本体被喻为一种容器，里面装的是邪恶的想法或罪恶的事情，它们填满了人的头脑这个本体，而目标域"monster"和"scorpions"中的"邪恶""可怕""凶狠"等特征被映射到人脑这一容器里的想法上，这也是本体性隐喻中常见的一类隐喻，即容器隐喻（Container Metaphors）。在这两个例子中，人的想法被看作一种实体或物质，可以用来填充容器，从而又构成了本体性隐喻中的实体和物质隐喻。故在这个隐喻中存在两个概念隐喻，即"人脑是物体"（PEOPLE'S BRAIN IS OBJECT）和"思想是动物"（IDEAS ARE ANIMALS）。在例（3）中，本体为人的嫉妒之心，喻体则为绿眼怪物（green-eyed monster），将两者并置在一起，其相似性在于两者对人的伤害性。嫉妒之心往往会使人做出不理智的决定或行为，从而对他人构成威胁；而一提到怪物，人们就会恐惧、害怕，担心受到伤害。以绿眼怪物比喻人的嫉妒之心，可以理解为嫉妒可能会给人带来的伤害，在这里思想同样被比作可怕的动物,亦即 IDEAS ARE ANIMALS。在《奥赛罗》中,奥赛罗正是因为轻信伊阿古捏造的事情产生了强烈的嫉妒之心,进而驱逐了自己的部将,杀死了自己的爱妻,最终酿成不可挽回的悲剧。例(5)则是借助蝙蝠飞翔的场景来描绘黑暗到来前的恐怖气氛。在英语文化中,蝙蝠常常和吸血鬼联系在一起,进而被赋予"丑恶""凶狠"等含义,西方人对蝙蝠是又害怕又讨厌。在以吸血鬼为主题的小说和电影中,我们常常可以看到吸血鬼在残害人类、谋划罪恶时都是夜晚,常常是成群的蝙蝠在黑暗中起飞,场面令人不寒而栗。麦克白心中早已谋划除去班柯父子。在"蝙蝠完成它黑暗中的飞翔以前……将要有一件可怕的事情干完",麦克白深知自己所要做的事情是可怕的,就像吸血的蝙蝠一样让人恐惧,但是为了稳固自己的王位,他却要逆天而行,他的野心最终导致了自身的悲剧。显然,在这个例子中,"蝙蝠"的"邪恶"特征被挑选出来,映射到"a deed of dreadful note"这一可怕事情上,这个比喻背后的概念隐喻是"事物是动物"(THINGS ARE ANIMALS)。

概括而言,在莎剧动物比喻中,本体性隐喻就是指将剧中抽象的概念(如人物的话语和人物的心理)视为一种物质或实体,使物质或实体的相关特征映射到抽象的目标域上,从而将其具体化。这些动物比喻背后的概念隐喻视情况可能是"事物是动物"(THINGS ARE ANIMALS),也可能是"思想是动物"(IDEAS ARE ANIMALS)。(谢世坚、孙立荣 2015)

三 动物比喻的认知机制

从以上分析可知,在莎剧中的动物比喻中,既有结构性隐喻,又有本体性隐喻,具体分为实体隐喻、物质隐喻、容器性隐喻;我们把莎剧动物比喻背后的概念隐喻归结为:"人是动物"(PEOPLE ARE ANIMALS)、"事物是动物"(THINGS ARE ANIMALS)、"思想是动物"(IDEAS ARE ANIMALS)。我们看到,莎剧中动物比喻的本体既有人,包括人的话语、思想,也有事物。本研究对莎剧中 122 例动物比喻的本体进行考察,发现除了上述本体之外,还有人的性格、情绪、身体部位等本体。根据本体的不同,我们将莎剧中的动物比喻分为两类,即以人为本体的比喻和以事物为本体的比喻。具体情况如下表所示。

表5-2　　　　　四大悲剧中动物比喻的本体及其出现频次

本体		频次
以人为本体的比喻 118 例	人的性格	4
	人的心理/想法	5
	人的身体结构①	6
	人的行为	8
	人所说的话	2
	整体的人	93
以事物为本体的比喻 4 例		4

关于以事物为本体、以人为本体以及以人的想法和人所说的话、人的身体结构为本体的动物比喻，我们在前文中已分析了具体例子，在这里不再赘述。人的身体结构是人身体不可分割的部分，这类比喻实质上就是将人的某一方面比作动物。以人的性格为本体的动物比喻则用动物词语加上性格词汇构成词组，性格作为本体，而动物则作为喻体，如"goatish disposition"（Lear. 1. 2. 126 – 128）、"hog in sloth, fox in stealth, wolf in greediness, dog in madness, lion in prey"（Lear. 3. 4. 91 – 92）等，而这种将人的性格作为本体的动物比喻，其本体和喻体之间的相似性在于人与动物之间在性格上的相似特征。以人的行为为本体的动物比喻则是指人做事的方式像动物一样，常常以明喻的辞格形式呈现，如"They flattered me like a dog"（Lear. 4. 6. 96 – 97）、"knowing naught, like dogs, but following"（Lear. 2. 2. 78）。将人的行为比喻为动物的行为，是因为人做事的方式与动物之间存在着相似性，正如 Kövecses（2002：124）所说，"人类的很多行为都可以依据动物的行为进行隐喻性的理解"，"人们自身也成为被描述为某种动物，因此，我们有了概念隐喻 PEOPLE ARE ANIMALS"。同样，以人的性格、身体结构作为本体的动物比喻实际上均是基于人与动物在某一方面存在相似性，从本质上说，这些比喻同将整体

---

① 本研究中人的身体结构是指人自身的一些组成部分，如人的头发、舌头、嘴巴、面容、牙齿等。

意义上的人和人的行为视为动物是一致的，因为其背后的映射机制一致，都是将动物与人在某一方面的相似性选择出来，再以相同的结构映射到人身上，因而其背后的认知机制均为 PEOPLE ARE ANIMALS。而反过来，基于这个概念隐喻，我们可以得到诸如人的行为像动物的行为（flatter like a dog），人的身体结构像动物的身体结构（wolvish visage），人的性格像动物的性格（goatish disposition）等类似的具体比喻表达。概念隐喻 PEOPLE ARE ANIMALS 的映射机制如下图所示。

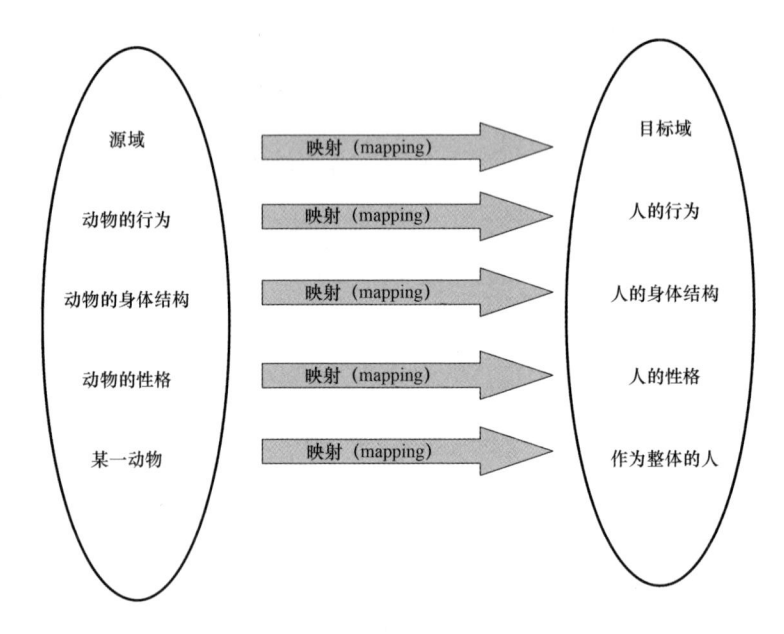

图 5-2　概念隐喻 PEOPLE ARE ANIMALS 的映射机制

上文我们讨论过以人的思想、人的话语及以事物作为本体的动物比喻的认知机制，概括来说，莎剧中动物比喻的认知机制为"人是动物"（PEOPLE ARE ANIMALS）、"事物是动物"（THINGS ARE ANIMALS）、"思想是动物"（IDEAS ARE ANIMALS）三个概念隐喻。借助动物这一喻体，这三个概念隐喻成为剧中人物认知事物、形成概念的重要方式。

第五节　概念隐喻视角下动物比喻的翻译

上文我们运用概念隐喻理论分析了莎剧中动物比喻的认知机制，对动物比喻有了更深入的认识。本节我们将从概念隐喻角度探究莎剧动物比喻的翻译。运用概念隐喻理论研究隐喻辞格的翻译，能够从思维和认知的角度探索翻译研究的途径。

前文我们已对动物比喻进行了界定。所谓动物比喻是指以动物词汇构成比喻修辞，用于描述人或事物的特征，如人的性格、表情、动作以及事物的属性或发生方式等。动物词语中既有名词（充当比喻辞格中喻体），也有动词（充当比喻辞格的喻词）。动物比喻包含两种不可或缺的元素：比喻辞格和动物喻体。因此，翻译动物比喻不仅要注意原文辞格形式的翻译，还应恰当转化比喻辞格的喻体。

一　认知语言学的翻译观

翻译同隐喻一样，实质上是一种认知活动，是基于译者对原文意义理解，译者的理解和翻译则受制于他的体验和认知，译文是译者体验和认知的结果。（王寅2005）在这样的条件下，王寅提出了翻译的认知语言学模式。

从图5-3中我们不难看出，从认知语言学的角度看，翻译就是认知主体与现实世界、源语、目标域、作者以及主体等因素展开的多重互动过程。王寅（2005）指出，在这个过程中，出现了"人本互动""人、本——现实互动""译者与读者互动"等多种活动，在这样的条件下，翻译具有一定的创造性、语篇性和和谐性。

认知语言学的翻译观使我们从一个新的角度认识了翻译的性质，翻译不再被视为一种静态的从文本到文本的过程，而是基于认知主体的一种体验活动。基于这样的观点，许多学者对隐喻翻译进行了探究。常晖（2008）从语言的功能与意义的角度展开探究，得出对等翻译策略、功能等值翻译策略、异化翻译策略三种隐喻汉译的方法；张广林、薛亚红（2009）从隐喻认知观角度提出了隐喻翻译的两种策略：归化翻译（直译、改换喻体）和异化翻译（保留隐喻、保留隐喻+加注、意译）；孙桂英（2010）以认知为取向、以语用等效为原则，提出根据源语的隐喻化

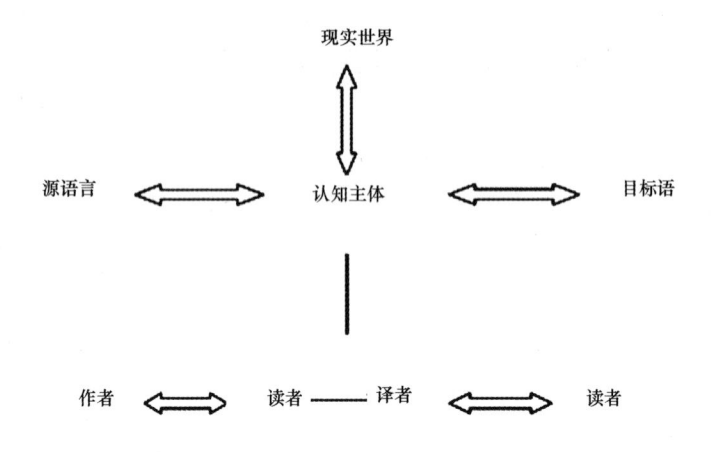

```
                        现实世界
                          ↕
    源语言  ⟷    认知主体   ⟷   目标语
                          ↕

    作者  ⟷   读者——译者   ⟷   读者
```

图 5-3　翻译的认知语言学模式（转引自王寅 2005）

过程在进行隐喻翻译时采取异化和归化的策略。这些观点为我们描述莎剧现有汉译本的翻译策略提供了有价值的借鉴。

刘法公（2008）认为在隐喻汉英翻译时，我们可以将概念隐喻中的映射作为翻译的衡量标准。根据概念隐喻理论，隐喻实际上是两个义域在概念上的隐射。"映射"指两个观念域（即源域和目标域）之间的对应，而不是两个词语之间的对应。根据隐喻理论中的"跨域映射"，我们可以将翻译活动视为一种"跨域映射"的过程。具体到莎剧动物比喻的翻译，则可以体现为：将源语文本中的动物比喻的修辞及喻体视为源域，将译文中的翻译结果视为目标域，翻译主体在这个过程中基于自身与源语、目标语、现实世界之间的互动而得到的体验，如果英语文本中的喻体和比喻关系能够"映射"到汉语译文中的喻体和修辞手段中，让汉语读者得到与英语读者相同或相似的认知，那么动物比喻的翻译就达到了传递喻体和修辞的目标。

基于上述认知语言学的翻译观点，结合前人关于动物词汇、动物寓意翻译的相关研究，我们对莎剧中的 122 例动物比喻的翻译方法进行客观的描述，并对其中的翻译方法进行分类和总结。需要指出的是，我们不对现有译本在翻译动物比喻所采用的方法进行正误判断，只是进行描写性的分析。这种方法同样是基于认知语言学的翻译观念，如图 5-3 所示，翻译活动是多重因素间交互的认知过程，翻译主体即译者对于原文文本及现实世界的体验因为翻译时间、翻译环境、译者对源语和目标语的掌握程度等因素会因人而异。此外，每个译者又因为主观因素，会偏爱某种翻译方法、翻译文体，进而也会影响译文中动物比喻的转译结果。故我们只对现有汉译本的翻译方法进行客观的描写性分析，指出其在动物比喻翻译时的出彩之处，以供后人借鉴。

二 译本选择

本章选取的莎士比亚四大悲剧的汉译本分别是朱生豪（2004）、梁实秋（2001）、卞之琳（1988）、孙大雨（2006）、方平（2000）的译本。首先，从翻译完整性而言，与莎士比亚戏剧其他的译者相比，卞之琳、方平、梁实秋、孙大雨、朱生豪是五位将四大悲剧全部译完的译者。之所以要考虑四大悲剧翻译的完整性，是因为每位译者由于个人源语和目标语的掌握程度和对于译文文体的偏好等主观因素的不同，译文的处理方式就会不同。其次，5位译者所处的时代和从事莎剧翻译的时间大致相同，除方平、卞之琳外，其他4人均是从20世纪30年代开始从事莎剧研究。方平和卞之琳则从20世纪50年代开始翻译莎剧。朱生豪、梁实秋采用散文化的译法，孙大雨、卞之琳和方平采用的是诗体。最后，5位译者的译本在中国国内的接受度较高。相对于其他译本而言，读者对于这5种译本的熟悉度较高。

三 概念隐喻视角下动物比喻的翻译策略

我们根据认知语言学的翻译观，将翻译视为以英语原文为源域、汉语译文为目标域而进行的"跨域映射"的认知活动。结合卞之琳（1988）、方平（2000）、梁实秋（2001）、孙大雨（2006）以及朱生豪（2007）5位译者的译本，我们总结出概念隐喻视角下莎剧动物比喻的两种翻译策略：理想映射对等翻译和曲折映射等效翻译。

（一）理想映射对等翻译

动物比喻的理想映射对等翻译，是指源域源语文本中动物比喻的两个要素（动物喻体和辞格形式）跨域映射到目标域汉语译本时，动物比喻中的动物喻词在英语和汉语两种文化中的寓意相同或相近，且比喻辞格在进行跨域映射时，无须对原文辞格进行变通，只需直译便可将源域中的动物比喻的隐喻意义充分映射到汉语译文中。

(1) MACBETH　　　　　　　　　Thanks for that. —
There the grown serpent lies; the worm, that's fled,
Hath nature that in time will venom breed,
No teeth for th'present.

(*Mac.* 3.4.27–30)

朱译：大蛇躺在那里；那逃走了的小虫，将来会用它的毒液害人，可是现在它的牙齿还没有长成……

梁译：大蛇已经挺在那里，在逃的小蛇在将来会要生毒液，现在却还没有牙齿……

孙译：大蛇已横在那里：逃掉的小蛇有天性，
将来会长毒，现在可还没牙齿……

卞译：大蛇死在那里了；在逃的小蛇，
天生到时候也还会产生毒液，
现在还没有长毒牙……

方译：大蛇躺在那不动了；
小蛇可逃了，将来它会生出毒液，
虽然目前还没长毒牙……

麦克白以大小毒蛇来喻指班柯父子。对于他而言，班柯父子的存在就如同毒蛇一样，随时会咬伤自己，让自己苦心得来的王位付诸东流。在圣经中，serpent 是撒旦的化身，因而包含了"邪恶""恶毒"的含义，而在汉语中，常以蛇比喻坏人，如"蛇蝎心肠""蛇鼠横行"等。鉴于"蛇"在英汉两种文化中的寓意相同，故将原文动物比喻映射到译文中时，喻体得以直接保留。另外，原文中的借喻辞格直译到译文，并未影响原文动物比喻隐喻意义的传递。在这个例子中，源语中的喻体和辞格在目标域中存在理想映射，故在翻译时，译者可以对喻体和辞格进行直译。

下面这个例子中，由于"驴子"在英汉两种文化中都是"愚蠢"的代名词，因而从源域文本到目标域文本存在理想映射，在翻译时采取对等翻译方法便可，即直译原文动物喻体，保留原文的明喻辞格。

(2) IAGO　　　　　　　　　You shall mark
Many a duteous and knee-crooking knave
That, doting on his own obsequious bongade,
Wears out his time much like his master's ass
For nought but provender, and, when he's old, cashiered.

(*Oth.* 1.1.43 – 47)

朱译：你可以看到，有一辈子天生的奴才，他们卑躬屈节，拼命讨主人的好，甘心受主人的鞭策，像一头驴子似的。

梁译：……甘心为人奴役，消耗了一生，像是主人的驴子一般。

孙译：……对自己那过于殷勤的奴役有偏爱，
挨了一辈子，像他主人的驴儿般。

卞译：……死不肯放松自己当奴才的职司，
活像主人的驴子……

方译：……卖力了一辈子，活像他主人的驴子。

(二) 曲折映射等效翻译

考察英汉动物喻词可以从三个方面进行：一是英语中有寓意汉语里却无的动物词；二是汉语里有寓意英语里却无的动物词；三是英汉语都有寓意的动物词。其中第三个方面又可分为两种情况，一是英语和汉语寓意完全相同的动物词，比如"蛇"（snake）在英汉两种语言中都有"艰险""狡诈"之意；二是同一寓意英语中用彼动物汉语中却用此动物，如表示"害怕"这一概念，英语是 as timid as a hare（胆小如兔），汉语则说胆小如鼠（何善芬 2002：152—155）。

从认知语言学的体验观出发，英汉动物喻词寓意的不同则是由于英汉两种语言根植于其特定的文化背景之中，反映出特定的文化内容。英汉民族演变历史、生态环境、宗教信仰、风俗民情、审美情趣及思维方式等方面的不同造就了民族文化上的差异，产生了不同民族的文化背景。

在这样的背景下，英汉两种语言中的许多隐喻就存在许多不完全对应的地方，反映在动物比喻上，则体现为同一动物喻词寓意截然相反，或者对于同一隐喻意义，英语用此动物做喻词，翻译成汉语时却选用彼动物，我们将这种现象称为曲折映射。在这种情况下，翻译主体在与现实世界、源域、目标域、原作者等因素展开的多重互动过程中，基于自身的体验，在翻译这一认知活动中发挥一定的创造性，确保译文的和谐。在这一过程中，译文翻译的衡量标准则是在源域文本到目标域译文文本的"跨域映射"中，将源域中隐喻内涵的跨文化的正确传递置于首位，在翻译中取得"等效"的效果，而将隐喻的传递形式放在次要位置，适当变更原文的喻体或辞格形式。

曲折映射等效翻译又可细分为部分重构法和完全重构法。

1. 部分重构法

很多情况下，由于英汉两种文化中同一动物的寓意不同，源域英语文本中的动物比喻无法在汉语中取得理想映射，将原文中的动物比喻对等翻译出来。在这种情况下，译者需要结合上下文，挖掘出原文动物比喻的深层含义，然后在汉语中寻求合适的动物喻体，同时根据需要适当处理原文中的比喻辞格，从而使原文中的隐喻关系在译文中得以呈现。

(3) POLONIUS　Ay, springes to catch woodcocks — I do know
When the blood burns how prodigal the soul
Lends the tongue vows.

(*Ham.* 1.3.114–116)

朱译：嗯，这些都是捕捉愚蠢的山鹬的圈套。我知道在热情燃烧的时候，一个人无论什么盟誓都会说出口来。

梁译：嘿，不过是捉木鸡的网。

孙译：是啊，捕捉傻山鹬的罗网。

卞译：捕捉傻鹁鸪的天罗地网。

方译：对啊，布下了陷阱，好捕捉傻山鹬。

"woodcock"（山鹬）是英国一种常见的鸟，但中国读者却对此种鸟类并不熟悉。喻体"woodcock"在原文中的寓意是很清楚的。在普罗纽斯看来，哈姆雷特对其女奥菲莉娅的示爱，只是一种玩弄女孩子的把戏，他认为皇宫王子的婚姻是由父母安排，就算哈姆雷特此刻真心喜欢自己的女儿，也不过是一时的情欲冲动。然而，奥菲莉娅似乎却非常坚信哈姆雷特对自己的真心。在担心女儿被骗的情况下，爱女心切的普罗纽斯警告女儿，这不过是一种骗人的把戏。在这个例子中，5 位译者对原文喻体采取了适当变通的方式，均在喻体"山鹬""木鸡""鹁鸪"前加上"愚蠢""傻"等形容词修饰，将原文中普罗纽斯话语的内涵充分传达出来：哈姆雷特的誓言是一张赤裸裸的网，而自己的女儿却是那只傻山鹬，专等被骗入网中。在这个例子中，原文比喻的辞格得以保留，译者对喻体进行了变通重构。

(4) KENT A sovereign shame so elbows him. His own unkindness
That stripped her from hisbenediction, turned her
To foreign casualties, gave her dear rights
To his <u>dog-hearted daughters</u> …

(*Lear.* 4.3.43–46)

朱译：羞耻之心掣住了他；他自己的忍心剥夺了她的应得的慈爱，使她远适异国，听任天命的安排，把她的权利分给那两个<u>犬狼之心的</u>女儿。

梁译：……把她应得的权益分给了他的<u>狗心肠的</u>女儿。

孙译：……把她的名分反给了那两个<u>狼心狗肺的</u>女儿。

卞译：……把她的权利分送给那两个<u>狼心狗肺的</u>女儿。

方译：……把她名下的权利都分给了那两个<u>狼心狗肺的</u>女儿。

李尔的大女儿和二女儿被肯特称为"dog-hearted daughters"，因为她们对自己老父亲丧尽人伦、毫无人性。人以狗为伴，将信任和宠爱全部给了自己心爱的宠物，然而狗却最终不计往日的恩情，反咬主人一口；李尔将自己的父爱和王国都给了两个女儿，却最终落得无家可归的悲惨下场。在汉语中，人们常常以"狼心狗肺"四字成语来形容这种见利忘义、丧尽天良的做法。朱生豪、孙大雨、卞之琳、方平四人在翻译该句中的动物比喻时，采用了汉语读者熟悉的成语，增补了"狼"这一喻体，更将原文中禽兽般的女儿生动形象地刻画出来。梁实秋在翻译这一动物比喻时,则更多地考虑忠实原文、采取异化的翻译方法,将原文中的"dog-hearted daughters"对等翻译出来。

2. 完全重构法

在英语文化中,有一些动物的寓意极具文化特色。这些动物经常出现在英语的谚语、俗语中,往往带有浓厚的宗教气息。虽然在汉语中可能存在寓意与之相近的动物词汇,但为了更好地传递原文的寓意,译者们往往采取完全重构的方法,即舍弃原文的辞格特征和动物喻体,而是将原文动物比喻的隐喻含义以普通语言的形式呈现出来,这种翻译方法也可以称为舍喻意译法。

(5) EDMUND An admirable evasion of whoremaster man, to lay his goatish disposition on the charge of a star.

(*Lear.* 1.2.126 – 128)

朱译:明明自己跟人家通奸,却把他的好色的天性归咎到一颗星的身上,真是绝妙的推诿!

梁译:把他的淫念都归罪于一颗星辰,这真是极妙的推诿!

孙译:人那个王八羔子真会推卸责任,不说自己性子淫,倒去责备一颗星!

卞译:人这个色鬼真善于推诿,不怪自己淫荡的气质,却异想天开,把它归咎于一颗星!

方译:那奸夫不承认自己是个色鬼,倒说是因为他色星高照,你看,他推诿得多妙!

这里埃德蒙以动物名词"goat"派生的形容词来修饰人的一种本性,结合上下文及"goat"一词的英语文化特征,"goatish disposition"是指"像山羊一样好色的本性"。在英语文化中,"goat"是好色的化身,在圣经中还表示"替罪羊"之义。在这个例子中,5位译者均采取了形式上的完全重构法,直接以"好色"简洁、恰当地翻译原文的动物比喻,舍掉了原文明喻辞格形式和动物喻体,让读者一目了然,虽然与原文的形式不同，但在语义表达上取得了同等的效果。

(6) CASSIO This is the monkey's own giving out. She is persuaded I will marry her, out of her own love and flattery, not out of my promise.

(*Oth.* 4.1.128-130)

朱译：一派胡说！她自己一厢情愿，相信我会跟她结婚；我可没有答应她。

梁译：这是她自己的叙说：她确以为我要娶她……

孙译：那是这猴儿自己放出去的空气：她相信我一定会和她结婚……

卞译：这是猴子的招摇。她以为我要跟她结婚……

方译：说这话的人就是个猴子。她还道我会娶她……

在这个例子中，5位译者所采取的译法并不完全一致。朱生豪舍弃了原文暗喻的辞格和喻体，用"胡说"这个词将原文动物比喻的暗含信息准确地表达出来，从译文形式上看，采取的是完全重构的方法。梁实秋在处理这句话时，完全舍弃了原文的动物比喻，直接表述原文的含义："这是她自己的叙说"，这与原文"monkey's own giving out"生动的比喻表达相去甚远。孙大雨、卞之琳、方平三人则采取的是对等翻译，保留了原文的喻体和辞格形式。"monkey"在"英语（口语）和汉语都有'淘气鬼''胡闹''摆弄'"等含义（张光明2010：168），在这个例子中，"monkey"的寓意与汉语中猴子的寓意存在一致性，因而在翻译时可以采用对等的翻译手法。

由此，我们可以看出，动物比喻的翻译并不局限于一种方法，只要我们能够将原文中的信息准确地传递出来，无论是理想映射的对等翻译，还是重构原文的动物比喻的等效翻译，都是可取的。

第六节 本章结语

本章对莎士比亚戏剧中的动物比喻的辞格特点及其背后的概念隐喻

以及翻译进行了系统的探究。前人研究往往只讨论动物的文学意象的戏剧功能，或者只讨论中外动物喻词的寓意不同，或者关注动物寓意的跨文化翻译，我们首次尝试了将莎剧中动物的词汇、比喻修辞以及翻译三者结合起来讨论。

我们首先从辞格分类的角度，基于汉语修辞中比喻辞格的分类特点，将莎剧中的动物比喻分为动物明喻、动物暗喻以及动物借喻三种修辞方式，并结合具体实例探究了这三种比喻辞格构成方式的特点。同时，我们还从词类角度对动物比喻的词类特点进行分析，发现四大悲剧中动物比喻共有名词性动物比喻、动词性动物比喻以及形容词性动物比喻三种。为更好地了解了莎剧中动物比喻的特点、挖掘这些比喻背后的认知机制打下了基础。

我们根据莱柯夫和约翰逊对概念隐喻的分类，结合结构性隐喻和本体性隐喻的映射特点系统地分析了莎士比亚四大悲剧中的动物比喻词句，深入探究了源域动物（喻体）的特点如何基于相似性将其特征选择性、系统性地映射到目标域（本体/人）。同时，本章还通过图表形象地描绘了源域与目标域之间的"跨域映射"。我们将四大悲剧中动物比喻 122 例比喻词句分为两种，即以人为本体的比喻和以事物为本体的比喻，总结出这 122 例动物比喻背后的认知机制，即"人是动物"（PEOPLE ARE ANIMALS）、"事物是动物"（THINGS ARE ANIMALS）、"思想是动物"（IDEAS ARE ANIMALS）三个概念隐喻。

我们借鉴认知语言学的翻译观以及前人关于隐喻翻译的观点，将概念隐喻中源域和目标域之间"跨域映射"的特点运用到隐喻翻译研究中，对莎剧 5 位知名译者朱生豪、梁实秋、孙大雨、卞之琳及方平对莎剧动物比喻的翻译方法进行了描述，结合英汉动物喻体寓意的异同，将 5 位翻译家的处理方法分为两类：理想映射对等翻译和曲折映射等效翻译。等效翻译又分为部分重构法和完全重构法两种。

希望本章的讨论有助于深化对莎剧动物比喻的认识，对莎剧语言尤其是修辞语言及其翻译的研究有所助益。

第 六 章

莎剧中的颜色隐喻及其汉译①

第一节 引言

认知语言学家莱柯夫（Lakoff & Johnson 1980，1999）认为，人类的认知与语言的发展离不开人的感官对外界事物的感知和体验；而对于抽象的认知，人们往往会借助对事物的相似体验形成"隐喻"；束定芳（2000）认为隐喻是人类以其在某一领域的经验来说明和理解另一领域的经验的认知活动，所以这里的"隐喻"需要跟修辞学中的"隐喻"区别开来。

隐喻曾一度被当作修辞进行研究。不可否认，修辞学家十分推崇的隐喻的修辞作用对语言的认识和理解是十分有帮助的；但是另一方面，修辞学对隐喻的研究带有明显的局限性，它偏重于语言形式本身的分析，将语言、认知和社会割裂开来，忽略了它认知的本质属性及其在客观世界的纽带作用（谢之君，2007：31—32）。所以隐喻研究要突破语言形式上的局限性，进入认知主体的深层认知机制中。

鉴于修辞学的隐喻研究的种种局限，那反过来，我们是否可以用隐喻认知理论对修辞进行研究呢？修辞是否具有认知属性呢？早在古希腊时期，亚里士多德就曾在《修辞学》中阐释了隐喻理论不仅具有话语风

---

① 本章部分内容已公开发表,分别见:《海南师范大学学报》（社会科学版）2014 年第 2 期《英汉对比视角下莎剧颜色词的汉译》;《河南科技大学学报》（社会科学版）2014 年第 5 期《英汉对比视角下莎剧中"红"的变体颜色词汉译》;《北京第二外国语学院学报》2015 年第 10 期《隐喻认知视角下莎剧中隐喻颜色词的汉译》;《西安外国语大学学报》2015 年第 4 期《隐喻认知视角下莎剧中颜色词的修辞研究》;以上均与唐小宁合作。

格功能，同时也具有认知功能。20世纪美国新修辞学兴起，人们开始思考修辞与真理的关系，认为修辞本身便具有唤醒人的作用，这也说明当时人们已经注意到了修辞的认知属性。如今越来越多的学者认识到这一点，马天俊（2000）认为修辞与思想共生，在塑造知觉模式和思维倾向方面比逻辑更具原始性和重要性；陈汝东（2001）明确提出修辞具有认知属性。所以从隐喻认知的视角研究修辞是具有可行性的。

此外，针对翻译发展的现状，如（罗新璋1990）说的"世人经过近一个世纪的探索，最后又回到了严老先生那里……"关于翻译标准的研究"停滞不前"；从隐喻认知视角进行翻译研究，也不失为突破传统翻译研究的一次新尝试。

莎剧作为世界文学的瑰宝，其语言研究价值是毋庸置疑的。莎士比亚在剧作中对颜色词的使用也着实为其戏剧语言增色不少，无疑是语言研究的绝好素材。文献检索表明，尚无学者对莎士比亚戏剧的颜色词（包括基本颜色词和变体颜色词）进行研究。

认知语言学认为，对颜色的认知是人类对外部世界认知和经验的重要组成部分；对颜色词进行研究有助于我们加深对语言发展进程的认识（陈家旭2003：283）。认知语言学家朗盖克（Langacker 1987：150-154）认为，颜色域跟时间域、空间域、情感域一样是语言中最基本的认知域之一。但近年来国内对颜色词的研究则大多是社会文化差异的比较研究，且仅以基本颜色词为研究对象；而从认知角度对基本颜色词与变体颜色词所形成的隐喻——我们称之为颜色隐喻——的研究还付之阙如。

本章从隐喻认知视角对莎剧中的颜色隐喻及其翻译进行系统深入的研究，主要内容包括三个方面：其一，对基本颜色词与变体颜色词进行语料统计；其二，分析莎剧中基本颜色词与变体颜色词的隐喻化认知机制及其在修辞中的体现；其三，从隐喻认知的角度讨论现有主要汉译本对颜色隐喻的翻译，并就汉译策略提出我们的建议。

文献检索表明，尚无学者对莎士比亚戏剧的颜色词（包括基本颜色词和变体颜色词）进行过系统的研究；本研究选取莎士比亚四大悲剧和四大喜剧中的颜色词进行研究意在弥补莎剧研究领域的缺憾；我们根据原型理论和语义场把颜色词分为基本颜色词和变体颜色词，意在改善现有颜色词研究的状况，即仅重视基本颜色词，而忽视了同等重要的非基本颜色词,即变体颜色词。通过对莎剧变体颜色词运用的分析,也意在证明变体颜色词在实际应用中的重要性(谢世坚、唐小宁 2014a,b,2015a,b)。

通过对莎剧中颜色词的隐喻认知机制的分析,论证莱柯夫的概念隐喻的"单向映射"和"恒定原则"的局限性;使隐喻认知理论在实践中得到不断完善。隐喻认知视角下的修辞研究已得到越来越多的学者的肯定;但在实际研究上,参考文献还不够充分,这需要更多研究领域共同努力;本研究运用隐喻认知理论对莎剧中颜色词的修辞进行研究,希望能在这一层面为隐喻认知对修辞的解释力提供佐证,丰富修辞研究,拓展隐喻认知理论的运用范围。

从隐喻认知视角对莎剧颜色词的汉译进行研究。从隐喻映射的源域和目标域以及二者能够构成映射的条件对颜色词隐喻的翻译进行分析,有助于本族语者加深对母语的认识,了解英语和汉语颜色词所蕴含的认知差异,以期为莎剧重译提供参考;并且这一研究也意在为翻译研究尤其是修辞翻译研究开辟新的思路。

第二节 前人相关研究

一 国内外颜色词研究

在国外,颜色词的研究始于哲学领域。早在古希腊时期,柏拉图就提出色彩感知必须具备三个条件:发光源、反射光线的物体及能够接收反射光线的眼睛。亚里士多德把简单色(白色、黄色和黑色)与物质世界的基本元素联系在一起,认为复合色是由简单色调和而成。17 世纪 60 年代,英国物理学家牛顿开创了色彩研究的新纪元,真正科学意义上的色彩研究由此展开(杨永林 2003a:40—46)。18 世纪以来,色彩研究的焦点是语言中色彩词汇系统的发展。色彩词汇的文化决定论与语言进化论是贯穿于色彩研究中的两种主要观点(张金生 2004:395—397)。语言进化论认为,语言中的色彩语码系统进化过程和方向大致相似,它们决定一种具体语言的基本色彩词汇的规模和类属;文化决定论主张,不同语言色彩词汇的数量和语义界限是不同的,它取决于文化,不具有规律性。20 世纪 60 年代,美国民族学家柏林和凯伊(Berlin & Kay)通过对

98 种语言中色彩词汇的调查，于 1969 年发表了颜色词研究的经典著作《基本色彩词语：普遍性与进化论》。但柏林和凯伊把基本颜色词汇体现的范畴化普遍规律单纯归结为人们的色彩视觉，否认文化与社会在其中的作用，这一观点遭到许多学者反对（杨永林 2002b）。此后关于颜色词的研究大多是关于基本颜色词的研究的，主要有 Rosch（1972），Rosch & Oliver（1972）；Kay & McDaniel（1978）；Kay（2005）；Kay & Maffi（1999）等。

在国内，学术界颜色词研究是在 20 世纪 60 年代之后。随着国外颜色词相关理论的传入，颜色词逐渐引起国内学界的关注和重视，国内学者对颜色词的研究也取得了丰富的成果。文献检索、梳理表明，相关研究的内容可以分为以下四个方面：一是从跨文化交际角度比较英汉颜色词运用方式和意义的不同；二是颜色词的翻译研究，比较英汉颜色词的差异和不对应性，探究颜色词的翻译方法；三是颜色词象征意义的研究，探讨汉英语言中一些基本颜色词的象征意义的异同；四是从文化的角度比较分析英汉颜色词的文化内涵。就研究角度而言，国内颜色词研究主要从语言学、心理学、社会文化学三个角度展开，并取得了丰富成果。

（1）语言学角度。伍铁平（1986）研究了颜色词的模糊语义。张旺熹（1988）就颜色词的联想义进行了研究，较为全面地揭示了颜色词意义复杂性的深层原因。姚小平（1988）认为现代汉语基本颜色词演变经历了殷商、周秦、汉晋、唐宋、现代五个阶段，提出现代汉语有 10 个基本颜色词：黑、白、红、黄、绿、蓝、紫、灰、棕和橙。孙淑芳（1996）对颜色词的数量进行了考察，并分析了颜色词隐含的民族性。尹泳龙（1997）共搜集古今流传的颜色名称 2500 个，同色异名归并后为 1867 个。张宗久（2008）进行了英汉颜色词修辞色彩的比较研究。赵晓驰（2011）以隋以前的古汉语颜色词为例从色彩义的来源谈制约颜色词搭配对象的因素。

（2）语言学与心理学相结合的角度。杨永林（2002）从认知角度借鉴西方研究成果和研究方法，结合中国的实际对色彩语码认知模式进行了研究；认为对色彩的认知是人类对外部世界认知和经验的重要组成部分，世界上还没有发现任何一种完全没有色彩语码的语言。他采用实验方法，分别考察了我国都市与西北地区大学生对于汉语的色彩编码能力，结果表明来自都市背景的对比组大学生,其母语色彩能力与人口因素之间并不存在任何具有实质性意义的相关性;而来自西北地区的色彩语码实验证明,由于经济发展水平和地区类型差异所引发的亚文化因素,有可能对于中国学生色彩语码认知模式产生重要的作用与深刻的影响(谢世坚、唐小宁2014a)。此外还有刘浩明(2005)探讨了颜色词与颜色认知的关系;温凌云(2007)从英汉颜色词语义认知模式看文化心理图式;王娟(2012)基于民族心理学的研究视角探讨颜色词与颜色认知的关系。

(3)语言文化角度。彭秋荣(2001)研究了颜色词的文化内涵及其翻译。骆峰(2004)认为颜色词反映了5000多年来中国社会的历史传统,也反映了当今中国社会异彩纷呈的崭新文化。杨双菊(2006)从文化视角解读颜色词,认为语言和文化是息息相关的,一个国家的文化必然会通过它的语言反映出来。颜色词语除了描绘客观事物之外,还具有丰富的文化象征意义,更多地用于反映社会、表达思想、抒发情感;颜色词语的这种表达方式已渗透到社会生活的方方面面。江广华(2007)对英汉颜色词所承载的文化信息进行了研究。

综上所述,国内外对颜色词研究多以基本颜色词为主要研究对象,对非基本颜色词(变体颜色词)的研究还付之阙如。此外,尚无学者对莎士比亚戏剧的颜色词(包括基本颜色词和变体颜色词)进行研究(谢世坚、唐小宁2014a,b;2015b)。

总结前人关于隐喻与颜色词的研究,我们有以下三点认识。

(1)综观国内外隐喻认知研究的历程,人们对隐喻的研究经历了从修辞向认知的转变;从"互动论"到"概念隐喻"再到"概念整合",隐喻不仅是一种用于修辞的语言现象,更是一种人类认知世界的有力工具。现有各种关于隐喻的理论相互联系,也各成体系,既有优点,亦有缺陷。所以,在运用隐喻认知理论时,必须扬长避短;一方面我们要做到从理论到实践,在实践中检验隐喻认知理论的正确与否,探视理论的优点与不足,另一方面要从实践上升到理论,从实践的运用中对理论进行补充和修正,这样才能形成一个良性的循环。此外文献检索表明,国内从认知视角探讨隐喻翻译的研究不仅数量有限,而且研究有待进一步深入。

(2)国内外对于颜色词的研究,最经典的理论当属美国民族学家柏林和凯伊（Berlin & Kay）的基本颜色词的普遍论与进化论的研究。但柏林和凯伊把基本颜色词汇体现的范畴化普遍规律单纯归结为人们的色彩视觉，否认文化与社会在其中的作用（杨永林 2002b）则受到了众多学者的质疑，更是语言相对论攻击的焦点（Alvarado & Jameson 2005；Foley 1997：160－164）。

（三）文献检索表明，尚无学者对莎士比亚戏剧的颜色词（包括基本颜色词和变体颜色词）进行研究，此外，从隐喻认知视角对颜色词进行的研究还很少见。

第三节　莎剧颜色词的分类与语料统计

我们根据原型理论和语义场理论把颜色词分为基本颜色词和变体颜色词；意在弥补现有颜色词研究的缺憾，即：仅重视基本颜色词，而忽视了同样重要的非基本颜色词，也就是变体颜色词。我们运用antconc3.2.2w语料库软件，对莎剧中的基本颜色词与变体颜色词作了语料统计并进行分析。

一　颜色词的分类

（一）理论依据

根据原型理论的观点，可以把颜色词作为一个范畴进行研究。莱柯夫（Lakoff 1987a：5）曾经指出：范畴划分不可小视，对我们的思维、感知、行动和言语来说，再没有什么比范畴划分更基本的了。与人们的视觉范畴紧密相关的色彩感知，同空间范畴和时间范畴一样，是人们所具有的一项基本认知域（Langacker 1990：4）。柏林和凯伊（1969）提出焦点色这一概念，在色彩范畴化过程中，人们总是以色彩系统中某一具体领域作参照，这些领域被人们普遍认为是基本色彩词汇最显著的代表，它们被柏林和凯伊称为焦点色（转引自 Ungerer & Schmid 2001：5）。柏林和凯伊所说的焦点色就是基本颜色词，他们提出基本颜色词具有以下四个主要特征：

（1）具有心理上的凸显性和稳定性；

（2）只包含一个词素，具有词汇结构上的单一性；

（3）在搭配上不受限制，不具有专指一物的特性；

（4）不被包含于其他色彩之中（转引自李福印 2008：86—87）。

柏林和凯伊把英语的基本颜色的数量定为 11 个：red（红色）、white（白色）、yellow（黄色）、green（绿色）、black（黑色）、blue（蓝色）、purple（紫色）、brown（棕色）、pink（粉色）、gray（灰色）和 orange（橙色）；这 11 种基本颜色词都可作为焦点色，而色彩范畴化的基础是焦点色（Ungerer & Schmid 2001：5），所以，每一个焦点色都可以作为一个范畴的焦点、一个范畴的中心，亦即范畴的原型，而其他的与之对应的变体颜色词，例如 red（红色）的变体颜色词 blush（绯红）等，则可以作为边缘色或者范畴成员，其他颜色词亦是如此。所以按照原型理论，把颜色词分为基本颜色词和变体颜色词是具有合理性的。

另外，从语义场角度来看，语言中表示特定颜色的一组词可以组成一个语义场。崔艾尔（Trier）指出，"语义场是单个词和整个词汇之间的现实存在。作为整体的一部分，它们具有与词相同的特征，即可以在语言结构中被组合，它们同时还具有词汇系统的性质，即由更小的单位组成"（转引自束定芳 2000：69）。在颜色语义场内，颜色通过词语被划分为各种类型，例如属于红色归为一类，属于绿色归为一类等，单个类型内的颜色词数量是开放的，一般不能局限在基本颜色上。每一个类型内部由不同层面组成层级关系或上下义关系，高层级的含义多，涵盖面广，低层级则含义少，涵盖面窄；高层级语义抽象，低层级语义具体。每个基本颜色词及其变体都可能通过这种纵深式层级结构组成一个网络系统（陈家旭 2007：171）。

综上所述，不论是原型理论认为的颜色词有焦点色与边缘色之分，还是语义场把颜色词分为高层级和低层级，都表明颜色词必须进行分类研究，但这两种理论都只注重了被称为"焦点色"和"高级层"的基本颜色词，未对所谓的"边缘词"和"低层级"的变体颜色词予以应有的关注。事实上，变体颜色词并不处于"边缘"或者"低层级"的位置，在现实的语言运用中，基本颜色词和变体颜色发挥着同等重要的作用。我们对颜色词的分类如图 6-1 所示。

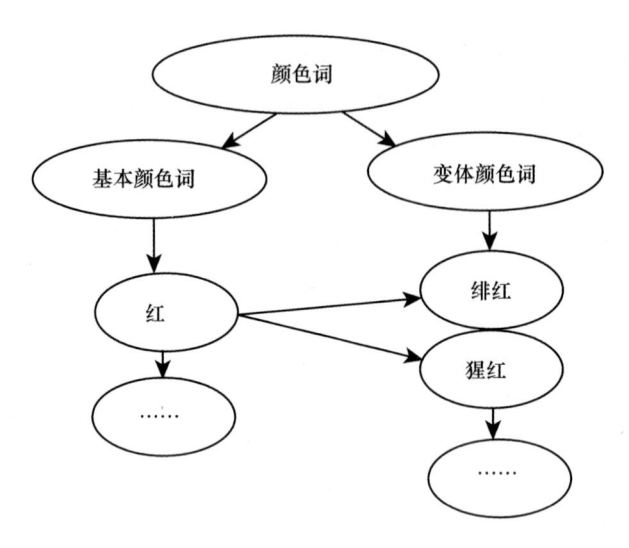

图 6-1 颜色词的分类

(二) 莎剧中的颜色词

具体来讲,变体颜色词指那些不属于基本颜色词但又可以表示颜色的词语。变体颜色词是相对于颜色词的"单色用法"而言的,单色用法就是我们说的基本颜色词的运用,如 red、dark 等,单色颜色词的使用使得色调整齐划一,起到突出强调、强化印象的效果(李亚丹、李定坤 2005:85);而变体颜色词则是选用两种或者两种以上的色彩着色,使之相互配合,彼此协调,这种用法类似于绘画中的色彩调和,如 pale(苍白)、blush(绯红)、ripe(红润)等颜色是基本颜色词所不能表达的。

下面我们以莎剧中的例子进行说明,如以"红"为例,来对比基本颜色词"红"与"红"的变体颜色词。

(1) HAMLET Pale or red?
HORATIA Nay, very pale.

(*Ham.* 1.2.231-232)

(2) JESSICA. Cupid himself would blush

To see me thus transformed to a boy.

(*MV*. 2.6.38)

对比以上两例，例（1）用基本颜色词 red（红）来表示"脸色健康""有生命的"。例（2）中 blush 则是表示因为害羞而脸红。虽然 red 和 blush 都表示"红"，都用来形容脸色，但却包含了不同的意义与感情色彩。如例（2）在表示害羞的意思时，变体颜色词 blush 就比基本颜色词 red 更具有表现力。

通过以上两例的对比，对什么样的词是基本颜色，什么样的词是变体颜色词，我们就一目了然了。简言之，基本颜色词以外、凡能描述事物颜色的词语均称为变体颜色词。

二 莎剧颜色词的统计与分析

（一）基本颜色词与变体颜色词的统计

我们按照 red、white、yellow、green、black、blue、purple、brown、pink、gray 和 orange 的顺序，通过语料库软件和文献阅读的方法对莎士比亚四大悲剧和四大喜剧中的颜色词进行统计；其中 red、white 等统计为基本颜色词，而相应的 blush 等统计为红色的变体颜色词，pale 等统计为白色的变体颜色词，以此类推。为使统计结果更加直观，我们对 8 部莎剧中各个基本颜色词和相应的变体颜色词出现次数分别进行了总计，结果如表 6-1 所示（谢世坚、唐小宁 2014a，b；2015a，b）。

表 6-1　四大悲剧和四大喜剧基本颜色词与变体颜色词使用频次统计

分类 颜色词	red	white	black	yellow	green	blue	purple	brown	pink	gray	orange
基本颜色词总计	44	28	42	15	25	4	4	2	0	1	2
变体颜色词总计	68	49	6	25	1	0	1	0	4	1	3

续表

分类 颜色词	red	white	black	yellow	green	blue	purple	brown	pink	gray	orange
颜色词使用频次总计	112	77	48	40	26	4	5	2	4	2	5

从上表中，可以看出莎剧中颜色词的使用具有以下特征：（1）颜色词总体使用频率顺序依次为：红＞白＞黑＞黄＞绿＞紫/橘＞粉＞棕/灰；（2）变体颜色词顺序排列为：（变体）红＞白＞黑＞黄＞橘/粉＞紫/灰；（3）基本颜色词与变体颜色词的使用频率相当；（4）在8部莎剧中颜色词的总频次为325次，其中基本颜色词使用频率占颜色词总数的51.4%，变体颜色词占48.6%，说明变体颜色词与基本颜色词在莎剧中同等重要。

（二）莎剧颜色词隐喻化的特征

我们把莎剧中颜色词的用法分为两类：一是常规用法，二是隐喻用法。颜色词的常规用法是指运用颜色词对事物色彩进行描写，如black ram, white ewe（Oth. 1.2.69）；而当颜色词被用来描述原本没有颜色的事物时，便产生了颜色词的隐喻或者说颜色词被隐喻化了，颜色词的隐喻用法主要用于描绘抽象的概念，如golden opinions（Mac. 1.7.32-33），sooty bosom（Oth. 1.2.69）等。颜色词的隐喻化是莎剧中较难理解的部分，亦是汉译的难点。我们对莎士比亚四大悲剧和四大喜剧中的颜色词隐喻化用法进行统计，结果如下：

表6-2　　　　四大悲剧和四大喜剧颜色词隐喻化用法统计

分类 颜色词	red	white	black	yellow	green	blue	purple	brown	pink	gray	orange
基本颜色词总计	1	8	26	1	6	0	1	0	0	0	0
变体颜色词总计	31	23	5	12	0	0	0	0	0	0	2
颜色词使用频次总计	32	31	31	13	6	0	1	0	0	0	2

从表 6-2 中可以得知，颜色词的隐喻化使用频次共有 116 次，占莎剧中颜色词总使用频率的 35.7%；其中基本颜色词的隐喻化使用频率占 13.2%；变体颜色词的隐喻化使用频率占 22.5%。可见，变体颜色词的隐喻化使用要高于基本颜色词，变体颜色词对丰富语言的作用不可小觑。

通过对语料进行分析，我们发现莎剧的颜色词的隐喻化的最大特点是以辞格的形式体现；在结构上，通常表现为以下三种情况。

（1）常借助于明喻进行表达，用 as、like 等作为喻词，例如："white as milk（*MV.* 3.2.86），To wear a heart so white（*Mac.* 2.2.64）"，等等。

（2）常用"颜色词 + 充当喻体的事物"的搭配，形成语义冲突。例如："golden opinions（*Mac.* 1.7.32 - 33），sooty bosom（*Oth.* 1.2.69）；bloody cousins（*Mac.* 3.1.29）"，等等。

（3）直接用颜色词代替事物，表达抽象意义。如：shows itself pure（*Ham.* 4.1.25），在这里 pure 指的是灵魂纯洁；又如 Pale or red? Nay, very pale（*Ham.* 1.2.231 - 232），这里的 pale 和 red 都是描述身体健康状况，等等。

综上所述，颜色词分为基本颜色词与变体颜色词；莎士比亚四大悲剧和四大喜剧中颜色词的使用总共为 325 次，其中基本颜色词为 167 次，变体颜色词为 158 次，基本颜色词与变体颜色词的使用频率大体相当，应得到同等重视；在描写抽象事物时，常把颜色词隐喻化，8 部莎剧中颜色词的隐喻化使用总共为 116 次，其中基本颜色词为 43 次，变体颜色词为 73 次，变体颜色词的隐喻化使用频次高于基本颜色词。在具体语言表达上，颜色词的隐喻化通常借助于修辞格。下面我们将结合莎剧颜色词的实例，探讨颜色词的隐喻认知机制。

第四节　颜色隐喻及其语言表现

隐喻既是一种语言现象又是一种认知方式。隐喻有助于人们对抽象事物进行理解，在语言表达上，隐喻往往借助于修辞，通过各种修辞结构进行表达；隐喻无处不在，加深了我们对事物的认知，拓展了我们对事物认知的深度和广度。人们往往能从原来互不相关的不同事物、概念和语言表达中发现相似点,建立丰富的联系,于是新的事物、新的概念以及新的表达式应运而生。当然在这个认知过程中,人们必须借助于已知的概念和各种语言表达方式,并且要充分发挥想象力和创造力,从而认知原先不熟悉的事物。

下面将结合上文对莎剧中颜色词的语料统计,对莎剧颜色词的隐喻认知运作机制进行分析,并对莎剧颜色词在修辞上的表现形式进行研究。

一 颜色词的隐喻认知机制

隐喻是从"源域"(source domain)向"目标域"(target domain)的映射。它把较熟悉的具体的范畴映射到不太熟悉的抽象的范畴上,有助于人们对抽象事物的理解。在隐喻结构中,两种通常看来毫无联系的事物被相提并论,是因为人类在认知领域对它们产生了相似联想,因而利用对两种事物感知的交融来解释、评价与表达对客观现实的真实感受和感情。当我们用颜色域的认知去表达和解释其他认知域的概念时,便形成颜色的隐喻认知。

(一)颜色词的隐喻认知机制分析

隐喻涉及两个不同范畴的概念,隐喻意义的产生是两个概念之间相互作用的结果,这种相互作用是通过映射的方式实现的;隐喻发生的基本条件就是语义冲突,而隐喻意义产生的基础条件是相似性(束定芳 2002a:98—103)。当我们用颜色词来描述原本没有颜色的事物时,就产生了语义上的冲突;而颜色引起的心理意向与颜色所修饰的事物产生心理意向的相似度就是隐喻意义产生的基础:相似性。由此颜色隐喻使我们对于事物的认知更加鲜明而生动(谢世坚、唐小宁 2015a, b)。例如:

(3) MACBETH He hath honour'd me of late; and I have bought <u>Golden opinions</u> from all sorts of people

(*Mac.* 1.7.32 - 33)

朱译:他最近给我极大的尊荣;我也好容易从各种人的嘴里搏到了<u>无上的美誉</u>。

卞译:……我也赢得了各色人等<u>黄金一般的好誉</u>。

梁译:……我从各色人等都博得了<u>好评</u>。

方译：……好容易我成为全国上下的<u>红人儿</u>。

在这里，golden（金色）不属于基本颜色词，可以看作黄色的变体颜色词。对于 golden（金的、金色的），人们往往会自然地联想到黄金、皇室等一些高贵的、好的东西，这就完成了 golden 的第一次映射；如图6-2所示，用一些具体的事物来理解金色这一本是抽象的事物；于是金色便在人脑海中与高贵、尊贵、重要等划入了一个范畴之中，这便为颜色词发生第二次映射（图6-3），构成第二次隐喻认知打下了基础。

黄金、皇室等 —Golden→ 高贵、尊贵、重要

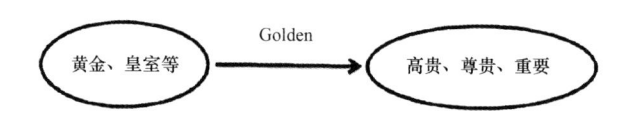

图6-2 颜色词的第一次映射

这里莎剧中的 golden opinion 便是颜色词发生的第二次映射，而且此处也满足了隐喻认知的基本条件：语义冲突，本来 opinion 是没有颜色的，这里用 golden 来描述就在语义上产生冲突。所以这里要在第一次映射的基础上发生第二次映射，对 golden opinion 进行理解，发挥隐喻认知机制的作用；对于此例的理解，卞之琳为了保留颜色，运用了直译加意译的方法，译为"黄金般的美誉"，而梁实秋和方平为了便于人们的理解，省去了颜色词的第一次映射的结果，直接呈现了第二次映射的结果，在翻译时运用了意译，分别译为"好评"与"红人儿"。

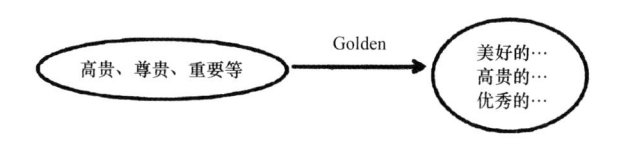

高贵、尊贵、重要等 —Golden→ 美好的…高贵的…优秀的…

图6-3 颜色词的深层映射

除了第二次映射，最开始用于理解金色这一颜色词的那些具体的事物与最后的美誉、好评等也是不无关系的。它们同样具有"好"这一相

似性。于是这两者之间也存在一定的相似联系。如下图所示：

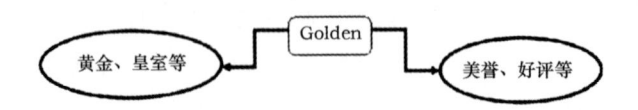

图 6-4 颜色词两次映射的始源域与目标域的关系

所以综合以上三个图示，颜色词的隐喻认知运作过程就清楚明了了，如下所示：

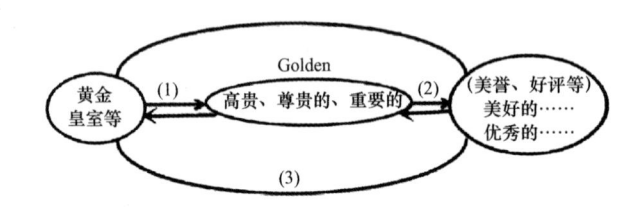

图 6-5 颜色词的隐喻认知运作机制（以 golden 为例）

综上所述，隐喻的基本条件是语义冲突，隐喻运作的基本方式是不同范畴之间的映射，使得不同范畴内的事物发生相互作用；隐喻意义的理解是隐喻认知机制发挥作用最重要的环节，其中隐喻意义产生的基础条件是相似性，相似性是两个不同范畴发生互动的根据。人们将原本不存在相似性的事物并置在一起，由此获得对事物新的观察角度和新的认识，如上文中提到的颜色词隐喻化的第一次映射。然后，久而久之，这种新的隐喻在生活中变得习以为常，成为人们头脑中一种固有的思维方式或者语言表达，在此基础上为了描述更为抽象的事物，新的隐喻必然发生，于是就发生了上文提到的第二次映射。

就 golden opinion 而言，它属于前文提到的颜色词隐喻化的第二种形式："颜色词+充当喻体的事物"，golden 与 opinion 形成语义冲突，这是颜色词通过修辞格实现隐喻化的一种表现。然而对颜色词的一些较为复杂的隐喻，仅靠莱柯夫的提出的单向、恒定的映射，是无法达成对颜色词隐喻的完全理解的。下面我们对此进行阐述。

(二)"单向映射"与"恒定原则"的局限性

莱柯夫和约翰逊(1980)提出的"映射论"较为明确地描述了不同概念域之间互动过程的特点,提出了映射过程的"系统性"和"方向性"等特点。为了解释映射的系统性特点,莱柯夫(1993)提出了隐喻映射的"恒定原则"(invariance principle)。所谓的恒定原则,就是隐喻映射在与目标域的内在结构保持一致的前提下,保留源域的认知布局(topology),即意象图式结构。恒定原则实际上是对映射过程的一种制约(constraints),也就是说,目标域内在的意象图式结构不会受到破坏。目标域的结构限制了自动映射的可能性。隐喻映射的"方向性"与"恒定原则"有密切的关系。由于映射主要是从源域到目标域,而最终在目标域中形成的结构是对源域原有结构的继承。在莱柯夫和约翰逊的描述中,目标域本身的结构和特点在映射过程中至少是不明显的,因此映射是单向的。这样看来,"映射论"虽然对"互动"的具体过程作了描述,但最终却看不到"互动",而只能看到"单向运动"(束定芳 2002b:2)。而且莱柯夫(1990)认为映射之后要保持源域的意象图式,那么目标域自己的意象图式到哪里去了?(李福印 2008:135)这种映射的"单向性"与"恒定原则"在颜色词的隐喻认知中也被证实是存在一定的局限性的,莱柯夫的概念隐喻的"双域"模式有时并不能完全解释一些映射的意义。如:

(4) LADY MACBETH. My hands are of your colour, but I shame
    To wear <u>a heart so white</u>.

(*Mac.* 2.2.64)

在这里 heart 与 white 形成一个隐喻——"Heart is white"。若 heart 专指身体的一个器官,这里却用"white"来形容,该作何解? 理解这个隐喻表达式的意义就需要发挥隐喻的认知功能。而且对这类隐喻的理解,仅用概念隐喻的"双域"单向映射是无法进行完全解释的。因为单从 heart 一个概念域不能直接映射到 white 概念域,从而获得对 white heart 的完全理解,必须同时从两个概念域发出映射,并且映射过程必须得到优化和选择,再经过多次映射,才能最终完全理解句子的内涵意义。如下图所示:

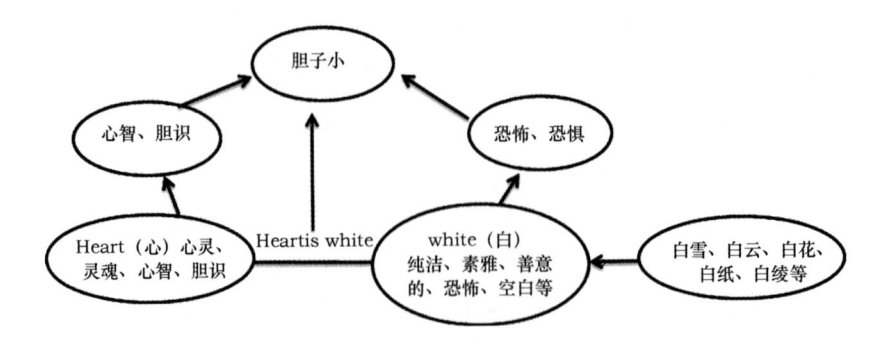

图 6-6　"优化原则"下"双向映射"颜色词的隐喻认知图解

首先，对于 white 所在的颜色域，需要借助外界一些具体的事物进行理解，形成颜色词所附带的抽象含义，如上文中提到的，white 首先发生了第一次映射，得知白色具有纯洁、素雅、善意的、恐怖、空白等多重意思；同样 heart 也不仅仅是身体的一种器官，它还代表着人的心灵、灵魂、心智、胆识等。经过第一次映射，两个概念域并不能遵从隐喻认知映射的恒定原则，而是强调两个映射空间中的成分映射的逻辑性，需要什么成分就投射什么成分；而且 heart 和 white 两个概念域形成双域输入，最后达到对 white heart 的完全理解，即：胆子小，这是麦克白夫人嘲讽麦克白因忏悔而自责时说的；所以仅从单向映射和恒定原则出发是不能解释从 heart 到 white 的映射意义的。可见，莱柯夫的"单向映射"与"恒定原则"在颜色词的隐喻认知中存在一定的局限性。

综上所述，颜色词隐喻认知机制的运作满足了隐喻发生的基本条件——"语义冲突"，因具体域与抽象域之间的相似性使得颜色词形成的隐喻意义获得理解成为可能；颜色词从隐喻的发生到隐喻意义获得完全理解经历了多次映射，某些颜色词的隐喻意义需要多个概念域的同时映射，才能实现完全理解。

二　颜色词修辞的隐喻认知分析

在颜色词认知上，修辞也发挥了非常重要的作用。对颜色词的初步认知，人们往往借助自然界或者日常生活中常见的具体的事物来理解一种颜色，赋予颜色词特别的蕴含意义，此时颜色词是抽象的，人们用多个具体事物对颜色词这一抽象事物进行认识。仍以 golden 一词为例，如图 6-7 所示。

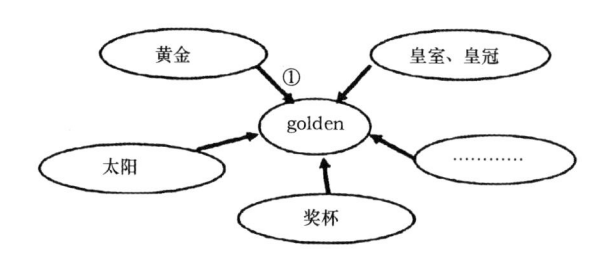

图 6-7　多媒介对 golden 的认知结构

图 6-7 告诉我们，人们往往通过多种具体事物对某一抽象概念进行认知。就 golden 的认知而言，由于仅凭一种事物并不能完整地识解这一抽象概念，人们必然会根据相关的多种事物对其进行认知，亦即需通过多组隐喻映射，人们对这个抽象概念（golden）才有了较为完整的认识。然后，人们开始通过语言表达他们对颜色词的认知，在图 6-7 的过程中，人们类比颜色词与另一范畴的事物，在语言上多借助修辞格进行表达，例如："金灿灿的""如太阳一般"。通过在语言中的运用，颜色词的隐喻意义被人们所熟知，人们对颜色词的认知也逐渐具体起来。在对这些颜色词有了较多感知的基础上，人们开始用这些特征去认知其他生疏的抽象事物，如"黄金时代"等，如图 6-8 所示。

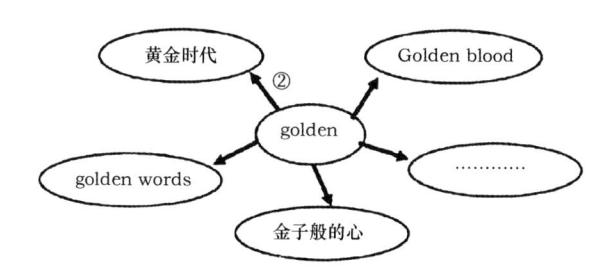

图 6-8　从 golden 对多对象的认知结构

如图 6-8 所示，在人们对颜色词有了较多感知和已获得较多颜色词隐喻意义后，开始把颜色词具体化，把它当作一个具体的事物，用来对其他多个抽象事物进行认知；人们对这一过程的语言表达，较为突出的特征便是修辞格的运用。

从图6-7和图6-8可知，1和2的映射过程表现在语言上时通常需要借助修辞格，针对这一现象，我们将借助莎剧中颜色词的修辞的相关例子，从隐喻认知视角进行分析。

(一) 颜色词隐喻化在辞格中的体现

颜色词的隐喻化往往通过各种辞格得以体现，分别为：明喻、暗喻、借代、夸张等。这也印证了 Lakoff & Johnson（1980：13）的观点：隐喻可以超越常规，使用比喻的、诗意的、多彩的、富于想象力的思维及表达方式。

1. 明喻

明喻就是分明用另外事物来比拟文中事物的譬喻。正文和譬喻两个成分不但分明并揭，而且分明有别；在这两个成分之间，常有"好像""如同""仿佛""一样"或"犹""若"之类的譬喻语词结合它们（陈望道1932/2008：73）。也就是说为了使所描写的事物更生动、形象，人们通常喜欢用另一种具有某种共同特征的事物来描写此事物，这就是明喻。例如：

(5) OPHELIA … Lord Hamlet, with his doublet all unbrac'd,
No hat upon his head, his stockings foul'd,
Ungart'red, and down-gyved to his ankle;
<u>Pale as his shirt</u>, his knees knocking each other

(*Ham.* 2.1.78)

这里是借助 pale 描述哈姆雷特的脸色，而 pale 具体是什么样的，对 pale 怎么理解，则需要借助明喻——像衬衫一样白，"白衬衫—pale——脸色"三者结合才能对哈姆雷特的脸色以及这样脸色下隐含的神情有一个充分的理解。像这样运用明喻来完成颜色词的隐喻化在莎剧中较为常见。如：Pale as thy <u>smock</u>！（*Oth.* 5.2.271）That, when they shall be open'd, black Macbeth will seem as pure as <u>snow</u>（*Mac.* 4.3.52-53）；white as <u>milk</u>（*MV.* 3.2.86），等等。

2. 暗喻

暗喻是比明喻更进一步的譬喻。正文和譬喻的关系，比之明喻更为紧密。（陈望道 1932/2008：77）在这种修辞格中，颜色词通常有象征含义。构成暗喻的惯用模式是：颜色词+充当喻体的事物的名称。

(6) HORATIO His purse is empty already
— all's golden words are spent.

(*Ham.* 5.2.115)

在这里，golden words 即 words are golden，指的是"好听的话"。在莎剧中，颜色词这种"暗喻"修辞格的用法是比较常见的，用颜色词作为修饰语达到对抽象事物的表达，不仅语言生动，而且把其中蕴含的微妙感情也表现得淋漓尽致。其他的例子如：His silver skin lac'd with his golden blood (*Mac.* 2.3.110)；we hear, our bloody cousins are bestow'd in England, and in Ireland (*Mac.* 3.1.29)，等等。

3. 借喻

比暗喻更进一步的便是借喻。借喻之中，正文和譬喻的关系更为密切；这就全然不写正文，便把譬喻来作正文的代表了。（陈望道 1932/2008：78）借喻又称借代，它不像暗喻是以具体事物为喻体，它往往以抽象意义的事物去指代具体事物。所以借喻的重点不是相似而是联想。

(7) OSWALD This ancient ruffian, sir, whose life I have spar'd at suit of his grey beard.

(*Lear.* 2.2.61)

这里用 grey beard（胡子花白）这一具体的事物指代李尔王"年纪大"这一抽象信息，用具体表示抽象是典型的隐喻使用；而表现在辞格上则是运用了借喻，用花白胡子指代年老的李尔王。此处借喻辞格的运用使莎剧语言更加惟妙惟肖，而对这一借喻的充分理解还需结合颜色词

grey 的隐喻意义：衰老、苍老①，结合语境判断此处 grey beard 是指代李尔王当时年纪已高，使用颜色词 grey 进行修饰，侧重于传达"年纪大"这一信息。

4. 夸张

夸张就是在说写表达时故意违背客观事实和逻辑，对所叙说的内容进行张皇夸大的修辞文本模式（吴礼权 2006：137）。在剧本中，变体颜色词经常会用在一些特殊场合，来显示某种夸张的效果。这种夸张不会让人觉得虚假，相反会使语言更加生动、更加有渲染力。

(8) MACBETH. No, this my hand will rather
The multitudinous seas incarnadine,
Making the green one red.

(*Mac.* 2.2.61 – 63)

在这里，麦克白在忏悔自己的罪恶，他认为自己双手沾满了罪恶的血，永远洗不干净：这只手上沾染的血会将浩瀚无边的大海染红，会让万顷碧波变成血红一片。这里运用夸张的手法，意在表明麦克白自感罪恶深重。而且在这里 green 指代大海碧波，而 red 则指大海被染成红色后的样子，语言夸张，极具渲染力。

(二) 颜色词的隐喻认知与辞格的关系

从上文对莎剧中颜色词隐喻认知在语言层面——修辞格中的体现，可以得知修辞格的理解离不开隐喻认知思维的指导；同时修辞的运用又是隐喻认知在语言层面的体现。从上文对颜色词隐喻认知在修辞格中体现的分析，发现二者是一种互为表里、难割难舍的关系，如图 6 – 9 所示。

如图 6 – 9 所示，对颜色词进行初步认知时，多种媒介向颜色词发出多次映射，颜色词拥有了多种媒介的特征，被赋予了较为特别的含义，而人们在语言中对颜色词的认知进行描述时则通过修辞格进行说明，如

---

① 参见 Murray, J. A. H., H. Bradley, W. A. Craigie, C. T. Onions. *The Oxford English Dictionary* (2nd edition). Oxford: Clarendon Press. 1989（grey 条下，6）。

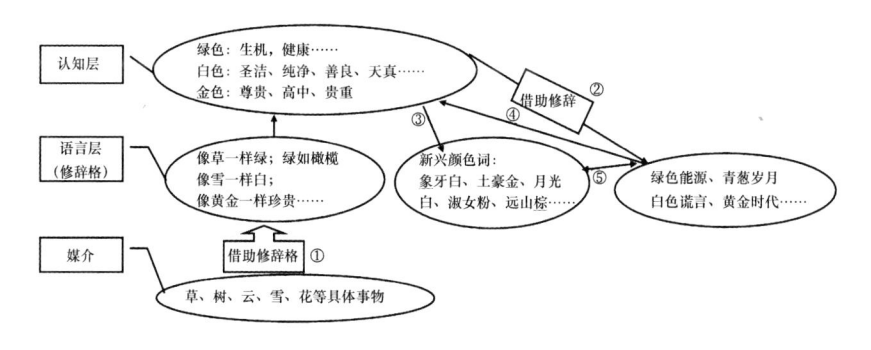

第六章 莎剧中的颜色隐喻及其汉译 / 193

图 6-9 颜色词"隐喻的认知"与"修辞格"的关系

"像雪一样白"等,从此颜色词拥有了隐喻意义。待人们对这些颜色词有了较多的感知,便开始用这些颜色词的隐喻意义去认识其他较为生疏的抽象事物,像"黄金时代、绿色能源"等较为抽象的事物便可得到理解。在人们通过类比不同范畴的事物,对颜色词进行从初步到深层次的不断认知过程中,新的颜色词(特别是"变体颜色词")不断产生,如图中 35;而这些新的颜色词的产生和新的隐喻表达也反过来促进了人们对颜色词的认知,如图中 45 所示。因此,颜色词的隐喻认知与颜色词修辞格的运用是相辅相成的。颜色词的隐喻认知帮助其修辞格意义的理解,修辞格的运用又是颜色词认知的必经阶段。颜色词的认知在一定程度上促使了变体颜色词的产生,丰富了颜色词的数量。由此可见隐喻认知思维与其在语言层面的体现——修辞——之间,并非是谁决定谁的关系,而是相互作用、相互促进的。

现有的颜色词研究多以基本颜色词为主,忽视了同等重要的变体颜色词,本研究把颜色词分为基本颜色词和变体颜色词,首先通过对莎剧颜色词的统计分析,论证变体颜色词在实际应用中同样重要,应该得到应有的重视。其次,考察了颜色词的隐喻运作机制,其中颜色词隐喻的基本条件是语义冲突,当我们用颜色词来描述原本没有颜色的事物时,就产生了语义上的冲突。隐喻运作的基本方式是不同范畴之间的映射,主要有两种情况:一是范畴间"原有相似性"基础上的映射;二是"创造相似性"基础上的映射。颜色词从隐喻的发生到隐喻意义获得完全理解经历了多次映射,从多媒介对颜色词的认知到从颜色词对多个抽象事物进行理解,颜色词隐喻意义的完全理解需要多个域有选择的映射。由此可见,Lakoff 的"单向映射"和"恒定原则"并不能完全满足颜色词隐喻意义的理解,概念隐喻理论对解释颜色词的隐喻认知存在局限性。最后,颜色词的隐喻化是通过修辞格在语言层面上来体现的;修辞是颜色词隐喻认知的必经阶段,隐喻认知与修辞之间存在一种互为表里的关系,这种关系还可以上升到语言与思维的关系层面上进行探讨(谢世坚、唐小宁 2015b)。

第五节　莎剧颜色隐喻的汉译

纽马克指出隐喻翻译是一切语言翻译的缩影,因为隐喻翻译给译者呈现出多种选择方式:或传递其意义,或重塑其现象,或对其意义进行修改,或对其意义与形象进行完美的结合,所有这一切又与语境因素、文化因素密不可分,与隐喻在文内重要性的联系就更不用说了(Newmark 2001:113)。但是传统的隐喻翻译研究往往是把隐喻当作一种修辞手法来处理的。既然隐喻作为一种"认知方式"和"推理机制",那么对隐喻翻译的研究就不能只停留在修辞层面上的语言符号转化,而应该从人类的认知角度进行分析。

隐喻是人类将其在某一领域的经验来说明和理解另一领域的经验的认知活动(束定芳 2000:28)。我们都知道,具体事物在我们头脑中所形成的认知概念都直接来源于我们对客观世界的感知和体验,而抽象事物在头脑中的概念则是在直接感知的基础上通过概念映射而形成的。人同此心,心同此理,人的认知心理不仅古今相通,而且中外相通(沈家煊 1998:45)。但是不同民族的语言文化在一定程度上又存在一些差异,同一体验却会用不同的事物来表达。例如,汉语在表达"嫉妒"时,常用隐喻性语言——"红眼",而英文中却用"绿眼"来表达同样的意思,这种差异就给翻译造成了困难。

本节将考察莎士比亚四大悲剧和四大喜剧中的颜色隐喻的翻译,从隐喻认知的角度,结合英汉文化的异同,从隐喻映射的源域和目标域以及二者能够构成映射的条件——相似特征——对颜色隐喻的翻译进行分析。我们将分两种情况进行论述,提出相应的翻译策略:(1)当源语隐喻的源域和目标域正好在译语中找到了对应相同的源域和目标域时，就采取映射的对等翻译；在这种情况下，莎剧现有汉译本大都以保留颜色的对等翻译为主，以舍弃颜色的"活译"为辅；（2）当源语言隐喻的源域和目标域无法在译语中找到对应相同的源域和目标域时，本着翻译应易于理解，传递信息的宗旨，结合英汉文化的异同，可以在译语中选择源域和目标域类似的隐喻进行翻译，完成人类思维活动的映射；这种情况下，莎剧现有译本采取两种译法：一是替换颜色词进行"转译"；二是舍弃颜色词，只翻译出其中的内涵意义。在以上对隐喻化的颜色词汉译研究的基础上，我们将对柏林和凯伊（1969）"把基本颜色词汇体现的范畴化普遍规律单纯归结为人们的色彩视觉，否认文化与社会在其中的作用"进行评述，我们认为颜色词的认知同样要受到社会文化的制约，尽管英汉颜色词具有普遍的认知特征，但语言的个性仍然存在。

一 理想映射对等翻译

翻译是认知活动，是以现实体验为背景的认知主体所参与的多重互动为认知基础的，译者在透彻理解源语语篇所表达出的各类意义的基础上，尽量在目的语中映射转述出来，在译文中应着力勾画出作者所欲描写的现实世界和认知世界（王寅 2005：17），隐喻的翻译亦是如此。对于隐喻翻译，最理想的状态就是在目的语中还原其本来面目，既能使读者产生隐喻的联想意义，又能留住它的文化意象（孙桂英 2010：144）。也就是说，当源语隐喻的源域和目标域在译语中找到了对应相同的源域和目标域时，源语和目的语之间就达成了理想的对等映射，这时就可采取映射的对等翻译，这种情况适用于在源语言和目标语言中具有共同的文化背景和隐喻认知机制的颜色词翻译。如图6-10所示：

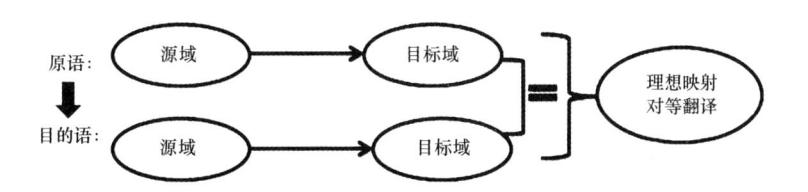

图6-10 从"源语"到"目的语"的理想映射对等翻译

196 / 隐喻认知视角下莎剧的修辞及汉译研究

对莎剧中颜色隐喻的翻译，对等映射是最理想的状态；可以在目的语中找到与源语中对应相同的源域和目标域，这时源语中的颜色词与目的语中的颜色词具有相同的文化背景和隐喻认知机制。例如：

(9) BRABANTIO …
Would ever have, t'incur a general mock,
Run from her guardage to the sooty bosom
Of such a thing as thou? – to fear, not to delight.

(Oth. 1.2.69–70)

朱译：怎么会不怕人家的笑话，背着尊亲投奔到你这个丑恶的黑鬼的怀里？——那还不早把她吓坏了，岂有什么乐趣而言！
卞译：……投入你这样一个丑东西漆黑的怀抱……
梁译：……从家里逃奔到你这样一个东西的漆黑的胸怀里……
方译：……投进你这丑东西的漆黑的怀抱？

这句话出现在黛丝德蒙娜的父亲勃拉班修在知道女儿背着自己与摩尔人奥赛罗相爱后，感到十分愤怒，十分痛恨奥赛罗。"sooty"是"blac"（黑）的一个变体颜色词，根据《牛津英语词典》对 sooty 的释义（见 OED, sooty 条下，2.a）：Resembling soot in colour; dusky or brownish black, 即"炭黑色的"。在这里 sooty 不仅用来描述奥赛罗的肤色，黝黑的皮肤像是黑炭一样，还表示抽象意义——邪恶；对 sooty bosom 的翻译，三位译家都采用了保留颜色的译法，译为"漆黑的胸怀"，这是理想映射的对等翻译。在汉语中，"黑色"同样有表示邪恶的隐喻意义，如"黑心肠""颠倒黑白"等。所以结合整句话，译文"漆黑的胸怀"应该不难为中国读者所理解。

(10) MACBETH … ——Here lay Duncan,
His silver skin laced with his golden blood.

(Mac. 2.3.109–110)

朱译：他的白银的皮肤上镶着一缕缕黄金的宝血。
卞译：白银的皮肤上交织着赤金的血迹。

梁译：他的银白的皮肤上淌着赤金的血。

方译：银白的肌肤裹缠在赤金的血网里。

在这里，golden（金色）可以看作黄色的变体颜色词。对于 golden，如前所述的颜色词的隐喻认知机制，"金"在完成第一次映射时，借助黄金、皇室等一些具体的事物得到理解后，衍生出像"高贵的、尊贵的、贵重的"等隐喻意义；这种隐喻映射在英汉两种语言的文化中是对应的，所以这里符合理想映射对等翻译；而且四位翻译家也都采取了保留颜色词"金"的译法。

上述译例均为较为理想的映射，只需对等映射，译者就能在译文中体现源语颜色词所包含的文化内涵、象征意义。在处理这种理想的映射时，莎剧现有汉译本对颜色词的翻译大都以保留颜色的对等翻译为主，以舍弃颜色的"活译"为辅，这样既保持了原文的内容，又保持了原文的风格。这种情况体现了语言文化的包容性和共同的体验性；当然因生活环境、地域文化的差异，人们对于颜色词的体验也有不同之处，都存在个性的地方，这也形成了颜色词隐喻英汉语间的互异性。

二 曲折映射等效翻译

由于语言文化的不同，相同的颜色词形成的隐喻在英语和汉语中存在差异，这时对等映射的翻译是不能传达源语颜色词所包含的文化内涵、象征意义的。英语中一些包含历史典故的颜色隐喻，在汉语中是不能找到与之一模一样的映射的，这时候就需要采取曲折映射的等效翻译，在汉语中找到承载类似含义的颜色词进行翻译，使得隐喻产生同样的语言效果。因此，当源语隐喻的源域和目标域无法在目的语中找到对应相同的源域和目标域时，译者本着译文应传递原文信息并易于理解的宗旨，结合英汉文化的异同，在目的语中选择源域和目标域类似的隐喻进行翻译，完成思维活动的映射，这种翻译方法就是曲折映射等效翻译。

如图6-11所示，当源语隐喻的源域和目标域无法在目的语中找到对应相同的源域和目标域时，需要根据源语和目的语的文化异同，在目的语中选择与源语相似的隐喻进行翻译，完成从源域A到目标域B的映射。莎剧颜色词隐喻的翻译亦有相同的情况，例如：

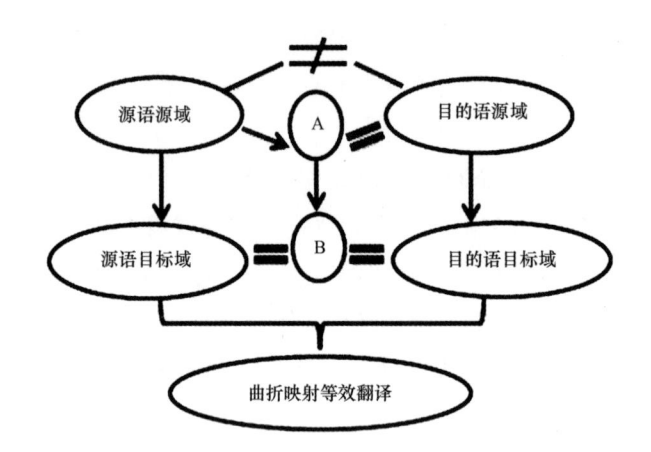

图 6-11 从"源语"到"目的语"的曲折映射等效翻译

(11) PORTIA [Aside] How all the other passions fleet to air,
As doubtful thoughts, and rash-embrac'd despair,
And shudd'ring fear, and green-ey'd jealousy!

(*MV.* 3.2.110)

朱译：一切纷杂的思绪、多心的疑虑、鲁莽的绝望，战栗的恐怖，酸性的猜嫉，多么快地烟消云散了！

梁译：……战栗的恐怖，绿眼的猜忌……

方译：……那打颤的害怕，那绿眼睛的妒忌……

由于文化习俗和颜色取向的差别，不同民族的人会选用不同的颜色词来表达同一抽象概念。此例中的 green-ey'd，就是英语中表示嫉妒的用法，而在汉语中用来表示嫉妒的词语是"红眼""红眼病"。这就是两种语言中的颜色取向的差别。在这里朱生豪与梁实秋并未运用汉语习惯表达式进行翻译，其中梁实秋与方平的翻译属于直接按字面意思翻译，而方平虽然译为"绿眼"，但加注："绿色在这里是个病态的颜色"（方平 2000：228），虽然读者可能明白他是想说明绿色在这里是用来形容嫉妒的，但是很显然这样的翻译并不理想。而朱生豪的翻译则是倾向于意译，green 在汉语中经常与青苹果等生涩的东西联系起来，在这里用来形容猜忌的程度，此外汉语中"酸"亦含妒忌之意，可见朱生豪的翻译虽传达了原文作者想要表达的内涵，却忽略了译入语颜色词的表达。译者在处理这个颜色隐喻时如果能够采用曲折映射的等效翻译，不直接照搬英文"嫉妒"的颜色取向，而是根据汉语的实际情况，采取曲折映射，用表示"猜忌"的"红眼"进行翻译，效果可能会更好。

（12）SIR TOBY To anger him we'll have the bear again; and we will fool him black and blue——shall we not, Sir Andrew?

(*TN.* 2.5.9 – 10)

朱译：我们再把那只熊牵来激他发怒；我们要把他作弄得<u>体无完肤</u>。你说怎样，安德鲁爵士？

梁译：……我们把他弄得<u>无以复加</u>；我们要不要这样做，安德鲁爵士？

方译：……耍得他<u>鼻青眼肿</u>。你说怎么样，安德鲁爵士？

英语中习惯用 black and blue 用来描述某人遍体鳞伤、伤痕累累，但在汉语中我们却需要用"青一块紫一块"来表达同样的意思。通过分析朱、梁和方的译文，我们发现朱生豪和方平都是采取了意译，而方平则译为"鼻青眼肿"，虽然与英语中的 black and blue 颜色并不对应，但是却是较为接近汉语表达的一种译法。综合比较，这里把颜色词换为"紫和青"更符合汉语的表达习惯，所以在这里采取朱生豪和方平"换译"的方法或许更为适当。

上述莎剧中的例子表明，英汉语颜色词的认知虽存在共同普遍的认知特征，但也存在语言的个性。柏林和凯伊把基本颜色词汇体现的范畴化普遍规律单纯归结为人们的色彩视觉，否认文化与社会在其中的作用，在英汉翻译中是行不通的。"颜色的感知，是在观察者的大脑之中，而我们所知的各种颜色，却是我们的语言和文化的产物"（Lamb & Bourriau 2006：6）。颜色词范畴化以色彩视觉为基础又受到社会文化的制约，具有文化相对性。

综上所述，可以把颜色词隐喻的翻译分为两类：一是理想映射对等翻译，二是曲折映射等效翻译。这是认知层面上的一种翻译思维方式。对于映射对等的颜色词，在翻译时应以保留颜色的对等翻译为主，以舍弃颜色的"活译"为辅；对于需要曲折映射的颜色词则应以等效的"换译"为主。所以，对颜色隐喻的翻译，要具体问题具体分析，根据隐喻在源语和目的语的映射情形，灵活采取相应的翻译策略（谢世坚、唐小宁 2015a）。

第六节　本章结语

前人对颜色词的研究多以基本颜色词为主，忽视了同等重要的变体颜色词，通过对莎剧中颜色词的统计论证变体颜色词在实际应用中同等重要，应该得到应有的重视；分析颜色词的隐喻认知机制，验证莱柯夫等人的隐喻认知理论是否可以完全解释颜色词的隐喻，发现仅靠莱柯夫的这种单向的恒定的映射，是无法达成对颜色词隐喻的完全理解的，必须对颜色词的映射进行优化，不论是概念隐喻还是概念整合等隐喻认知理论，虽相互联系，却也各成体系，既有优点，亦有缺陷，在运用中既需要扬长避短，又需要理论联系实际，使隐喻认知理论在实践中得以完善；对颜色词的修辞进行隐喻认知分析，发现修辞是实现隐喻得以认知的必经之路，颜色词的隐喻认知与修辞格的运用是相辅相成的，上升到语言与思维的层面，"语言与思维"之间同样存在互相作用、共同发展的关系；从隐喻映射的源域和目标域以及二者能够构成映射的条件对颜色词隐喻的翻译进行分析，结合英汉文化的异同，颜色词隐喻的翻译分为两种情况：理想映射对等翻译和曲折映射等效翻译。

通过对莎剧中颜色词的语料统计与分析发现，颜色词的发展与颜色认知不无关系；颜色词主要有三种情况，可以概括为三个阶段：以物代（比）色——抽象化象征化——隐喻化，这三个阶段都体现了该阶段的颜色认知。为了探讨颜色认知与颜色词的关系，下面我们对莎剧中颜色词的使用状况与当今颜色词使用状况进行对比和分析。

近年来，像"极夜蓝""成功银""骑士灰""神秘紫""迷幻红"等新生颜色词出现在我们的生活中，这些颜色词与以往的颜色词无论在结构上还是语义上都有较大的差异。这类颜色词大量涌现，最先是用于电子产品，如手机、相机、电脑等，现在已经向汽车、服饰等领域蔓延，开始融入我们的生活。描述手机颜色的有："土豪金""骑士灰""香槟金""玛瑙黑""珊瑚红""月光白""静默黑""激情红""炫目金""霞光金""晚霞粉""秋夜蓝""远山棕"等。(滕荔 2008) 目前一线品牌的手机有 90% 以上都以这类颜色词为颜色名。(王成晶 2007) 由此可见，这类颜色词的使用范围十分广泛，使用频率也相当高。这些颜色词更富有感情色彩，感染力更强，是传统的颜色词不能比拟的。

这类颜色词体现出了更为强劲的生命力。莎剧中，颜色词的运用是通过隐喻认知，修饰一些没有颜色的抽象域事物，如"黑暗的仇恨""黑色的胸怀"等；然而这类"成功银""淑女粉""热情红""率真绿"等，是在莎剧颜色词隐喻表达的基础上又上了一个台阶。同样是从人的心理认知出发，但这类词在隐喻认知的映射域上更为广阔。如"科幻蓝""摇滚红"，"摇滚与科幻"本来跟蓝和红没有什么关系，但是我们尝试把这样的认知概念"投射"到新生颜色词的时候，就会发现，"科幻蓝"与"摇滚红"更好地向人们传递了所修饰物的信息。也正因为人们对颜色词和不同概念域的认识不断加深，使得颜色域与其他概念域之间的映射成为可能，从而促成新的颜色词语的产生。

随着社会的发展和变化，人们对颜色的认知也不断发展和变化，颜色词也在不断地丰富变化；对于衍生出来的颜色词，适合社会需要的颜色词终究会流传下去，不适合社会需要的终究会被淘汰；但是颜色认知与颜色词的相互作用始终是不会改变的，我们要给予足够重视，促进其发挥积极作用，推动社会发展。这也启发我们在进行莎剧颜色词研究时要结合当下语言实际，使得研究更有现实意义。

第 七 章

莎剧和曹剧"心"的隐喻及其汉译[①]

第一节 引言

隐喻无处不在，它在人类认知和推理活动中起着重要作用（Lakoff & John 1980：1）。20世纪80年代以来，人们对隐喻的理解，不再局限于语言修辞层面，而上升到"隐喻是人类认知活动的重要手段"这一思维认知层面，隐喻的认知研究成了现代隐喻研究的方向。隐喻以人的基本经验为基础，人体部位及其器官是人类认知和体验世界的基本参照，是人类赖以实现隐喻化的一种基本的、重要的始源域；而始源域与目标域之间的互动性又决定着人体有时也是目标域（卢卫中 2003：23—28）。近年来，人体部位名词的隐喻，如"心/heart""头/head""眼/eye""脸/face""手/hand"等身体名词的隐喻，受到了国内外学者的广泛研究。"心"（心脏）作为人体的核心器官，是人类与客观世界进行互动的根本基础。"心"词语的隐喻化对于人类思维与认知具有重要意义，值得深入探讨。

近年来，认知语言学视角的修辞研究得到越来越多学者的肯定，但一些相关问题尚待探索，需要学界作出更多努力。国内学者借助西方隐喻理论对比探究英汉语"心"的隐喻特点，这一研究领域虽日趋成熟，但专门以中西方戏剧修辞语言为语料，从认知语言学理论对比考察英汉剧本中人体词"heart/心"的隐喻性修辞的研究尚未出现，而认知语言学

---

① 本章部分内容已公开发表，见《广西师范大学学报》（哲学社会科学版）2017年第4期《概念整合视角下莎剧heart和曹剧"心"的隐喻翻译》（与严少车合作）。

理论视角下的中西戏剧中人体词"heart/心"隐喻翻译的研究更是无处可寻。

莎士比亚堪称"语言大师""修辞大师",其作品的生命力源于其极具艺术魅力的戏剧语言。曹禺作为我国现代话剧史上成就最高的剧作家,其戏剧语言也极富艺术感染力。莎士比亚和曹禺经典作品的语言背后大都蕴藏深刻的隐喻意义,值得深入挖掘。

本章我们选取标志着莎剧语言艺术之巅峰的四大悲剧(《李尔王》《哈姆雷特》《奥赛罗》《麦克白》)和标志着我国现代话剧走向成熟的曹禺戏剧《雷雨》《日出》为语料,结合现有代表性汉译本——朱生豪、梁实秋、卞之琳、孙大雨的莎剧汉译本以及王佐良、巴恩斯的曹剧英译本,运用认知语言学的概念整合理论,全面考察莎剧中 heart 和曹禺戏剧中"心"的隐喻性修辞,系统地探讨"heart/心"的隐喻意义,发掘隐喻意义的生成机制,探寻"heart/心"隐喻性修辞的认知过程及规律,探索戏剧修辞语言研究的新路。同时,我们将以概念整合翻译观为视角,考察现有代表性译本对剧本中 heart 和"心"的隐喻的处理方式,对比分析译者们对 heart 和"心"隐喻性修辞处理的特色与不足,并提出相应的翻译策略,希望对修辞语言翻译的实践和研究有所帮助。

第二节 前人相关研究

隐喻不仅是一种修辞格,更是一种从源域(喻体)向目标域(本体)进行映射的认知方式。我们要从修辞到认知层面对莎剧和曹剧"心"的隐喻进行识别、分类,有必要先了解隐喻的性质和类别;要从概念整合理论出发,对剧本中"心"的隐喻进行认知解读,需要先对该理论的研究现状有所了解;而要建构该理论视角下"心"隐喻的翻译模式,更有必要了解前人将该理论与翻译相结合的研究。

本节先回顾前人关于隐喻的性质和分类的论述,然后梳理前人关于人体词汇的隐喻化研究,着重概述作为人体核心器官的"heart/心"的认知研究现状,并扼要回顾前人关于莎剧和曹剧人体词的研究。

一 隐喻的性质与分类

不同领域的学者,基于不同的研究目的,赋予隐喻不同的含义。关于隐喻的分类,也可谓仁者见仁,智者见智。本节以"隐喻"的修辞性为切入点,探讨隐喻如何从一种修辞现象发展成为一种认知方式。

(一) 隐喻的修辞性

英语 metaphor 一词,源于意为"超越、负载"的希腊语 metaphora,即一种意义的转移,该过程具有动态性。传统隐喻理论认为,隐喻首先是作为修辞学术语提出的,隐喻是一种修辞格,是一种修饰话语的语言现象。亚里士多德曾指出,一切修辞现象可谓之为隐喻性语言;与明喻一样,隐喻是两种不同事物的比较,是修饰性的语用现象(束定芳2000:11)。从狭义上说,英语辞格 metaphor 就是 "an implied comparison between two (or more) unlike things achieved by identifying one with the other"(两个或两个以上不同类事物之间隐含的比喻,用把一个事物等同于另一事物的方式构成)(转引自李国南1999:195—196),这与汉语譬喻辞格的定义颇为相似,如陈望道(1932/2008:59—63)所说,"思想的对象同另外的事物有了类似点,文章上就用另外的事物来比拟这思想的对象的,名叫譬喻",该辞格可细分为:明喻、隐喻、借喻;但英语 metaphor 涵盖的内容较汉语隐喻广泛,具有汉语隐喻和拟物等比喻辞格的特点(李亚丹、李定坤2005:134)。此外,享有"修辞格命名学家"美誉的皮埃尔·冯坦尼尔(Pierre Fontannier),根据修辞格形式的不同关系将隐喻划分为:隐喻、转喻和提喻(谢之君2007:30)。值得一提的是,西方修辞界认为,拟人辞格也是隐喻修辞的一种,即以人为喻体的隐喻(personal metaphor),因为用来拟人的动词、形容词或名词都必定是"隐喻性的"(metaphorical)(转引自李国南1999:46—47)。

(二) 隐喻的认知性

从广义上说,隐喻不仅是语言中的修辞现象,更是人类认知活动的有力工具和结果。隐喻无处不在,我们的语言、思想和行为本质上均是隐喻性的,隐喻的实质就是通过一种事物来理解和体验另一种事物,其研究范围可包括明喻、转喻、提喻、类比、反语等(Lakoff & Johnson 2003:4-5;王寅2007:415)。具体而言,隐喻的形成,即隐喻化,是概念系统中概念域之间的跨域映射，即将源域的经验映射到目标域，表达式为 A is B（A 是 B），A 是抽象和陌生的目标概念域，B 则是相对具体和熟悉的始源概念域，我们通过 B 概念来理解 A 概念。为了更好地分析和理解隐喻意义形成的过程和方式，Lakoff 和 Johnson 将隐喻分为三大类：结构性隐喻（Structural Metaphors）、方位性隐喻（Orientational Metaphors）、本体性隐喻（Ontological Metaphors），其中本体隐喻可谓是人类概念系统的基础，还可细分为三类：实体和物质隐喻（Entity and Substance Metaphors）、容器隐喻（Container Metaphors）、拟人隐喻（Personification）（王寅 2007：409—410）。束定芳（2000：51）和王寅（2007：412—415）则结合隐喻的表现形式、功能效果及认知特点等，将隐喻依次分为"显性隐喻与隐性隐喻""根隐喻与派生隐喻""基于相似性的隐喻与创造相似性的隐喻"等类别。而这也体现了对隐喻特性的探讨离不开"概念（隐喻性概念）"和"语言（用以表达该概念的语言）"这两大层面（Lakoff & Turner 1989：50）。有趣的是，基于相似性的隐喻与创造相似性的隐喻这一对隐喻类型引来不少学者对"隐喻与相似性的关系"进行探讨，Searle 就曾论述相似概念在字面论述的关键作用，但之后又指出隐喻的理解不一定完全依靠相似性，可见其对"隐喻基于相似性"的观点持调和态度（王寅 2007：414）；Lakoff 和 Johnson（1980）则强调隐喻可以创造相似性，而不是基于相似性。不过王寅（2007：415）和束定芳（2000：51）均认为，隐喻和相似性是一种辩证的关系，在某种意义上，所有的隐喻都包含这两种情况，即语言中既有基于相似性的隐喻，也有创造相似性的隐喻；而它们又大致依次对应主要根据规约性而划分的常规隐喻和新奇隐喻。依 Lakoff 和 Johnson（1980，2003）、Lakoff（1993）、胡壮麟（2000）所言，常规隐喻或称日常隐喻，是人们认识其他事物、概念等的基础工具，而新奇隐喻可称文学隐喻或诗学隐喻，更能充分解释人们如何创造和理解这一工具，且后者是前者的拓展与延伸，尽管在传统隐喻观中"隐喻"一词最初可理解为新奇或诗性的语言表达（Lakoff 1993：1），这便强调了隐喻作为一种认知机制，首先在语言层面得以体现，但这并不足以说明隐喻作为一种认知方式的各个方面，只有通过语言现象，进一步挖掘隐喻的本质，进而加深对语言意义的认识与理解（谢之君 2007：60）。

综上所述，隐喻既是一种修辞格，更是一种认知方式。中西方在传统上都将隐喻视为一种修辞现象，但由于英汉两种语言在辞格体系上的差异性，中西方学者对隐喻辞格的分类不尽相同。显然英语 metaphor 涵盖面比汉语隐喻广泛，明喻、隐喻（暗喻）、转喻、提喻、拟人等辞格在本质上都是隐喻性的，可纳入 metaphor 辞格范围加以讨论。因此，在本研究中，笔者主要参考西方修辞界对 metaphor 辞格的界定，即主要从明喻、隐喻（暗喻）、转喻、提喻、拟人五种修辞格（而这些辞格可统称为"新奇隐喻"），对莎剧和曹剧人体词"heant/心"的隐喻性辞格进行识别和解读。隐喻是概念系统中涉及跨域映射的认知方式。关于本研究中莎剧和曹剧"heant/心"隐喻的认知分类，结合剧中"heant/心"隐喻的认知特点，笔者主要采用 Lakoff 和 Johnson（1980，2003）、Lakoff（1993）、陈洁和谢世坚（2013）等对隐喻的认知分类框架，即将本体隐喻中的实体物质隐喻、容器隐喻和拟人隐喻，与常规隐喻结合起来理解，并在此基础上对剧中"heant/心"的隐喻进行认知解读。

二 人体词隐喻认知研究

人体及其部位或器官是人类认知的基本参照，人体部位词语的认知研究备受语言学界的关注。运用概念隐喻理论研究某个或多个人体部位，是当下人体隐喻认知研究的一大特点。其中，英汉语的"心、头、脸、眼、手"等人体器官词的隐喻研究成果可谓宏富。在对人体词"heart/心"的认知研究进行论述之前，我们有必要先回顾前人对人体词的隐喻研究。

近年来，中外学者从宏观角度对人体隐喻进行了研究。Kövecses（2002：16）认为人体部位是隐喻映射最常用的始源域之一。卢卫中（2003：23—24）从认知语言学的"范畴"概念出发，论证人体词隐喻化的理据，即人体词属于基本等级范畴词，因而使用频率高，构成能力强，易于形成隐喻和转喻；探讨了人体词作为始源域、目标域或同时用作双域的隐喻化认知特点；与 Kövecses 只从始源域探究人体词的隐喻化特征相比，卢氏的研究显得更为全面。通过探讨英汉人体隐喻化认知的投射模式，陈家旭（2004：79—84）也认为人体隐喻化认知的两个概念域并非只是从始源域到目标域的单一投射，而应存在一种互动关系，即人体概念域均可充当始源域或目标域,这与卢氏"人体词可作为双域"的观点不谋而合。孔光(2004:31—34)借助概念整合理论,探讨身体隐喻的类型,指出:不同文化背景下,身体名词的隐喻现象很丰富并具有相似的认知生成过程,且这一认知过程具有动态性。这是运用概念整合理论研究人体词隐喻化的成功范例。

从微观角度,学者们对各个人体词的隐喻进行了研究,如李瑛、文旭(2006)以英汉 head(头)的义项对比分析为切入点,指出 head(头)的词义延伸主要依赖转喻和隐喻的认知思维结构,即邻近性和相似性的思维结构,并强调英汉 head(头)词义的延伸同异共存,这为人体词大都蕴含丰富隐喻意义提供了佐证。覃修桂(2008)运用概念隐喻理论系统考察了英汉视觉名词"眼"的隐喻投射,指出从外部的感觉经验域投射到内在的心智情感域,即"以身喻心",是"眼"隐喻投射的主要方式,强调人的身体经验在隐喻意义形成过程中的重要作用。另外,文旭和吴淑琼(2007:140—144)从隐喻映射角度对比研究英汉"脸、面"词汇的认知特点,论证了两者的隐喻认知过程既有共同的规律可循,却也会映射出各自的文化内涵,隐喻映射过程会受到文化因素的影响。

三 "心"的认知研究

"心"(心脏)作为人体的核心器官,是人类与客观世界进行互动的根本基础,更是备受国内外语言学者的关注。涅梅耶尔(Niemeier 2000:193–214)从认知语言学视角探讨 heart 的转喻和隐喻表达式,指出英语现有的文化模式中,基于日常的身体体验,人们倾向于将人体器官 heart 作为情感、情绪之所。

文献检索表明,近十几年来,随着认知语言学理论的发展,英汉"心"词语的认知研究在我国呈现出蔚为壮观的态势,主要有两大特点:一是探讨汉语"心"的认知机制和文化内涵,如侯玲文(2001:54—59)从文化角度探索汉语"心"的词义,王文斌(2001)、张建理(2005)等则主要从认知角度剖析"心"的隐喻,王文斌对汉语"心"作出多维空间隐喻探索,张建理(2005:40—43)主要研究了汉语"心"多义网络的转喻和隐喻。二是对英汉"心"进行认知对比研究,如齐振海(2003)、齐振海和覃修桂(2004)、张建理(2005)、齐振海和王义娜

(2007)、谢之君和史婷婷(2007)、贺文照(2008)、於宁(Yu 1998, 2003, 2009)等,其中,齐振海和覃修桂(2004:24—28)基于概念隐喻、意象图式等理论,对英汉"心"隐喻的范畴化进行研究;齐振海和王义娜(2007:61—65)则运用概念转喻和概念隐喻理论,重新建构英汉"心"词语的认知框架;谢之君和史婷婷(2007:30—34)对英汉"心"词语语义范畴进行了比较研究,探究它们的隐喻认知特点。

此外,孙毅(2013:118—130)从"heart/心"的实体性特征和功能价值性,探讨了英汉"心"的多义系统;赵学德(2014:125—129)从转喻和隐喻角度对比分析 heart 和"心"的语义转移,并指出:相比于汉语"心"的思维、情感之语义,heart 更多概念化为情感载体,而 brain、head、mind 更多为英语中思维义的表达。值得一提的是,冯菁华(2010:99—104)对《红楼梦》"心"的翻译策略研究是以文学经典为语料,以人体词"心"为考察对象的专题研究。可见,经典文学作品尤其是戏剧经典中的人体词受到学者的关注,有着很大的研究价值,对其进行系统研究很有必要。

四 莎剧和曹剧"心"的认知研究

莎剧和曹剧的语言都极具艺术感染力。词汇研究是语言研究的重要组成部分。人体经验是隐喻意义形成的基础,人体词属于词汇研究范畴,无疑是莎剧和曹剧语言研究的重要部分。要探究莎剧和曹剧人体词的隐喻认知及其翻译,我们有必要先了解莎剧和曹剧词汇研究的现状。

谢世坚(2006:144—147)梳理了西方莎学界对莎剧词汇的研究,强调词汇研究对莎士比亚语言及翻译研究的重要性;谢世坚和唐小宁(2015:41—45)对莎剧颜色词的修辞进行了研究。侯涛和俞东明(2010:116—117)以《雷雨》为例,指出要建构戏剧话语语用模式,必然离不开对剧中词汇、句法等层面的建构。可见,词汇研究对戏剧语言研究的重要性是毋庸置疑的。

在莎剧和曹剧人体词研究方面,主要有以下研究成果:唐韧(2008:93—94)以概念隐喻和意象图式为理论视角,结合"身体"和"自然"这两个概念,探究剧中人物的情感状态和风雨雷电等自然力量以及社会、家庭秩序之间的认知模式,并指出作为人体部分的人体词 heart,可概念化为情感容器。司建国（2014：91—170）以认知隐喻理论为视角，考察曹禺名剧《雷雨》中人体词"心""脸"和"面""眼"的转隐喻意义（metaphtonymical meaning）和《日出》中"手"的转隐喻投射，挖掘它们的文体功能。在解读"心"的转喻和隐喻意义时，司建国指出"心"是转喻—隐喻的结合，其投射机制具有鲜明的"转隐喻"特征，即"心"先转喻性地替代情感、思想、态度等抽象概念，再借助容器图式为源域投射到"心"转喻形成的目标域，与此同时，"心"也隐喻性地被感知为"感情、态度、思想"等内容构成的容器物质和思想容器、感情容器等容器物体，从而构成容器为源域的隐喻。司建国所探讨的"心"的投射机制与我们前文提到的涅梅耶尔（Niemeier 2000）所论 heart 的投射机制颇为相似，也印证了泰勒（Taylor1995）和格瑞迪（Grady 1997）提出的"字面—转喻—隐喻"连续体模式。

综上所述，前人关于人体词隐喻化认知研究，尤其是"heart/心"的隐喻认知研究取得了一些成果，其意义可归结为以下三个方面：（1）前人对人体词的义项和文化内涵进行了专题研究，人体词大都有着丰富含义，而"heart/心"作为人体核心器官，使用频率甚高，含义自然更为丰富，值得深入探究；（2）前人对人体词作为源域或目标域的探讨，为我们在后文将莎剧和曹剧"heart/心"作为目标域进行研究提供了有益参考；（3）上述莎剧和曹剧人体词"heart/心"的隐喻研究中，均有考察"heart/心"作为容器的隐喻模式，这对我们建构莎剧和曹剧"heart/心"的隐喻模式具有启示作用。

然而，前人研究亦存在一些缺憾，主要体现在以下四个方面：（1）关于"heart/心"的认知框架，不同的学者提出不同的分类理据，众说纷纭，莫衷一是；（2）前人多关注"heart/心"的范畴化分类研究，很少系统地探讨它们的认知运作机制；（3）理论视角主要为概念隐喻、意象图式等，但"heart/心"的隐喻认知是动态变化的过程，上述理论难以解释它们的隐喻意义的实时动态建构，而概念整合理论可以弥补这一不足；（4）文学作品中的人体词"heart/心"并没有得到应有的关注，前人研究所依据的"heart/心"的语料来源较为混杂，多以规模不等的语料库为主，以经典文学作品或戏剧作品为语料来源的研究尚未出现。

有鉴于此，我们拟以概念整合为理论视角，系统考察莎剧和曹剧中人体词"heart/心"的隐喻认知模式，希望能够探索出莎剧和曹剧语言研究的新路径。

五　隐喻翻译研究

　　文学作品中的隐喻，并非信手拈来，需要作家独特的洞察力，是苦心经营的产物；其意在使表达更丰富、使人物形象更鲜明、使主题思想更深邃。可见，隐喻在文学作品中的地位极其重要，其翻译质量的高低直接影响整部作品的翻译质量和艺术效果，因此，如何实现隐喻的语际转换是文学翻译研究领域的一个重要课题。然而，隐喻翻译的研究却未引起足够的重视，文献检索表明，国内外学者对隐喻翻译的研究主要局限于隐喻的翻译方法，且主要以概念隐喻理论为指导。

　　由于受修辞学、文体学及结构主义语言学的影响，传统翻译理论将隐喻纳入修辞学范畴，对隐喻的翻译研究主要以修辞为取向，力求译语与源语之间隐喻表达形式的对等，以再现源语的隐喻意义（肖坤学2005：101）。国外较早关注隐喻翻译的学者纽马克（Newmark 1981：88-91）提出了翻译隐喻的7种方法：（1）在译语中再现同样的喻体；（2）用译语中喻体代替源语中喻体；（3）将隐喻形式表达为明喻形式，保留意象；（4）用明喻代隐喻，并添加注释；（5）隐喻转化为喻意；（6）隐喻与喻意结合；（7）省略不译。纽马克提出的隐喻翻译方法，旨在强调译者应尽可能地把源语中的隐喻意义在译语中表达出来，其可操作性虽强，但仍是基于隐喻的修辞观而提出的。我国学者也曾对隐喻的翻译方法作过探讨，如余立三（1985：20—22）结合例证分析，提出了处理metaphor的四种译法：（1）保留修辞格式及喻体；（2）保留修辞格式，改换喻体；（3）改换修辞格式，保留喻体；（4）改换修辞格式及喻体。

　　总体说来，与概念整合相似，隐喻翻译也涉及意义建构的过程，以概念整合理论为基础的隐喻翻译研究则是对隐喻翻译的意义建构的最佳诠释。基于此，本章基于前人（王斌2001；孙亚2001等）关于概念整合中四个心理空间的论述，试图运用概念整合理论建构隐喻的翻译模式：源语文本及其文化认知图式作为输入空间Ⅰ（inputⅠ），译语表达形式及其文化认知图式作为输入空间Ⅱ（inputⅡ），它们共同投射到第三空间：整合空间（blended space），并在类属空间（generic space）制约下形成自己的新创结构（emergent structure），产生新的表达形式，即译文文本。我们将该翻译模式作为下文探讨莎剧和曹剧"heart/心"隐喻翻译的理论视角。

第三节 莎剧和曹剧"心"的隐喻及其概念整合

隐喻是语言表层的现象，其实质是一种认知手段。以下我们将从修辞层面到认知层面对莎剧和曹剧中"heart/心"的隐喻进行识别和解读，首先对相关语料进行充分梳理，在此基础上，对莎剧和曹剧中"heart/心"的隐喻进行修辞层面和认知层面的对比分析，以探讨其中的异同。

一 "心"的语料及其隐喻分类

要深入探讨莎剧和曹剧"heart/心"的隐喻，对人体词"heart/心"本义和隐喻义的讨论显然是不可避免的。本节由此为切入点，然后结合剧本探讨"heart/心"的结构形式，再从修辞到认知，对莎剧和曹剧"heart/心"的隐喻分类进行系统梳理。

（一）本义及隐喻义

隐喻化是一词多义的依据。一个实义词语的使用频率越高，它被隐喻化的可能性也越高（蔡龙权 2004：111—118）。"heart/心"作为人体的核心器官，也是英汉语中的核心词语，构成能力强，语义范畴庞大，值得探讨。"heart"和"心"的本义是它们的指称物，即具有生物生理特征的人或动物的内脏器官。而其衍生的任何与该所指物分离的意义即为其隐喻义。下文将以此为依据，通过 Oxford English Dictionary（OED, 2nd ed., 1989）和《汉语大词典》（罗竹风 2008），对"heart"和"心"的本义及隐喻义进行分析。通过对"heart/心"义项的整理，我们发现除作为内脏器官这一本义外，"heart"和"心"还能引申出众多隐喻义，其义项拓展的基础有二，一是物理特征（形貌、位置），二是功能特征。如表7-1所示。

表7-1　　　　　　"Heart"和"心"的本义及隐喻义

义项/人体词		Heart	心
本义		The hollow muscular or otherwise contractile organ which, by its dilatation and contraction, keeps up the circulation of the blood in the vascular system of an animal	人和脊椎动物体内推动血液循环的肌性器官
隐喻义	基于位置、形貌特征	1. the region of the heart; breast, bosom 2. the central position, middle 3. the vital part or essence 4. sth. shaped like a heart	1. 心脏所在位置，泛指胸部 2. 中心、中央（具体事物） 3. 中心地带、最重要的位置（抽象事物） 4. 心形物
	基于功能特征	1. the seat of one's inmost thoughts, desire, and inclination 2. the seat of feelings, emotions; the depth of the soul 3. disposition, temperature 4. courage, spirit 5. the moral sense, conscience 6. put for the person	1. "心"为思想器官，后沿用为脑的代称 2. 思想、意念、感情 3. 本性、性情、品行 4. 思虑、谋划 5. 心肝、宝贝、人

上表显示：(1) 作为生理器官，"heart"和"心"的基本指称意义相同，均指最具代表性的内脏器官。(2) 由基于物理特征相似的隐喻认知，"heart"和"心"引申义基本吻合。基于位置的相似性，首先，"heart/心"处于身体的中心位置；其次，凡位于空间中央位置的事物可谓之为"heart/心"，如菜心、点心等。最后，"heart/心"作为人体的核心器官，其重要性不言而喻，由此引申出"核心、重心"等。此外，形貌的相似性，可以隐喻为"心形的事物"。(3) 就功能隐喻义而言，"heart"和"心"引申义不尽相同。"heart"和"心"均为思维器官、情感之所，因而可以隐喻为思想、情感、性情等抽象概念，但英语"heart"有勇气、决心、鼓舞之意，如第4项 courage, spirit，而汉语"心"就无此意，另外，值得一提的是，汉语中，人体词"心"和"肝"一结合，

便可隐喻为珍爱对象。

基于对英汉"heart/心"义项的分析,我们可以看到:(1)"heart"和"心"首先作为生理器官,有着相同的指称意义,同时由于社会文化因素的影响,引申出众多隐喻义,且基于英汉语言文化系统上的差异,各自的引申义也不尽相同,可见,英汉人体词的引申义大都带有鲜明的文化烙印。(2)"heart/心"隐喻义的分类是我们下文对莎剧和曹剧"heart/心"隐喻的认知分类的重要参考依据。

(二)结构形式

隐喻性表达(如词、短语或句子)是隐喻的表现形式(Lakoff 1993:39)。要探讨人体词隐喻意义的表达,首先需要对人体词的构词方式有所了解。英汉语人体词主要有以下构成方法:复合法、派生法、转类法,但当针对某一具体人体词,对以该人体词为基础形成的词群的构成方式进行分析时,不同语言的构成方式侧重点也各不相同,莎剧和曹剧"heart/心"的构词方式同样也不例外。我们将结合上文关于"heart/心"引申义项的梳理,对莎剧 heart 和曹剧"心"的词语结构形式进行对比分析。

英汉民族文化系统普遍认为,人体词"heart/心"是思维器官,思维的结果或产品就是思想、意念、愿望、良知等,如曹剧中"疑心、多心、决心、良心"等词语;此外,"heart/心"还是各种情感的发源地,也就是说,人体词"heart/心"可以概念化为情感、情绪、心情、情谊等,如曹剧中"满心欢悦、心里痛苦、心里发热、真心、变心"等词语。可见,曹剧"心"隐喻的表达以复合词为主。

莎剧 heart 一般以名词形式出现在短语或句子中,如 I am sick at heart(我心里不大舒服),with all my heart(全心全意、乐意效劳),poor old heart(可怜的老头儿,指李尔);有时也以复合词形式出现,充当形容词,如 marble-hearted、dog-hearted、empty-hearted,均喻指李尔那两个贪婪无比、忘恩负义的女儿;以动词形式出现,寥寥无几,如 My cause is hearted(怨毒积在心头)。值得一提的是,除了第一种结构形式,其他"心"隐喻的表现形式是不能直接通过语料库软件 AntConc 3.4.4w 检索出来的,这就充分解释了为什么在结合 AntConc 3.4.4w 软件对莎剧"心"词频检索时,统计频数只显示 129 次,而实际上是 164 次,而统计数据也直观地说明了莎剧"心"隐喻的语言表现以单一名词形式为主。上述例子中 heart 主要涉及各类情感情绪的表达，而这些情感表达是由 heart 的功能隐喻义引申出来的。

综上所述，结合文本分析，可知，"heart/心"作为人体的核心器官，构词能力极强；莎剧和曹剧"heart/心"的隐喻意义表达，主要是基于"heart/心"的功能隐喻义，相关语例丰富多彩；曹剧"心"的隐喻表达以复合词为主，莎剧 heart 隐喻表达形式则以短语或习语占优势。

（三）隐喻分类

要探讨莎剧与曹剧"心"隐喻的分类，必然涉及隐喻的分类问题。如前文所述，就规约性而言，隐喻可分为常规隐喻和新奇隐喻（Lakoff & Johnson 1980；Lakoff & Turner 1989；Lakoff 1993），前者可理解为人们日常概念系统中的、规约化程度较高的概念隐喻，如"山脚""针眼"等；后者则可视作新奇的、规约化程度较低的文学隐喻，如 Bob is a pig。也就是说，常规隐喻往往是人们无意识地、自然而然地使用的隐喻，而新奇隐喻则是人们为了某种特定修辞目的而刻意制造的隐喻。可见，隐喻的表达方式通常为一般的日常语言（literal language），而修辞格则是这些日常语言概念的创新手段。据此，笔者主要参考西方修辞界对 metaphor 辞格的界定，将本质上具有隐喻性的五种修辞格［明喻、隐喻（暗喻）、转喻、提喻、拟人］，纳入文学隐喻即新奇隐喻范围来讨论，以期对莎剧和曹剧"心"的隐喻性辞格进行识别和解读。

根据莱柯夫（1980）的观点，本体隐喻作为人类概念系统的重要基础，可细分为实体和物质隐喻、容器隐喻、拟人隐喻。在探讨"心"的认知研究时，不少学者采用了该分类框架，如齐振海、覃修桂（2004）分析了"心"的实体、容器、空间三大认知域；张建理（2005）则将"心"的认知模式归纳为：思维义、情感义、实物义三大语义认知模式；谢之君等（2007）在此基础上添加了"人物域"，即"心"可隐喻化为实物域、容器域、人物域。笔者倾向于参考谢之君（2007）关于"心"的认知分类框架，来探究莎剧和曹剧"心"隐喻的认知解读，即剧中"心"作为物质实体、作为容器、作为有机体，这些也可视为日常隐喻即常规隐喻。

由此，先统计表达莎剧和曹剧"心"隐喻的主要修辞格的使用频次，如表 7-2 所示。

表 7-2　　　　莎剧和曹剧"heart/心"隐喻性辞格数量统计

	Lear	*Ham*	*Oth*	*Mac*	《雷雨》	《日出》
Simile	2	2	2	0	0	2
Metaphor	5	5	5	4	0	0
Metonymy	9	5	8	3	0	0
Synecdoche	7	3	4	1	0	0
Personification	0	1	2	8	5	2
Total	23	16	21	16	5	4

如前文所述，通过搜索软件和文本阅读，统计出莎士比亚四大悲剧中 heart 共计出现 164 次（*Lear* 59，*Ham* 36，*Oth* 40，*Macb* 29）；两部曹剧"心"出现次数共计 287 次（《雷雨》135，《日出》150）。莎剧和曹剧"心"隐喻在修辞格上主要表现为这五种辞格（或称隐喻性辞格）。不难看出，莎剧"心"隐喻性辞格总数量达 76 次，远高于曹剧"心"的隐喻性辞格（9 次），而这与上文所说的构成剧中"心"隐喻的表现形式不无关系，即莎剧"心"多以单一名词形式出现，构成各类短语或习语性的隐喻修辞格，而曹剧"心"以复合词为主，较难构成隐喻性修辞格。

从上文对隐喻研究的综述，以及对人体词"heart/心"隐喻义项的探讨可知，隐喻的本质是认知的，"heart/心"具有丰富的隐喻意义，我们可以从认知角度，深入探讨莎剧和曹剧"heart/心"的隐喻认知机制。我们将剧中"心"隐喻在修辞意义上的辞格表征归入新奇隐喻，在接下来的研究中，基于前人关于隐喻的认知分类框架而将剧中"心"隐喻视作"物质实体""容器（情感容器和思想容器）""有机体隐喻"的三大认知模式，自然也可以纳入常规隐喻，隐喻这些认知模式可理解为日常语言中广泛存在的。值得一提的是，常规隐喻和新奇隐喻并没有严格的界线，而是为了便于研究，人为地在两者之间划出"界线"（陈洁、谢世坚 2013：33），在莎剧和曹剧"心"隐喻的修辞和认知分类上，两者存在一定的交叉。此外，常规隐喻是人们日常不自觉地使用的隐喻，具有能产性，这也在一定程度上解释了为何剧中"心"隐喻的认知分类远高于修辞分类。表7-3展现了剧中"心"隐喻在认知层面的分布情况。

表7-3　　　　　莎剧和曹剧"heart/心"隐喻认知分类

隐喻类型/剧作		*Lear*	*Ham*	*Oth*	*Macb*	《雷雨》	《日出》	Total
物质实体隐喻		21	13	11	4	40	38	127
容器隐喻	情感容器	9	8	9	4	29	27	86
	思想容器	7	7	8	6	33	35	96
有机体隐喻		10	3	5	9	12	6	45
Total		47	31	33	23	114	106	354

上表显示：（1）莎剧和曹剧"心"隐喻的表达主要依赖日常语言中的隐喻即常规隐喻，共计354次，其中四大悲剧heart为134次，两大曹剧为220次；（2）剧中"心"隐喻的认知模式主要以物质实体隐喻为主，说明本体隐喻在人们概念系统构建过程的重要作用，也反映了物质实体隐喻在剧中"心"的隐喻认知中有着重要地位；（3）两大曹剧"心"的思想容器隐喻的运用频次仅次于物质实体隐喻，印证了我国古代哲学思想中的"心之官则思"；（4）有机体隐喻在剧中"心"隐喻的认知模式中占有一定比例，而这主要归因于人体器官"心"本身也是一个物体。值得注意的是，在本研究中，笔者仅将莎剧和曹剧人体词"心"作为目标域来探讨，即"心"是抽象的，因而，需要将它们概念化为具体的物质实体、容器和有机体，以充分了解它们背后的隐喻意义，揭示其隐喻意义的生成机制。

二 "心"的隐喻性修辞

如上文如述，隐喻虽在本质上是一种认知方式，但其首先是一种修辞现象，要想全面而深入地探讨隐喻，我们需要遵循"从修辞格到认知方式"这样一个循序渐进的过程。同样，在探讨莎剧和曹剧"heart/心"的隐喻时，需要先从修辞层面分析剧中"heart/心"的隐喻性修辞，再从认知层面探究它们的隐喻的运作机制。

关于隐喻性辞格涵盖范围的界定问题，我们已在前文进行了论述，这里不再赘言。在接下来的研究中，我们主要参考西方修辞界对metaphor

辞格的界定，即主要从明喻、隐喻（暗喻）、转喻、提喻、拟人五种修辞格，对莎剧和曹剧"heart/心"的隐喻性辞格进行识别和解读。下文将四大悲剧 heart 和两大曹剧"心"的隐喻性辞格进行探讨，限于篇幅，对于以上五种辞格，每个剧本各举一例进行论述。

（一）莎剧 heart 的隐喻性修辞

莎士比亚四大悲剧是莎剧语言艺术的巅峰，而修辞语言是造就莎剧艺术魅力的关键。隐喻修辞是莎剧修辞语言中的重要方面，具体到四大悲剧中 heart 一词的隐喻性辞格，如明喻、隐喻（暗喻）、转喻、提喻、拟人等，其中必然蕴藏着深刻而丰富的隐喻意义，值得深入探讨。

1. 明喻

英语的明喻（simile），用 like、as…as、what、turn、get 等比喻词联结两类不同性质的事物（本体和喻体），以表明两者的相似关系，将所描述的事物形象化、浅显化、具体化，其基本结构形式是"A（本体）be like（喻词）B（喻体）"，这三要素缺一不可（徐鹏 2001：298）。莎士比亚是运用形象化语言的艺术大师，明喻修辞格在其作品中俯拾即是，如例（1）：

(1) OTHELLO No, my heart is turned to stone.
I strike it, and it hurts my hand.

(*Oth.* 4.1.179 – 180)[①]

奥赛罗听信谗言，猜疑爱妻德丝黛蒙娜背叛，便用石头般冰冷的心诅咒妻子，并狠心决定将其杀害。例子中，莎翁将 turn to 作为喻词，把奥赛罗的心比作石头，再结合这里的 strike it and it hurts my hand（敲打它，手便受伤），形象地表现出奥赛罗冷血无情的一面，也贴切表达出奥赛罗对妻子爱之深恨之切的情感。

2. 暗喻

暗喻（Metaphor）是将两类不同事物（本体和喻体）含蓄地比较，

[①] 版本说明：所引例证均出自阿登版莎士比亚（THE ARDEN SHAKESPEARE）（中国人民大学出版社 2008 年版）。各例中 *heart* 的辞格运用均用下划线标出。

以表明相同关系的比喻的修辞手段（徐鹏 2001：161），其鲜明而简洁地描述本体，激发读者联想进而更深入了解本体。暗喻辞格最基本的格式是"A（本体）is（系动词）B（喻体）"，如 life is a stage（生活如同舞台）；此外，通过定语和中心词的修饰限制关系打比方的修饰式，也是该辞格常见格式之一（李亚丹、李定坤 2005：135），如 B of A，即本体的喻体，实际比喻关系是 A is like B，介词 of 是连接喻体和本体的桥梁，在原文中，本体作为定语修饰喻体，而在译文中，则反之（谭卫国 2007：42—43）。例（2）则属于该类暗喻格式。

(2) KENT   Let it fall rather, though <u>the fork invade</u>
<u>The region of my heart</u>.

(*Lear*, 1.1.145 – 146)

李尔因小女儿"不孝"而大怒，并迁怒于亲信肯特（Kent），肯特却毫无畏惧，敢于挑战权威。此例中 invade the region of my heart，本体 heart 作为定语，修饰喻体 region；该句子表面是指弓箭射在肯特的心上，而意在暗示李尔：他给女儿们分配财产和土地的行为，如同 region（领地）被他人侵占，最后，自己一无所有。莎翁借肯特被刺之心的痛，表达对李尔将失去权力、财产的痛惜之情。

3. 转喻

转喻亦称换喻，是指甲事物与乙事物不相似，但有密切关系时，可以利用这种关系，以乙事物的名称来代甲事物的修辞手段，强调"代"；转喻的重点不是在"相似"，而是在"联想"。如例（3），通过 my heart 及上下文，我们能联想到说话者内心要表达的是爱，这属于转喻类型[①]中的"具体代抽象"。

(3) OTHELLO   But there, where I have <u>garner'd up my heart</u>,

---

[①] 可见徐鹏在《莎士比亚的修辞手段》（2001：172）和李亚丹、李定坤在《汉英辞格对比研究简编》（2005：203—209）以及余立三在《英汉修辞比较与翻译》（1985：23—25）中对该辞格的种类划分。

Where either I must live or bear no life…

(*Oth.* 4.2.58 – 59)

例子中 garner'd up my heart，表达的是奥赛罗把感情都倾注在自己的妻子身上，此处的 heart 指代奥赛罗对妻子的 love（爱），即妻子是他的精神寄托、希望所在。莎翁没有直接用"love（爱）、emotion（感情）"等字眼表达，而是借人体器官 heart 这一具体意象来代奥赛罗心中对妻子的至深感情，引导读者将代替词（heart）与被代对象（对妻子的爱）的相关点自然联结起来。此外，后面的"must live or bear no life"，运用同源反复（polyptoton），强调奥赛罗的生活和生命均因妻子的爱而存在，没有了妻子便意味心灵没了归宿，亦无生命可言。

4. 提喻

提喻是不直接说出某一人物或事物的名称，而借用和该人或该事物密切相关的词来代替的修辞手法；其简洁、具体的表达方式，可以凸显描述对象的特征，引发读者联想，以获得深刻鲜明的印象（徐鹏 2001：342）。需要说明的是，提喻与转喻均强调"代"，且前者常被视为后者的一种形式，但前者是借助于事物间的部分相似，而后者则是借助于事物间的密切关系（李亚丹、李定坤 2005：209）。提喻大体上分为 6—8 类[①]，下文我们将讨论的例（4）则属于"以局部代替整体"类型，其以 heart 代 person，显得言简意赅、生动深刻。

(4) HORATIO　　Now cracks a noble heart. Goodnight, sweet Prince,

And flights of angels sing thee to thy rest.

(*Ham.* 5.2.343 – 344)

心是身体的一部分，莎翁以 a noble heart（一颗高贵的心）代替王子哈姆雷特，部分代整体，形象生动；整句 cracks a noble heart（一颗高贵

[①] 关于提喻辞格的分类，笔者主要参考徐鹏在《莎士比亚的修辞手段》（2001：342）和李亚丹、李定坤在《汉英辞格对比研究简编》（2005：209—218）中对该辞格的种类划分。

的心碎了）则表达"尊贵的哈姆雷特失去了生命"之意。堪称"修辞大师"的莎士比亚，在此例中，还运用到另外三种修辞手段，即：（1）采用主谓倒装，故意颠倒句子的自然顺序，突出谓语动词 cracks，表达霍拉旭对王子兼友人哈姆雷特的痛惜之情。（2）运用语义双关，说 heart cracks、goodnight、rest（心碎裂了、晚安及好好休息），就是说王子哈姆雷特的生命结束了。（3）运用拟声（onomatopoeia），用 crack 模拟玻璃等易碎事物碎裂时发出的声音，形象鲜明地表达出：哈姆莱失去生命如同事物碎裂，让人顿生绞心之痛。总之，莎士比亚在这里巧妙搭配运用了提喻、倒装、双关、拟声四种修辞手段，充分表达了霍拉旭对作为王子兼挚友的哈姆雷特生命陨落的惋惜与悲痛之情。

5. 拟人

拟人辞格即把无生命物体、动植物或抽象概念等非人事物当作人来描写，临时赋予它们以人的特性，强调物和人的相通相融之处（李亚丹、李定坤 2005：180—181；徐鹏 2001：233）。

（5）Lady Macbeth　Pronounce it for me Sir, to all our Friends,
For my heart speakes, they are welcome.
　　　　　　　　　　　　　　　　　　　　（*Macb*, 3.4.268 – 269）

麦克白夫人邀请国王邓肯（Duncan）来府上做客。此处的 speakes 本该是人的动作，莎翁将其运用到麦克白夫人之 heart，赋予了 heart 以人的特性，如多面性、善变等，进而描绘出一幅形象生动、讽刺深刻的画面：对国王的到来，麦克白夫人看似欢迎，但其内心却隐藏着可怖的阴谋。

通过上文对莎剧中 heart 隐喻性辞格的探讨，可以得知：（1）莎翁可谓名副其实的"修辞大师"，巧妙运用各类修辞手段和语言技巧，使其戏剧语言充满了艺术感染力；（2）结合隐喻性辞格的特点，深入挖掘莎剧中 heart 蕴藏的丰富内涵，可加强对作品艺术性的理解；（3）部分例证中，如例（4），heart 一词并非只涉及一种修辞手法，而呈现出"多种修辞格同时综合运用"的特点，这使得表达言简意赅、具体生动、极具表现力。

(二) 曹剧"心"的隐喻性修辞

作为我国现代话剧史上成就最高的剧作家，曹禺可以说是对莎剧丰富多彩的性格描绘、精妙的结构和运用语言的魅力、创造人物的成就领悟得最深的剧作家之一。曹禺本质上是一个诗人，他的剧作蕴含着浓郁的诗意。曹禺戏剧得以跻身最上乘的戏剧文学之列，主要得益于作品语言的三大特点：(1) 强烈的动作性，扣人心弦；(2) 浓郁的抒情性，情味隽永、发人深思；(3) 鲜明的个性化，使人物具体而真切。简言之，曹剧语言精练含蓄、意蕴深厚、易说易听、传神紧凑，"言在此而意在彼，言有尽而意无穷"，有诗一般的意味，真正做到了戏剧的因素和诗的因素的完美融合（钱谷融 1979：235—250）。

其中，《雷雨》作为曹禺的处女作和成名作，标志着我国现代话剧艺术开始走向成熟；《日出》的命名，也体现了曹禺对"现实的揭示"和"诗意的发现"的双重追求。毋庸置疑，这两部剧作的语言亦凝练蕴藉、充满诗意、耐人寻味。而曹禺能把戏剧语言锤炼到如此艺术效果，自然离不开修辞手段的运用。由此，对于作为核心词汇的人体词"心"，其在《雷雨》和《日出》中无疑大都蕴藏着丰富的含义，值得挖掘。

1. 明喻

汉语明喻是比喻的一种，常用"像、似、若、如"等词语联结比喻事物（本体）和被比喻的事物（喻体），以表明两者的比喻关系，其基本格式与英语 simile 相同，即"甲事物像乙事物"，也就是说，本体、喻体和喻词同时出现，缺一不可（余立三 1985：7）。

(6) 黄省三（愤恨地）你们真是没有良心哪，你们这样对待我，——是贼，是强盗，是鬼呀！<u>你们的心简直比禽兽还不如。</u>

(《日出》，第二幕，p278)

黄省三是某银行的小书记员，经常被上司欠扣工资，被当作廉价劳动力，日积月累，黄省三迫于生计，终于爆发，起来反抗了。在此例中，黄省三说，"你们的心简直比禽兽还不如"，把上司的心比作禽兽，甚至还不如禽兽，由此，我们可以想象他的上司是多么没有道德良知、没有上层体恤下层的关怀仁厚之心。这一比喻，既形象地表达了黄省三内心的无比悲愤,更鲜明地刻画出这些无良上司随意压榨员工,语言生动而颇具感染力。

2. 拟人

与英语 personification 一样,汉语拟人辞格就是把非人的事物人格化,运用仅适用于人的修饰语来描写它们,赋予它们以人的属性,使语言鲜明生动,更具感染力(余立三 1985:34—37)。比如,在《雷雨》第二幕开场,周萍说了句"现在我的心刚刚有点生气了","生气"一词原本的修饰对象是人,这里用在"心"上,显然将心人格化了,是典型的拟人修辞手法。《日出》中也不乏此类修辞格,如下例:

(7)方达生　顾八奶奶?你说的是不是满脸擦着胭脂粉的老东西?

王福升　对了,就是她!老来俏,<u>人老心不老</u>,人家有钱,您看,哪个不说她年轻,好看?

(《日出》,第二幕,p234)

在第二幕开场,方达生瞧见了在屋里打牌的顾八奶奶(44 岁),并与王福升议论了。此处"人老心不老","老"一词本来是形容人年纪大的,王福升用来描述"心"这一人体器官,赋予其人的特性,进而形象传达这一深层内涵:顾八奶奶虽有了一定年纪,但心态足够年轻,舍得花钱打扮。然而,从方达生说的"擦着胭脂粉的老东西",我们可知,"人老心不老"别有一番讽刺意味:都一把年纪了还装嫩。

通过对曹剧"心"隐喻性修辞的探讨,可知,曹剧"心"一词涉及的辞格很少,主要有明喻和拟人两类;然而,这些辞格的运用,既丰富了语言表达,也将人物形象刻画得惟妙惟肖,增强了作品语言的整体变现力。

综合分析莎剧 heart 和曹剧"心"的隐喻性修辞,可知,剧中人体词"heart"和"心"大都蕴藏着丰富含义,一经修辞格的修饰,它们的隐喻意义便得以鲜明地表达。隐喻性修辞对提高戏剧语言的艺术表现力具有重要作用,值得深入探讨。

三 "心"隐喻的概念整合

通过上文对"heart"和"心"隐喻性修辞的探究，我们知道，莎剧的"heart"和曹剧的"心"背后蕴藏着深刻的隐喻意义。隐喻在本质上是一种认知方式，因此对莎剧和曹剧的"heart"和"心"的隐喻进行认知分析，了解其运作机制，可以更加全面地把握其隐喻意义，这有助于我们进一步认识戏剧主题、了解剧作家的人物性格刻画。

关于隐喻的认知分类以及莎剧和曹剧的"heart"和"心"隐喻的认知分类等问题，我们在上文作了探讨，此处不再赘言。我们主要基于本体隐喻的分类框架以及前人关于隐喻的认知分类，将"heart"和"心"的隐喻建构为三大认知模式："heart/心"作为物质实体，"heart/心"作为容器（情感容器、思想容器）、"heart/心"作为有机体。另外，基于民族文化思维的差异，莎剧和曹剧"heart/心"亦存在各自特有的隐喻模式。下文逐一进行讨论。

（一）heart 和"心"隐喻认知的共性

人类的认知活动源于日常的身体各个部位与外界互动的经验，人体部位是感知世界、获得经验的生理基础，心作为人体的核心器官，是人类与客观世界进行互动的根本基础，基于此，"heart/心"的隐喻在英汉两种语言中存在着诸多相同或相似的隐喻意义。

1. 作为物质实体

作为器官的心脏，是人体的一部分，本身就是一个实体。心的物质实体隐喻是对心最初的、最基本的认知方式。这类隐喻具有形象具体、易于认知和表达等特点（张建里 2005：41）。

(8) LEAR　Ingratitude, thou marble-hearted fiend,
More hideous when thou show'st thee in a child
Than the sea-monster. 　　　　　　(*Lear*. 1. 4. 251 – 253)

日常生活中，我们通常用"心如铁石、铁石心肠"描述一个人的冷酷无情，其中便包含了"将石头的属性特征如冷、硬映射到人心之上"这一认知过程。结合第一幕第四场大女儿高纳里尔在获得父亲赠予的权力和财产后虐待父亲的语境,此例也存在类似的认知现象,李尔用 marble-hearted(如大理石般的心)一词来形容大女儿的冷血无情。从概念整合角度来看,在 marble-hearted 这一隐喻中,输入空间Ⅰ"heart"激活的是"Goneril's heart"的认知域,其空间元素包括贪婪、狠毒、蛮不讲理等性格特征。输入空间Ⅱ"marble"激活的是"石头"的认知域,该空间元素包括固态、硬度大、冰冷、难以撼动等物理特性。这两个输入空间的部分属性通过跨空间映射到合成空间,合成空间再纳入源于类属空间的抽象结构"特征、特性",再结合例句中"fiend(魔鬼),hideous(可憎的),sea-monster(海怪)"等折射出的文化信息,经过整合,清晰勾勒出高纳里尔冷血无情、心肠狠毒、忘恩负义的形象。

(9) LEAR　I have full cause of weeping, but this heart
Shall break into a hundred thousand flaws
Or ere I'll weep. O fool, I shall go mad!

(*Lear*. 2. 2. 473 – 475)

心常常被看作是承载人的喜怒哀乐等情感的载体。人在备受打击、极度绝望时,会处于"心碎"的状态。根据日常生活体验,一种固态的物质实体,尤其是玻璃制品等易碎物,在一定的物理作用下,如遭"猛敲、猛打",便会呈现破碎的状态。在这个例子中,李尔的心"碎成了成千上万片"。从概念整合的角度看,李尔的心构成输入空间Ⅰ,其空间元素:脆弱、易受打击、破碎。输入空间 2 则为易碎的固态物质实体,其在特定的外力打击下,会被"打碎、敲碎"。类属空间提取出两者共享的抽象框架:物体遭受特定外力打击会破碎,并通过跨空间映射到合成空间,合成空间最终整合出新的话语意义:李尔在遭受大女儿和二女儿的虐待之后,如同易碎固态实体在受到一定的外力打击,会呈现出破碎状态一样,其身心处于极度绝望和崩溃状态。

2. 作为容器

心(心脏)是人体的核心器官,可以储血和供血,具有容器的功用。当容器的属性特征,如可容纳性、内外、满空、深浅等,投射到"心"这一人体器官上,"心"便可承载或表达情感、可虚、可实等。莱柯夫和约翰逊（1980）指出，容器包括容器内的物质和容器物体本身。"心"隐喻性地被感知为"感情、态度、思想"等内容构成的容器物质和思想容器、感情容器等容器物体，从而构成以容器为源域的隐喻（司建国 2014：95）。同样，莎剧和曹剧"heart/心"的容器隐喻①可以细分为："heart/心"作为情感容器、"heart/心"作为思想容器。

(10) KENT Thy youngest daughter does not love thee least,
<u>Nor are those empty-hearted</u>, <u>whose low sounds</u>
<u>Reverb no hollowness.</u>

(*Lear.* 1.1.153 – 154)

《李尔》第一幕第一场中，李尔的小女儿考蒂莉娅不像两位姐姐那样奉承恭维父亲，被父亲视为大逆不道，以上例子就是亲信大臣肯特据理为考蒂莉娅辩护。基于认知背景常识，我们了解到，当容器被施加外力如敲打时，若为空，会发出较大的声响；若为满，发出的声响则会很小。大女儿和二女儿的 heart 被赋予了"空"容器的特征，通过结合大女儿和二女儿在获得财产后，便不待见而且虐待父亲，而小女儿虽然什么都没得到，却依然真诚地爱着父亲这一语境分析，在 empty-hearted 这一隐喻中，输入空间 I 是关于"大女儿和二女儿的心"的认知域，"虚伪、无情、虚情假意"等抽象概念构成该空间元素；输入空间 II 则是关于由 empty 一词激活的"容器"框架，涵盖有"容纳性、或满、或空"等元素。类属空间通过对两者进行投射，提炼出它们的共有结构："空即没有、虚空"。通过跨空间映射，合成空间对所纳入的信息结构加以整合，产生新的概念化意义：就像空的容器会发出很大的声音一样，以溢美之词恭维父亲的大女儿和二女儿，她们的内心是虚伪的，她们对父亲的情感是虚假的；最终衬托出小女儿发出的声音虽最小，更没有恭维父亲的话语，但其内心满满地装着对父亲最真诚的爱。

---

① 容器本身就是一个物质实体，容器隐喻是最典型的实体隐喻，但本研究不将容器这一实体纳入"心"的物质实体隐喻，而是将其与实体隐喻作为并列成分进行探讨。

(11) 周蘩漪（冷冷地，有意义地）<u>我心里发热</u>，我要在外面冰一冰。

(《雷雨》，第四幕，p140)

周蘩漪冒雨跟踪周萍，发现他和佣人四凤在一起，内心无比的愤怒与绝望。"心里发热"表面是指周蘩漪身体发热，正好借助淋雨来降降温，但结合上文的舞台指示"冷冷地，有意义地"，可知，周蘩漪意在表达：我心中压抑着一团怒火，我想要爆发。根据常识，人在生气时，会有呼吸急促、体温升高等生理表征，会感觉有一股气流升起。此外，"心"作为人类情感的发源地，承载着人的各种情绪、情感。从概念整合的角度分析"心里发热"，首先明确两个输入空间：输入空间1"心"和输入空间2"容器"。"心"输入空间涵盖的元素：发热（焦躁不安）、怒气、爆发，而"容器"输入空间的构成元素有：加热、蒸汽（沸腾）、爆炸。这两个输入空间存在部分映射关系，它们共享的抽象结构可表达为"实体、容纳性（承载性）、程度"，并表现于类属空间。类属空间的共有结构再将两个输入空间之间的跨空间映现映射到合成空间。经过组合、完善，产生新的隐喻意义：如同容器中的物质因过度加热而使容器爆炸一样，周蘩漪在被周萍抛弃后，心中的满腔怒火即将爆发。

3. 作为有机体

所谓"heart/心"的有机体隐喻，就是将人或动物等拥有生命的个体的形象特征映射到"heart/心"之上，也就是说，"heart/心"会被赋予有机体所具备的特征，如 my heart throbs to know one thing (*Oth.* 4.1.100–101)，know 本来是人发出的动作，这里用在"heart"上面，赋予了"heart"人的动作特征，由此形成"heart/心"的有机体隐喻，这与修辞层面的拟人辞格颇为相似，使得语言表达更为形象化、具体化。

在英汉文化语境中，人们对 dog（狗）这一动物意象的看法均有褒贬，认为其既具有忠诚、驯良、勇敢、聪明等褒义特征，也会沾有凶恶、忘恩负义等贬义色彩。总之，用动物来隐喻人的内心世界，形象分明、妙趣横生。例（9）中 dog 一词体现的是狗的贬义特征，我们将加以讨论。

(12) KENT …gave her dear rights

To his dog-hearted daughters, these things sting

His mind so venomously…

(*Lear.* 4.3.45 – 47)

关于财产和土地的分配,在第四幕第三场中,李尔十分懊悔把小女儿的那份也分给了"狼心狗肺"的大女儿和二女儿。"dog-hearted daughters"蕴含着"人是动物,是狗"的隐喻结构。结合语境,不难看出,此例存在两个输入空间:大女儿和二女儿的心与狗。在"心"这一心理空间,两个女儿的心是狠毒残忍的;而另一心理空间的"狗",具有忠诚、驯良、忘恩负义等特征。从中,我们可知,这两个输入空间具有共同的组织框架:品质、特征。通过选择性地跨空间映射,"人心的狠毒"和"狗的忘恩负义"将被投射到合成空间,合成空间将这些特定元素加以分析、组合,进而扩展出新的概念意义:大女儿和二女儿如同忘恩负义的狗,在获得父亲的财产和土地后,狠毒、残忍地对待父亲。

(13) HAMLET Soft, now to my mother.

O heart, lose not thy nature. Let not ever

The soul of Nero enter this firm bosom-

Let me be cruel, not unnatural:

I will speak daggers to her but use none.

(*Ham.* 3.2.382 – 386)

父王刚被叔父谋害,母后便改嫁叔父,哈姆雷特悲愤不已。在第三幕第二场中,哈姆雷特安排了"戏中戏"来刺探叔父克罗迪斯的隐情,并将自己对母后的怨恨化为内心残忍的报复。但复仇时,哈姆雷特提醒自己要保留本性,不要像尼禄(Nero)那样残害亲人,要理性报复,即对母后只进行言语攻击,绝不进行人身攻击。此处,"O heart, lose not thy nature"存在两个输入空间:输入空间Ⅰ"Hamlet's heart",涵盖"nature, mercy"等元素,输入空间Ⅱ"Hamlet",涵盖"natural, reason, filial"等元素。两者共享的组织框架即为 nature,经过合成空间的组合、完善，最后整合出新的话语意义：仇恨并不能吞噬哈姆雷特，在仇恨面前，他依能保持清醒的头脑和理性的思维，即呼唤自己的"心"，直接与它对话"do not deny or betray your natural, filial feelings"，提醒自己要理性复仇。此外，莎翁通过呼告辞格，揭示哈姆雷特复仇心理的挣扎与复仇行为的艰难。

(14) MALCOME　　Be this the whetstone of your sword: let grief Convert to anger; blunt not the heart, enrage it.

(Macb. 4.3.228-229)

第四幕第三场结尾处，国王邓肯之子马尔康对苏格兰贵族麦克德夫说出此番话语，意在提醒他不要忘了麦克白这个叛将的罪责，鼓励他对麦克白进行正义的讨伐。"blunt not the heart, enrage it"（不要让你的心麻木下去，激起它的怒火来吧）存在两个组织框架：输入空间Ⅰ是关于"Macduff's heart"的认知域，输入空间Ⅱ是关于由"blunt"（使迟钝、麻木）和"enrage"（激怒）激活的"Macduff"认知域。输入空间Ⅰ涵盖的元素有：heart, courageous, vigilant；输入空间Ⅱ涵盖的元素则有：Macduff, rage, revenge等。经过跨空间部分映射，类属空间抽取出两个输入空间的共有框架"hold the faith in the inner power"。合成空间将上述信息元素加以组合、完善，进而生成新创意义：Macduff, never forget your crucial task, and encourage your inner power and be full of fighting.

(15) 周萍（急躁地）凤，你以为我这么自私自利么？你不应该这么想我。——哼，我怕，我怕什么？（管不住自己）这些年，我做出这许多的……我的心都死了，我恨极了我自己。

(《雷雨》，第二幕，p61)

四凤决定把自己托付给周萍，可周萍一想到自己曾与继母乱伦，便觉得对不住也配不上四凤。这么多年自己的生活乱七八糟，心里早已麻木而没了期盼，因此当四凤情愿与他私奔时，他处于深深悔恨中。"心"作为人体的核心器官，是生命的象征。此处，周萍说，"我的心都死了"，结合语境可知，输入空间Ⅰ为"周萍的心"，涵盖的元素有：心脏（生命器官）、停止跳动；输入空间Ⅱ为"周萍"，可涵盖生命体、失去生命等元素。两输入空间共享的组织框架即为"停止运作意味着结束"。这些隐喻信息经过合成空间的组合、完善，最后扩展出自身的隐喻意义：周萍说自己心死了，貌似夸张，但意在说明自己内心悔恨不已、麻木不已，对生活极度绝望，觉得人生已毫无意义。

概言之，人类的隐喻思维方式具有基于身体经验的普遍性。基于人们在不同文化背景下对客观世界体验认知的相似性，我们建构了莎剧和曹剧"心"所共享的隐喻认知三大模式："心"作为物质实体、作为容器、作为有机体，并结合剧本典型例证，对"心"隐喻的概念整合进行了系统的阐释，挖掘"心"隐喻背后的深刻而丰富的含义，论证了概念整合这一认知操作对隐喻过程的意义建构的强大阐释力，同时反映了具有同一基本意义的人体部位名词的隐喻认知模式是有共同的规律可循的。

（二）Heart 和"心"隐喻认知的个性分析

语言是文化的载体，不同的民族有着不同的文化认知。语言中的隐喻虽是一种普遍的认知方式，但不同的民族语言有着特有的认知方式和思维习惯。莎剧中 heart 和曹剧中"心"的隐喻认知结构也存在一定程度的差异。

1. 莎剧中 heart 的特有隐喻

人在危险、痛楚、不幸之中具有的克服恐惧的精神力量称作勇气。用 heart 表示勇气是英语中的独特表达，如 the good news will hearten you，此处，hearten 表示鼓励、鼓舞之意。"勇气"义源于早期现代英语，随着英语的发展逐渐产生了新的表达式（谢之君、史婷婷 2007：34）。如 lose heart 表失去勇气、泄气、灰心；to take heart 表鼓起勇气，而汉语的"心"则没有相应的表达。

2. 曹剧中"心"的特有隐喻

利用人体部位之间的联系来喻指事物之间的普遍联系，这是汉语中独特的人体隐喻化认知方式。在这一认知过程中，将人体部位之间的联系作为源域，而将事物之间的联系作为目标域，在两者之间形成映射，从而达到认识事物之间关系的目的。中国思维具有整体性的特点，因此，中国人将人的身体也看成是一个整体，注重身体的各个器官之间的密切联系（陈家旭，2004：85）。《黄帝内经》对人体的隐喻认知也具有系统性，在"阴阳五行"哲学思想指导下，《黄帝内经》在认知和解读人体时，时常运用自然界的规律即五行相生相克的原理，解释人体五脏之间的关系，认为一个健康的人是阴阳平衡的人，人体各个器官之间有着密不可分的联系（张斌、李莫南 2014：159—161）。总之，以关系特征作比照，汉语产生了大量的既形象直观又意义深刻的人体隐喻化认知的词语。

心，是人体的核心器官，是生命的象征。而肝，是人和高等动物的消化器官之一，被称为"重要的化学工厂"。因而，汉语中常用"心肝"来喻指十分珍贵的人。在《雷雨》《日出》中，"心肝"一词便出现了 5 次，其中有 3 喻指十分重要的人。此外，在《日出》中，还出现了"心眼、心目"等词语，在"心眼"一词中，"心"是思维器官，"眼"即眼睛，人们通常是通过眼睛观察分辨事物，两者结合，进而引申出聪明机智和见机行事的能力这层内涵。总之，心与人体其他部位器官进行组合，这是汉语"心"特有的隐喻，英语则缺乏类似的固定搭配。

由此可见，由于英汉民族的思维与文化心理不同，即使对相同的人体部位如"心"的认知亦存在一定程度的差异，由此，对莎剧 heart 和曹剧"心"隐喻认知个性特征的探讨，有助于人们更好地理解其中的独特魅力。

四　小结

通过将明喻、暗喻、转喻、提喻、拟人辞格纳入隐喻性辞格范围，对莎剧中 heart 和曹剧中"心"隐喻辞格的分析，我们发现：四大悲剧中 heart 运用了丰富多彩的隐喻类辞格，背后隐藏着深刻而丰富的隐喻意义；相比而言，曹剧"心"的隐喻性辞格较少，主要运用了暗喻和拟人两种隐喻性辞格。将隐喻作为一种认知方式来探讨，从认知语言学角度将剧本中"heart/心"的隐喻归结为物质实体隐喻、容器隐喻、有机体隐喻，并以概念整合理论来探讨剧本中"heart/心"的隐喻认知，发现："heart/心"的隐喻认知表现为一种"同异并存、大同小异"的关系，即"心"的隐喻认知投射在英汉两种语言共享"心"概念的大部分的投射，而少部分则为英语和汉语"心"所各自独有，反映了英汉两个民族在思维层面的共性和个性。也就是说，不同语言中，具有相同基本意义的隐喻认知模式是一致的、有规律可循的；而基于英汉语言文化系统的差异，同一人体部位也会产生不同的语言概念，这也体现了民族思维、文化心理对人体词概念认知的重要影响。

第四节 概念整合视角下莎剧和曹剧"心"隐喻的翻译

隐喻从本质上说是人类的认知方式，是概念整合的一种尤其重要和突出的表现形式（张辉、杨波 2008：11），以认知为取向的隐喻的翻译研究可以纳入概念整合网络。具体而言，原文文本及其文化认知图式作为一个输入空间（input 1），译语表达形式及其文化认知图式作为另一个输入空间（input 2），它们共同投射至第三空间：整合空间（blended space），并在类属空间（generic space）制约下形成自己的新创结构（emergent structure），产生新的表达形式（译文文本）（王斌 2001：19）。如上文所述，概念整合理论完全可以用来解释翻译过程，基于上文对于概念整合视角下隐喻翻译模式的探讨，以下我们将试图运用概念整合理论来探讨莎剧 heart 和曹剧"心"的隐喻翻译策略。首先，对本研究所采用的译本进行简单的说明，然后结合相关译本对莎剧 heart 和曹剧"心"的隐喻翻译策略进行探讨。（谢世坚、严少车 2017）

一 译本说明

莎士比亚戏剧在中国的译介，大致经历了三个文体发展阶段：从文言文、白话散文体到诗体。朱生豪（1912—1944）和梁实秋（1903—1987）是散文体译莎的杰出代表，而诗体汉译莎剧的杰出代表则是孙大雨（1905—1997）和卞之琳（1910—2000）。我们选取朱生豪、梁实秋、孙大雨、卞之琳四位译者的译本，以考察剧中 heart 隐喻的翻译。而对于曹剧《雷雨》和《日出》中"心"隐喻的翻译，我们主要考察王佐良和巴恩斯的译本。戏剧是多种艺术的综合体，戏剧翻译不同于其他文学作品的翻译，因为戏剧文本本身的特殊性决定了戏剧翻译的双重任务，除传达原文意思，还需考虑舞台表演效果。上述译者关于莎剧和曹剧的翻译堪称其中之典范，下文将稍作说明。

堪称中国译界楷模的朱生豪，是我国莎学史上首屈一指的莎剧译者。在莎剧翻译中，朱生豪志在传达莎翁原作的神韵和意趣，力求文字的明白晓畅、传神优雅，也重视舞台效果（曹树钧 2012：124—125），朱译《莎士比亚戏剧全集》与我国话剧形式十分接近，素来广受欢迎。学术型译者梁实秋则旨在"存真"，着力恰如其分地再现莎剧原貌，对于晦涩难懂的地方，如文化负载词，采用直译加注释的译法，有助于中国读者对西方文化的了解（李媛慧、任秀英 2012：81），可见，梁译本利于引导莎学研究者更准确而深入地进行莎学研究。尽管英、汉两种语言特质迥异、节奏韵式各有特点，但保留无韵诗行内的节奏韵律是诗译莎剧之关键（蓝仁哲 2005：103）。孙大雨在探索莎剧无韵诗格律移植问题上迈出了开创性的一步。他以"音组代音步"，翻译出版的集注本《黎琊王》，被称为莎剧汉译从散文体到诗体的飞跃性尝试。作为我国著名的诗人和学者，卞之琳则是我国诗体译莎之集大成者。在译介莎剧时，卞之琳主张"以顿代步、亦步亦趋、刻意近似"；其于 1956 年翻译出版的《哈姆雷特》，堪称莎剧诗体译本的典范，不仅适合"案头阅读"，也是不错的"舞台之本"。巫宁坤曾断言，卞译《哈姆雷特》为以后的莎剧译者指明了莎剧翻译的方向（孙致礼 1996：1）。卞译《莎士比亚悲剧四种》使诗体译莎取得了突破性发展，让莎剧的艺术形式更为中国读者和研究者了解与接受。

王佐良（1916—1995）是我国外语界泰斗级人物，集翻译家、翻译理论家、语言学家、诗人、教育家等于一身，是一位不可多得的"文艺复兴式的人"（黎昌抱，2009：29）。曹禺先生的戏剧创作，重点在人物刻画，而非戏剧情节；王佐良抓住原作这一特点，在翻译《雷雨》时，凭借自己精湛的双语驾驭能力，使其译文呈现出"谈吐恰如其人，语气切合语境，句式流畅明快"的特点，忠实于原作的创作精神，再现了戏剧人物形象，堪称汉译英剧作的一个典范（许建平 1997：29—32）。除了和王佐良合译《雷雨》，巴恩斯还翻译了《日出》，其译文既忠实于原作内容和思想感情，也充分表达出原文的风貌神韵，而这主要体现在对文化特色词语的灵活处理上，因而，巴恩斯翻译的《日出》特别能体现戏剧语言的特点和曹禺的语言艺术（刘璇 2005：430—440）。

概言之，上述 6 位译者的翻译思想和译文风格不尽相同，但迎合了译文读者不同的审美取向。我们将通过他们的译本来考察莎剧和曹剧人体词"heart/心"隐喻的翻译。

二 Heart 和"心"隐喻的翻译策略

关于隐喻翻译性质的界定，概念整合理论对隐喻翻译的解释力等问题，我们已在前文作了论述，此处不再赘述。隐喻翻译意在将一种文化中语言所表现的认知方式用译语传递到另一文化中去。值得一提的是，隐喻根植于人类的体验中，同时也深蕴于文化中，隐喻受文化的影响，同时也反映其所承载的文化。语言是文化的载体，而语言中的隐喻则是文化认知活动的有效工具，对隐喻的翻译必然要求译者深入了解源语和译语中的文化差异与融合，正确把握民族文化信息的传递，根据不同的语境进行恰当处理。可见，文化语境在翻译过程中扮演重要角色，译者在翻译时须给予考虑。

孙亚（2001：13）认为概念整合理论对翻译过程具有阐释力，原文空间和译者空间为两个输入空间，译文是两个输入空间中概念整合的效果，即合成空间。合成结果可分为四种：原文本空间和译者空间之间直接投射对应物，即产生跨空间映射（a-a′；b-b′）；将原文本空间中的c投射进译文空间；将译者空间的d投射进译文空间；c和d同时投射进译文空间。如第四章图4–1所示。（谢世坚、严少车2017）

基于以上认识，就本研究而言，原文本空间即输入空间1分别为：四大悲剧原文文本及其文化语境认知，《雷雨》和《日出》原文文本及其文化语境认知；译者空间即输入空间2分别为：四大悲剧的汉语表达形式及其文化语境认知，《雷雨》和《日出》的英文表达形式及其文化语境认知；我们所选取的6位译者的译文则为两个输入空间进行整合的结果。通过结合剧本中"heart/心"隐喻的认知特点、概念整合投射方式、前人关于隐喻翻译的观点，以及上文关于概念整合视角下隐喻翻译模式的探讨，我们总结出莎士比亚四大悲剧 heart 和曹禺《雷雨》和《日出》"心"隐喻翻译的三种策略，即完全对应投射法、部分对应投射法（原文空间投射法和译者空间投射法）、无对应整合投射法。以下我们就考察"心"隐喻的翻译状况，透视译者在翻译过程中如何处理认知上的相似之处和差异。

（一）完全对应投射法

人类对客观世界的认知体验存在很大程度上的相似性，英汉两种语言中必然会出现众多概念域映射方式相同或相似的隐喻表达形式。对于此类隐喻的翻译，译者根据隐喻产生的心理运作机制，通过隐喻概念域的对等映射方式可以实现使译文读者获得和原文读者相同的反映的翻译目的。同样，英汉两种语言中亦存在"heart/心"的诸多隐喻，且它们的隐喻意义基本相同或相似。如例（16），由原文和译文可知，"heart/心"均可隐喻为情感容器。对于莎剧和曹剧"heart/心"该类隐喻的翻译，译者需要采用完全对应投射法，即完整地移植原文中的隐喻认知模式。（谢世坚、严少车 2017）

（16）HAMLET　　　　　　　　　　　Give me that man
That is not passion's slave and I will wear him
In my heart's core-ay, in my heart of heart-
As I do thee.

(*Ham.* 3.2.67 – 70)

朱译：给我一个不为感情所奴役的人，我愿意把他珍藏在我的心坎，我的灵魂深处，正像我对你一样。

梁译：给我一个不做情感的奴隶的人，我便把他藏在心里，不，心窝里，像我对你这样。

孙译：什么人
只要他不是激情的奴隶，我便会
在心中珍藏他，是啊，在内心深处，好像我对你这样。

卞译：只要我看见谁
不是感情的奴隶，我就要把他
珍藏在心坎里，哎，心坎的心坎里，
就像我珍爱你一样。

哈姆雷特一直把霍拉旭当成至交，这是他在第三幕第二场准备"戏中戏"以刺探叔父时对霍拉旭说的一番话。此处，heart 一词共出现三次，从结构上看，后两个 heart 构成的短语作为第一个 heart 所在短语的同位语，前者和后者互相阐释。从意义上看，在原文空间中，第一个和第三个 heart 都为"心里、心灵"之意，第二个 heart 的意思则为"中心"即"心的中心位置"。四位译者依次把它们译为"心坎、心里、心中、心坎里"和"灵魂深处、心窝里、内心深处、心坎的心坎里"，显然将原文空间中三个 heart 的容器隐喻思维，及其语义递进关系即从心里到心灵深处，巧妙呈现出来，做到了译文与原文的完全对应。此外，莎翁运用异义重复（ploce）①，将 heart 在句中的不同内涵巧妙表达，既体现哈姆雷特对能够理性对待感情的人的重视，也从侧面反映挚友霍拉旭是个不易被感情左右的人，及其在哈姆雷特心目中的地位。

（17）KING <u>The head is not more native to the heart</u>,
The hand more instrumental to the mouth,
<u>Than is the throne of Denmark to thy father.</u>

(*Ham.* 1.2.47-49)

朱译：<u>丹麦王室和你父亲的关系，正像头脑之于心灵一样密切</u>；丹麦国王乐意为你父亲效劳。

梁译：<u>头和心的亲近</u>，手和口的相助，<u>都不比丹麦王和你的父亲之间的关系更密切</u>。

卞译：<u>丹麦王座对于你的父亲，就像头对于心一样的休戚相关</u>，就像手对于嘴一样的乐于效劳。

孙译：<u>头脑不会跟心儿更加一致</u>，这只手不会跟这张嘴起到作用，<u>比较丹麦的当今对于你父亲</u>。

新国王对雷尔提斯说的这番话，意在拉拢雷尔提斯，以便对方日后帮助他除掉哈姆雷特。根据例（17）画线部分，原文空间中存在一种关系的比拟，即把头和心的关系与丹麦王室和雷尔提斯父亲的关系进行比较；而由短语 is native to 和日常体验可知，head（头脑）和 heart（心灵）本身也存在一种关系，且甚为紧密。在译文空间，四位译者均领会到原

---

① Ploce 是 repetition 的一种类型，是一种重复相同的词但另作别解的修辞手段，意在加强语言的生动幽默。

文空间的关系比拟,借助 head 和 heart 之间的紧密关系,运用较为拟人化的词语如"密切、亲近、休戚相关"等,以形象生动地描述出丹麦王室和雷尔提斯父亲的密切关系。

(18)周繁漪(冷冷地)我跟你说过多少遍,我不这样看,<u>我的良心不是这样做的</u>。(郑重地)萍,今天我做错了,如果你现在听我的话,不离开家,我可以再叫四凤回来。

FAN (*coldly*): How many times have I told you that I don't look at it like that? <u>My conscience isn't made that way.</u> (*Solemnly*) Ping, I was wrong in what I did this afternoon. If you'll follow my advice now and not go away, I can get Sifeng to come back here.

周萍很厌恶自己和继母周繁漪的关系,而周繁漪未曾觉得这样的关系是不好的。在周萍极度懊悔时,周繁漪随即对他说出此番话语。原文空间中,周繁漪说,"我的良心不是这样做的",意在表达:在她看来,他们的关系并没违背道德伦理观,是可接受的。在译文空间,译者用 conscience 一词直接对应译出"良心",则是很好地保留了原文空间的相应的表达形式。

(二)部分对应投射法

语言是文化的载体,不同的语言承载着不同的文化,体现出不同的思维形式和表达习惯。隐喻作为一种基本的认知方式,具有普遍性,英语和汉语中的隐喻表达既体现了两种文化的共性,也呈现出鲜明的民族文化特点,在表达同一隐喻概念时也会存在不同程度的差异,译者在翻译时须考虑各民族特有的文化习惯和表达方式(谭震华 2002:26)。莎剧和曹剧"heart/心"的隐喻含义十分丰富,在翻译时也会出现无法在译者空间寻找到直接对应物的情况,需要对"heart/心"的隐喻意义进行部分重构,此时译者应该采用部分对应投射法,这种翻译方法又可进一步分为:原文空间投射法和译者空间投射法。例如,曹剧的"放心"一词被译为"set your mind at rest",用 mind 表示 heart,虽意思相近,但在英语文化中,heart 含义偏向感性,mind 则代表理性,这也从侧面反映出英语民族认知抽象事物的思维较为理性。

1. 原文空间投射法

原文空间投射法，指的是译者可以将原文空间的语言形式，直接投射进译文空间，有点类似传统的异化翻译法。这种译法不仅能充分地传达原文的异国风味，而且还能吸收原文的表达方式，丰富译文的语言表达；另外，译语读者可以从字里行间领会有着"异国风味"的语言表达式，触发认知联想，久而久之他们会对诸如此类的表达方式产生一种概念化认知，并加以接受与吸收（孙亚2001：13）。

(19) CORDELIA　Unhappy I am, <u>I cannot have
My heart into my mouth</u>. I love your majesty
According to my bond, no more nor less.

(*Lear*. 1. 1. 91 – 93)

朱译：我是个笨拙的人，<u>不会把我的心涌上我的嘴里</u>；我爱您只是按照我的名分，一分不多，一分不少。

梁译：我诚然不幸，<u>我不能把心呕到嘴里</u>：我按照我的义务爱陛下，不多亦不少。

孙译：我真不幸，<u>我没法把我的心
放到我的嘴</u>，我按照我的本分
爱父王陛下，不多也不少。

卞译：我真不幸，<u>我不能就把我的心
吐出我的嘴</u>，我爱父王陛下
就按我的本分，不多也不少。

李尔在给女儿们分配领地和财产时，希望先感受到女儿们对父亲的爱。两个姐姐轮番夸赞以表达对父亲的"深沉之爱"，然而小女儿考蒂莉娅并不想像她们那样，用假惺惺的话语，来讨得父亲的欢心，以获得切实权益；而是大胆地对父亲说，自己没法把自己的"心"说出来。原文空间中，考蒂莉娅说"I cannot have my heart into my mouth"，意在表达的是她对父亲的爱是无法用言语表达的，她的爱是在心里，而不是在嘴里。在翻译时，译者们均将原文的语言形式直接投射到译文空间，即均对应译出"无法把心放进嘴里"的意思，这样的译文看似艰涩拗口，但译文读者只要结合相关文化语境,就能挖掘到原文空间表达的深层内涵,即"我对父亲的爱是由衷的、诚挚的,而非嘴上说说而已"。此处,莎翁巧妙利用 heart 的联想意义,将"对父亲的爱"这一抽象概念具体化、形象化,也丰富了语言的表达方式。

2. 译者空间投射法

译者空间投射法,指的是译者可能抛开原文空间的语言形式,而旨在将语言形式所触发的认识联想用译语表达出来(孙亚 2001: 14)。运用此类翻译法时,译者有必要借用译语中意义相同或相近且具有自己文化色彩的表达法对原文加以"归化",恰到好处地归化可以使译文自然晓畅、地道可读(华先发,2000: 71)。例如,王佐良和巴恩斯将"你是个少爷,你心地混账"(《雷雨》,第四幕,p. 154),译为"you may be a young gentleman, but you act like a rat",借 rat 所含"卑鄙小人、叛徒"之意,以表达周萍少爷的不忠不专,与 gentleman 形成强烈对比,讽刺意味深刻。再如,"show his eyes, and grieve his heart"(*Macb.* 4. 1. 110),朱译为"一见惊心,魂魄无主",巧妙运用汉语中常见的四字结构,便于读者理解与接受。下面我们再举两个例子对这一译法加以阐释。

(20) LEAR　O me, my heart! My rising heart! But down!

(*Lear.* 2. 4. 118)

朱译:啊!我这一肚子的气都涌上我的心头来了!你这一股无名的气恼,快给我平下去吧!我这女儿呢?

梁译:啊,啊!我的心,我的上涌的心!下去吧!

孙译:啊,一阵子昏惘涌上心来!

"歇司替厉亚",往下退;上升的悲痛啊,

下边是你的境界!——这女儿在哪里?

卞译:啊!这股气怎么直涌上我心头啊!

歇斯底里症!爬肠的悲痛,下去!

底下是你的地方。这女儿在哪里?

李尔把土地和财产平分给长女和次女后,得到的却是她们的冷漠与迫害,精神深受打击,几乎崩溃。"心"是情感、情绪之舍,外界的刺激会引起心脏的反应和心跳的加快。人在极度愤怒时，心中会有一股怒气，会表现出"怒气冲天"。女儿的忘恩负义使得李尔心中万分悲愤，原文空间中"my rising heart, but down"，看似是 heart 在做垂直运动，实则表达的是 heart 如同容器般，里面充满着一股往上冒的怒气，是人情绪波动的一种表现。四位译者均准确理解了原文，但并没有直接将原文译出，而是采用便于译文读者接受的表达方式，如朱译"一肚子的气都涌上我的心头"，有点类似传统的意译法，以解释 heart 为何能做出 rising、down 等动作，译文自然顺畅，易于理解。

(21) 鲁贵（蔑视）你看，<u>你这点心思还不浅</u>。
鲁四凤（掩饰）<u>什么心思</u>? 天气热，闷得难受。

(《雷雨》，第三幕，p113)

LU (*scornfully*): All this business is <u>a bigger headache for you than you thought it would be</u>, isn't it?

FENG (*with assumed indifference*): <u>A headache for me? Nothing of the sort.</u> It's just that I feel uncomfortable when the weather's as close as this.

鲁侍萍将带女儿四凤离开周公馆，四凤理解妈妈的苦心，但又想留下来和自己喜欢的大少爷周萍在一起。此时的她内心十分纠结与煎熬，是离开还是留下？这点心思被爸爸鲁贵看穿了。原文空间中的"心思"即为心中的想法，译者意会到了这点，在译文空间中，不仅用 thought 一词将"心思"的"想法"之意保留下来，还运用 a bigger headache 来意译出"心思还不浅"，这样一来，更能将把原文空间中隐含的信息，即"心思不浅即鲁贵讽刺着女儿心中的小算盘，而四凤没想到事情朝着令人头疼的、更麻烦的方向发展"，充分而巧妙地表达出来，这样的译文通顺流畅、地道可读，有助于译文读者对剧情的理解。（谢世坚、严少车 2017）

（三）无对应整合投射法

关于无对应整合投射法，译者需考虑既要保留源语的表达形式，又要传达语言形式所触发的认知联想，具体而言，是将原文空间的语言形式 c 投射进译者空间，并将所触发的认知联系用译语 d 表达，最终形成 c+d 的合成结果，但这不是简单的相加，更多的是借助译者文化语境认知的完善（completion）和扩展（elaboration）（孙亚 2001：14）。

(22) MACD.　　　　　　　　O horror! horror! horror!
Tongue nor heart cannot conceive, nor name thee!
(*Macb.* 2.3.62-63)

朱译：啊，可怕！可怕！可怕！不可言喻、不可想象的恐怖！
梁译：啊可怕！可怕！可怕！真是我想不到说不出的事！
孙译：啊，骇人！骇人！骇人！不能言喻、无法想象、难以表达！
卞译：可怕啊，可怕，可怕！舌头说不出，心也想不明的恐怖啊！

第二幕第三场中，国王邓肯在麦克白府上遇害，麦克德夫受惊吓后说了这番话。基于人们的常识，tongue 是用来说话的；heart 作为思维情感器官，是可以用来想象的。在原文空间，"tongue cannot name nor heart cannot conceive" 修饰 "horror"，说明国王邓肯被害这一事件是极为骇人的、可怖的。在译文空间，卞之琳直接译为"舌头说不出，心也想不明"，显得较为拗口。而其他三位译者抓住了 tongue 和 heart 所触发的认知联系，即它们各自的功能特征，尤其是朱译和孙译的四字结构，"不可言喻、无法想象"，言简意赅，使原文空间和译者空间所投射的内容取得了最佳平衡。

(23) 鲁侍萍　所有的罪孽都是我一个人惹的，我的儿女们都是好孩子，心地干净的，那么，天，真有了什么，也就让我一个人担待吧。

（《雷雨》，第四幕，p165）

MA：My children haven't done anything wrong; they're too good and innocent to do anything wrong.

周萍和鲁四凤是同母异父的兄妹,在这里,当鲁侍萍得知他们相爱并要私奔,认为这是上苍对她的报应,但也觉得孩子们是无辜的。原文空间用"心地干净的"来表达"我的孩子们都是单纯善良的好孩子"这一抽象概念,而在译文空间中,译者无法找到与"心地干净"这一语义的直接对应的表达式,只好重新建构一个能喻指类似抽象概念的隐喻认知结构,如 too good and innocent to do anything wrong,这一译文可谓完善、整合了两个空间的投射内容,既能传译出原文空间中孩子们"干净"即善良、单纯的性格特征,又能在译文空间体现出因"干净"而触发的认知联系,即孩子们没做错什么,他们是无辜的。

(24)鲁侍萍(不愿提起从前的事)四凤这孩子很傻,不懂事,这两年叫您多操心。

(《雷雨》,第二幕,p83)

MA (*not wishing to bring up the past*): Sifeng's a silly child. Not much sense. She must have been a great trial to you.

鲁侍萍决定把四凤从周公馆接走时,出于礼貌对周繁漪说了这句话。在原文空间,鲁侍萍说的"操心",意为四凤不太懂规矩,不让人放心,给周家添麻烦了。"操心"一词,字面上看,即为"费心、伤神、担心"之意,其在译文空间缺乏直接的对应表达式。因此,译者将其译为"a great trial"(巨大的考验),这既能将原文空间中"操心"隐含的"添麻烦、不让人省心"之意巧妙地保留下来,又符合译语的表达习惯,容易为译文读者所理解与接受,堪称佳译。(谢世坚、严少车 2017)

三 小结

语言是文化的载体,而语言中的隐喻则是文化认知活动的有效工具,隐喻的翻译要求译者深入了解源语和译语中的文化差异与融合,因为翻译就是将一种文化中语言所表现的认知方式用译语传递到另一文化中去的过程,是一种受文化制约的、创造性的、解释性的隐喻化过程。在翻译过程中,译者的翻译活动就是一种跨域映射活动,即将源域中的源语文本,结合自身的文化语境认知,映射到目标域的译语文本。也就是说,源语是一个认知域,译语也是一个认知域,它们分别构成了两个输入空间,而原作者和译者的认知图式和框架共同构成了它们的类属空间,最后生成的译文则被隐喻为合成空间里的新创结构。此外,作为语言的普遍现象,隐喻翻译的关键在于意义,而概念整合理论对话语隐喻意义的建构具有很强的阐释力,可见,概念整合与隐喻翻译是相契合的,概念整合理论完全可以用来解释隐喻翻译过程。

翻译过程就是译者将原文空间与译者空间进行创造性整合的认知过程。通过结合剧本中"heart/心"隐喻的认知特点、概念整合投射方式、前人关于隐喻翻译的观点,以及上文关于概念整合视角下隐喻翻译模式的探讨,我们总结出莎士剧和曹剧"心"隐喻的三种翻译策略:完全对应投射法、部分对应投射法(原文空间投射法和译者空间投射法)、无对应整合投射法(完全重构法)①。

通过分析"心"隐喻的三种翻译策略,我们发现:(1)在处理"心"隐喻的翻译时,各译本在这三种翻译策略的使用频率上不尽相同(参见表7-4)。莎剧译者主要采用完全对应投射法和部分对应投射法,来处理剧本中 heart 隐喻的翻译;曹剧译者则主要采用部分对应投射法和无对应整合投射法,对剧本中的"心"隐喻翻译进行处理。(2)关于隐喻方法产生差异的原因,可能是由于在英语中,heart 本身就可以形成隐喻,即简单隐喻,在翻译时,也主要是"心、内心、心中"等意思;当 heart 和其他词语构成短语或小句时,又可构成复杂隐喻。而汉语的"心",往往出现在复合词中,如"心思、小心、放心"等,在翻译时,基本没法做到与原文空间直接对应,而是重新在译文空间建构认知模式,以将原文空间的语言形式自然而流畅地体现出来。(3)本章考察的6位译者对剧本中"heart/心"隐喻的翻译处理各有特色,从所举例证看出,朱生豪的译文尤其自然流畅,也能把原文空间表达的意思忠实地传达出来。

---

① 参见本书第五章第五节概念隐喻视角下动物比喻的翻译策略:曲折映射等效翻译。

表7-4　　　　　　"heart/心"隐喻翻译方法使用频率

	完全对应投射法	部分对应投射法	完全重构法
Lear	46%	35%	19%
Ham	50%	33%	17%
Oth	47%	32%	21%
Macb	45%	34%	21%
《雷雨》	8%	36%	56%
《日出》	9%	36%	55%

第五节　本章结语

以下我们从修辞层面和认知层面对莎剧和曹剧中"heart/心"的隐喻辞格特点，及其认知生成机制，以及隐喻翻译策略等方面对本章进行总结。

隐喻是一种修辞格，是一种修饰话语的语言现象；而实质上，隐喻是一种认知现象，是人类认知思维的手段和结果，以人的基本经验为基础，涉及两个概念域之间的结构投射。人体及其器官是人类对客观世界进行认知与体验的基本参照，作为人体的核心器官的心脏，则是人类与客观世界互动的根本基础。而人们对抽象层面上"心"的认知主要通过隐喻手段来实现，"心"词语的隐喻化对于人类思维与认知具有重要作用。

通过对莎士比亚四大悲剧（《李尔王》《哈姆雷特》《奥赛罗》《麦克白》），和曹禺戏剧《雷雨》《日出》中的heart和"心"进行考察，我们发现：人体词"heart/心"的使用频率颇高，heart在四大悲剧中出现频次分别是59、36、38、29，而《雷雨》和《日出》中"心"（主要为复合词）出现频次则分别高达135、147。

基于对"heart/心"本义及引申义的了解，以及前人关于"heart/心"隐喻的分类框架，在进行剧本"heart/心"隐喻的识别与认知分析时，发现"heart/心"涉及多种隐喻性辞格（如明喻、暗喻、转喻、提喻、拟人等）。

基于概念整合理论，建构了"heart/心"的三个认知模式：物质实体隐喻、容器隐喻、有机体隐喻。通过对"heart/心"隐喻的认知机制进行分析，发现英语"heart"和汉语"心"的隐喻认知表现为"同异并存、大同小异"，即"heart/心"背后大都蕴藏着丰富而深刻的隐喻意义，这些隐喻意义英语和汉语大都是共有的；而基于英汉两种语言不同的文化背景，heart 和"心"的部分隐喻各有其独特性；概念整合对隐喻意义的动态建构具有强大的阐释力。

通过考察剧本中"heart/心"隐喻的认知特点、概念整合投射方式、前人关于隐喻翻译的观点，以及对概念整合视角下隐喻翻译模式进行探讨，我们总结出莎剧和曹剧"心"隐喻的三种翻译策略：完全对应投射法、部分对应投射法（原文空间投射法和译者空间投射法）、无对应整合投射法。通过考察现有代表性译本（朱生豪、梁实秋、卞之琳、孙大雨及王佐良、巴恩斯），分析了 6 位译者对剧本中"heart/心"隐喻的翻译处理情况，我们发现：基于英汉两种语言不同的表现形式和思维方式，译者对莎剧 heart 隐喻的翻译主要采用完全对应投射法和部分对应投射法，即再现原文空间语言形式的处理方式，而对曹剧中"心"隐喻翻译的处理，则主要采用部分对应投射法和无对应整合投射法，即以在译文空间部分或完全建构其语言形式的译法为主。

人体隐喻，尤其是"心"的隐喻，是人类与客观世界进行直接认知与体验的有力工具和手段。英汉"heart/心"的隐喻认知研究备受语言学界的关注，但"heart/心"的语料主要来源于英汉语料库，以文学作品为语料的研究较少，而以戏剧文学作品为语料的研究基本没有。本研究以莎士比亚四大悲剧和曹禺戏剧为语料，是对英汉"heart/心"的隐喻认知研究的一大挑战与超越。此外，概念整合理论是认知语言学的最新成果，将其运用到"heart/心"的隐喻认知及其翻译，不失与时俱进的意义。总之，借助认知语言学的概念整合理论，对比研究莎剧中 heart 和曹禺中"心"的隐喻及其翻译，是一次全新的尝试，有助于丰富莎剧和曹剧的研究。

第八章

莎剧和曹剧"风""雨"隐喻及其汉译

第一节 引言

本章我们拟从体验认知视角，以莎士比亚四大悲剧（即《哈姆雷特》《麦克白》《李尔王》和《奥赛罗》）和曹禺的《雷雨》《日出》和《原野》为语料，对剧本中的"风""雨"隐喻进行认知对比分析，阐释其隐喻认知机制，总结共性和差异。同时在概念隐喻视角下，对朱生豪、梁实秋、卞之琳和方平的莎剧译本进行对比，并对巴恩斯（Barnes）和王佐良合作的《日出》英译本以及巴恩斯的《雷雨》英译本进行考察，分析他们对"风""雨"意象隐喻的翻译处理方式，探讨这些意象的翻译策略。

曹禺是中国现代话剧史上成就最高的剧作家，被人称为"中国的莎士比亚"，其作品《雷雨》《日出》和《原野》的出现标志着中国现代话剧艺术的成熟。莎士比亚作为一代语言和修辞大师，善于使用各种修辞手段来丰富戏剧语言，增强语言的表现力和感染力，其中比喻尤为常见。在曹禺戏剧语言中也有很多比喻性的修辞。

传统的比喻修辞研究仅停留在语言层面，认为比喻是一种语言现象，是语言形式上的修辞，是美化语言的一种手段。随着认知语言学的发展，人们不仅仅将比喻看作一种语言层面的修辞手段，而且当作一种认知思维方式。巧妙地运用意象和修辞是两大剧作家的重要特点。善于使用意象或者意象群来表达剧作人物情感、表现戏剧主题是莎剧一大特色，如暴风雨在《李尔王》中起到烘托剧情、唤醒点化李尔王的作用。在曹禺戏剧《日出》《雷雨》和《原野》中使用的如太阳、风、雨、雷电、原野等自然意象也很好地彰显了戏剧主题。

　　本章以莎士比亚四大悲剧和曹禺三部戏剧中"风""雨"隐喻为研究对象，首先对它们的比喻辞格进行分类对比，然后从认知体验视角，借助概念隐喻理论对其进行认知分析，最后从概念隐喻视角探讨莎剧和曹剧的翻译策略，主要回答如下问题：第一，莎剧和曹剧中"风""雨"隐喻认知有何特点？二者之间有何异同？第二，概念隐喻视角下"风""雨"隐喻翻译模式是怎样的？第三，如何对莎剧和曹剧中"风""雨"隐喻进行翻译？

　　我们将借助语料库软件 antconc3.2.0w，对莎剧和曹剧中"风"和"雨"概念隐喻进行对比分析，具体步骤如下：首先，考察莎剧和曹剧中有关"风""雨"比喻辞格的语言特征，并进行界定和分类，对其句法结构进行描述和对比。其次，对剧本中"风""雨"意象属性的跨域映射进行认知分析，总结其共性和差异。最后，在分析莎剧和曹剧"风""雨"辞格语言特点和"风""雨"概念隐喻认知的差异和共性的基础上，对朱生豪、梁实秋、卞之琳和方平的莎剧译本进行对比，并对巴恩斯和王佐良的《日出》英译本以及巴恩斯独译的《雷雨》英译本进行考察，以隐喻翻译视角讨论他们对"风""雨"隐喻的翻译处理方式，探索可行的翻译策略。

第二节　前人相关研究

　　国内外学者对"风""雨"意象的相关研究大抵从文学、认知语言学和翻译三个角度出发，为了系统地把握国内外莎剧和曹剧中"风""雨"意象及翻译研究的历史和现状，我们将从三个方面对"风""雨"意象的相关研究进行综述。

一　"风""雨"意象的文学研究

　　庞德认为意象是诗人最重要的材料和诗歌的核心，是诗人传情达意的工具（转引自黎志敏 2005：3）。意象理论在中国起源很早，《周易·系辞》有"观物取象""立象以尽意"之说。所以"意象"在中西方文论中是一个重要的概念。"风""雨"作为两种常见的自然意象，在中西方诗歌和戏剧中扮演着重要的角色，学者们在此方面做了大量的研究，主要有以下特点。

第一，从文学史的宏观角度来探讨"风""雨"及相关合成词所包含的意蕴和象征色彩。如：王云路（2000）、张丹（2008）、瞿明刚（2009）、齐静和徐红妍（2010）等。王云路（2000）阐述了用比喻方式构成的新词"云雨"是如何从汉魏六朝时期的本义分别和分离及表达对佳人思念之义演变为宋元时期及明清小说中含男女欢会之义的亵词。张丹（2008）从春雨、苦雨和雅雨模式阐释了雨意象在唐宋诗词中实现了表现模式的多样化和审美内涵的丰富多彩。瞿明刚（2009）用中国文学史上很多作品中例证说明云雨意象是中国文学性爱主题最经典的隐语，蕴含着繁衍人类的生殖意义。齐静和徐红妍（2010）认为元杂剧风雨意象对营造戏剧环境、深化主题、推动剧情发展、内涵情感冲突、丰满戏剧人物形象起到重要作用。

第二，通过作品中"风""雨"意象解析评析作家的生平和人生抱负。如：李素平（2005）从李清照词中的"风""雨"意象表现了她用女性的细腻去感受大自然的风雨，用女性的柔弱承受感情的风雨，用女性的坚韧去承担社会的风雨。钱爱娟（2008）从"风""雨"意象展示了诗人杜甫不同阶段的忧患意识。

总的来说，学者们主要将"风""雨"意象作为一种文学或者修辞手段——象征手法来研究，集中于揭示它们蕴含的象征意蕴和审美意义。学界对莎剧和曹剧的意象的研究大致也可分为两方面：意象的分类研究、意象对戏剧主题的作用与意义研究。

先看意象的分类研究。20世纪30年代英国伦敦大学英国文学教授斯帕金（Spurgeon 1935）首先对莎士比亚戏剧意象进行了系统的分析并加以分类。根据斯帕金（1935：44）的分类，莎剧中的意象主要来源于两种渠道：一是自然（nature）；二是日常生活和习俗（indoor life and customs）。自然包括季节的变化，日月星辰、花草鸟兽、风雨雷电等属于自然元素。她采用统计的方法，用数据证明了莎士比亚与他同时期的剧作家更倾向于使用"运动、娱乐"方面的意象。同时她也关注莎剧中含有意象的比喻类辞格，如明喻、隐喻等，以及这些辞格在探索莎士比亚的性情和思想，深化主题和塑造人物形象上的作用。正如 Clemen（1977：

15)所说:斯帕金认为莎士比亚偏好于用某些特定种类的意象去表达他自己的喜好和厌恶,因此莎剧中的一些意象也被认为是莎士比亚本人内心世界的一种写照,是反映他看待事物观点的一面镜子。另一位学者Emastman(1974)在他的著作中图解式地列出了许多意象群,如鸟—甲虫意象群和老鹰—鼬鼠—雄蜂意象群,他提出的意象群对后人的研究不无启发。

再看意象对戏剧主题的作用和意义研究。克雷蒙(1977)的意象研究与斯帕金不同,他通过对出现在剧本中特定环境的意象以及上下文关系来论述意象的形式、作用和意义,斯帕金主要关心的是意象总体上的规则,按其内容加以分类,旨在揭示莎士比亚的思想观点和兴趣爱好等,二者的研究方法也不一样,前者是有机的,后者是统计的(涂淦和1987:133)。我国学者如华泉坤、田朝绪(2001)对悲剧《李尔王》中的视觉、动物、正义等意象一一进行了分析并评论其对刻画戏剧主题和人物特征的作用。肖四新(2011)对包括"风""雨"在内的自然现象是如何在莎士比亚早期喜剧、中期悲剧和后期的传奇剧中体现他对人文主义思想的思考进行了研究。在对曹禺戏剧的意象研究方面,刘旭(2010)认为《雷雨》中雷雨意象频繁出现是受古代关于雷雨击杀罪恶之人经验的影响,象征着一种集体无意识——雷雨崇拜,更具体地说是雷崇拜,雷雨意象的使用在烘托人物、渲染气氛的同时,更重要的是表达了剧中人物罪的意识、灵魂的审视和救赎意识。

综上所述,中外学界有关"风""雨"意象的研究主要集中于两方面,一是将焦点放在作品上,将"风""雨"意象作为讨论诗歌、戏剧主题或基调、意义的一种艺术手段,探讨意象中体现的象征意义或道德观;二是将焦点放在作家身上,试图通过对意象的分析来推断作者的思想和主张。斯珀金对莎剧意象的统计研究、克雷蒙的有机研究方法和Emastman关于意象群的提法对后人的意象研究都具有重要价值和启示意义。

二 "风""雨"的认知研究

汉语的"风"和"雨"分别和英语中的"wind"和"rain"对应。"风"是一种自然的可以感知到的气流运动。根据《汉语大词典》(1992),"雨"在汉语中的定义是"从云层中降下地面的水,云里的小水滴体积增大到不能悬浮在空气中时，就下降为雨"。"风""雨"在文学作品中，并不局限于其本义，更多地用来描绘人们面对的抽象处境或解释人类概念，即抽象义，因此抽象出很多的隐喻意义。隐喻是我们用一种经验域理解和构建另外一种经验域的过程，所以人们利用对"风""雨"的体验感知来帮助他们理解其他经验域的概念。"风""雨"意象不仅引起文学界的讨论，还引起了认知语言学界的关注。相关的认知研究主要有以下两大特点。

第一，将"风""雨"等天气词置于概念隐喻理论视角下情感隐喻的研究。学者们发现天气词能贴切地表达人的各种情绪。如：岳好平、廖世军（2008）认为天气隐喻能表达喜悦、愤怒、冷酷、忧愁和悲伤五类情感，进而解读了英语和汉语中天气的情感隐喻；张慧智（2016）认为人类情感喜悦、愤怒、恐惧和悲伤都可以通过风、雨、雷等进行隐喻。

第二，分别从宏观和微观层面探讨英汉语中"风""雨"隐喻的差异和共性。宏观层面，张家芳（2005）从隐喻角度就英语和汉语中的自然现象，如雾、雷、风、雨、霜和表气温状况的词汇隐喻进行了对比研究；李笞、冯奇（2006）和张荣、张福荣（2010）分别从多角度对比分析汉语和英语中"风"和"wind""雨"和"rain"隐喻映射，探讨中英文化的共性和差异；何向妮（2016）对英汉天气隐喻文化进行对比研究；等等。在微观层面，张权、李晨（2005）从"源领域"的事物的自然属性和文化认知差异入手，探讨中英"风"隐喻在微观映射层面的重合与分歧；黄兴运、谢世坚（2013）从体验认知角度对比了英语和汉语"风"的概念隐喻，发现英语和汉语"风"概念隐喻投射有许多共同之处。

前人对莎剧和曹禺戏剧的隐喻研究尚无涉及"风""雨"天气意象。但学者们对剧中的其他意象进行了认知分析。如：唐韧（2008）根据意象图式和隐喻理论描述了《李尔王》中有关身体和自然概念的隐喻，发现文学中很多新奇的隐喻是一些常规隐喻的延伸和结合。而在曹禺戏剧中，司建国（2008）探究《日出》中"手"如何通过转喻和隐喻性拓展表示复杂的抽象概念，以及手的转喻和隐喻机制对戏剧意义的建立和传达具有一定的问题功效；司建国（2014）还研究了曹禺代表作《雷雨》《日出》《北京人》和《原野》中的多种隐喻和转喻表征，分析它们的意义和文体功能，尤其对表现戏剧主题、人物性格和人物关系的作用。

综上所述，从认知语言学视角对"风""雨"隐喻的研究主要集中于运用概念隐喻和转喻理论来解释它们的隐喻意义。"风""雨"作为两种常见的天气现象，学者们发现在汉语和英语中它们常常可以用来喻指人类各种情绪状态。另外，学者们还运用概念隐喻理论对汉英"风""雨"隐喻表达进行了对比，并探析了背后的文化差异，前人的这些研究对本研究有一定的启发，但多数研究都是宏观层面的理论归纳和实证总结，缺乏充分的例证或者总结不够全面，也很少涉及源域事物特征向目标域映射的微观过程。另外，虽然有学者从认知角度对莎剧和曹剧的一些意象进行了研究，但尚无学者对"风""雨"的隐喻进行对比。因此，本章运用隐喻认知理论对莎剧和曹剧的"风""雨"意象进行系统的研究，希望能弥补现有相关研究的缺憾。

三　莎剧和曹剧意象的翻译研究

有关莎剧翻译的著作和论文有不少，如：李春江（2010）的专著《译不尽的莎士比亚》对莎剧的语言风格、典故、人物名称、称呼语、剧中歌谣的翻译作了论述，并对四位莎剧译者的译本作了总体评价。其研究中有涉及意象翻译的部分。他指出莎剧中存在很多意象，并且反复出现，如《哈姆雷特》中的疾病意象，《李尔王》中的禽兽意象，尽管有些意象在中西文学中都有所运用，但由于文化差异，意象所蕴含的隐喻意义就不同，翻译中如果不注意这些差异，想当然地使用具有鲜明特色的中国意象，将会造成歧义，内容和风格都将和原文大相径庭。仇蓓玲（2006）《美的变迁》对莎士比亚戏剧的意象翻译作了比较深入的研究，认为意象是莎剧文本向读者传递西方文化和审美信息的一个主要途径，具有审美求解性特征和文化积淀性特征，并将莎士比亚戏剧中的意象翻译划分为传承、变形、失落和扩增四种类型，其中传承包括直译、淡化、加释义和加注等几种方法。

有关莎剧翻译的学术论文，大都从以下角度切入：某一类修辞的多个译本对比研究：周晔（2008）《从〈哈姆雷特〉多个译本看文学翻译中双关的处理策略》；多个译本的整体对比研究：如李士芹（2008）《从〈哈姆雷特〉三个中译本看莎剧中修辞格的汉译》；译者整体对比研究：李媛慧、任秀英（2012）《朱生豪与梁实秋的莎剧翻译对比研究》。而涉及莎剧意象翻译的论文有：王亚敏（2010）《目的论视角下莎剧意象翻译研究》，谢世坚、孙立荣（2014）的《莎剧〈麦克白〉中动物文化词的比喻及汉译》等。从上述有关莎剧翻译的著述来看，莎剧翻译研究主要是对译作的总体评价或者某个剧本的多种译本的对比研究，鲜有涉及意象翻译的专题研究。

曹禺作品最早的英译本是姚辛农（Yao, Hsingnuang）的《雷雨》英译本 Thunder and Rain，发表在上海 1936 年《天下月刊》上，据称属权威英译本。1958 年北京外文出版社出版了王佐良和巴恩斯合译的新译本，之后又推出新版。杨（Yonge, H.）译的《日出》（The Sunrise）是该剧最早的英译本，于 1940 年由长沙商务印书馆出版。1960 年北京外文出版社出版巴恩斯的新译本，之后也推出新版。而曹禺的其他作品节译或全译文多散布于若干中国文学史和评论中。国内对于曹禺戏剧作品英译研究多见于一些硕士学位论文，大多是从功能对等理论、关联理论、目的论和文化流失等视角来研究一个译本或者是两个译本的对比研究。如：李小敏（2014）的《英若诚戏剧〈家〉英译本中的文化流失》和田婧（2009）的《从目的论视角看王佐良英译〈雷雨〉》等。可以看出，针对曹禺戏剧英译的翻译研究多从译本的整体出发，尚无学者对戏剧的意象翻译或修辞翻译进行研究

前人关于莎剧的意象翻译的研究，总结了戏剧中意象翻译的特点，为今后的译者提供了很好的借鉴。然而，这些研究基本上都是围绕意象的保留与否，意象的文化流失等问题展开的，提出的翻译原则和翻译策略不够具体，抑或以原文为标准，判断某位译者的译文是否在各个方面忠实于原文，等等。

我们认为翻译过程是一种认知活动，译文是体验和认知的结果。我们将从概念隐喻的视角对莎剧和曹剧中"风""雨"隐喻的翻译进行研究，以期为莎剧和曹剧的翻译研究提供一个新视角。

第三节　"风"和"雨"隐喻及其认知

本节我们首先从语言修辞层面分析莎剧和曹剧"风""雨"隐喻性修辞，对其进行分类，并对比分析它们的语言构成方式。在指出语言表达

差异的基础上,借助概念隐喻理论,对莎剧和曹剧的"风""雨"隐喻进行认知分析,总结其共性和差异。

一 "风"和"雨"隐喻性辞格

(一) 语料统计

我们借助语料库软件 antconc3.2.0w,以莎士比亚四大悲剧作为考察的语料,对"风(wind)"和"雨(rain)"及其派生词进行了统计,表 8-1 是莎士比亚四大悲剧中和曹禺戏剧中"风""雨"意象出现的次数及其所使用的隐喻性辞格的次数。

表 8-1 莎士比亚四大悲剧和曹剧中"风""雨"意象统计

剧本 意象	King Lear	Hamlet	Macbeth	Othello	《雷雨》	《日出》	《原野》
风	14	15	5	11	16	11	53
雨	11	2	1	1	32	1	6

我们对以上语料中的"风""雨"隐喻性辞格进行了统计,结果见表 8-2:

表 8-2 莎士比亚四大悲剧和曹剧中"风""雨"隐喻性辞格统计

剧本 辞格	King Lear	Hamlet	Macbeth	Othello	《雷雨》	《日出》	《原野》
明喻	2	1	0	0	1	2	3
暗喻	2	4	0	1	0	0	0
借喻	1	2	0	0	1	2	2
拟人	16	11	2	5	0	1	3

在莎剧和曹剧中,"风""雨"意象不仅出现在戏剧人物的对话中,很多也出现在舞台说明中,曹剧中的"风""雨"意象很少出现在人物对话中,大部分出现在布景和舞台说明中,这也是曹剧中"风""雨"隐

性辞格数量较少的原因。尽管如此,"风""雨"意象在推动剧情的发展、人物形象的塑造和戏剧氛围的渲染等方面都起到关键作用。

(二)"风""雨"隐喻修辞及其句法结构

语料统计及分析表明,莎剧和曹禺戏剧中"风""雨"隐喻修辞分为如下三种:明喻、暗喻、借喻。英语修辞学认为"拟人"的本质就是"隐喻"(metaphor),因为用来拟人的动词、形容词或者名词都必定是"隐喻性的"(metaphorical)(Nash 1989:126)。内斯菲尔德等(Nesfield et al 1964:272-273)称为"Personal Metaphor",即以人为喻体的隐喻,把无生命的事物说得犹如有生命,其实也就是"拟人"。"拟人"使我们想起那些由无生命到有生命的隐喻性语义转移(Metaphorical Transfer),因为"拟人"就是通过"隐喻"产生的(李国南 1999:46)。因此,本研究把莎剧和曹剧中的"风""雨"拟人修辞归入隐喻性修辞进行讨论。

1. 明喻

关于明喻的结构,我们在前文已有论述,这里不再重复。在莎士比亚四大悲剧中,以"风""雨"意象为喻体,构成明喻的方式主要有以下三种。

第一种,用状语作喻体。语言结构是"Somebody does something as (like) + wind/rain does"。这种明喻将人做事的一种方式比作某一自然意象的行为方式。如:

(1) FOOL Why? For taking one's part that's out of favour. Nay, <u>an thou canst not smile as the wind sits</u>, thou'lt catch cold shortly.

(*Lear*. 1.4.98 - 100)[①]

在《李尔王》中,肯特严厉训斥了大女儿家的管家奥斯瓦尔德对已经失势的李尔王的不尊敬,李尔王身边的弄臣对肯特说,如果帮助一个

[①] 版本说明:本研究所用语料均出自阿登版莎士比亚(THE ARDEN SHAKESPEARE)的《哈姆雷特》《李尔王》《麦克白》和《奥赛罗》(中国人民大学出版社 2008 年版);各例中的"风"和"雨"隐喻用下划线标出。

失势的人，不会看风使舵，不会迎合得势的大女儿，就会受到冷待。此处喻体"（像）风吹的方向"作方式状语，修饰本体"笑的方式"。此处莎翁利用风飘忽不定、事物随风飘扬的特点，讽刺那些看风使舵的墙头草，构成了一个生动贴切的明喻。

第二种，用补语作喻体。语言结构是"Adj. as（like）+ wind/rain"。如在《哈姆雷特》中，王后在描述哈姆雷特的疯狂像在争强斗胜的大风和大浪一样。补语"像在争强斗胜的大风和大浪一样"，比喻哈姆雷特疯狂的样子。

(2) QUEEN Mad as the sea and wind when both contend
Which is the mightier. In his lawless fit
Behind the arras hearing something stir,
Whips out his rapier, cries 'A rat, a rat!'

(*Ham.* 4.1.7–10)

第三种，用比较句作喻体。此类明喻的语言结构通常由两个独立的句子构成，喻词 like 和 as 也会出现。如：

(3) GENTLEMAN　Not to a rage. Patience and sorrow strove
Who should express her goodliest. You have seen
Sunshine and rain at once, her smiles and tears
Were like a better way.

(*Lear.* 4.3.16–18)

阿登版对此的注释：Cordelia's little smiles and tears were like sunshine and rain，两个并列句构成了明喻，本体是"小女儿考狄莉娅微笑着落泪"，喻体是"阳光和雨水同现"。这里将太阳、雨比作微笑的眼泪，通过明喻将考狄莉娅微笑中带着悲哀的模样刻画得栩栩如生。

而在曹禺戏剧中，有关"风""雨"明喻辞格的构成方式相对来说比较单一，由喻词"如""似""般"连接本体和喻体。具体例子如下：

(4) 陈白露（方才那一阵的<u>兴奋如一阵风吹过去</u>，她突然地显着老了许多。……）达生，我从前有过这么一个时期，是一个孩子么？

（《日出》，第一幕）

(5) 顾八奶奶（又回转身，<u>一阵风似地</u>来到潘的面前，向门内）你们让我歇歇，我心痛。　　　　　　（《日出》，第二幕）

(6) 一阵野风迅疾地从林间扫过，满天响起那肃杀可怖，"飒飒"的叶声，由上面漏下<u>乱雨点般的天光</u>，黑影在四处乱抖。

（《原野》，第三幕）

例（4）中将陈白露兴奋的状态比作风，来得快去得也快，这里明喻的运用将陈白露由喜转悲的情感变化刻画得十分形象。例（5）中将顾八奶奶走路状态比喻成风，顾八奶奶虽然有一定年纪，但是走路依然像风一样，十分矫健。例（4）和例（5）明喻的运用将戏剧人物性格特征刻画得十分细致。例（6）中将天光比作雨点，描绘出破晓时分，光透过树叶洒下稀疏如雨点般的阳光，很好地渲染了戏剧氛围。

2. 暗喻

暗喻，在汉语中又叫隐喻。其本体和喻体的关系更为密切。一般用"是""就是""作""为""成了""变成"等表示判断或关系的词充当喻词加以联结。英语 metaphor 和汉语的隐喻或暗喻的基本格式相同，即 tenor（本体）和 vehicle（喻体）同时出现，这两者之间在形式上是相合的关系，说"A（tenor）is（link-verb）B（vehicle）"（李亚丹、李定坤 2005：134）。在四大悲剧中，以"风""雨"意象为本体或者喻体，根据喻词的不同，暗喻的语言结构有如下三种。

第一种，系动词 be 作为喻词。如：

(7) LEAR　Rumble thy bellyful! Spit, fire, spout, rain!
<u>Nor rain, wind, thunder, fire are my daughters.</u>

(*Lear.* 3.2.14, 15)

例（7）喻词中 are 是 be 的变形形式，意象词作为本体和喻体在形式上相合。

第二种，没有任何喻词，借助意象词的动词形式，通过句子的主谓、动宾结构构成暗喻。本体可以是主语，也可以是宾语。喻体则是动词化的某自然现象。如：

(8) OPHELIA (Sings)
They bore him bare-faced on the bier
And in his grave rained many a tear.
Fare you well, my dove!　　　　　　　(*Ham.* 4.5.160－162)

(9) OTHELLO　　Had it pleased heaven
To try me with affliction, had they rained
All kinds of sores and shames on my bare head,
Steeped me in poverty to the very lips,
Given to captivity me and my utmost hopes,
I should have found in some place of my soul
A drop of patience;

(*Oth.* 4.2.48－54)

上述两例都没有喻词。例(8)是一个倒装的主谓结构。句中主语 tear 是本体，rained 是谓语，同时也是喻体。所以这是一个将眼泪比作雨点的暗喻。例(9)则是一个没有喻词的动宾结构暗喻。句中宾语 sores and shames 是本体，同样地，句子里的 rained 是谓语，同时也是喻体，将各种各样痛苦耻辱比作雨滴，劈头盖脸地打到头上。

第三种，of 充当喻词的修饰性暗喻。用定语和中心词之间的修饰限制关系打比喻。如：

(10) KING　And for his death no wind of blame shall breathe
But even his mother shall uncharge the practice
And call it accident.

(*Ham.* 4.7.64－66)

这里通过 of 修饰结构，将责怪的话语比作风。国王设下陷阱将哈姆雷特处死，让其死得悄无声息，没人发现，就不会遭到任何人的非议。汉语中也有此类表达，如"风言风语"。

此外，就是上文提到的 Personal Metaphor。这类隐喻在四大悲剧中较多，往往通过动词或者动词短语、副词、形容词和介词短语将"风""雨"比喻成有生命的人。例子如下：

(11) MACBETH I conjure you, by that which you profess
Howe'er you come to know it, answer me：
Though you untie the winds and let them fight
Against the churches.

(*Mac.* 4.1.50-53)

(12) HAMLET I am but mad north-north-west. When the wind is southerlyI know a hawk from a handsaw.

(*Ham.* 2.2.315, 316)

(13) PLAYER ……
But, as we often see, against some storm,
A silence in the heavens, the rack stand still,
The bold winds speechless and the orb below
As hush as death.

(*Ham.* 2.2.421-423)

(14) KING Therefore prepare thyself：
The bark is ready and the wind at help,
Th'associates tend and everything is bent
For England.

(*Ham.* 2.2.42-45)

通过用来描述人的动词、动词短语、副词、形容词和介词短语，莎士比亚赋予自然意象"风""雨"像人的行为动作和精神面貌。如：例

（11）通过动词 fight 将风比喻成一个英勇无比的战士；例（12）通过副词 southerly 将风比喻成一个朝目的地行进的游客；例（13）通过形容词 bold 和 speechless 将风描述成一个胆大而无言的人；例（14）通过介词短语 at help 赋予风一个热心助人的精神面貌，在这里，国王指明天时地利，劝说哈姆雷特早日离开前往英格兰。在四大悲剧中，莎士比亚通过这种拟人隐喻，从而把无生命的"风""雨"描绘得像人一样。

在曹禺戏剧中，"风""雨"隐喻主要表现为拟人隐喻，主要也是通过动词将"风""雨"赋予人的特性和情感。如：

（15）有时巨龙似的列车，喧赫地叫嚣了一阵，喷着火星乱窜的黑烟，<u>风掣电驰</u>地飞驶过来。

(《原野》，序幕)

（16）焦母（<u>风声喃喃</u>，辛痛地）忘记妈。什么辛苦都不记得了。（低头）

(《原野》，第一幕)

（17）焦花氏（喘息，呼出一口长气）啊！好黑！（惊疑地）这是什么地方！（忽而看见重甸甸的黑影里闪出一条条白衣的东西，低声急促地）虎子！虎子！（……<u>一阵疾风扫过来</u>，满天响起那肃杀可怖、惨厉的声音，她仰头上望，身旁环立着白衣的树干，闪着光亮，四面乱抖森林野草的黑影，她惊恐地呼喊起来）虎子！虎——子！虎——子！

(《原野》，第三幕)

在这几个例子中，三个动词"掣""喃喃"和"扫"将本无情感无生命的"风"喻指成有生命、有情感的人。拟人隐喻的应用起到了渲染戏剧氛围的作用，如：在例（16）中，焦母沉痛地在小声地嘱咐自己的儿子，此刻风声喃喃，"喃喃"一般指人小声地说话，此处的"风"都好焦母一样在小声说着话，读者通过喃喃的风语仿佛都能感受到焦母为儿子担忧又不得不让他走的沉痛心情。

3. 借喻

借喻是比喻的一种。本体和喻体的关系较之隐喻更加密切。它不用本体，也不用喻词，只用喻体来作本体的代表（李亚丹、李定坤 2005：132）。英语的 functional metaphor 和汉语的"借喻"极为相似。在这种辞格中，喻体是象征性的，并包含一个未言明的本体（同上：136）。在莎剧中，相较于明喻和暗喻，和"风""雨"意象相关的借喻的语言结构比较单一，简洁洗练，仅以单个意象词作为喻体，偶尔在意象词前添加形容词加以修饰。具体例子如下：

(18) KING　…
Too slightly timbered for so loud a wind,
Would have reverted to my bow again,
And not where I had aimed them.

(*Ham.* 4.7.23 – 25)

此例本体和喻词没有出现，用意象 wind 作比较有象征性的喻体，根据上下文，在这里喻指风声或民意：广大民众对哈姆雷特的拥护之声，以及对国王想对哈姆雷特进行惩罚的反对之声。

而在曹禺戏剧中，像明喻和隐喻修辞格一样，借喻少且语言句法结构单一。表现为"风"和"雨"借助其他天气现象词构成的词语来充当喻体，具体例子如下：

(19) 和他谈两三句话，便知道这也是一个美丽的空形，如生在田野的麦苗移植在暖室里，虽然也开花结实，但是空虚脆弱，经不起现实的风霜。

（《雷雨》，第一幕）

(20) 焦　母（闭上眼，可怜）孩子，你是一根细草，你简直经不得风霜。

（《原野》，第二幕）

例（19）和例（20）中意象"风"和"霜"组合成词语"风霜"，

这里的"风霜"并不是字面意思，而是有象征性意义的。这里的"风霜"同指"困难"和"挫折"。例（19）画线部分是《雷雨》中对周家大少爷周萍的描述，周萍就像生在田野却被移植到暖室里的麦苗，可能心中有一番抱负，但是成长环境使其脆弱空虚、犹豫怯懦，一旦踏入复杂社会可能经不起现实生活中各种困难和挫折。此处，没有言明的本体，没有喻词，"风霜"喻体的运用从侧面凸显了戏剧的人物性格。

（三）莎剧和曹剧中"风""雨"隐喻性辞格的对比

根据莎士比亚四大悲剧和曹禺三部戏剧的"风""雨"意象统计，不管在莎剧还是在曹剧中，"风"出现的次数比"雨"的次数要多；相应地，"风"的隐喻性辞格较"雨"的隐喻性辞格的例证也更多。就"风""雨"隐喻性辞格而言，不管是在莎剧还是在曹剧中，与明喻和借喻相比，暗喻的使用频率更高。

对比莎剧和曹剧中的"风""雨"隐喻性辞格，发现莎剧中此类辞格多于曹剧。通过文本细读，造成这种现象的原因可能是：在莎剧中"风""雨"意象多出现于戏剧台词中，而在曹剧中，则多出现在舞台说明中，多数时候只是平铺直叙，起到烘托氛围的作用，因此辞格的使用较少。再者，在分析具体辞格的语言表达结构方面，莎士比亚与曹禺相比，"风""雨"明喻、隐喻和借喻辞格的语言形式更为灵活和丰富。具体体现为：在曹剧中，"风""雨"明喻结构形式单一，简单地通过喻词"似""如"和"般"等连接本体和喻体。在莎剧中，明喻的表达形式通常由状语、补语和相比复句的偏句作喻体。就"风""雨"暗喻而言，曹禺借助各种动词将"风""雨"隐喻成有生命的人，莎士比亚除了用动词，还用副词、形容词和介词短语来构成隐喻辞格。就"风""雨"借喻而言，莎士比亚和曹禺的"风""雨"借喻的表达结构都较简单，借助"风""雨"意象，辅之形容词或者其他天气词，包含一个未言明的本体，来构建借喻。

总的来说，在莎剧和曹剧中，"风""雨"意象及它们的比喻修辞语言表达方式有共同之处，但由于英汉语言的构词、句法等的不同而表现出较大的差异性。就现有语料来看，莎士比亚比曹禺在"风""雨"隐喻修辞的运用上更加灵活丰富一些。

二 "风"隐喻的认知分析

以上讨论了莎剧和曹剧中"风""雨"的比喻修辞的分类,及其语言表达形式,以及比喻辞格在塑造人物性格、渲染戏剧氛围等方面的作用。下面我们对莎剧和曹剧中"风""雨"概念隐喻进行认知对比分析。

(一)莎剧中的"风"概念隐喻

汉语"风"和英语"wind"相对应,是和地面大致平行的空气流动的现象,是由于气压分布不均匀而产生的。风有很多属性,比如:会流动、有速度、有方向性、流动时会发出声音、暴风雨极具力量和破坏性等。人们基于这些体验,借用"风"理解一些抽象概念。"风"隐喻运用在文学作品中,使得文学作品更富有艺术性。

莎士比亚四大悲剧中有关"风"的概念隐喻如下:

1. "风"喻"处境或势头"(SITUATION / TREND IS WIND)

(1) FOOL Why? For taking one's part that's out of favour. Nay, an thou canst not smile as the wind sits, thou'lt catch cold shortly.

(*Lear.* 1.4.98–100)

此处,弄臣劝说肯特伯爵,站到一个失势的人一边,不会见风使舵,不会将笑脸迎向风向的方位,就会挨冻着凉。此处包含的一个概念隐喻就是 SITUATION IS WIND,即以"风"喻"处境"。人的身体能感知到风,虽然看不见、摸不着,但是风有方向,顺着风的方向,做事便顺利;逆着风的方向,做事便会受到阻碍。而人们在处理问题或者制订相关计划的时候,会考察处境和时势的变化,顺势而为成功的概率就大一些。如果将本体"风"和喻体"处境"进行相似性并置,源域中"风"的风向这一自然属性映射到目标域"处境"或者"时势"上,读者就很容易明白。此处"风"概念隐喻的运用,让读者对抽象概念"处境"有了一个具体清晰的认识。此处"风"概念隐喻的运用,也凸显了弄臣这一戏剧人物诙谐又充满智慧的语言特点。在《哈姆雷特》中也可以看到类似相同隐喻表达,如:

(2) KING I could not but by her. The other motive
Why to a public count I might not go
Is the great love the general gender bear him,
Who, dipping all his faults in their affection,
Would, like the spring that turneth wood to stone,
Convert his gives to graces; so that my arrows,
Too slightly timber'd for <u>so loud a wind</u>,
Would have reverted to my bow again,
And not where I had aim'd them.

(*Ham.* 4.7.17 – 25)

上文提到以"风"喻"处境",此处以"风"喻"势头"。根据上下文,国王欲加害于哈姆雷特,以射箭来打比方,以哈姆雷特为靶子,但是碍于风势太大,结果不仅射不中目标,反而会反转回来伤到自己。这里的"风"喻民众对哈姆雷特的喜爱宽容拥戴之势,对哈姆雷特的偏向之势。国王如果逆势而行,反而会伤到自己。这里将"风"的力量、方向映射到抽象概念"势头",这一"风"的隐喻形象地描绘了国王在民众拥护哈姆雷特王子的大势面前无可奈何的状态。

2. "风"喻"空洞或无根据的话或谣言"(RUMOR IS WIND)

(3) KING And for his death no <u>wind of blame</u> shall breathe
But even his mother shall uncharge the practice
And call it accident.

(*Ham.* 4.7.64 – 66)

此处国王想设计将哈姆雷特处死,并且要让外人看来像一场意外,而不是有意害之。wind of blame 此处指"风言风语",没有根据的话,自然不会引来非难之声。此处的概念隐喻就是 RUMOR IS WIND,风是人们看不见摸不着的,谣言同样看不见摸不着,其特征和风的属性相似,通过两相映射,读者能感觉到国王的阴险狡诈、表里不一的性格特征。

第八章　莎剧和曹剧"风""雨"隐喻及其汉译 / 263

3. "风"喻"呼吸"（BREATH IS WIND）

"呼吸"是指机体与外界环境之间气体交换的过程，它和"风"的相似之处就是空气的流动。将这一相似性进行并置，BREATH IS WIND 的隐喻就产生了。以下是例证：

(4) HAMLET　Nor customary suits of solemn black,
Nor windy suspiration of forc'd breath,
No, nor the fruitful river in the eye,
Nor the dejected havior of the visage,
Together with all forms, moods, shapes of grief,
That can denote me truly.

(*Ham.* 1.2.78–83)

4. "风"喻"有利条件"（ADVANTAGE IS WIND）

(5) 2 WITCH　I'll give thee a wind.
1 WITCH　Th'art kind.

(*Mac.* 1.3.11, 12)

这里的 wind 在肯尼思·缪尔主编的阿登版《麦克白》中这样注解："Though for enchanting of ships that sail along their coast, …and their giving of winds good to their friends, and contrary to other"。海上航行对于英国这个海岛国家来说十分重要，而风对于海上航行至关重要，航行若有风的助力，即省燃料又省力，船的速度也相对较快。因此"风"能将人置于一个有利的情境下。

(6) HAMLET　O, the recorders! Let me see one. To withdraw with you-why do you go about to recover the wind of me, as if you would drive me into a toil?

(*Ham.* 3.2.337–339)

此处的 recover the wind of me，阿登版的注解为 get to windward of me，意为"去到我的上风向"。这里哈姆雷特认为国王安排的伶人表演是一个圈套陷阱，目的是要打探自己内心真实想法，从而占据有利位置。身体经验告诉我们，站在上风向则占据有利条件，下方向位置将拥有不利条件。这里用 wind 来喻指有利情境。

5. "风"喻"音乐"（MUSIC IS WIND）

(7) CLOWN   Marry, sir, by many <u>a wind instrument</u> that I know.

(*Oth*. 3. 1. 10)

(8) CORDELIA   Th'untuned and jarring senses, O, <u>wind up</u> of his child-changed father.

(*Lear*. 4. 7. 16, 17)

例（7）和例（8）中画线部分分别表示"管乐器"和"校准音调"，都和音乐密切相关，这是因为风是由空气流动产生，空气流动就会导致振动，从而产生声音，如果发出来的声音富有节奏感的话，就能产生让人身心愉悦的音乐。基于风是一种空气流动这一属性，人们将"风"喻为"音乐"就不足为奇了。

6. "风"喻"轻佻的行为举止"（MANNER IS WIND）

概念隐喻中一种常见的修辞就是拟人。拟人就是将非人类的事物赋予人的情感。莎翁利用"风"的某些特性，经常将其拟人化，如：

(9) OTHELLO   Heaven stops the nose at it, and the moon winks;

The <u>bawdy wind</u>, that kisses all it meets,

Is hush'd within the hollow mine of earth,

And will not hear it. What committed?

Impudent strumpet!

(*Oth*. 4. 2. 78 – 82)

听信他人挑唆，心生怀疑的奥赛罗怀疑自己妻子的贞洁，便辱骂她淫荡无耻。这里他说，碰见什么都要亲吻的淫荡的风，也会躲起来，不愿听自己妻子所犯的罪恶。"淫荡的"本来是用来形容人的，此处用来描述风，这是因为人的体验告诉我们，风虽然有方向，但是风的方向并不是固定的，是没有确定性的。由此看来，风不专一。奥赛罗这里将风拟人化，将妻子的行为比拟为不确定、不专一的风，指责妻子是一个比风还不知廉耻的淫荡妇人。

以上就是莎剧中有关"风"隐喻映射，莎士比亚借用"风"的不同特性，基于人们的身体经验，构建了很多巧妙的隐喻。从这些例证看出，作为天气隐喻的一种，其目标域不再只是局限于人类的情感域，还涉及社会现象域，如："风"喻"处境或势头"；或者人类行为域，如："风"喻"呼吸"；等等。从以上例证也可以看出，莎士比亚通过这些隐喻，使得戏剧人物的语言更加生动，从而戏剧人物性格特征也更加鲜明。比如：在例（1）中，弄臣通过"as the wind sits"的表述，隐晦地劝说肯特伯爵应该看清时势，作出正确选择，否则就会着凉感冒。莎士比亚通过弄臣之口揭示人世间丑陋的事物，抨击李尔王大女儿和二女儿的忘恩负义，得势后的背信弃义及众臣的趋炎附势和见风使舵，所以此处弄臣的隐喻一针见血地说明了形势，恰到好处，无不体现着他的智慧，弄臣其实并不傻，可谓大智若愚。而在例（9）中，多疑的奥赛罗，在奸人的怂恿下，怀疑妻子不忠、丧失了贞洁、背叛了丈夫，所以在他眼中，风连月亮都会给献上媚眼，因而是十分淫荡的。莎士比亚此处隐喻的运用，将奥赛罗多疑的性格刻画得淋漓尽致。

（二）曹剧中的"风"概念隐喻

1. "风"喻"困难、挫折、麻烦"（DIFFICULTY / TROUBLE IS WIND）

(10) 周蘩漪 好，你去吧！小心，现在（望窗外，自语，暗示着恶兆地）<u>风暴</u>就要起来了！

（《雷雨》，第二幕）

(11) 潘月亭 所以抵押房产，同金八提款这两个消息千万不要叫人知道。这个时候，随便一个消息可以造成<u>风波</u>，你要小心。

（《日出》，第二幕）

(12) 焦母（闭上眼，可怜）孩子，你是一根细草，你简直经不得<u>风霜</u>。

(《原野》，第二幕)

这里的"风暴""风波"和"风霜"指的就是抽象概念困难挫折或者麻烦。风变幻莫测，让人不可捉摸，飓风或者暴风来临时，极具危险性和震慑性，对人的生活产生很大的影响。基于此种体验，人们将"风"作为源域来认识目标域中的困难、挫折、麻烦等抽象概念。在上述例证中，例(10)中的"风暴"一语双关，既指自然天气层面的风暴，也暗指矛盾重重的周家即将发生一场风暴，从而陷入麻烦中。例(11)中的银行潘经理希望自己抵押房产和金八需要大量提款的消息不要泄露，否则将在大众中引起大风波，也就是麻烦和混乱。例(12)焦母将自己的孩子比作一根细草，将自然界的风霜比作现实的各种困难挫折。以上例子，凸显了风具有破坏性和危险性，由此借助具体意象"风"来隐喻抽象概念"困难挫折"和"麻烦"。

2. "风"喻"感受"(FEELING IS WIND)

(13) 陈白露（方才那一阵的<u>兴奋如一阵风</u>吹过去，她突然地显着老了许多。……）达生，我从前有过这么一个时期，是一个孩子么？

(《日出》，第一幕)

风蕴含了万物生长的信息，带来春生、夏长、秋收和冬藏。春风拂面，给人凉爽舒适的感觉，因而令人感到兴奋。同时风的速度也快，将白露的"兴奋"比作"风"，也说明她只有短暂的快乐，情绪跌宕起伏。

3. "风"喻"速度"(HIGH SPEED IS WIND)

(14) 顾八奶奶（又回转身，<u>一阵风似地</u>来到潘的面前，向门内）你们让我歇歇，我心痛。

(《日出》，第二幕)

(15) 有时巨龙似的列车，喧赫地叫嚣了一阵，喷着人星乱窜的黑烟，<u>风掣电驰</u>地飞驶过来。

（《原野》，序幕）

风有时候是快速的空气流动，因此用风来形容人跑步走路或者汽车火车行驶的速度。

4."风"喻"行为举止"（MANNER IS WIND）

（16）自己以为不减旧日的<u>风韵</u>，那种活泼，"娇小可喜"之态委实个人佩服胡四……

（《日出》，第二幕）

（17）身材不十分高，却也娉娉婷婷，走起路来，顾盼自得，自来一种<u>风流</u>。

（《原野》，序幕）

这里用"风"来隐喻女性的"曼妙身姿"和"端庄的举止"。

5."风"喻"旅途劳顿"（TIREDNESS IS WIND）

（18）焦大星背着包袱，提着点心，手里支着一根木棍，<u>满脸风尘</u>，很疲倦地迈过中门的门槛。　　　　（《原野》，第一幕）

烈风吹脸，旅途奔波，给人一种沧桑劳累之感。

6."风"喻"震撼力量"（SHOCK/ POWER IS WIND）

（19）焦母（猜到方才在她背后金子会叽咕些什么，尖酸地）嗯，金子，你是个正派人，刚才都是我瞎说，看你是眼中钉，故意造你的谣言。现在你丈夫来了，你可以逞逞你的<u>威风</u>啦！

（《原野》，第一幕）

风威力强大，飓风和暴风极具力量和破坏作用，给人震撼之感。基于风的这一特性的认识，用"风"来喻指"震撼力量"。

7. "风"喻"穷困潦倒"（POVERTY IS WIND）

（20）黑三 您瞅瞅来的是什么地方，我们是喝西北风长大的？

（《日出》，第三幕）

　　风虽有方向，但是不同方向的风有不同的隐含意义。中国北方和西北地区的冬季常刮西北风，我国的西北方向是西伯利亚和蒙古高原，那里纬度高，地处内陆，受西伯利亚寒流的影响，常年寒风凛冽。而冬季常在外活动的人会知道，在肚子空空如也的时候，一张嘴往往会灌进一腔的冷风，人会不由自主地打战，此时的感觉唯有"饥寒交迫"可以描摹。相反，在酒足饭饱之际，即使寒风吹来也是没有多少凄凉感觉的，甚至会有舒畅之感；而要是东南风吹来，那只能是暖风习习，没有痛切之感，人们基于这些体验，常用"喝西北风"来形容生计艰难，饥寒交迫，穷困潦倒。

　　以上是曹剧中有关"风"的隐喻认知分析，和莎剧一样，曹剧中有关"风"的隐喻也不仅仅将目标域局限于人类情感域。除了"兴奋地像一阵风"这样明显的明喻表达，也有像例（10）中"风暴就要来了"的双关隐喻。除此之外，像常见的词语"风韵""风流"和"威风"虽然简短，其实人们早已熟知其隐喻意义，它们都是通过人们最初的身体体验，通过相似性的映射，从而实现意义的构建，并被人们所熟知，约定俗成。而像"满脸风尘"和"喝西北风"这样的隐喻可能只为中国读者所理解，因为正如前面的认知分析所示，它们隐喻意义的构建是基于中国独有的地域文化特点，因此对于没有相关背景文化知识的外国人来说，是很难理解的。

三　"雨"概念隐喻的认知分析

　　汉语"雨"和英语"rain"对应，是从云层中下降的水滴。和"风"一样，"雨"是一种天气现象，它有很多的属性特征。比如：雨一般以点、线形状呈现；雨是下落状态，呈密集型；暴雨像狂风一样也具有破坏作用；等等。人们基于对于"雨"的认知，借用"雨"理解一些抽象概念。以下我们对莎剧和曹禺戏剧中"雨"概念隐喻进行分析。

(一) 莎剧中的"雨"概念隐喻

1. "雨"喻"眼泪"(TEAR IS RAIN)

(21) OPHELIA (Sings)
They bore him bare-faced on the bier
And in his grave rained many a tear.
Fare you well, my dove!

(*Ham.* 4.5.160 – 162)

(22) GENTLEMAN　　Not to a rage. Patience and sorrow strove
Who should express her goodliest. You have seen
Sunshine and rain at once, her smiles and tears
Were like a better way.

(*Lear.* 4.3.16 – 18)

例(21)和例(22)都将"雨"比作"眼泪",不同的是例(21)中借助的是"rain"的动词形式的一个动宾结构的隐喻,奥菲莉娅在得知自己心爱的哈姆雷特已经死亡的消息时,眼泪像雨点一样往下掉,汉语里说"泪如雨下",以此来表现悲痛之情。例(22)是两个并列句构成的明喻,侍臣说考狄莉娅的表情就像阳光雨水同现,微笑的同时也流下泪水,将考狄莉娅收到父亲来信后又喜又悲的状态刻画得形象生动。在这里,因为眼泪掉下来像下落的点状或者线状的雨水,基于此相似性,便有了 TEAR IS RAIN 的概念隐喻。

2. "雨"喻"逆境灾难"(ADVERSITY IS RAIN)

(23) FOOL　O nuncle, court holy-water in a dry house is better
than this rain-water out o'door. Good nuncle, in, and
ask thy daughters blessing! Here's a night pities nether
wise men nor fools.

(*Lear.* 3.2.10 – 13)

弄臣对国王说屋里面的甜言蜜语比外面的疾风暴雨要好些,劝说国王向他的女儿求情留在宫殿,不要到荒野去遭受疾风暴雨般的艰难困境。人的体验说明暴风雨能陷人于危险境地并且常常不为人力所控制,弄臣在这里用"雨"喻"艰难困苦"的概念隐喻隐晦地劝说国王向女儿们妥协。

3. "雨"喻"悲痛或者耻辱"(SORE / SHAME IS RAIN)

(24) OTHELLO　Had it pleased heaven
To try me with affliction, had they rain'd
All kinds of sores and shames on my bare head

(*Oth*. 4. 2. 48 – 50)

大雨往往来势凶猛,给人以巨大的冲击力。因此常与规模大、密集型的事物和局面联系起来。这里奥赛罗以"雨"喻"悲痛和耻辱",是因为奥赛罗认为妻子的不忠诚给自己带了巨大的耻辱和强烈的痛苦。基于对大雨的体验,读者或者观众就能体会奥赛罗汹涌无比的痛苦和耻辱,为后文奥赛罗杀死妻子埋下伏笔。

和莎剧中"风"的隐喻一样,莎士比亚亦借助"雨"这一天气意象构建了很多巧妙的隐喻。在刻画戏剧人物形象,推动戏剧剧情的发展起到很大的作用。例(21)和例(22)分别形象地刻画了为爱感伤的奥菲莉娅和为父担忧的考狄莉娅孝女形象,透过文字,读者都能感觉戏剧人物的悲伤。例(23)中弄臣用"holy-water"和"rain-water"两相对照,再一次彰显了弄臣的智慧,戏剧人物形象也更饱满。例(24)隐喻的运用更是为奥赛罗后来杀妻剧情奠定了伏笔。

(二)曹剧中的"雨"概念隐喻

1. "雨"喻"眼泪"(TEAR IS RAIN)

(25)四凤由中门进,眼泪同雨水流在脸上,散乱的头发水淋淋的粘在鬓角。

(《雷雨》,第四幕)

和莎剧一样，曹剧中也有以"雨"喻"眼泪"的例证。"雨"在汉语中和愁苦伤心等情感有密切联系。古人经常寄情愁于雨，如"清明时节雨纷纷，路上行人欲断魂""君问归期未有期，巴山夜雨涨秋池"等诗句寄托了诗人无限的愁苦之情。

2. "雨"喻"密集型的物体"（LARGE QUANTITY IS RAIN）

（26）焦花氏（蓦然变了脸）什么？你不要我？你不要我？可你为什么不要我？（拳头雨似地打在仇虎铁似的胸膛上）

（《原野》，第一幕）

尽管"拳头"和"雨"很不相同，雨是液体的水滴状，拳头是人体的一部分，看似两者没什么相似性。但是隐喻意义是喻体和本体互动的结果，喻体的特征通过映射转移到本体上，但不意味着喻体所有的特征都会映射过去，本体的本质决定着喻体哪些特征可以转移（束定芳2000：80）。拳头虽不是液体状，但是握紧的拳头是圆圆的形状，形似雨滴，密集的出拳和雨的密集型特征也相似，从这可以看出，隐喻是基于相似性的，同时提供观察事物的新视角。

3. "雨"喻"血"（BLOOD IS RAIN）

（27）焦花氏（觉得身上有洒下来的雨点）虎子！
仇虎 什么？
焦花氏（慢慢地）天下了雨了。
……
仇虎 那是我的血，我胳膊上的血甩出来的。

（《原野》，第三幕）

这里根据上下文情境，焦花氏在逃亡的漆黑的晚上将仇虎身上的血误当作雨滴。"血"和"雨滴"都是液体的水滴状，所以基于此认知，将"雨"喻作"血"。

以上是对曹剧中"雨"的隐喻认知分析,可能因为这些隐喻均出现在剧作的舞台布景和舞台指示语当中,大都基于人们对于雨呈点状或者线状的特点,映射目标域较为单一,所以在刻画戏剧人物特点,推动剧情发展等方面作用不大,但是布景大量隐喻的出现,有利于烘托氛围,使读者在阅读时更有画面感。

四 "风""雨"隐喻认知的共性

基于以上关于莎剧和曹剧中"风""雨"隐喻的认知分析,可以总结出二者有以下共同点。

就"风"的隐喻在莎剧和曹剧中而言,基于对源域中"风"的属性特征的认识,有一个相同的隐喻结构,那就是以"风"喻"行为"(MANNER IS WIND);不同的是,曹剧中的"风"的隐喻用来喻指美好的行为举止,如例(16)和例(17)中的风韵和风流。但是莎剧中却用作贬义,基于对风飘忽不定的特性,例(9)中奥赛罗用风喻指妻子轻佻的行为举止。莎剧和曹剧借助"风"这一具体意象,隐喻投射到属性相似的目标域,主要有:行为域,如"风"喻"人的行为举止"(MANNER IS WIND)、"风"喻"呼吸"(BREATH IS WIND);社会现象域,如:"风"喻"处境或势头"(SITUATION / TREND IS WIND)、"空洞或无根据的话或谣言"(RUMOR IS WIND)和"穷困潦倒"(POVERTY IS WIND)等。

莎剧和曹剧中有关"雨"的隐喻相对于"风"来说较少,但是在仅有的几组映射里,有一个相同的隐喻,就是将"雨"喻作"眼泪"(TEAR IS RAIN),见例(21)、例(22)和例(25)。莎士比亚和曹禺也以"雨"来映射人的情感,眼泪是悲伤情感的外在体现。最后,需要指出的是,莎剧和曹剧中的"风"和"雨"隐喻需要根据上下文来理解其隐喻义,这弥补了一些研究以缺乏语境的词典例句为语料,对比"风"和"雨"隐喻而造成的缺陷。

相同的身体结构和感官系统使得英汉民族拥有相似的体验认知能力和相似的身体体验。这种相同的或者相似的认知体验反映在两位剧作家语言上,因而出现了一些相同或相似的"风"和"雨"的隐喻投射。

五 "风""雨"隐喻认知的差异

基于以上对莎剧和曹剧中"风""雨"隐喻的认知分析，可以总结出二者有以下的差异。

"风"的隐喻在曹剧中映射更多，但是曹剧和莎剧有各自独特的隐喻映射。如例（20）中的"喝西北风"喻"穷困潦倒"，例（19）"威风"喻"震慑力量"，例（18）"满脸风尘"喻"旅途劳顿"和例（13）"兴奋地像一阵风"喻"情感"，等等，在莎剧中找不到类似的隐喻映射。但是莎剧有"wind of blame"和"wind instruments"喻"谣言"和"乐器"等特有的隐喻映射，见例（3）、例（7）和例（8）。

就"雨"的隐喻而言，莎剧和曹剧中没有表现出太大的差异性。大多基于"雨"成点状和线状，密集等特性的隐喻映射，如莎剧有例（21）和例（22）将"雨"喻"眼泪"，曹剧例（25）、例（26）和例（27）均将雨比喻成相同或相似的形状"眼泪""拳头"和"血滴"。除此之外，莎剧"雨"的特有隐喻有：就"雨"的破坏力特性，例（23）中将"雨"隐喻为"逆境困难"，例（24）中将"雨"喻作"悲痛和耻辱"。

事物的概念化是人的主观心理加工过程，因此并不是对客观世界的镜像反映，在范畴化和概念化的过程中，从不同角度认识事物会看到不同的特征；再者，虽然东西方人有着相同的身体结构和感官系统，但是由于地理环境、生活方式和文化背景不同，对同一事物的认识和体验认知也会存在很大差异。这就是莎剧和曹剧在对"风"和"雨"的各种特性进行概念化的过程中，隐喻投射在语言表达上表现出差异性的原因。

六 小结

隐喻不仅是一种语言表达，更是人类常用的思维和认知方式。隐喻语言表达形式是人类认知活动的产物。对莎剧和曹剧中"风""雨"比喻修辞的研究，有助于了解英汉语语言表达的差异，同时，从概念隐喻理论出发，对莎剧和曹剧"风""雨"隐喻进行认知分析，探索两位剧作家的思维认知方式，将有助于加深英汉民族间的了解。总的来说，在莎剧和曹剧中，"风""雨"意象及其比喻修辞语言表达方式，存在相似点；同时因为英汉语言的构词、句法等的不同，也表现出很大的差异性。就我们使用的语料来看，莎士比亚相比曹禺在"风""雨"比喻修辞的运用上更灵活丰富。在认知分析上，"风"和"雨"的隐喻映射因为身体体验的相似而产生相似的隐喻映射，存在共性。同时，由于中英地理环境、文化背景和生活方式的不同，隐喻映射也有很大的差异性，这也说明了语言是人类认知的产物，认知方式不一样，在语言表达形式上也会体现出一定的差异性。

第四节　概念隐喻视角下"风""雨"隐喻的翻译

前文对莎剧和曹剧中"风""雨"比喻辞格的语言表现形式进行了研究，并从概念隐喻视角对"风""雨"隐喻进行了认知分析。在了解莎剧和曹剧"风""雨"语言表达和认知投射相似点和不同点的基础上，以下我们将运用隐喻认知的翻译观对莎剧和曹剧"风""雨"的隐喻翻译进行研究讨论。

隐喻以认知为基础，因此隐喻翻译就不只是修辞层面的语言符号转换，而是一个复杂的认知过程。概念隐喻是从一个概念域到另一个概念域的映射，概念隐喻视角下隐喻的翻译也就可以理解为从源域（源语）到目标域（目的语）的一种映射。隐喻翻译过程是一个动态的而非静止的认知过程。Wilson（2009）阐释了隐喻翻译的认知过程：译文文本信息与意义的转换，依赖于译者的分析、释义和再阐述等一系列认知活动；译者要准确地把源语信息对等地传递给目的语读者，不仅要依靠语言技能，还要运用认知思维活动，如阅读、作决定、阐述和再阐述等，使源文本与目的语文本隐喻信息对等映射。由此可见，隐喻翻译过程就是一种思维认知活动。

依照 Maalej（2008：65）的翻译模型，我们可以将隐喻翻译的过程分成三个步骤：第一，分析源语的文化隐喻。在翻译过程中有三个参与者：原文作者、译者和译文读者，译者在作者和读者之间起到重要的桥梁作用。译者在翻译时有两个认知活动：一是作为信息接收者进行语言处理；二是作为信息发送者进行信息组合。所以译者作为认知主体，在翻译时首先需要在理解基础上，分析源语"风""雨"概念隐喻。举个例子，前文提到的莎剧中"bawdy wind"将风拟人化，赋予"风"人的性情，译者要理解 PEOPLE ARE WIND 这个概念隐喻。第二，文化对比。隐喻不仅仅是认知的而且是文化的。翻译莎剧和曹剧，要求译者不仅了解英汉两种语言，而且熟知两国的文化。各民族文化具有独特性，比如：汉语用"西北风"来比喻"饥寒交迫，穷困潦倒"，译者如果进行直译，目的语读者无类似认知体验，就读不出它的隐喻含义，所以在隐喻翻译过程中，要准确把握源语隐喻所承载的文化信息和含义，在目的语文化中寻找与其含义、感情色彩等方面对等的隐喻表达，并运用恰当的翻译策略，将其译为目的语，向读者传递源语隐喻所承载的民族文化信息。第三，重组隐喻。译者基于前两个步骤的认知活动，将分析理解并进行文化对比的隐喻重组到目的语，尽可能将源语中的隐喻系统映射到目的语隐喻系统中。

总之，隐喻翻译是心理运行机制产生的认知过程，关键在于译者对隐喻意义的理解，以及对源语与目的语认知方式的协调。翻译隐喻时可能需要考虑很多具体问题，如：隐喻能否保全；喻体形象如何传达，是转换还是放弃；辞格如何表现；如何确保喻义明确；等等。成功的莎剧和曹剧"风""雨"隐喻翻译体现在隐喻的表现形式上既要产生隐喻的联想意义，又要保留"风""雨"的形象喻体唤醒的概念意义，使目的语读者在读完译本之后能和源语读者得到相同或者相似的认知。

综上所述，隐喻翻译是一项认知活动，译者作为认知主体在翻译的过程中起着重要的作用。隐喻翻译受制于很多因素，如源语和目的语认知方式、语言和文化的差异。不同的译者由于自身认知体验不同，对于原文中的隐喻会有不一样的认知和阐释，不同的翻译时间和环境、翻译策略会导致不同的译文。基于前人研究，我们运用隐喻认知的翻译观考察了莎剧四大悲剧现有代表性译本和曹剧代表性英译本对"风""雨"隐喻的处理，总结出以下三种翻译策略：完全对应翻译法、部分对应翻译法和完全重组翻译法。

一 完全对应翻译法

尽管英汉民族语言不同，但是相同的身体结构和感官系统使得他们拥有相似的认知能力和身体体验，很多时候对于"风""雨"有着共同或者相似的认知模型和认知系统。所以，当"风""雨"意象在源语的隐喻意义完全映射到目标语中,"风""雨"意象乃至修辞格在目的语中也得以映射,我们将此种翻译方法叫作完全对应翻译法。下面我们通过莎剧和曹剧译本"风""雨"隐喻的译例来阐释这种翻译策略。

(1) OPHELIA (Sings)
They bore him bare-faced on the bier
(Hey non nony, nony, hey nony)
And in his grave rained many a tear.
Fare you well, my dove!

(*Ham.* 4.5.160 – 162)

朱译:(唱)他们把他抬上框架;哎呀,哎呀,哎哎呀;<u>在他坟上泪如雨下</u>。再会,我的鸽子!

梁译:露着脸面就抬上了棺车;咳哎哎呢,哎呢,咳哎呢;<u>坟上多少泪珠雨似的落</u>。再会吧,我的斑鸠!

卞译:他们用棺材架把他抬走,唉呀,唉呀,唉呀唉,<u>洒一阵眼泪在他的坟头</u>。再见,我的小鸽儿!

方译:(唱)他光着脸儿躺在柩架上,晦,嗒呢嗒呢,晦,嗒呢——<u>泪如雨下,洒在他坟头上</u>……再见了,我的鸽子呀。

在源语中,这里的源域"雨"落下呈点状或者线状的特点被凸显,映射到目标域"眼泪",构成 TEAR IS RAIN 概念隐喻。"泪雨"这一隐喻(暗喻)修辞形象地表现了奥菲莉娅以为哈姆雷特去世时泪如雨下的悲痛之状。在四位译者当中,除了卞之琳,其他三位译者都将源语中的"雨"意象转换到目标语相对应的表达。原文是一个借助"rain"动词形式构成的隐喻性辞格,除了卞之琳,其他三位译者都在中文里找到一个相同的概念系统,将原文译成"泪如雨下""泪珠雨似的"这样一个明喻辞格的语言表达。中国读者在读到"泪如雨下"时既能像原文读者一样产生相同的认知和阅读体验——感受到奥菲莉娅的悲痛之情,又能感受到原文比喻修辞所具有的语言魅力。

下面的例子说的是国王处心积虑地既想置哈姆雷特于死地又不想被人识破。wind of blame 在语言形式上是一个以 of 充当喻词的修饰性暗喻,但是在认知层面,上文对"风"的认知分析后概括出 RUMOR IS WIND 这一概念隐喻。在这里,"风"无色无味,看不见摸不着、虚幻不真实的特征被凸显并被映射到目标域"Blame"。源语读者能够感受到国王的阴险狡诈。在汉语中我们也有用"风"来喻指"消息"或者"谣言"的相应表述。如空穴来风、风言风语。背后的认知模型都是 NEWS/RUMOR IS WIND。所以,译者在进行翻译时,可以采用完全对应的翻译策略,目的语读者就能像源语读者一样得到相同的认知体验。

(2) KING　　And for his death <u>no wind of blame shall breathe</u>
But even his mother shall uncharge the practice
And call it accident.

(*Ham.* 4.7.64–66)

朱译:<u>而且他死了以后,谁也不能讲一句闲话</u>,即使他的母亲也不能觉察我们的诡计,只好认为是一件意外的灾祸。

梁译:<u>他这一死决惹不起一点点非难的风声</u>,就是他的母亲也不会怪罪我而要认为是无妄之灾哩。

卞译:<u>死了也引不起一点儿风言风语</u>,连他的母亲也不会猜疑到什么,只当是发生了意外。

方译:<u>而且他送了命,没有半句话可以怪罪到咱们的头上</u>。连他母亲也猜疑不到这里边耍了花招,只道是发生了意外。

再来看曹禺戏剧的翻译,当中英文都有着相同或者相似的"风""雨"认知方式时,此种情况下,译者采用了完全对应翻译策略进行源语到目的语的映射。

(3) 陈白露(方才那一阵的<u>兴奋如一阵风吹过去</u>,她突然地显着老了许多。……)达生,我从前有过这么一个时期,是一个孩子么?

(《日出》,第一幕)

Bailu (*her high spirits of a moment ago suddenly pass away like a breath of wind. She sighs and says as if broken by age*); Was there once a time when I was like that, Dasheng? Was I really a happy little girl once?

中英文中都有借助"天气"隐喻来表达各式各样的情感的认知模式。源语中由喻体词"like"连接本体"风"和喻体"兴奋",基于相同的认知体验和方式,译者在翻译成目的语隐喻时直接译成相对应的目的语隐喻表达。在保留意象的同时也保留了明喻修辞格。

二 部分对应翻译法

在翻译"风""雨"隐喻时,源语的隐喻意义多数时候可以在目的语文化语言中找到相对应的表达,但是源语喻体"风""雨"有时候很难被目的语读者所理解,为了在目的语重建本体和喻体之间的修辞关系,取得相似的映射效果,译者可能会用其他可以产生相似隐喻意义的意象来取代"风""雨"意象,或者在"风""雨"意象前增加一些形容词或动词,以便更好地传达源语"风""雨"的隐喻意义。译者在目的语中寻找可替代意象或对源语意象作微小的改动,这样的翻译策略,我们称为部分对应翻译法。以下举例说明:

(4) FOOL O nuncle, <u>court holy-water in a dry house is better than this rain-water out o'door</u>. Good nuncle, in, and ask thy daughters blessing! Here's a night pities nether wise men nor fools.

(*Lear*. 3.2.10 – 13)

朱译:啊,老伯伯,<u>在一间干燥的屋子里的宫廷圣水,不比这户外的雨水好得多吗?</u>老伯伯,回到那座屋子里去,向你的女儿们请求祝福吧;这样的夜对于聪明人和傻瓜都是不发慈悲的。

梁译:啊大爷,<u>屋里面的甜言蜜语比外面的疾风暴雨总要好些。</u>好大爷,进去,求你的女儿们的祝福吧;这一夜对于聪明人或弄臣是都不怜悯的。

卞译:噢,老伯伯,<u>在一所干燥的房子里讨点圣水,总比在外边这样子淋着雨水要好啊。</u>好伯伯,进去,向你的女儿们求求情!这样的黑夜,对聪明人对傻瓜都一样,不会有什么怜悯。

方译：唉，大叔，在干爽的屋子里说几句奉承话，总比给关在门外，泡在雨水里受用些吧。好大叔，回去吧，向你两个女儿跪下，讨个饶，不就得了。别指望这么个夜晚会可怜你不管你是聪明人还是弄臣。

在《李尔王》中，当李尔王被女儿赶出宫廷，在暴风雨中毫无目的地游荡在原野中，弄臣怜悯李尔王处境，并试图劝说他向两个女儿妥协。源语中，弄臣通过两个意象 court holy-water 和 rain-water 来描述两种截然不同的情境：一种是通过妥协折服换来的安逸生活，另一种是在荒野上居无定所、漫无目的的艰苦生活。holy-water 是西方宗教神父祝圣过的水，或者是为虔诚的信教徒洗礼之用，用以降福、驱邪；court holy-water 是一个习语，意为"奉承话"①，这里用来喻指妥协换来的安逸生活。而 rain-water 此处的隐喻意义是基于 ADVERSITY IS RAIN 这个认知模型，在汉语里，我们有相似的认知模型，也有相对应的语言表达。单就 rain-water 的翻译而言，朱译和梁译只是将原文的信息简单陈述，虽然保留了 rain-water 的意象，但是目标语并没能生动地表达其隐喻意义。方译和卞译均在 rain-water 前添加了动词"淋"，在意象的保留方面，以及隐喻意义的传达上面，通过添加恰当的动词，实现了源语到目的语较好的映射。

类似地，在下面例子中，从前文的认知分析可知，这里 wind 的隐喻表达可以概括出概念隐喻 ADVANTAGE IS WIND。人在上风向往往能占据有利条件，处在下风向则可能不利。在汉语中我们有相似的认知方式，比如用"占上风"表示处于有利条件。梁译和卞译通过在"风"前面分别加上动词"占"和"绕"和形容词"上"使得中文读者产生相似的认知体验。朱译和方译则直接放弃源语中的隐喻意象，直接陈述隐喻意义。

(5) HAMLET O, the recorders! Let me see one. To withdraw with you-why do you go about to <u>recover the wind of me</u>, <u>as if you would drive me into a toil</u>?

---

① 阿登版对 court holy-water 的注释：flattery or fair words；proverbial expression，朱译和卞译看来是没有意识到这是个习语。

(Ham. 3.2.337-339)

朱译：啊！笛子来了，拿一支给我。跟你们退后一步说话。<u>为什么你们这样千方百计地窥探我的隐私，好像一定要把我逼进你们的圈套？</u>

梁译：啊，管萧！拿一只来我看看。——请你走过来一步；——<u>请问你为什么这样的想占上风，好像要赶我自投罗网似的？</u>

卞译：噢，笛子来了！拿一管给我。我们过一边去说话——为什么你们老是想方设法，<u>要绕到我的上风头，好像要把我赶进罗网呢？</u>

方译：噢，吹笛子的来了。拿一支来给我瞧瞧——（拿着笛子）和你退到一边去说话吧。<u>为什么你们总是拐弯抹角的要摸我的底，好把我逼得无路可走呢？</u>

相对应地，曹禺戏剧中的一些"风""雨"隐喻只能被中国读者所理解，译者在翻译时，就需要在目的语中寻求可替代的意象来传达源语中的隐喻意义。

(6) 黑三 您瞅瞅来的是什么地方，我们是<u>喝西北风长大的</u>？

（《日出》，第三幕）

Black San: What sort of a place do you think this is? <u>Do you think we live on air?</u>

我国的西北方向是西伯利亚和蒙古高原，那里纬度高，地处内陆，受西伯利亚寒流的影响，常年寒风凛冽。而冬季常在外活动的人会知道，在肚子空空如也的时候，一张嘴往往会灌进一腔的冷风，人会不由自主地打战，其感觉唯有"饥寒交迫"可以描摹。所以常用"喝西北风"来形容生计艰难，饥寒交迫，穷困潦倒。英语中的"northwest wind"就没有此种含义。可见，西北风的隐喻含义只能为中国读者所理解。因此，为了使目的语读者产生相似的认知体验，译者可以在目的语中选择为目的语读者所熟悉的有着和"西北风"相似隐喻意义的意象进行替代。在这里，译文用英文读者所熟知的"air"代替了中文中的"西北风"，live on air 传达了源语中的语言特点和隐喻意义，目的语读者在读完后也会产生相似的认知效果。这种在目的语中寻找可替代的表示相同或相近隐喻意义的意象的方法，我们称为部分对应翻译法。

三　完全重组翻译法

由于地理环境、生活方式和文化背景的不同，英汉民族对于"风""雨"的认识和体验认知也会存在很大差异。有时候源域中"风""雨"隐喻表达有着独特的文化特点和语言表达。译者在翻译时如果对源语文本和意象只是简单地直译，可能会给目的语读者带来理解上的困扰，甚至造成误解。在此种情况下，译者需要根据具体文本，采用完全重组翻译策略，运用平白直述的语言，将源语中"风""雨"隐喻意义表达出来。以下我们举例说明：

(7) FOOL　Why? For taking one's part that's out of favour. Nay, an thou canst not smile as the wind sits, thou'lt catch cold shortly.

(*Lear*. 1.4.98 – 100)

朱译：为什么？因为你帮了一个失势的人。要是你不会看准风向把你的笑脸迎上去，你很快就会着凉的。

梁译：为什么？就为了你帮助一个已经失势的人。哼，如其你不善顺风转舵，就会遭受冷待的。

卞译：为什么？为了你站到了失势的一边呀。哼，要是你不会看风使舵，你马上会挨冻的。

方译：干吗？为的是人家已经倒下来了，你却反而要去支撑他。唉，这不是扯篷不看风吗？你有得苦啦。

在《李尔王》中，弄臣通过一个隐喻嘲讽地劝说肯特应该倒向有权势的一方，否则就会受苦。但是事实上，弄臣要嘲讽的对象是那些趋炎附势、谄媚权贵的人。源语的隐喻表达"smile as the wind sits"，用"风的朝向"来比喻"形势的走向"。但是在目的语（汉语）中，"微笑"和"风"并不能构成相应的隐喻表达。所以，不宜像朱译那样将原文不作任变动直译过来，这样做会给读者带来很大的困惑。相对来说，方译用

"扯篷看风"的表达更符合中国文化特点，译文在一定程度上也能使中国读者产生相似的心理认知空间。但是，梁译和卞译也许更符合中国读者的认知和表达习惯，两位译者借助中国习语"顺风转舵"和"看风使舵"，在保留"风"意象的基础上，借助另一个意象"舵"，创造出一个和源语"smile as the winds sits"相同的隐喻意义。所以，当在目的语中找不到和源语中相对应的表达时，译者需要考虑目的语的文化和语言表达习惯，采取完全重组的翻译策略，来传达源语的隐喻意义，以便让目的语读者获得与源语读者相同或者相似的认知感受。

再来看曹禺戏剧的英译。在翻译"风""雨"隐喻时，译者有时需要采用完全重组翻译策略，直接对源语中"风""雨"隐喻进行意义阐释。

(8) 鲁侍萍 那是因为周大少爷<u>一帆风顺</u>，现在也是社会上的好人物。

(《雷雨》，第二幕)

Ma: Because our young Mr. Zhou <u>has been a success in life</u> and is now a respectable member of society.

(9) <u>他好像很得意自己在家里面的位置同威风</u>，拿着那把破芭蕉扇，挥着，舞着，指着。

(《雷雨》，第三幕)

<u>He is apparently revelling in his position of authority as head of the family</u> judging by the gusto with which he brandishes his tattered palm-leaf fan and the way he points and gestures with it.

(10) <u>自己以为不减旧日的风韵</u>，那种活泼，"娇小可喜"之态委实个人佩服胡四……

(《日出》，第二幕)

<u>for she thinks that the passage of the years has in no way diminished her girlhood charm</u>, and when she is in one of these playful, mincing moods one really cannot help admiring the patience of Hu Si…

(11) 潘月亭 所以抵押房产，同金八提款这两个消息千万不要叫人知道。<u>这个时候，随便一个消息可以造成风波</u>，你要小心。

(《日出》，第二幕)

Pan: Hence the vital necessity for keeping quiet about the mortgages and about Mr. Jin's withdrawal. <u>Just at the moment either of these facts leaking out could start panic</u>, so you must be careful.

以上举例中,"一帆风顺""威风""风韵"和"风波"是中文里常见的一些和"风"相关的习语和词语,在前文的认知分析中,我们概括出 SITUATION IS WIND、SHOCK/ POWER IS WIND、MANNER IS WIND 和 DIFFICULTY / TROUBLE IS WIND 这些概念模型。以"风波"为例,直译保留"风"意象"wind wave",但是,译文如果译成这样,就会给目标语读者造成很大的困扰,译文的隐喻意义也无从表达。在以上例句中,译者舍弃了源语中的意象,在目的语中将源语的隐喻意义直接进行释义,分别译成"a success in life""authority as head of the family""girlhood charm"和"panic"。可见,当源语文本信息不能直接映射到目的语中时,采取完全重组翻译策略[①],译本也能如实地传达源语的隐喻意义,使目的语读者产生相同的认知效果。

总的来说,在翻译莎剧和曹剧的"风""雨"意象时,译者作为认知主体,身兼二职,扮演着重要角色。隐喻翻译是一个复杂的认知过程,应以认知为取向。在翻译"风""雨"隐喻时,译者需要从认知的角度深入了解这些隐喻产生的心理基础和其心理运作机制,深入分析原文文本,并据此确定具体的翻译策略,以再现其源语文化内涵,译出能让目的语读者产生与源语读者相同或者相似的认知效果的译文。

第五节　本章结语

本章对莎士比亚四大悲剧和曹禺的《雷雨》《日出》和《原野》中出现的"风""雨"意象及有关"风""雨"的比喻修辞特征及功能进行了对比研究,在此基础上,从体验认知视角出发,用概念隐喻理论对莎剧和曹剧中的有关"风""雨"概念隐喻进行了认知分析和对比,阐明莎剧和曹禺戏剧中"风""雨"比喻辞格语言表达上的差异,以及认知思维

---

① 参见本书第五章和第七章相关内容。

上的共性和差异，对莎士比亚四大悲剧的朱生豪、梁实秋、卞之琳和方平译本和曹禺戏剧《雷雨》《日出》的巴恩斯英译本中的"风""雨"隐喻翻译进行描述，总结其翻译策略，探讨汉英"风""雨"隐喻的翻译方法。

  基于以上研究，我们发现：

  首先，"风""雨"作为两种常见的天气意象，在莎剧和曹剧中，对烘托剧情、凸显戏剧人物性格，彰显戏剧主题和渲染戏剧氛围等起到了重要作用。

  其次，"风""雨"比喻修辞格的运用增添了莎剧和曹剧的语言魅力，"风""雨"比喻修辞在莎剧中更为灵活丰富。莎剧和曹剧中的比喻修辞可以分为明喻、暗喻和借喻三种。莎剧和曹剧中比喻语言表达结构有一定相似性，同时由于英汉语言的构词、句法等不同，也表现出较大的差异性。

  再次，莎剧和曹剧"风"和"雨"概念隐喻投射既有共性也有差异性，"风"和"雨"隐喻既有认知普遍性又有文化独特性。在莎剧和曹剧中，源域"风"的不同阶段的属性（即风的出现、持续和消失），映射到目标域。同样，人们常常借用现实中雨前、雨中、雨后的情景，来描述天气之外的抽象概念。剧本读者可以借助"风"和"雨"这两个意象的体验认知，推理和分析更为抽象的目标域的事件、行为或者心理活动。莎剧和曹剧中借助"风""雨"意象，隐喻投射到相应的目标域，包括：行为域，如：风喻人的行为举止（MANNER IS WIND）、呼吸（BREATH IS WIND）；社会现象域，如："风"喻"处境或势头"（SITUATION／TREND IS WIND），"空洞或者没有根据的话或者谣言"（RUMOR IS WIND）和"穷困潦倒"（POVERTY IS WIND）；人类情感域，如：TEAR IS RAIN, SORE /BLAME IS RAIN, SHOCK IS WIND；等等。同时，"风"和"雨"的各种特性在概念化的过程中，隐喻投射到不同语言表达上也表现出了差异性。曹剧中的"喝西北风"喻"穷困潦倒"，"威风"喻"震慑力量"，"满脸风尘"喻"旅途劳顿"，莎剧中"wind of blame"和"wind instruments"喻"没有根据空洞的谣言"和"音乐乐器"，均为特有的隐喻映射。总的来说，"风"和"雨"隐喻在莎剧和曹剧中体现了认知具有普遍性和文化差异性。

最后，概念隐喻是从一个概念域到另一个概念域的映射，隐喻认知视角下的隐喻翻译可以理解为从源域（源语）到目标域（目的语）的一种映射。中英两国在文化、历史等方面存在差异，译者在翻译的过程中要克服语言文化等差异，根据具体文本的认知环境，让目的语读者在阅读译本之后获得与源语读者相同或者相似的认知。我们从隐喻认知翻译观出发，对莎剧汉译本和曹剧英译本进行了描述，总结出三种不同的翻译策略：完全对应翻译法、部分对应翻译法和完全重组翻译法。

参考文献

Adamson, S., G., "Alexander and K. Ettenhuber (eds.)", *Renaissance Figures of Speech*. Cambridge: Cambridge University Press, 2007.

Alvarado, N & K. A. Jameson, "Confidence judgments on color category best exemplars", *Cross-Cultural Research*, Vol. 39, No. 2, pp. 133 – 158, 2005.

Adamson, S., L. Hunter, L. Magnusson, A, Thompson and K, Wales (eds.), *Reading Shakespeare's Dramatic Language-A Guide*. London: Berkshire House, 2001.

Barber, C., *Early Modern English*. London: Andre Deutsch, 1976.

Berlin, B. and P. Kay, *Basic Color Terms*, California: Berkeley University of California Press, 1969.

Black, M., *Models and Metaphors*, Cornell: Cornell University Press, 1962.

Blake, N. F., *A Grammar of Shakespeare's Language*, New York: Palgrave, 2002.

Blumenfeld, W. S., *Jumbo Shrimp and Other Almost Perfect Oxymoron*, New York: Perigee Trade, 1986.

Chamberlain, G. P., "The metaphorical vision in the literary landscape of William Shakespeare", *The Canadian Geographer*, Vol. 39, No. 4, pp. 306 – 322, 1995.

Charney, M, *Shakespeare's Roman Plays—The Function of Imagery in the Drama*, Cambridge: Harvard University Press, 1961.

Chesney, D. C., "Shakespeare, Faulkner, and the expression of the tragic", *College Literature*, Vol. 36, No. 3, pp. 137 – 164, 2009.

Chesterman, A., *Memes of Translation: The Spread of Ideas in Translation Theory*, Amsterdam and Philadelphia: John Benjamins Publishing Company, 1997.

Chrzanowski, J., Verbal hendiadys revisited: Grammaticalization and auxiliation in biblical hebrew verbs, The Catholic University of America, 2011.

Clemen, W., *The Development of Shakespeare's Imagery*, London: Methuen, 1977.

Corbett, E. P. J. and R. Connor, *Classical Rhetoric for the Modern Student*, New York and Oxford: Oxford University Press, 1999.

Day, S., "Synaesthesia and synaesthetic metaphors", *Psyche*, Vol. 2, No. 32, pp. 58 – 69, 1996.

Dodd, A. H., *Life in Elizabethan England*, London: B. T. Batsford LTD, 1961.

Emastman, A., *A Short History of Shakespearean Criticism*, New York: W. W. Norton & Company, Inc, 1974.

Engstrom, A., The contemporary theory of metaphor revisited, *Metaphor and symbol*, Vol. 14, No. 1, pp. 53 – 61, 1999.

Evans, R. O., *The Osier Cage: Rhetorical Devices in Romeo and Juliet*, Lexington: The University Press of Kentucky, 1966.

Fauconnier, G., *Mental Spaces: Aspects of Meaning Construction in Natural Language*, Massachusetts: The MIT Press, 1985.

Fauconnier, G., *Mappings in Thought and Language*, Cambridge: Cambridge University Press, 1997.

Fauconnier, G. and M Turner, "Metonymy and conceptual intergration, In KU. Panther and G. Radden (eds.)". *Metonymy in Language and Thought*, Amsterdam/Philadelphia: John Benjamins, 1999.

Fauconnier, G. and M. Turner, *The Way We Think-Conceptual Blending and the Mind's Hidden Complexities*, New York: Basic Books, 2002.

Foakes, R. A., (ed), *King Lear*, 中国人民大学出版社2008年版。

Foley, W. A., *Anthropological Linguistics: An Introduction*, Blackwell Publishers, 1997, pp. 160 – 164.

Freeman, C. D., "According to my bond": King Lear and re-cognition, *Language and Literature*, Vol. 2, No. 1, pp. 1 – 18, 1993.

Gibbs, R., *Figurative Thought and Figurative Language*, San Diego: Academic Press, 1994.

Gibbs, R. W. and L. R. Kearney (eds.), "When parting is such sweet sorrow: the comprehension and appreciation of oxymoron", *Journal of Psycholinguistic Research*, Vol. 23, No. 1, pp. 75 – 89, 1994.

Grady, J., Foundations ofmeaning: Primary metaphors and primary scenes, University of California, Berkeley, 1997.

Grady, J., "Cognitive mechanisms of conceptual integration", *Cognitive Linguistics*, Vol. 11, No. 3, pp. 335 – 346, 2002.

Harting, J. E., *The Birds of Shakespeare*, Chicago: Argonaut Inc. Publishers, 1965.

Heilman, R. B., *This Great Stage: Image and Structure in King Lear*, Westport: Greenwood Press, 1948.

Heilman, R. B., *Magic in the Web: Action & Language in Othello*, Lexington: University of Kentucky Press, 1956.

Honigmann, E. A. J. (ed) *Othello*, 中国人民大学出版社 2008 年版。

James, A. H., *Oxford English Dictionary*, (2nd edition). Oxford: Oxford University Press, 2009.

Johnson, M., *The Body in the mind: The Bodily Basis of Meaning, Imagination, and Reason*, Chicago: University of Chicago Press, 1987.

Joseph, M., *Shakespeare's Use of the Arts of Language*, New York: Columbia University Press, 1947.

Joseph, S. M., *Rhetoric in Shakespeare's Time-Literary Theory of Renaissance Europe*, New York and Burlingame: Harcourt, Brace & World, Inc, 1962.

Kane, J., "From the Baroque To Wabi: Translating animal imagery form Shakespeare's *King Lear* to Kurosawa's *Ran*", *Literature Film Quarterly*, Vol. 25, No. 2, pp. 146 – 151, 1997.

Kay, P. and L. Maffi, "Color appearance and the emergence and evolution of basic color lexicons ", *American Anthropologist*, Vol. 110, No. 4, pp. 743 – 760, 1999.

Kay, P. and C. K. McDaniel, "The linguistic significance of the meaning of basic color terms", *Language*, Vol. 54, No. 3, pp. 610 – 646, 1978.

Kay, P., "Color catergories are not arbitrary ", *Cross-Cultural Research*, Vol. 39, No. 1, pp. 39 – 55, 2005.

Keller, S. D., *The Development of Shakespeare's Rhetoric*, Tubingen: Narr Francke Attempto Verlag GmbH & Co. KG, 2009.

Koch, P., Frame and contiguity: On the cognitive bases of metonymy and certain types of word formation, In K. U. Panther & G. Radden (eds.). *Metonymy in Language and Thought*, Amsterdam/Philadelphia: John Benjamins, 1999, pp. 139 – 167.

Kövecses, Z., *Metaphor: A Practical Introduction*, Oxford: Oxford University Press, 2002.

Kövecses, Z., *Metaphor in Culture: Universality and Variation*, New York: Cambridge Universality Press, 2005.

Kövecses, Z., *Metaphor in Culture: University and Variation*, Cambridge, New York: Cambridge University press, 2005.

Kövecses, Z., *Language, Mind, and Culture: A Practical Introduction*, Oxford: Oxford University Press, 2006.

Lakoff, G. and M. Johnson, *Metaphors We Live By*, Chicago: University of Chicago Press, 1980.

Lakoff, G., "The invariance hypothesis: Is abstract reason based on image schem?" *Cognitive Linguistics*, Vol. 1, No. 1, pp. 39 – 74, 1990.

Lakoff, G., " The contemporary theory of metaphor, In A. Ortony (ed.)", *Metaphor and Thought*, Cambridge: Cambridge University Press, 1993, pp. 202 – 251.

Lakoff, G. *Women, Fire and Dangerous Things*, Chicago: University of Chicago Press, 1987.

Lakoff, G. and M. Turner, *More than Cool Reason: A Field Guide to Poetic*

Metaphor, Chicago: University of Chicago Press, 1989.

Langacker, R., *Foundations of Cognitive Grammar*, Theoretical Prerequisites. Stanford: Stanford University Press, 1987.

Langacker, R. W., "Subjectification", *Cognitive Linguistics*, Vol. 1, No. 1, pp. 5 – 38, 1990.

Langacker, R. W., "Reference-point constructions, *Cognitive Linguistics*", Vol. 4, No. 1, pp. 1 – 38, 1993.

Leech, G. N, *A Linguistic Guide to English Poetry*, New York: Longman Group Limited, 1969.

Lyne, R., *Shakespeare, Rhetoric and Cognition*, New York: Cambridge University Press, 2011.

Maalej, Z. A., "Translating Metaphor between Unrelated Cultures: A cognitive – pragmatic perspective", Sayyab Translation Journal, Vol. 1, No. 1, pp. 60 – 82, 2008.

Mahon, E. J., "The Death of Hamnet: An Essay on Grief and Creativity", *The Psychoanalytic Quarterly* 2, 2009, pp. 425 – 444.

Mandelblit, N., Grammar blending: Creative and schematic aspects in sentence processing and translation, Ph. D. dissertation. University of California, San Diego, 1997.

Mccloskey J. C., "The emotive use of animal imagery in *King Lear*", Shakespeare Quarterly, Vol. 13, No. 3, pp. 321 – 325, 1962.

Murphy, G. L., "On metaphoric representation", *Cognition*, Vol. 60, No. 60, pp. 173 – 204, 1996.

Murphy, G. L., "Reasons to doubt the present evidence for metaphoric representation", *Cognition*, Vol. 62, No. 1, pp. 99 – 108, 1997.

Nash, W., *The Wit of Persuasion*, Oxford: Basil Blackwell Ltd, 1985.

Nesfield, J. C. and Wood, F. T., *Manual of English Grammar and Composition*, London: Macmillan Publishers Ltd, 1964.

Newmark, P., *A Textbook of Translation*, Shanghai: Shanghai Foreign Language Education Press, 2001a.

Newmark, P., *Approaches to Translation*, Shanghai: Shanghai Foreign Language Education Press, 2001b.

Niemeier, S., "Straight from the heart-metonymic and metaphorical explorations, In A. Barcelona (ed.)", *Metaphor and Metonymy at the Crossroads: A Cognitive Perspective*, Berlin/New York: Moulton de Gruyter, 2000, pp. 193 – 214.

Platt, P. G., *Shakespeare and the Culture of Paradox*, Surrey: Ashgate Publishing Ltd, 2009.

Poutsm, H., "Hendiadys in English", *Neophilologus*, Vol. 3, pp. 202 – 218, 1917.

Poutsma, H., "Hendiadys in English ji", *Neophilologus* Vol. 1, pp. 284 – 292, 1917.

Radden, G., and Kövecses, Z., Towards a theory of metonymy, In K. U. Panther, and G. Radden (eds.), *Metonymy in Language and Thought*, Amsterdam: John Benjamins, 1999, pp. 17 – 59.

Richards, I. A., *The Philosophy of Rhetoric*, New York: Oxford University Press, 1936.

Salmon, V. and E. Burness (eds), *A Reader in the Language of Shakespearean Drama: Collected Essays*, Amsterdam and Philadelphia: John Benjamins, 1987.

Sean, D., "Synaesthesia and Synaesthetic Metaphors", *Psyche*, Vol. 2, No. 32, p. 58 – 69, 1996.

Shannon, L., The eight animals in shakespeare, or, before the human, *Publications of the Modern Language Association of America*, Vol. 124, No. 2, pp. 472 – 479, 2009.

Shen, Y., "On the structure and understanding of poetic oxymoron", *Poetics Today*, Vol. 8, No. 1, p. 105 – 122, 1987.

Simpson, J. A. and E. S. C. Weiner, *The Oxford English Dictionary* (2nd edition), Oxford: Clarendon Press, 1989.

Spurgeon, C., *Shakespeare's Imagery and What it Tells Us*, New York: Cambridge University Press, 1935.

Taylor, J., *Linguistic Categorization: Prototype in Linguistic Theory*, Oxford:

Clarendon Press, 1995.

Taylor, J., Category extension by metonymy and metaphor, In R. Dirven, and R. Pörings (eds.), *Metaphor and Metonymy in Comparison and Contrast*, Berlin/New York: Mouton de Gruyter, 2002, pp. 323 – 347.

Thomas, B. B., *Shakespeare among the Animals: Nature and Society in the Drama of Early Modern England*, Palgrave Macmillan, 2002.

Thompson, A. andN. Taylor (eds.), *Hamlet*, 中国人民大学出版社 2008 年版。

Tissari, H., " 'Is love a tender thing?': metaphors of the word Love in Shakespeare's plays", *Studilinguistici e Filogloici Online*, Vol. 4, No. 1, pp. 131 – 174, 2006.

Ungerer, F. & H. J. Schmid, *An Introduction to Cognitive Linguistics*, Beijing: Beijing Foreign Language Teaching and Research Press, 2001.

Vickers, B., Shakespeare's use of rhetoric, In K. Muir and S. Schoenbaum (eds) . *A New Companion to Shakespeare Studies*, Cambridge: Cambridge University Press, 1971.

Wales, K., *A Dictionary of Stylistics*, England: Longman Group UK Ltd.

Waston, G. E., *Classical Hebrew Poetry: A Guide to Its Techniques*, (2nd ed. ; JOSTSup 26) Sheffield Academic Press, 1986.

Wentersdorf K. P., "Animal symbolism in shakespeare's *hamlet*: the imagery of sex nausea", *Comparative Drama*, *Periodicals Archive Online*, Vol. 17, No. 4, pp. 348 – 382, 1983.

Williams, J. M., " Synaesthetic adjectives: a possible law of semantic change", *Language*, Vol. 52, No. 2, pp. 461 – 478, 1976.

Wilson, F. C., A Model for translating Metaphors in Proverb: A cognitive descriptive approach, The University of British Columbia (Okanagan), 2009.

Wentersdorf K. P., "Animal symbolism in shakespeare's *hamlet*: the imagery of sex nausea", *Comparative Drama*, *Periodicals Archive Online*, Vol. 17, No. 4, pp. 348 – 382, 1983.

Williams, J. M., " Synaesthetic adjectives: a possible law of semantic change", *Language*, Vol. 52, No. 2, pp. 461 – 478, 1976.

Wilson, F. C., A Model for translating Metaphors in Proverb: A cognitive descriptive approach, The University of British Columbia (Okanagan), 2009.

Wilson, R. A. & F. C. Keil, *The MIT Encyclopedia of the Cognitive Sciences*, Cambridge: The MIT Press, 2001.

Wright, G. T., "Hendiadys and Hamlet", *Modern Language Association*, Vol. 96, No. 2, pp. 168 – 193, 1981.

Yoder, A., *Animal Analogy in Shakespeare's Character Portrayal*, NY: King's Crown Press, 1947.

Yu, Ning, *The Contemporary Theory of Metaphor: A Perspective from Chinese*, Amsterdam/Philadelphia: Jonh Benjamins Publishing Company, 1998.

Yu, Ning, "Metaphor, Body, and Culture: The Chinese Understanding of Gallbladder and Courage", *Metaphor and Symbol*, Vol. 18, No. 1, pp. 14 – 29, 2003.

Yu, Ning, *The Chinese Heart in a Cognitive Perspective: Culture, Body, and Language*, Berlin and New York: Moutou de Gruyter, 2009.

Yule, G, *The Study of Language*, London: Cambridge University Press, 1985.

曹禺:《日出》,[英]巴恩斯译,外文出版社2001年版。

[英]莎士比亚:《莎士比亚悲剧四种》,卞之琳译,人民文学出版社1988年版。

卞之琳:《莎士比亚悲剧论痕》,安徽教育出版社2007年版。

卜玉坤、杨忠:《认知视阈下科技英语隐喻词语照意汉译策略》,《外语与外语教学》2011年第3期。

蔡龙权:《隐喻化作为一词多义的理据》,《上海师范大学学报》2004年第5期。

曹树钧:《论朱生豪莎剧翻译在中国及世界的深远影响》,《中国莎士比亚研究通讯》2012年第3期。

曹禺:《曹禺选集》,人民文学出版社1961年版。

曹禺:《原野》,人民文学出版社2001年版。

曹禺:《雷雨 日出》,人民文学出版社2009年版。

曾艳兵:《莎士比亚戏剧中的"矛盾修饰法"》,《外国文学研究》2008年第 3 期。

常晖：《认知功能视角下隐喻的汉译策略》，《外语与外语教学》2008 年第 11 期。

陈光磊：《修辞论稿》，北京语言文化大学出版社 2001 年版。

陈国华：《论莎剧重译（上）》，《外语教学与研究》1997 年第 2 期。

陈国华：《论莎剧重译（下）》，《外语教学与研究》1997 年第 3 期。

陈国华：《从语言学视角看莎剧汉译中的"亦步亦趋"》，《外语教学与研究》2016 年第 6 期。

陈红：《英语修辞"重名法"考》，《山东师大外国语学院学报》2001 年第 2 期。

陈家旭：《英汉语基本颜色词的隐喻认知对比》，《西南民族大学学报》2003 年第 12 期。

陈家旭：《英汉隐喻认知对比研究》，博士学位论文，华东师范大学，2004 年。

陈家旭：《英汉隐喻认知对比研究》，学林出版社 2007 年版。

陈洁、谢世坚：《莎剧对常规隐喻的超越与创新》，《山东外语教学》2013 年第 4 期。

陈骙、李涂：《文则》，人民文学出版社 1998 年版。

陈庆汉：《行文如诗 笔笔如画——试论朱自清早期散文移觉辞格的运用》，《修辞学习》2001 年第 5 期。

陈庆汉：《通感格研究述评》，《修辞学习》2002 年第 1 期。

陈汝东：《认知修辞学》，广东教育出版社 2001 年版。

陈望道：《修辞学发凡》，复旦大学出版社 2008 年版。

仇蓓玲：《美的变迁——论莎士比亚戏剧文本中意象的汉译》，上海译文出版社 2006 年版。

褚孝泉：《通感考》，《复旦学报》1997 年第 4 期。

从莱庭、徐鲁亚：《西方修辞学》，上海外语教育出版社 2007 年版。

崔素玲：《矛盾修饰法的认知分析》，硕士学位论文，河北科技大学，2010 年。

崔显军：《语义功能语言学视野下的汉语研究》，北京大学出版社 2012 年版。

丹斯：《〈威尼斯商人〉的修辞特色》，《南昌大学学报》（人文社会科学版）1986 年第 1 期。

党少兵：《矛盾修辞纵横谈》，《西安外国语学院学报》2000 年第 1 期。

董桂荣：《从概念整合的角度看翻译创造的合理性》，《上海翻译》2005 年第 S1 期。

董桂荣、冯奇：《从概念整合理论的角度看翻译创造的合理性》，《上海翻译》2005 年第 S1 期。

段会杰：《是心理现象，还是修辞方式——也谈移觉修辞格》，《当代修辞学》1987 年第 2 期。

段素萍：《莎士比亚戏剧中语序变异的汉译：以〈哈姆雷特〉译本为例》，博士学位论文，北京外国语大学，2013 年。

范家材：《英语修辞赏析》，上海交通大学出版社 1992 年版。

方平：《莎士比亚全集》，河北教育出版社 2000 年版。

方平：《莎士比亚诗剧全集的召唤》，载孟宪强主编《中国莎学年鉴》，东北师范大学出版社 1995 年版。

房红梅、严世清：《概念整合运作的认知理据》，《外语与外语教学》2004 年第 4 期。

费小平：《〈哈姆雷特〉中色彩纷呈的辞格世界》，《贵州教育学院学报》1995 年第 3 期。

冯翠华：《英语修辞大全》，外语教学与研究出版社 1995 年版。

冯菁华：《〈红楼梦〉中"心"字翻译策略研究——基于语料库的分析》，载顾钢主编《外国语言与文化研究》，天津大学出版社 2011 年版。

冯庆华：《实用翻译教程》，上海外语教育出版社 2002 年版。

冯庆华：《红译艺坛——〈红楼梦〉翻译艺术研究》，上海外语教育出版社 2006 年版。

戈宝权：《莎士比亚作品在中国》，载中国莎士比亚研究会编《莎士比亚研究·创刊号》，浙江人民出版社 1983 年版。

顾明栋：《略述英语的"精警"》，《外国语》1984 年第 3 期。

顾明栋：《Oxymoron 的汉译探讨》，《福建外语》1985 年第 2 期。

顾明栋：《Oxymoron 的内在联系及理解》，《外语教学与研究》1985 年版第 1 期。

顾绶昌：《关于莎士比亚的语言问题》，载中国莎士比亚研究会编《莎士比亚研究·创刊号》，浙江人民出版社 1983 年版。

顾曰国：《西方古典修辞学与西方新修辞学》，《外语教学与研究》1990 年版第 2 期。

郭焰坤：《通感的历史演变及心理基础》，《修辞学习》1998 年第 5 期。

郭焰坤：《80 年代以来通感研究综述》，《黄冈师范学院学报》1999 年第 5 期。

汉语大词典编辑委员会：《汉语大词典·卷十一》，汉语大词典出版社 1992 年版。

何善芬：《英汉语言对比研究》，上海外语教育出版社 2002 年版。

何向妮：《英汉天气隐喻文化对比研究》，《吉林化工学院学报》2016 年第 6 期。

何兆熊：《语用学概要》，上海外语教育出版社 1989 年版。

贺文照：《英译汉中"心"的隐喻重构——基于汉英平行语料库的考察》，《四川外语学院学报》2008 年第 2 期。

侯玲文：《"心"义文化探索》，《汉语学习》2001 年第 3 期。

侯涛、俞东明：《戏剧话语：语用建构和文体认知——基于〈雷雨〉的研究之一》《哈尔滨工业大学学报（社会科学版）》2010 年第 4 期。

胡曙中：《现代英语修辞学》，上海外语教育出版社 2007 年版。

胡艳萍：《认知隐喻观浅析》，《西南民族大学学报》2012 年第 1 期。

胡壮麟：《认知隐喻学》，北京大学出版社 2004 年版。

华泉坤、田朝绪：《莎剧〈李尔王〉中的意象评析》，《外语研究》2001 年第 3 期。

华泉坤等：《莎士比亚新论：新世纪，新莎士比亚》，上海外语教育出版社 2007 年版。

华先发：《新实用英译汉教程》，湖北教育出版社 2000 年版。

黄兵：《英语辞格 Oxymoron 及其语用功能》，《西南民族大学学报》（人文社科版）2007 年第 2 期。

黄任：《英语修辞与写作》，上海外语教育出版社 2012 年版。

黄兴运、谢世坚：《英汉语"风"概念隐喻的体验认知研究》，《西安外国语大学学报》2013 年第 4 期。

江广华：《英汉颜色词的文化信息比较与翻译》，《江西师大学报》2007年S1期。

蒋红艳、周启强：《概念整合理论对通感的阐释》，《安徽工业大学学报》2007年第5期。

康梅林：《关于委婉语、隽语、矛盾修辞三种辞格翻译浅见》，《华中农业大学学报》（社会科学版）2007年第2期。

康旭平：《英汉"矛盾修饰"手法对比》，《江西社会科学》2003年第7期。

孔光：《从空间合成理论看身体名词的隐喻认知》，《外语教学》2004年第1期。

蓝纯：《认知语言学与隐喻研究》，外语教学与研究出版社2005年版。

蓝纯：《修辞学：理论与实践》，外语教学与研究出版社2010年版。

蓝仁哲：《莎剧汉译的形式追求——探讨莎剧素体诗的移植》，《四川外语学院学报》2005年第6期。

郎勇：《英语矛盾修辞法浅谈》，《外语学刊》1984年第4期。

雷淑娟：《通感意象言语呈现策略探微》，《当代修辞学》2002年第5期。

黎昌抱：《王佐良翻译观探析》，《中国翻译》2009年第3期。

黎志敏：《庞德的"意象"概念辨析与评价》，《外国文学研究》2005年第3期。

李安山：《谈谈矛盾修饰法》，《外语学刊》1983年第3期。

李春江：《译不尽的莎士比亚——莎剧汉译研究》，天津社会科学版社2010年版。

李春江、王宏印：《多元系统理论观照下的莎士比亚戏剧翻译——莎剧翻译与复译及其历史文化语境的概要考察》，《外语与外语教学》2009年第6期。

李定坤：《矛盾修辞法的理解与翻译》，《中国翻译》1982年第3期。

李定坤：《汉英辞格对比与翻译》，华中师范大学出版社1994年版。

李福印：《认知语言学概论》，福建人民出版社2008年版。

李国南：《英汉修辞格对比研究》，福建人民出版社1999年版。

李国南：《辞格与词汇》，上海外语教育出版社2001年版。

李国南：《有关OXYMORON的几个问题》，《外国语》2001年第4期。

李季：《英汉矛盾修辞法的比较与翻译》，《西安社会科学》2010年第2期。

李菁菁：《概念合成理论视角下莎士比亚戏剧双关语的认知翻译研究》，硕士学位论文，广西师范大学，2013年。

李君文、杨晓军：《东西方动物文化内涵的差异与翻译》，《天津外国语学院学报》2000年第2期。

李诗平：《英语重言辞格探讨》，《天津外国学院学报》2000年第3期。

李士芹：《从〈哈姆雷特〉三个中译本看莎剧中修辞格的汉译》，《安徽工业大学学报》（社会科学版）2008年第5期。

李淑静：《矛盾修辞的心智视角分析》，《天津外国语大学学报》2013年第4期。

李耸、冯奇：《"风"和"wind"隐喻映射的文化透视对比》，《南昌大学学报》（人文社会科学版）2006年第4期。

李素平：《从李清照的风雨人生看其词的风雨意象》，《湖北民族学院学报》（哲学社会科学版）2005年第6期。

李伟芳：《Paradox（似非而是的隽语）与Oxymoron（矛盾修辞）的比较与翻译》，《西安教育学院学报》2004年第1期。

李伟民：《中国莎士比亚翻译研究五十年》，《中国翻译》2004年第5期。

李小敏：《英若诚戏剧〈家〉英译本中的文化流失》，硕士学位论文，外交学院，2014年。

李鑫华：《英语修辞格详论》，上海外语教育出版社2000年版。

李学术：《谈谈矛盾修辞法》，《外语与外语教学》1990年第4期。

李亚丹、李定坤：《汉英辞格对比研究简编》，华中师范大学出版社2005年版。

李毅：《Oxymoron和汉语修辞》，《当代修辞学》1984年第1期。

李瑛、文旭：《从"头"认知——转喻、隐喻与一词多义现象研究》，《外语研究》2006年第3期。

李媛慧、任秀英：《朱生豪与梁实秋的莎剧翻译对比研究》，《外语与外语教学》2012年第6期。

［英］莎士比亚：《莎士比亚全集》，梁实秋译，中国广播电视出版社2001年版。

廖光蓉：《英汉文化动物词对比》，《外国语》2000 年第 5 期。

凌如珊：《英语反义词的修辞功能及句法结构》，《外语与外语教学》1988 年第 5、6 期。

刘法公：《隐喻汉英翻译原则研究》，国防工业出版社 2008 年版。

刘浩明、张积家、刘丽虹：《颜色词与颜色认知的关系》，《心理科学进展》2005 年第 1 期。

刘守兰：《中英诗文通感浅说》，《云南师范大学学报》2007 年第 4 期。

刘旭：《〈雷雨〉的戏剧意象及其象征性》，《安阳工学院学报》2010 年第 1 期。

刘璇：《从〈日出〉英译本看戏剧翻译》，载吴友富主编《外语与文化研究·第五辑》，上海外语教育出版社 2005 年版。

刘亚猛：《西方修辞学史》，外语教学与研究出版社 2008 年版。

刘翼斌：《概念隐喻翻译的认知分析——基于〈哈姆雷特〉平行语料库研究》，博士学位论文，上海外国语大学，2010 年。

卢炳群：《汉英修辞格比较、鉴赏与翻译》，《南京高师学报》1997 年第 2 期。

卢卫中：《人体隐喻化的认知特点》，《外语教学》2003 年第 24 卷第 6 期。

鲁晓娜、杨真洪：《概念整合理论视角下的仿拟构建和仿拟解读》，《重庆理工大学学报》2011 年第 12 期。

陆谷孙：《英汉大字典》，上海译文出版社 1989 年版。

陆长缨：《英汉动物名词联想意义的比较研究》，《上海海运学院学报》1992 年第 3 期。

路艳玲、谢世坚：《朱生豪之译者生态研究》，《西南石油大学学报》（社会科学版）2015 年第 3 期。

罗玲：《概念整合理论视野下的移就认知阐释》，《贵州教育学院学报》2009 年第 7 期。

罗益民：《从动物意象看〈李尔王〉中的虚无主义思想》1999 年第 S1 期。

罗志野：《论莎士比亚的修辞应用》，《外国语》1991 年第 2 期。

罗竹风：《汉语大词典》，上海辞书出版社 2008 年版。

骆峰：《汉语色彩词的文化审视》，上海辞书出版社 2004 年版。

吕煦：《实用英语修辞》，清华大学出版社2003年版。
马慈祥：《矛盾修辞法的认知特点及其翻译策略》，《现代语文》（语言研究版）2013年第6期。
孟宪强：《中国莎学简史》，东北师范大学出版社1994年版。
倪宝元：《修辞》，浙江人民出版社1980年版。
彭家玉：《论英语辞格Oxymoron》，《外语与外语教学》1995年第5期。
彭秋荣：《英汉颜色词的文化内涵及其翻译》，《扬州师院学报》2001年第1期。
彭懿、白解红：《通感认知新论》，《外语与外语教学》2008年第1期。
齐静，徐红妍：《论元杂剧中的风雨意象》，《四川戏剧》2010年第5期。
齐振海：《论"心"的隐喻——基于英汉语料库的对比研究》，《外语研究》2003年第3期。
齐振海、覃修桂：《"心"隐喻词语的范畴化研究》，《外语研究》2004年第6期。
齐振海、王义娜：《"心"词语的认知框架》，《外语学刊》2007年第1期。
钱爱娟：《从风雨意象谈杜甫的忧患心理》，《河北经贸大学学报》（综合版）2008年第3期。
钱乘旦、许洁明：《英国通史》，上海社会科学院出版社2002年版。
钱谷融：《曹禺戏剧语言艺术的成就》，《社会科学战线》（文艺学）1979年第2期。
钱钟书：《管锥编》，中华书局1979年版。
秦国林：《莎士比亚语言的语法特点》，《外语学刊》1988年第2期。
秦旭卿：《论通感——兼论修辞格的心理基础》，《湖南师院学报》1983年第2期。
秦旭卿：《钱钟书的修辞理论与实践》，《湖南师范大学学报》1993年第3期。
瞿明刚：《英汉两种语言有关"天气"的隐喻》，《安徽工业大学学报》（社会科学版）2009年第3期。
邵志洪：《新编英汉语研究与对比》，华东理工大学出版社2013年版。
沈家煊：《实词虚化的机制—〈演化而来的语法〉评介》，《现〈当代语言学〉》1998 年第 3 期。

束定芳：《隐喻学研究》，上海外语教育出版社 2000 年版。

束定芳：《论隐喻的运作机制》，《外语教学与研究》2002 年第 2 期。

束定芳：《隐喻研究中的若干问题与研究课题》，《外语研究》2002 年第 2 期。

束金星：《浅谈英语矛盾修饰法》，《江苏大学学报》（社会科学版）2002 年第 3 期。

司建国：《"手"的转喻、隐喻投射和文体功效——〈日出〉的认知文体分析》，《西安外国语大学学报》2008 年第 2 期。

司建国：《认知隐喻、转喻视角下的曹禺戏剧研究》，中山大学出版社 2014 年版。

苏筱玲：《英汉动物词语的隐喻认知与语域投射》，《四川外语学院学报》2008 年第 5 期。

孙丙堂：《春色斑斓朝朝似，意蕴纷繁处处非——对莎士比亚和纳什两首题目同为"Spring"诗歌的认知和解读》，《四川外语学院学报》2009 年第 1 期。

［英］莎士比亚：《莎士比亚四大悲剧》，孙大雨译，上海译文出版社 2006 年版。

孙桂英：《隐喻认知观与英汉隐喻释译》，《河南大学学报》（社会科学版）2010 年第 6 期。

孙淑芳：《语言基本颜色词的数量及其民族性》，载《外语语言教学研究——黑龙江省外国语学会第十次学术年会论文集》，1996 年。

孙亚：《心理空间理论与翻译》，《上海科技翻译》2001 年第 4 期。

孙亚：《语用和认知概论》，北京大学出版社 2008 年版。

孙毅：《认知隐喻学多维跨域研究》，北京大学出版社 2013 年版。

孙致礼：《亦步亦趋 刻意求似——谈卞之琳译〈哈姆雷特〉》，《外语研究》1996 年第 2 期。

孙致礼：《翻译的异化与归化》，《山东外语教学》2001 年第 1 期。

覃修桂：《"眼"的概念隐喻——基于语料的英汉对比研究》，《外国语》2008 年第 5 期。

谭卫国：《英语隐喻的分类、理解与翻译》，《中国翻译》2007 年第 6 期。

谭震华：《英语隐喻词语的翻译》，《上海科技翻译》2002 年第 4 期。

唐斌：《概念整合理论与双关修辞格》，《云南财贸学院学报》2007 年第 2 期。

唐韧：《莎士比亚悲剧〈李尔王〉中身体和自然概念的认知分析》，《昆明理工大学学报》（社会科学版）2008 年第 2 期。

滕荔：《广告中新兴色彩词的衍生法》，《现代语文》（语言研究版）2008 年第 1 期。

田婧：《从目的论视角看王佐良英译〈雷雨〉》，《湖南第一师范学院》2009 年第 2 期。

涂淦和，《莎士比亚的意象漫谈》，《厦门大学学报》（哲社版）1987 年第 4 期。

万明华：《论通感性意象的语言呈现》，《修辞学习》1996 年第 3 期。

汪立荣：《概念整合理论对移就的阐释》，《现代外语》2005 年第 3 期。

汪少华：《概念合成与隐喻的实时意义建构》，《当代语言学》2002 年第 2 期。

汪少华、徐健：《通感与概念隐喻》，《外语学刊》2002 年第 3 期。

汪义群：《试论莎士比亚戏剧中的非规范英语》，《外国语》1991 年第 6 期。

王斌：《概念整合与翻译》，《中国翻译》2001 年第 3 期。

王斌：《翻译与概念整合》，东华大学出版社 2004 年版。

王彩丽：《通感——从修辞到认知的过程分析》，《外语研究》2007 年第 6 期。

王成晶：《手机颜色词的类型特征及语用功能》，《毕节学院学报》2007 年第 3 期。

王晶芝、朱淑华：《概念整合视角下的雪莱诗歌通感隐喻探析》，《外语学刊》2013 年第 3 期。

王娟：《颜色词与颜色认知的关系——基于民族心理学的研究视角探讨》，《心理科学进展》2012 年第 8 期。

王明端：《谈通感及其分类》，《当代修辞学》1992 年第 1 期。

王瑞：《莎剧中称谓的翻译》，中国社会科学出版社 2008 年版。

王文斌：《论汉语"心"的空间隐喻的结构化》，《解放军外国语学院学报》2001 年第 1 期。

王文斌：《矛盾修辞法的张力、成因及其认知消解》，《外语教学》2010 年第 3 期。

王文斌、毛智慧：《心理空间理论和概念合成理论研究》，上海外语教育出版社 2011 年版。

王希杰：《汉语修辞学》，商务印书馆 2004 年版。

王亚敏：《目的论视角下莎剧意象翻译研究》，《安徽工业大学学报》（社会科学版）2010 年第 5 期。

王寅：《认知语言学的翻译观》，《中国翻译》2005 年第 5 期。

王寅：《认知语言学》，上海外语教育出版社 2007 年版。

王宇弘：《通感隐喻的认知基础和哲学意义》，《外语与外语教学》2008 年第 4 期。

王宇弘：《英汉语通感隐喻对比研究》，上海外语教育出版社 2011 年版。

王云路：《"云雨"漫笔》，《古汉语研究》2000 年第 3 卷。

王正元：《概念整合理论及其应用研究》，高等教育出版社 2009 年版。

王志红：《通感隐喻的认知阐释》，《修辞学习》2005 年第 3 期。

曹禺：《雷雨》，[英] 巴恩斯译，外文出版社 2001 年版。

魏在江：《概念整合、语用推理与转喻认知》，《四川外国语学报》2007 年第 1 期。

温凌云：《从英汉颜色词语义认知模式看文化心理图式》，《西南民族大学学报》2007 年第 S1 期。

文军：《英语修辞格词典》，重庆大学出版社 1992 年版。

文旭：《矛盾修饰法纵横谈》，《解放军外语学院学报》1995 年第 3 期。

文旭、吴淑琼：《英汉"脸、面"词汇的隐喻认知特点》，《西南大学学报》（社会科学版）2007 年第 6 期。

吾文泉：《莎士比亚：语言与艺术》，江苏文艺出版社 2001 年版。

吴德升：《现代语文学中的"消极修辞"》，《修辞学习》1999 年第 6 期。

吴洁敏、朱宏达：《朱生豪传》，上海外语教育出版社 1990 年版。

吴礼权：《修辞心理学》，云南人民出版社 2001 年版。

吴礼权：《现代汉语修辞学》，复旦大学出版社 2006 年版。

吴永强：《悖论与矛盾修饰法》，《西南民族大学学报》（人文社科版）

2004 年第 6 期。

伍敬芳、赵湘波：《英、日、汉语中的同感现象——从心理学到认知语言学》，《外语研究》2006 年第 1 期。

伍铁平：《论颜色词及其模糊性质》，《语言教学与研究》1986 年第 2 期。

[古罗马] 西塞罗：《西塞罗全集·修辞学卷》，王晓朝译，人民出版社 2007 年版。

向心怡：《认知隐喻视角下莎剧中的性语言及其翻译》，硕士学位论文，广西师范大学，2012 年。

肖坤学：《论隐喻的认知性质与隐喻翻译的认知方向》，《外语学刊》2005 年第 5 期。

肖四新：《论自然在莎士比亚戏剧中的作用》，《广东外语外贸大学学报》2011 年第 4 期。

谢桂霞：《〈哈姆雷特〉汉译的辞格研究》，博士学位论文，香港理工大学，2010 年。

谢世坚：《莎剧词汇研究与翻译》，《广西师范大学学报》（哲学社会科学版）2006 年第 4 期。

谢世坚：《莎士比亚语言研究的新进展——〈莎士比亚语言的语法〉评介》，《山东外语教学》2006 年第 2 期。

谢世坚：《莎士比亚剧本中话语标记语的汉译》，外语教学与研究出版社 2010 年版。

谢世坚：《莎剧修辞的认知研究——〈莎士比亚、修辞与认知〉（2011）评介》，《广西师范大学学报》（哲学社会科学版）2013 年第 2 期。

谢世坚、黄小应：《莎剧中的重言修辞及其汉译》，《长春大学学报》2015 年第 9 期。

谢世坚、路艳玲：《莎剧中的 Paradox 修辞及其汉译》，《贵州大学学报》（社会科学版）2016 年第 2 期。

谢世坚、路艳玲：《莎剧中 Paradox 与 Oxymoron 比较研究》，《广西师范大学学报》（哲社版）2016 年第 2 期。

谢世坚、罗丽丽：《莎剧中的通感修辞及其汉译研究——以〈哈姆莱特〉和〈李尔王〉为例》，《河南科技大学学报》（社会科学版）2015 年第 3 期。

谢世坚、孙立荣:《概念隐喻理论视角下莎剧的动物比喻研究》,《贵州大学学报》(社会科学版) 2015 年第 3 期。

谢世坚、唐小宁:《英汉对比视角下莎剧颜色词的汉译》,《海南师范大学学报》(社会科学版) 2014 年第 2 期。

谢世坚、唐小宁:《英汉对比视角下莎剧中"红"的变体颜色词汉译》,《河南科技大学学报》(社会科学版) 2014 年第 5 期。

谢世坚、唐小宁:《隐喻认知视角下莎剧中隐喻颜色词的汉译》,《北京第二外国语学院学报》2015 年第 10 期。

谢世坚、唐小宁:《隐喻认知视角下莎剧中颜色词的修辞研究》,《西安外国语大学学报》,2015 年第 4 期。

谢世坚、严少车:《概念整合视角下莎剧 heart 和曹剧"心"的隐喻翻译》,《广西师范大学学报》2017 年第 4 期。

谢之君:《隐喻认知功能探索》,复旦大学出版社 2007 年版。

谢之君、史婷婷:《汉语"心"和英语"heart"的语义范畴转移比较》,《山东外语教学》2007 年第 4 期。

徐莲:《通感式词义引申的规律及其扩展》,《解放军外国语学院学报》2004 年第 5 期。

徐鹏:《英语辞格》,商务印书馆 1996 年版。

徐鹏:《莎士比亚的修辞手段》,苏州大学出版社 2001 年版。

许建平:《再现人物神韵的典范——王佐良译〈雷雨〉片段赏析》,《中国翻译》1997 年第 6 期。

薛玉凤:《Oxymoron 的构成方式和修辞作用》,《上海科技翻译》1994 年第 3 期。

杨波:《〈思维和语言中的映现〉导读》,北京世界图书出版公司 2000 年版。

杨鸿儒:《当代中国修辞学》,中国世界语出版社 1997 年版。

杨双菊:《从文化视角解读颜色词》,《中外教学研究》2006 年第 5 期。

杨永林:《中国学生汉语色彩语码认知模式研究》,清华大学出版社 2002 年版。

姚俊:《广告双关语的认知研究》,《四川外国语学院学报》2004 年第 20 卷第 5 期。

姚小平：《基本颜色调理论述评——兼论汉语基本颜色词的演变》，《外语教学》1988年第1期。

尹富林：《论概念整合模式下翻译的主体间性》，《外语与外语教学》2007年第1期。

尹泳龙：《中国颜色名词》，地质出版社1997年版。

於宁：《"通感"与语义演变规律——国外研究成果介绍》，《当代修辞学》1989年第6期。

於宁：《矛盾修饰法的语言学研究——简介Marvin Ching的语义标记分析法》，《当代修辞学》1989年第3期。

於宁：《从汉语角度看"通感"中的语义演变普遍原则》，《当代修辞学》1992年第4期。

于胜民：《莎剧中人性的动物原型》，《烟台大学学报》（哲学社会科学版）2003年第3期。

余立三：《英语修辞比较与翻译》，商务印书馆1985年版。

喻云根、张积模：《英汉动物词的比较与翻译》，《外语研究》1992年第3期。

袁晖：《对于"通感"辞格的再认识》，《扬州师院学报》1985年第2期。

袁晖、宗廷虎：《汉语修辞学史》，山西人民出版社1995年版。

袁晓宁：《翻译与英语修辞》，《扬州师院学报》2006年第11期。

苑晓鹤：《概念整合理论对通感隐喻建构过程的认知阐释》，《牡丹江大学学报》2013年第9期。

岳东生：《漫谈通感》，《修辞学习》1994年第5期。

岳好平、廖世军：《英汉"天气"情感隐喻解读》，《湖南农业大学学报》（社会科学版）2008年第6期。

张斌，李莫南：《概念整合理论下的〈黄帝内经〉隐喻翻译实例分析》，《时珍国医国药》2014年第1期。

张冲：《"犯规"的乐趣——论莎剧身份错位场景中的人称指示语"误用"》，《外语教学与研究》1996年第1期。

张丹：《论唐宋诗词中的雨意象》，《吉林广播电视大学学报》2008年第5期。

张涤华、胡裕树、张斌主编：《汉语语法修辞词典》，安徽教育出版社

1988 年版。

张弓:《现代汉语修辞学》,天津人民出版社 1963 年版。

张光明:《认知隐喻翻译研究》,国防工业出版社 2010 年版。

张辉、杨波:《心理空间与概念整合:理论发展及其应用》,《解放军外国语学院学报》2008 年第 1 期。

张慧智:《从概念隐喻理论视角探究英汉情感隐喻的认知构建》,《内蒙古民族大学学报》(社会科学版)2016 年第 3 期。

张家芳:《英汉两种语言有关"天气"的隐喻》,《安徽工业大学学报》(社会科学版)2005 年第 3 期。

张建理:《汉语"心"的多义网络:转喻与隐喻》,《修辞学习》2005 年版第 1 期。

张觉:《荀子译注》,上海古籍出版社 1995 年版。

张金生:《我国色彩语码认知研究的一次突破——评杨永林教授的两本书》,《外语教学与研究》2004 年第 5 期。

张克溪:《英汉语言中矛盾修辞的语法构成》,《青海师范大学学报》(社会科学版)1995 年第 2 期。

张权、李晨:《隐喻的微观对比研究:中英文"风"的映射层面分析》,《外语研究》2005 年第 2 期。

张荣、张福荣:《"雨"和"rain"隐喻映射的文化透视对比》,《吉林广播电视大学学报》2010 年第 2 期。

张寿康、杨绍长:《关于"移觉"修辞格》,《中学语文教学》1980 年第 3 期。

张旺熹:《色彩词语联想意义初论》,《语言教学与研究》1988 年第 3 期。

张宗久:《2008 英汉颜色词修辞色彩比较研究》,《四川外语学院学报》2008 年第 1 期。

赵晓驰:《试从色彩义的来源谈制约颜色词搭配对象的因素——以隋前颜色词为例》,《古汉语研究》2011 年第 4 期。

赵学德:《认知视角下人体词的语义转移研究》,国防工业出版社 2014 年版。

赵艳芳:《认知语言学概论》,上海外语教育出版社 2000 年版。

赵振春:《英语修辞格"重言"(hendiadys)解码》,《外语与外语教学》

2005年第10期。

周方和：《Synaesthesia———一种独特的修辞手法》，《外语与外语教学》1990年第3期。

周红民：《论隐喻翻译的认知运作机制》，《外语教学》2004年第1期。

周晔：《从〈哈姆雷特〉多个译本看文学翻译中双关的处理策略》，《中国翻译》2008年第6期。

［英］莎士比亚：《莎士比亚全集》，朱生豪等译，人民文学出版社1994年版。

朱音尔：《基于概念整合，追求地道译文》，《上海翻译》2013年第3期。

朱跃：《矛盾修辞法的语义结构及其修辞效果》，《外语教学》1991年第4期。

宗廷虎：《20世纪中国修辞学》，中国人民大学出版社2008年版。

后 记

本书是国家社科基金项目"隐喻认知视角下莎剧的修辞研究"（12BYY130）的结题成果。

算起来，我做莎士比亚语言研究已有 15 年。自 2004 年起，我和我的同门在导师陈国华教授的指导下，从不同的理论视角对莎士比亚语言的各个方面开展研究，取得了一些成果。我的博士学位论文研究的是"莎士比亚剧本中话语标记语的汉译"，承蒙导师的精心指导，该文被北京外国语大学评为 2008 年度的优秀博士学位论文，并获得北京外国语大学的出版资助。2010 年，我到英国剑桥大学做为期一年的访问学者，受当时当地学术氛围的影响，研究的兴趣转到了认知语言学和修辞上。2011 年回国后，基于当时的研究基础和剑桥访学的收获，我申报了关于莎剧修辞研究的国家社科基金项目，很庆幸获得了立项。

自 2012 年课题立项以来，课题组经过几年艰苦努力工作，应该说基本完成了预定目标。这个课题把认知语言学理论应用于莎剧的修辞及汉译研究，探究莎剧修辞语言的隐喻认知机制及跨文化转换机制，同时对比研究英汉修辞语言。我们希望达到以下目的：一是从隐喻认知角度，系统、深入地考察莎士比亚的修辞，更好地理解莎士比亚戏剧语言，为重译莎剧提供理论依据；二是运用认知语言学的概念隐喻理论考察莎士比亚戏剧的修辞，探讨其理解和跨文化转换机制，同时尝试对比莎士比亚戏剧和曹禺戏剧的修辞；通过透彻分析语料，注重隐喻认知理论的阐发、建构，希望有助于构建具有中国话语特色的隐喻认知理论。同时，课题组希望对莎士比亚修辞翻译实例的隐喻认知阐释，有助于构建理论与实践相结合的认知翻译学。

几年来，我们这个以青年教师和研究生为主体的课题组团结协作，充分发挥集体智慧，课题组发表了 40 余篇学术论文。通过开展课题研究，青年教师得到了锻炼，科研能力得到了提高；我指导的研究生也受到了良好的学术训练，他们或单独、或与我合作发表了有一定创见的成果，主要有：陈洁（2013，2015），黄兴运（2013，2017），谢世坚、唐小宁（2014，2015），谢世坚、路艳玲（2016），谢世坚、孙立荣（2015），谢世坚、严少车（2017），谢世坚、张晓琳（2017），等等。

本书是集体智慧的结晶。具体的分工如下：谢世坚作为课题负责人和总撰稿人，负责本书的框架设计、第一章的撰写，参与各章的撰写并负责全书的统稿、定稿；参与各章撰稿的人员如下：第二章路艳玲，第三章罗丽丽，第四章黄小应，第五章孙立荣，第六章唐小宁，第七章严少车，第八章戴秀花；文雅兰负责书稿的校对，以及参考文献的整理。

课题组在研究过程中，得到广西师范大学社会科学研究处各位领导和老师的大力支持和热心帮助，得到北京外国语大学陈国华教授和王克非教授的悉心指导，得到学界各位师友的关注与帮助，得到广西师范大学外国语学院各位同仁的关心和支持。在此，谨对所有的热心人表示衷心的感谢！

限于作者水平，本书一定有许多不成熟甚至讹误之处，恳切希望得到专家、读者的批评指正！

谢世坚
2019 年 12 月